Perdidos

Gregory Maguire

Perdidos

Tradução
Alves Calado

Título do original em inglês
LOST

Publicado mediante acordo com ReganBooks, um selo da HarperCollins, Publishers, Inc.

Reservam-se os direitos desta edição à
EDITORA JOSÉ OLYMPIO LTDA.
Rua Argentina, 171 – 1º andar – São Cristóvão
20921-380 – Rio de Janeiro, RJ – República Federativa do Brasil
Tel.: (21) 2585-2060 Fax: (21) 2585-2086
Printed in Brazil / Impresso no Brasil

Atendemos pelo Reembolso Postal

ISBN 978-85-03-00936-2

Capa: Isabella Perrotta / Hybris Design

CIP-Brasil. Catalogação-na-fonte
Sindicato Nacional dos Editores de Livros, RJ.

Maguire, Gregory, 1954-
M18p Perdidos / Gregory Maguire; tradução Alves Calado. – Rio de Janeiro: José Olympio, 2007.

Tradução de: Lost
ISBN 978-85-03-00936-2

1. Ficção americana. I. Alves Calado, Ivanir, 1953- . II. Título.

07-0151 CDD – 813
CDU – 821.111(73)-3

Para Maggie e Dan Terris, com amor

Santos Gervásio e Protásio (19 de junho). Os santos Gervásio e Protásio, que eram irmãos, sofreram o martírio juntos em Milão. (...) Santo Ambrósio (...) mandou exumá-los. Muitos milagres espantosos se manifestaram. (...) Assim, esses santos mártires alcançaram um novo triunfo.

Pictorial Half Hours with the Saints
Abbé Lecanu, 1865

Sumário

ESTÂNCIA UM

— Há mais alguém no veículo

— disse o sujeito com cara de advogado, ao celular. — Deve haver. E está na pista preferencial da via expressa. — Ele prestou atenção, franzindo os olhos, e sinalizou para Winnie: *Pare. Não abra o carro ainda.* Outros motoristas já estavam reduzindo a velocidade para espiar. — Onde é que nós estamos, Braintree, Quincy? Na 93 norte, de qualquer modo, oitocentos metros depois do entroncamento com a 128. É, eu sei que não devo mexer em ninguém, mas estou dizendo, vocês vão ter uma tremenda dificuldade para trazer uma ambulância até aqui, na hora do *rush*: num instante vai haver um engarrafamento de mais de um quilômetro e meio.

Escutou outra vez. Depois:

— Certo. Vou olhar. Dois ou mais, talvez.

De volta de alguns dias tranqüilos em Cape Cod, Winifred Rudge havia perdido a saída a oeste e ficado presa na rodovia JFK, indo na direção de Boston. Pensando na vida, roendo as unhas, sei lá. A concentração era um problema. Atrasada para o compromisso, tinha avaliado as possibilidades: neste tempo, quais seriam suas chances de receber multa por violar a regra de ter sempre duas ou mais pessoas dentro do carro na pista preferencial? Limitadas. Tinha se arriscado. Tinha estado no lugar certo da descida para ver a coisa toda, apesar da pouca visibilidade. Tinha visto o terço superior de um pinheiro branco se partir ao vento forte. Mesmo a oitocentos metros de distância, havia percebido como o cerne da madeira se partiu em estrias diagonais, como um nugá, contrastando com a casca escurecida pela chuva. A copa da árvore se retorceu e depois se inclinou. O vento entrou sob os galhos da árvore em forma de guarda-chuva e a arrastou até as três pistas de tráfego lento, lançando-a sobre o capô e o teto de um Subaru que ia para o norte, na pista de saída. O motorista do Subaru, quatro carros à frente de Winnie, tinha freado com força demais e patinado para a esquerda, contra as barreiras de Jersey. A ação evasiva não tinha ajudado.

Winnie conseguiu pisar no freio para evitar fazer parte da coleção de pára-choques amassados e capôs saltados. Fora a primeira a sair à chuva, a primeira que começou a espiar através dos escuros amontoados de agulhas de pinheiro. O próximo foi o sr. Celular Solícito, tendo saído de algum veículo atrás dela. Ele estava com um ridículo guarda-chuva virado ao contrário pelo vento, e quando terminou de falar com a telefonista do serviço de emergência 911 prendeu o cabo do guarda-chuva num galho de bom tamanho e tentou puxá-lo.

— Eles disseram para não tocar nos passageiros — gritou o sujeito em meio à chuva.

Com medo de que sua voz traísse o pânico que sentia, ela nem queria responder, mas, para tranqüilizá-lo, conseguiu falar:

— Disso eu sei.

O cheiro dos ramos de pinheiro, a resina em suas mãos, a água no rosto. O que estava com medo de achar naquele veículo escuro? Mas a principal virtude do clima é ser imediato, e o vento soprou para longe o pungente cheiro natalino. Em seu lugar ficou um fedor vegetal de gasolina barata.

— Talvez a gente *tenha* de tirá-los, está sentindo esse cheiro? — gritou e redobrou os esforços. Seria bom ter ajuda; onde estavam os ocupantes dos outros carros? Sentados no conforto, prestando atenção para ver se seriam mencionados no relatório de tráfego na rede de TV WGBH?

— Carros não explodem como nos filmes — disse o homem, sinalizando para ela ocupar uma posição mais adiante ao longo do tronco da árvore. — Apóie as costas nele e empurre; eu vou puxar. Um. Dois. Três.

Graças principalmente à gravidade, conseguiram deslocar aquela coisa por cerca de meio metro, o bastante para revelar o pára-brisa. Ele ainda estava no lugar, ainda que numa opacidade louca devido ao impacto. A motorista, uma mulher gorda cinqüentona, estava inclinada sobre uma rede cheia de bolas de vôlei no banco do carona. Não parecia com sorte. O carro havia batido na barreira de concreto com tanta força que as duas portas do lado do motorista estavam bloqueadas.

— Não tem mais ninguém? — perguntou Winnie. — O senhor não disse?

— Sabe, acho que é mesmo gasolina. Talvez seja melhor a gente recuar.

Winnie foi até o lado do carona do carro, através de galhos com juntas grossas. A porta traseira estava trancada, e a da frente também. Espiou através das agulhas de pinheiro, ao redor do equipamento esportivo.

— Tem uma cadeira de criança atrás — gritou. — Não dá para o senhor quebrar a janela?

O cabo do guarda-chuva não era forte o bastante. Winnie não tinha nada que fosse útil na bolsa de mão nem na de viagem. A chuva fria formava bolhas grudentas nas janelas. Era impossível enxergar dentro.

— Nenhum carro pegaria fogo numa tempestade assim — disse ela. — Aquilo é fumaça ou só borracha queimada das pastilhas de freio? — Mas então apareceu outro motorista segurando um pé-de-cabra. — Quebre as janelas — disse Winnie.

— Depressa — insistiu o sr. Celular. — Vocês acham que eles mandam carros de bombeiro automaticamente?

— Faça isso — disse ela.

O recém-chegado, um homem mais velho com um boné do time dos Red Sox tão desbotado que estava cor-de-rosa, obedeceu. A janela se despedaçou espirrando cacos de vidro que mais pareciam dentes de bebê. Enquanto enfiava a mão procurando a tranca da porta traseira, Winnie ouviu a mãe começando a gemer. A porta abriu uma fresta e mais metal rangeu. Winnie se enfiou rapidamente no carro. A criança presa com cinto de segurança no banquinho era grande demais para estar nele. Suas pernas estavam levantadas em ângulos esquisitos.

— Talvez a gente consiga soltar o banco inteiro e tirá-lo — disse Winnie, principalmente para si mesma; sabia que sua voz não chegaria longe com o vento. Inclinou-se por cima da criança no interior escuro do carro num espaço vazio contra o qual os ramos de pinheiro se amontoavam de três lados. Procurou a fivela do cinto atrás da estrutura de plástico moldado do banquinho. Depois desistiu, saiu e bateu a porta.

— Eu tiro — disse o fã dos Red Sox, adiantando-se.

— Eles disseram para deixar todo mundo onde estava — alertou o sr. Celular. — Você pode lesionar a coluna e causar danos permanentes.

— Ela não tem coluna — disse Winnie. — É um boneco em tamanho real.

O serviço de emergência apareceu, e Winnie, valorizando sua privacidade, recuou. Os vapores da gasolina derramada a acompanharam de volta ao seu carro. Sentou-se e roeu uma unha até arrancar a cutícula, não querendo falar com a polícia. Para sua surpresa, em quinze minutos o tráfego começou a se arrastar para a frente de novo. A polícia nem notou que ela era mais uma motorista fora-da-lei, andando sem acompanhantes na pista preferencial.

E então, apesar de ter perdido a saída, do acidente, do aguaceiro e da hora do *rush*, não estava atrasada. Droga.

— Alguém esteve aqui antes de nós — observou a mulher mais velha, com casaco cor de amora, guardando as chaves no bolso. Em seguida passou a mão na parede, do lado de dentro, para acender a luz. O ar era rançoso, quase rígido. Alguns painéis translúcidos no teto piscaram e depois se firmaram acesos.

Winnie notou: era uma sala de reuniões padrão. Isso prova a prudência fiscal e a probidade geral da agência. Algumas mesas com laminado de madeira, cheias de círculos pegajosos de café. Carpetes rosa-lama, mais cor de lama nas áreas de maior trânsito. Cadeiras dobráveis empurradas para longe da arrumação oval. Como se algum grupo que tivesse estado aqui na noite anterior houvesse saído com uma pressa grosseira.

— Alguém esteve aqui, mas não foi o pessoal da limpeza — disse a mulher. — Eles não me pagam para ser zeladora. Ah, bem, entrem e vamos nos ajeitar sozinhos. — Era uma veterana do mundo do serviço social, usando um daqueles chapéus de chuva estilo vovó, parecendo um saco de plástico franzido. Tirou o casaco, que era meio apertado, e deu um sorriso azedo. As mangas de náilon sibilaram enquanto deslizavam.

Outros retângulos de luz se acenderam. Lá fora, obscurecidos pelos reflexos lampejantes nos grandes vidros, mais alguns casais saíram de carros. Mulheres abrigadas sob os braços dos maridos, formas humanas borradas pela chuva até o anonimato. O céu que dava para observar deslizava em câmera lenta sobre Wellesley, Needham e esta parte de Newton.

Winnie, nervosa tanto pelo acidente, quanto pelo desafio do dia, ficou o mais recuada possível na porta. Visualizava uma imagem de computação gráfica da tempestade no Canal do Clima. A umidade vinha do Atlântico, uma massa de ar vinda do Ártico havia baixado sobre os Grandes Lagos, como uma impressão digital de clima com 1.500 quilômetros de largura. Uma digital que se retorcia lentamente, como se quisesse fazer os músculos do mundo doerem.

Colheu os detalhes; nisso era boa. Só era boa nisso. De qualquer modo era com esse objetivo que estava ali, e não para desculpas. Notou que, enquanto mais lâmpadas fluorescentes se acendiam, tudo ficava mais manufaturado, mais presente, as sombras se encolhiam e se turvavam sob múltiplas fontes de luz. Um copo de café, de isopor, caído no carpete. Uma cadeira tombada de lado, *FF* rabiscado com pincel atômico no assento.

A líder ia se tornando cada vez mais animada e despótica. Agitava-se. Winnie e os outros requerentes ficaram para trás: esse ainda não era o terreno deles, ainda não. Nas cadeiras tinham pendurado suas capas estilo *fog* londrinas, suas parcas L.L. Bean e uma pele de raposa antiquada e vesga.

— Uma pequena sobra do furacão Gretl, foi o que disseram — informou a líder. Em seguida se dirigiu à chuva que batia nas janelas. — Você aí, pare com isso. Já é tarde demais, a estação já está no fim. Tchau. Dê o fora.

O trovão ecoou, um distante pigarrear de um dos deuses mais cautelosos.

A líder não se abalou. Passou pelos quadros de aviso cheios de fotos coloridas meio se enrolando. As mãos nos quadris enquanto examinava o detrito de lanches para viagem, guardanapos amassados, açúcar derramado.

— Olhem essa bagunça. Um grupo de Famílias Felizes em sua reunião trimestral, aposto. — Num dos cantos, móveis para bebês agachados nas pernas atarracadas. A líder girou, pegando coisas. Pisou num macaco de pelúcia, que reclamou com uma melodia de microchip tocando, inevitavelmente: "Para ser feliz, é preciso ver esse céu azul, na imensidão." Winnie se virou para o outro lado, ocupando-se com um pequeno caderno e uma caneta.

— Se vocês se servirem desse café velho, façam isso por sua conta e risco — disse a líder. — Estou avisando. Ninguém nem se incomodou em guardar o leite. Eles me pagam para ser a mãe do mundo? Não. Mas vou fazer um bule fresco num minuto. Você aí, não está ouvindo? Não pode esperar? Vá em frente. Fique à vontade.

O jovem careca que estava com a mão na alça da garrafa térmica murmurou em tom de desculpas:

— Desculpe. Estou grogue. Não dormi a noite inteira.

— Vício em cafeína. Deixe-me tomar nota disso. — Aquilo era apenas um terrorismo fingido, já que a líder mostrou logo um sorriso gigantesco. — Crachás, crachás? — continuou. — Pessoal, por favor, enquanto eu esquento a água, encontrem seus crachás, pessoal. Estamos atrasados, mas tudo bem: a chuva, o trânsito, ainda não chegamos todos. *Eu* não cheguei toda. Crachás, pessoal. Aqui está o meu. Sou Mabel Quackenbush, ou era, na última vez que verifiquei.

Winnie franziu a testa. Sem dúvida tinha feito a inscrição incógnita, não era? Ela deveria ser Dotty O'Malley, um *alter ego* predileto que adotava nas noites de boliche. Mas ali estava seu crachá, olhando-a em meio aos Murray, Pellegrino, Spencer-Moscou:

W. Rudge

Obedientemente W. Rudge grudou a etiqueta adesiva no suéter Tufts, mas arrumou o cachecol encharcado para esconder seu nome. Depois ocupou um lugar no círculo de cadeiras o mais no fundo que pôde. Quando todos estavam sentados, a líder disse:

— Sou a coordenadora do Famílias Felizes hoje. Mabel Quackenbush, do escritório de Providence. Tivemos 23 inscrições. Não sei onde todo mundo *está*. Se eu consegui chegar aqui, qualquer um chegaria. Acredite, a I-95 não estava brincadeira, graças ao furacão não-sei-das-quantas. Saí às *sete horas* e a gente *se arrastou*. — Mabel Quackenbush bordou a desinteressante história de sua viagem. Uma tática de esquentar e atrasar, enquanto os recém-chegados entravam nas pontas dos pés, sacudiam o molhado dos casacos e se acomodavam nas cadeiras.

A sala ficou apertada. Uma atmosfera de naftalina saía das lãs úmidas. Winnie queria ver quem era o restante dos inscritos, mas em vez disso olhou para o reflexo deles, para o chapado impreciso e listrado das janelas.

> Da terra multicolorida
> Que come a luz e bebe a chuva
> Vêm a beleza, a sabedoria, a misericórdia, a alegria
> Que vencem a razão, a cobiça e a dor.

John Masefield, se é que lembrava bem, ligava a razão à cobiça e à dor. Ou seria De la Mare? Lá vinha de novo aquele hábito (algumas pessoas faziam o mesmo com música popular) de dar uma trilha sonora à vida. Em seu caso, fragmentos e nacos sonoros de versos ruins.

Não diagnostique a razão, a cobiça ou a dor, corrigiu a si mesma: simplesmente observe os sintomas.

Mabel Quackenbush virou a cabeça para um lado e outro, como um pato. Conhecia seu serviço. Atraía as pessoas. A pele do queixo era frouxa, um pãozinho de canela cru. Atrás dos óculos meia-taça os olhos piscavam, como se com lentas passagens de albumina. Estava começando a parecer séria. Por favor, Deus, nenhum sermão de abertura falando de crianças com corcundas e barbatanas no lugar dos membros, que mesmo assim, sendo almas imortais, merecem a vida, a liberdade e a busca de um McLanche Feliz.

Tentou cortar essa irritação pela raiz. Winnie, disse a si mesma, pegue leve com esse pessoal. Seja justa. Você ainda não está aqui há dez minutos. Não os despedace. Deixe que eles mesmo façam isso, se quiserem.

— Nove e quinze, e ainda faltam... vejamos, cinco casais — disse Mabel, contando. — Bem. Os retardatários terão de se virar. Bem. *Então.* — Havia pilhas de fotocópias espalhadas em leques aos seus pés. Ela as espiou em dúvida e disse: — Começando do princípio. O negócio de dizer os nomes, circulando pela sala, e uma ou duas palavras: quem vocês são, de onde vieram esta manhã, qualquer coisa pessoal que queiram compartilhar com relação ao motivo de estarem aqui. Sem pressão.

Winnie se encolheu em seu suéter. No País das Maravilhas, de Lewis Carroll, Alice podia encolher bebendo o conteúdo de um tubo onde estava escrito ME BEBA, mas na vida real a gente só encolhia por dentro.

— Falando — ordenou Mabel Quackenbush.

O casal encurvado nas cadeiras dobráveis à esquerda de Mabel Quackenbush deveria começar. Joe e Cathi Pellegrino. (De Durham, New Hampshire.) Joe falou, Cathi saturou um lenço de papel até que migalhas dele se grudaram nas bochechas. Quatro natimortos. *Quatro.*

Em seguida Cookie e Leonard Schimel. (Braintree, Massachusetts.) Leonard tinha a perna manca, Cookie tinha a pele de raposa. Leonard, um escritório de advocacia; Cookie, a dor decorrente de uma histerectomia. Os dois tinham dinheiro, mas só Leonard tinha estilo.

Depois vieram os Spencer-Moscou. (De Brookline com verões em Provincetown.) Um casal gay. Geoff era técnico de gravação do Canal Cinco, e Adrian, professor da quarta série. Os Pellegrino, os Boudreau, os Murray e os Schimel olharam calorosamente para os Rapazes.

Os Fogarty não sorriram. Winnie treinou resumi-los com uma observação: parecia que passavam as horas na via expressa inventando biografias de animais de pasto antropomorfizados que terminam mortos na estrada.

— W. Rudge — disse Mabel Quackenbush.

— Presente — respondeu Winnie.

— W? De Wanda? Wilma?

— W. — Ah, certo. — Winifred.

— E você vem de...? — perguntou Mabel, como se Winnie fosse uma concorrente burrinha num programa de entrevistas na TV, que tivesse conseguido passar pelo processo de triagem e precisasse ser cutucada.

— Vim de Cape hoje cedo, mas moro em Jamaica Plain — disse Winnie. — Solteira.

Esperando mais, Mabel olhou alguns papéis. Quando o silêncio se estendeu, disse:

— Bem, prazer em conhecê-la, Wini-*fred*. — Ela enfatizou a última sílaba, o que pareceu desnecessariamente hostil.

As esposas chegaram-se mais perto dos maridos, gratas por eles. À sua direita os Rapazes riram para Winnie com uma solidariedade que ela não sentia. Tentou não notar e se virou interrogativa para o casal seguinte.

George e LouBeth Murray. (Billerica, Massachusetts.) Infertilidade de natureza particular.

Os Boudreau. (Weston, Massachusetts.) Os dois filhos pequenos tinham morrido por inalação de fumaça quando uma empregada guatemalteca se esqueceu de verificar o filtro de ar da secadora. Hank Boudreau tinha insistido em tentar de novo, mas Diane estava muito adiantada na menopausa.

A sala ficou em silêncio. Alguém pigarreou. Alguém cruzou e descruzou as pernas. Apesar de suas melhores intenções, Winnie se pegou pensando que Diane Boudreau tinha sacrificado qualquer reivindicação de piedade por ser uma loura artificial tão despudorada.

Por fim os Fogarty. Malachy Fogarty, originário de Dublin. (Atualmente vivendo em Marblehead.) Mary Lenahan Fogarty era incomodamente *mignon*, um punhado de membros finos numa saia-envelope e três suéteres.

— Pós-anoréxica — confessou ela —, com tudo o que isso implica.

— E assim, o tema do dia — disse Mabel em voz mais baixa, tirando os óculos e mordendo a ponta da haste antes de colocá-los de novo — é a perda. Todos sofremos perdas, caso contrário não estaríamos aqui. Simples. Mas não importando que perda nos tenha trazido, o que o Famílias Felizes faz é *recuperar*. Recuperar as possibilidades da vida. Costurar os ferimentos, curar as cicatrizes e fazer algo pelos outros. E talvez, acidentalmente, por nós mesmos. Bom: aqui vai o comercial.

Cada negócio tem seu jargão. Ferimentos, cicatrizes, recuperações. O papo-furado de lanolina da indústria da compaixão. Mas Winnie admitiu que Mabel Quackenbush parecia do tipo que não faz prisioneiros, pelo menos era direta com relação à conversa de vendas.

A princípio Winnie rabiscou algumas anotações. Mabel tinha o discurso decorado. Declaração de missão, *status* de aprovação da Comunidade dos Estados, história. O Famílias Felizes atuava em nove estados, além do Distrito de Colúmbia. Uma matéria sobre a organização tinha sido publicada na revista *Boston* há três anos. As cópias já iam ser distribuídas.

Mas então a mente de Winnie se desgarrou. Ficou olhando as riscas de chuva escorregando no vidro fumê. Fazendo uma cortina no reflexo dos rostos ansiosos e amedrontados. Descobriu-se capaz de pegar mais leve com seus colegas candidatos ao estudá-los no vidro.

As esposas com úteros vazios. Os maridos. Winnie supôs que os Rapazes de Brookline, tecnicamente não sendo de fato esposos, tinham pouco menos de quarenta anos, mas o resto do pessoal na sala tinha no mínimo quarenta e tantos, e Malachy Fogarty era mais velho ainda. Cada marido era maior do que a esposa, cada marido se recostava na cadeira e a esposa se inclinava para a frente, cada marido parecia próspero e cauteloso. Cada esposa parecia pirada.

No fundo das entranhas do prédio, uma fornalha começou a zumbir mais alto, como se tentasse abafar o discurso de Mabel colocando o Famílias Felizes acima das outras instituições locais. O comercial venceu. Mabel piscava para eles com misericórdia nos olhos, misericórdia com uma camada de respeito adequado pelo dinheiro de clientes fazendo compras no mercado de bebês.

Diminuindo o pique, ela entoou:

— Para a maioria de vocês *existe* um Ente Precioso na vida. Talvez já nascido. Lá fora. Esperando. Vocês já deram o primeiro passo. Parabéns por enfrentar nosso furacão, que o Famílias Felizes programou para separar os fracos dos fortes. Agora vamos tomar o café, certo? Quinze minutos, pessoal. Quando voltarmos vou lhes dar uma idéia geral dos aspectos jurídicos das adoções internacionais, vamos rever questões de saúde e bem-estar, teremos algumas diversões e jogos. E depois da pausa para o almoço seremos visitados por uma Família Feliz, os Stanko, de Pepperell. Eles têm três Entes Preciosos vindos da Moldávia.

De repente Mabel Quackenbush pareceu exausta, como se preferisse estar em casa tomando café com bolo em vez de separar papéis com o bico do sapato.

— Estiquem os músculos. Espalhem-se e conversem. Olhem os cartazes.

Winnie não era muito de beber café, mas, como a única inscrita sem acompanhante, era um alvo óbvio para uma assistente social à caça. Por isso se escondeu num rebanho de outros candidatos remelentos e entrou na fila para um copo de água morna com leve sabor de café. Quando colocou açúcar suficiente para ficar tolerável, foi para o corredor, esperando ficar lá fora, na passarela coberta, e acender um cigarro. Mas um dos Rapazes a emboscou perto dos cabides de casacos.

— Você é uma Scrooge ou uma Cratchit? — perguntou ele.

Ela se encolheu e riu, ficando vermelha. Não queria conversar com ninguém. Esse era Geoff ou Adrian? Os dois exsudavam a benignidade que os gays de classe média pareciam adotar ultimamente.

— Sou uma escroque, se é isso que você quer dizer — respondeu, tentando ser honesta, se bem que esse não fosse seu ponto forte.

Imperdoavelmente direto, ele estendeu a mão e abriu o cachecol de Winnie sobre o peito. Dentro da trama de galhos entrelaçados de azevinho com frutinhas vermelhas estava estampada a imagem do sr. e da sra. Fezziwig dançando com alegria natalina. Oito, dez, uma dúzia de casais Fezziwig cabriolando numa sincronização perfeita.

— É aquela famosa ilustração, eu reconheci — disse ele. — Leio *Um conto de Natal* para minha turma da quarta série todo mês de dezembro. Sei muito bem identificar os Fezziwig.

Esse cachecol idiota da Bond Street, presente de Natal de John Comestor há alguns anos!

— Não lembro se você é Geoff ou o outro — disse ela, para mudar de assunto. — Você pôs o suéter por cima do crachá.

— Adrian. Adrian Moscou.

— Dos Spencer-Moscou.

— Ah, isso. Cara, você parece pasma. Não que eu a culpe. Isso é coisa do Geoff. Ele é que gosta desse negócio de família. Mas Geoff e eu não nos inscrevemos como um nome hifenizado, não hoje. É perigoso demais, considerando o que está em risco. Nosso *Ente Precioso*. Imagino que o pessoal do Famílias Felizes verificou nossos números do seguro social pelo computador, porque Spencer-Moscou é como a companhia telefônica colocou na lista.

— É de assustar — disse Winnie. Deve ter sido assim que o Famílias Felizes conseguira seu nome verdadeiro. W. Rudge. Ela se inscreveu como Dotty O'Malley, não foi? Atualmente a memória não era muito confiável.

— É assustador *mesmo* — disse Adrian Moscou, animado. — Bem, este é um dia assustador. O Furacão Gretl. Quem já ouviu falar de furacão nessa época do ano? Mais uma prova do aquecimento global, acho. E então, você vai passar por esse processo sozinha ou há um certo alguém esperando no estacionamento? — O que queria dizer, provavelmente, que ela era lésbica.

— Qual de vocês vai ser a mamãe? — contra-atacou Winnie.

— Bem, nenhum de nós quer ser o papai — disse ele, sem se ofender. Em seguida deu de ombros. — Acho que vamos ser como a governanta virgem dos romances vitorianos, e passar a vida a serviço de um Ente Precioso que jamais se incomoda em saber nosso nome.

— Inocentes e insensíveis — disse Winnie.

— Perdão...?

— É como James Barrie disse que as crianças eram. Em *Peter Pan*. Inocentes e insensíveis. — A frase inteira era *alegres e inocentes e insensíveis**, mas Winnie não estava a fim de entrar nessa linha de frescura.

---

*Em inglês: *gay and innocent and heartless*. (*N. do T.*)

Os Pellegrino se aproximaram. E Malachy Fogarty, mastigando antiácidos. Chega de histórias individuais. Esse pessoal estava livre num dia de semana? — Eles não precisavam adotar filhos. Precisavam compartilhar. Entrar em contato com sua infância interior. Só queriam falar de si. Winnie percorria as águas turvas com expressão vazia, preparando observações cáusticas para John Comestor no dia seguinte, quando chegasse lá. Ele adoraria tudo isso. Mas quando os Pellegrino se reagruparam para murmurar com os Boudreau, e Malachy Fogarty saiu procurando o banheiro masculino, Adrian Moscou disse:

— Eu sei, você deve ser o Scrooge arrependido que veio aqui adotar o Pequeno Tim.

Ela não podia suportar a idéia de ser tão sentimental quanto todos os outros ali. O Pequeno Tim! A coincidência de Adrian fazer referência a Scrooge era chocante e até perturbadora, mas verdadeira, admitiu ela.

— Não estou aqui para adotar uma criança. Só para observar o processo. Estou escrevendo um romance e fazendo pesquisas. Qualquer coisa ajuda. Você sabe.

— Legal — disse ele. — Maneiro. Nós somos a matéria-prima?

— Bem, você tem de admitir, é coisa de primeira. Despir nossa alma desse jeito.

— Embaraçoso. Mas faça o que tiver de fazer. Pelo menos tudo é a serviço de outras pessoas, e não somente nós.

— É o que dizemos, pelo menos — respondeu ela. — Alguns de nós nos viramos sozinhos melhor do que os outros. — Ele ergueu uma sobrancelha, não sabendo o que ela queria dizer. Winnie percebeu que ele ficou feliz porque Mabel Quackenbush estava pronta para recomeçar. Pediu licença a Adrian Moscou. Quando Mabel Quackenbush começou a próxima parte do programa perguntando se havia alguma pergunta até agora, Adrian levantou a mão.

— A srta. Rudge aqui é escritora — disse ele. — Está pesquisando para um livro. Isso me faz pensar em quem tem acesso a nossas fichas de inscrição. Qual é a segurança do material particular nos nossos arquivos?

— Ah, uma escritora — disse Mabel Quackenbush. — Eu não sabia, Winifred. Que bom. — Ela já vira de tudo e sabia como lidar com isso. — Gostaria de nos contar mais?

Winnie não gostaria. Mas seu disfarce caiu por terra. Olhou para toda parte, menos para Adrian Moscou.

Tentou pensar no que dizer. Durante toda a pausa, o som de um caminhão lá fora, com os bipes da marcha a ré pontuando o som do vento: entregando mais bebês na área de carga?

— Tenho certeza de que você não está aqui para se aproveitar das histórias alheias — disse Mabel Quackenbush. — Isto é sério. Espero não ter de pedir que vá embora.

— Não, não precisa — respondeu Winnie. — Eu tenho o direito de estar aqui. Preenchi todos os formulários. Só estou escrevendo um livro sobre adoção. Isto é, um romance. Os menores detalhes fazem a maior diferença. Meu personagem vai para a Europa Central adotar uma criança. Eu tomo notas — ela brandiu o bloco espiral com vivacidade —, tomo notas compulsivamente. Com o tempo tudo acaba servindo. Posso ajudar ao ramo de adoções.

— Você já publicou alguma coisa? — perguntou Mabel em dúvida, com a mesma voz em que havia perguntado se os outros casais tinham mais filhos.

— Infelizmente nada de que vocês ouviram falar — respondeu Winnie. Os livros infantis de W. Rudge eram publicados com regularidade agradável, mas pouca fanfarra. Sua única publicação para adultos, *O lado obscuro do Zodíaco*, era um lixo de auto-ajuda com tremendo sucesso, lançado sob o pseudônimo de Ophelia Marley. Era a vaca leiteira que a sustentava, mas os úberes estavam secando.

Mabel Quackenbush se levantou.

— A chefia deve estar chegando, a não ser que a tempestade os tenha mantido em casa. Vou lá em cima para uma pequena reunião. Enquanto isso vamos começar um jogo de personagens. Você também — disse ela cheia de júbilo a Winnie. — É melhor participar empolgada antes que a gente chame o segurança para quebrar todos os ossos dos dedos que você usa para digitar. Bom, gente, grupos um, dois e três.

Fizeram isso. Winnie no um. Entrou para um círculo menor com Adrian Moscou, Leonard Schimel, Diane Boudreau e Malachy Fogarty. O grupo um deveria representar a seguinte situação: você tem um Ente Precioso na cozinha e a Mãe Original aparece com documentos provando o relacionamento anterior. O que você faz, querido?

— Eu seria um horror. Admito. Só ia chorar — disse Adrian Moscou. — Depois ligaria para o FF pedindo conselho, provavelmente. Choraria mais um pouco.

— A gente entra na justiça — disse Leonard Schimel. — Não há coisa melhor. Entra na justiça depressa, com força, e não dá mole. Consegue uma ordem de guarda. Eu conheço pessoas.

— Qual é o problema? — perguntou Diane Boudreau. — Eu convidaria a Mãe Original a entrar. Serviria um bule de café. Quanto mais aberta, melhor. Pretendo que nossa criança saiba de tudo, logo que consiga entender o inglês. Não se pode esconder essas coisas debaixo do tapete.

— Você é maluca? — disse Malachy Fogarty. — Uma Mãe Original? Eu expulsaria a vaca. Ela desistiu da criança, não foi? Eu arranjaria uma arma. — Todos teriam rido se ele não parecesse falar a sério.

A atenção se voltou para Winnie, que não tinha falado. Ela deu de ombros:

— Como não estou aqui para adotar, não preciso fazer esse jogo, não importando o que Mabel diga.

— Mas essa situação é como escrever uma história — disse Adrian. — Esse não é o seu trabalho? Você deveria ser boa em inventar o que fazer.

— Eu deveria ser muito boa nisso, não é? Mas não consigo abrir esta porta, não consigo ver esta cena. Só consigo escrever as cenas que posso ver.

— Você tem de representar — insistiu Diane Boudreau. — Caso contrário, vamos trocá-la com outro grupo.

— Eu registro nossas observações. Repasso para todo mundo. Sou boa nisso.

Mabel Quackenbush estava demorando lá em cima. Eles ficaram sentados num impasse durante alguns instantes, ouvindo o riso e depois a discussão mais cautelosa dos outros dois grupos. Em seguida a chuva batendo com mais força no vidro, no estacionamento.

— É ótimo não estarem fazendo o Halloween esta noite — observou Diane depois de um tempo. — Pensem naquelas criancinhas andando na rua num tempo desses! É perigoso demais.

— Pequenas máscaras de caveira pingando na chuva — disse Adrian. — Gosto disso. Dá verossimilhança, não acha, Winifred? Os cadáveres se liquefazem, você sabe. Por isso plantam tantas árvores nos cemitérios. Para sugar os sucos.

— Que coisa alegre! — exclamou Diane.

— Geoff e eu vamos a uma festa esta noite — disse ele. — O negócio é ir fantasiado da pessoa por quem você mais gostaria de ser assombrado. A fantasia do Geoff é moleza, ele vai de Bruce Springsteen no álbum *Born to Run*. Camiseta branca, jeans, boné. Ajuda o fato de ele ter o corpo para isso — acrescentou com orgulho presunçoso. — Quem não gostaria de ser assombrado pelo Chefe?

Ninguém perguntou a Adrian de que ele iria fantasiado.

— A própria idéia de ser assombrado não é você não poder escolher quem assombra? — perguntou Diane.

— Nós somos assombrados pela Receita Federal, aqueles vampiros — disse Malachy. — Metade do motivo para eu querer contratar uma criança é conseguir o desconto de adoção e abatimento no imposto de renda.

Eles deram risinhos pouco convincentes. Adrian se virou para Winnie.

— E então, quem você escolheria para assombrá-la, em suas fantasias mais loucas?

— Eu sou escritora, passo tempo demais com fantasias literárias — respondeu com modéstia. Mas admitiu para si mesma que estava fascinada pela imagem de crianças fantasiadas pedindo doce, cobertas por uma neve prematura. Nada mal. Perturbadora e calmante ao mesmo tempo. A neve transformando em fantasmas cada bruxinha, mendigo e bailarina. Rabiscou algumas palavras no bloco.

Quando Mabel Quackenbush voltou parecia tensa como a última *apparatchik* soviética.

— Você. Sinto muito. Eles fizeram uma pesquisa no computador. Disseram que tem de ir embora. Sem discussão.

O grupo se eriçou ligeiramente, mas não dava para saber se era a favor de Winnie ou não.

— Pessoa desagradável — observou Adrian, pelo menos ousando opinar, que Deus o abençoasse. — Qual é a sua?

— Não faz mal — disse Winnie. — Não importa. Vou indo.

— Você pode verificar na recepção, se quiser saber dos motivos — disse Mabel. — Sinto muitíssimo, querida. — Ela parecia pronta para brigar.

Foi com Winnie até a porta, uma espécie de leão-de-chácara de meia-idade. Em voz mais baixa, falou:

— Eles sabem quem você é. Deixaram um bilhete na minha caixa, mas não vi porque cheguei atrasada por causa da chuva e coisa e tal. Você se inscreveu usando pseudônimo? Por quê? Deveria ter adivinhado que eles não permitem isso.

— Tenho certeza de que houve algum equívoco — disse Winnie, de modo ligeiramente absurdo. — Mas não faz mal. Estou saindo do país amanhã, de qualquer jeito. Vou usar o tempo para fazer as malas. E as estradas só vão piorar. — Ela pegou suas coisas e tentou não ser muito apressada. Não olhou para Mabel enquanto saía.

Winifred W. Rudge, em seu carro meia hora antes do almoço, pensando: como todo mundo ali é pequeno e suscetível! Como pode ser? Será que ser infeliz no quesito óvulo e espermatozóide apaga toda a dignidade pessoal? Quem precisa escrever ficção hoje em dia?

Mas não eram eles; disso sabia. Eram seus próprios olhos, vendo as coisas de modo complicado e falso; eram seus ouvidos, prontos para discriminar a favor do que era ridículo e não do humano. Isso fazia parte de seu problema. Era isso que lhe dera a visão fria para criar *O lado obscuro do Zodíaco*, era o que tornava tão divertidas as fofocas ácidas com John Comestor. Quando, na verdade, o que havia de tão terrível em Mabel Quackenbush vender espanto de papai e desejo de mamãe a pessoas sem filhos, se as crianças iriam se ligar a famílias? Cuidado para não se sentir superior, disse a si mesma. Ou ressecada. Ou morta.

Pegou as chaves do carro, esperando que ninguém dentro da fortaleza do Famílias Felizes estivesse olhando seu exílio. Começou a ficar altiva, vendo-se como se estivesse a três metros de distância. Não com olhar de cinegrafista, enquadrando tudo, calibrando as aberturas, assando a cena com luzes — mas vendo-se como uma escritora de meia-idade, lutando para ganhar dinheiro, amedrontada com o futuro. Qual é a aparência da romancista no meio de um trabalho, quando entra num carro numa tarde de chuva e neve num subúrbio de Boston? Uma escritora prejudicada na profissão pela limitada capacidade de simpatia?

O vento arrancou a porta de sua mão; as dobradiças rangeram. A tempestade foi adiante. Seu cabelo se agitou. De repente ela desenrolou o cachecol ridículo e o deixou voar, uma bandeira de rendição em verde e vermelho entrelaçados, os Fezziwig dançantes planando por cima da mureta de concreto, acenando para o tráfego que se arrastava na Rota 128 engasgada de neve.

Nariguda, pensou, nariz parecendo um batente de porta feito de ferro. Bochechas firmes e chatas. Uma pequena pinta azulada numa das narinas, que parecia tinta, mas era algum resíduo de capilaridade implodida, resultado de um magnífico sangramento nasal quando tinha doze anos. Não era alta, nem atarracada, nem esguia, nem gorda. Um corpo que dava para o gasto, sem glamour, apesar de ainda não estar caído.

— Por que você falou que era escritora? — perguntou em voz alta. As palavras saíram numa fiada, atrás do cachecol. — Adivinhou que Adrian iria dedurar? Esperava isso? Estava *tentando* ser expulsa?

Em segurança no carro, enxugando a chuva da testa com um lenço, acrescentou:

— E desde quando começou a falar sozinha?

Mas você é escritora. É isso que você faz. Só que em geral não em voz alta.

Curvou-se sobre o volante, odiando-se por ser tão atrapalhada. Espiando enquanto a chuva se transformava em neve e voltava a ser chuva, seguiu derrapando e deslizando pela Rota 9, vendo o céu escorregar e se espraiar acima. As torres cinzentas da Huntington Avenue e da Huntington South destacavam-se da textura de papel corrugado da atmosfera úmida do dia.

O carro mal se arrastava, quando Winnie chegou à Huxtable Street, e roçou num poste da cerca de um vizinho enquanto ela fazia a curva para se espremer na vaga. Mas seu humor tinha melhorado, animado pela promessa de ver o primo no dia seguinte. Contaria a ele sobre o professor gay mexendo no cachecol; John gostaria disso. O que diria se John perguntasse por que tinha jogado o cachecol fora? Bem, não diria que fez isso. Deixe o Scrooge e todo o resto — aquele *passadismo* da vida — ir embora, deixe tudo isso voar.

Subiu cuidadosamente a escada de madeira da casa geminada. Sem graça, sem graça, sem ornamentos, sem consolo. Lar. E então, quando enfiou a chave na fechadura, parou, mesmo com a chuva fria batendo no rosto — lembrando-se das primeiras frases de *Um conto de Natal*. Scrooge percebendo pela primeira vez suas negras epifanias.

Marley estava morto: para começar.

Tendo desprezado parentes, empregados e os pobres imundos, Scrooge foi para casa com o estômago cheio de azedume, virou a chave na fechadura e viu a aldrava da porta se transformar no rosto de Marley com —

ela sabia muito bem — *uma luz lúgubre, como uma lagosta estragada num porão escuro...*

Não havia aldrava em sua porta. Mas ela sentiu um choque de presença, ou imaginou. Talvez nada além de um rato-do-campo que tinha se refugiado na casa por causa da neve fora de época. Curvou-se e espiou pela fenda da caixa de correio. Como muitos que ganhavam a vida explorando o apetite do público por magia, ela era uma racionalista de coração pétreo. Não esperava espiar para dentro de qualquer tipo de vácuo — nenhuma armadilha de estrelas e galáxias — nenhum outro mundo etéreo e fantasmagórico. Em vez disso, preocupava-se com a hipótese de surpreender algum bandido da vizinhança disposto a aliviá-la do aparelho de som e de componentes do computador. Mas não havia nada, somente o ar frio e pesado de uma casa não ocupada. Havia uma luz acesa na cozinha, bronzeando a parede em que ela havia pintado com estêncil abacaxis borrados e pouco convincentes. Os abacaxis se apagaram e retornaram. Falha de energia na tempestade? O pano de pratos estava embolado no tapete trançado onde, vários dias antes, atrasada e com pressa, ela o deixara cair.

Virou a chave do trinco, depois da fechadura de baixo, e abriu a porta. Preparando-se para o toque melódico que soaria por trinta segundos até que ela digitasse o código. Foi jogada contra o portal, mas não por um intruso, só pela surpresa. O alarme errado estava tocando. O outro. A sirene tipo "isto não é um teste".

O barulho era tão gigantesco que ela teve de se obrigar a ir pelo corredor até o armário onde ficava a unidade de controle. Seu código de quatro dígitos não matou o estardalhaço. Digitou-o várias vezes, depois deu socos no teclado até que, acidentalmente, bateu no botão que interrompia o circuito. E a próxima coisa que aconteceria, se o sistema funcionasse, era alguém do escritório central em Nebraska ligando para pedir sua senha. Se tudo estivesse bem, ela deveria pronunciar o sinal secreto, e diante disso o pessoal de Nebraska cancelaria o pedido para a polícia de

Boston mandar um carro. Mas no caso de haver uma arma apertada em suas costas ela deveria dizer uma outra palavra, e os policiais chegariam em cinco minutos.

O telefone tocou, e num instante ela estava perto. Pegou o fone e disse rapidamente:

— *Marley, Marley, Marley*, está tudo bem; deve ter havido um curto. Estamos com uma tempestade aqui. Eu mesma acionei. Não precisa mandar uma radiopatrulha.

Nenhum som do outro lado.

— É da Ironcorp? Ironcorp Segurança? Você está no viva-voz? Pegue o fone, droga.

Silêncio, e então a ligação se interrompeu. Sem musicalidade, foi substituída por um tom de discar.

Winnie ficou segurando o telefone por mais um instante, mas longe do corpo. Então vieram as três notas e a mensagem condescendente:

"Se você quiser fazer uma ligação..."

— Eu quero que você cale a boca e suma da minha vida — disse para a voz gravada, e bateu o fone.

Quase imediatamente o telefone tocou de novo. Ela olhou para a esquerda e a direita — e se um intruso estivesse invadindo a casa pelo porão no mesmo instante em que ela entrava pela porta da frente? E se não estivesse sozinha ali?

Pegou o fone e segurou longe do ouvido, esperando escutar uma voz. Ninguém falou, mas houve um sibilo de novo.

— John? — disse ela. — É você?

Outra pausa, depois uma voz.

— É Winifred Rudge?

— Bem, é da Ironcorp Segurança ou não?

— É Adrian Spencer-Moscou, Adrian Moscou, na pausa para o almoço no Famílias Felizes. Estou me sentindo culpado por dedurar você. Olha, eu realmente sinto muito e estou me odiando, e como punição...

— Tudo bem. Foi você que ligou agora mesmo e desligou? Você está prendendo minha linha, e a polícia vai aparecer aqui na porta se eu não desligar imediatamente. — E desligou.

Então esperou a ligação da Ironcorp Segurança. Ou que a polícia de Boston aparecesse para verificar a suspeita de violação de suas defesas domésticas. Em meia hora nenhuma das duas coisas tinha acontecido. Com ou sem tempestade, alguém deveria pelo menos *telefonar*, pensou Winnie. Por que estou pagando 38 pratas por mês se o sistema não funciona? Eu poderia estar de cara no chão, numa cola do meu próprio sangue endurecendo, e quem iria se importar?

Mas demorou algum tempo — uma ruidosa xícara de chá, portas de armários batidas, xingamentos chocantes e teatrais — até juntar coragem e ir para o andar de cima. Na verdade, quem *iria* se importar se ela fosse assassinada ou mutilada?

Para evitar a resposta a essa pergunta continuou fazendo as malas. Pediu o táxi para a ida de manhã cedo ao aeroporto Logan. Arrastou um cesto de roupa suja até o porão mofado e pôs um lote de roupa de baixo na máquina com um pouquinho de água sanitária. Aparentemente seria uma tarde longa.

Não conseguia tirar da mente a idéia de que havia alguma coisa na casa com ela, ainda que cada cômodo só parecesse estar cheio de sua própria vida vazia.

Quem você escolheria para assombrá-la, se tivesse opção?

Claro que há mais alguém na casa, disse a si mesma: aquela chata da Wendy Pritzke de novo. Wendy e sua história. Será que se tornaria outro exercício de excesso gótico, nascido do lado mais sombrio da sensibilidade de Winnie? Ela era capaz de fazer livros infantis tipo leite achocolatado com uma das mãos e premonições de uísque com arsênico com a outra. Com que facilidade a Terra do Nunca é corrompida pela ilha deserta de *O senhor das moscas*! Com que rapidez a fada Sininho retorna para ser uma das moscas empesteando as órbitas vazias do porco que os meninos perdidos trucidam.

Quem era Wendy Pritzke? Winnie não conseguia dizer muito bem até que o livro tivesse começado a se desenrolar. Tinha detalhes e charadas, mas nenhuma quantidade de detalhes aleatórios poderia formar uma vida convincente. Em vez disso, acreditava que era preciso uma vida convincente para conferir sentido e significado aos detalhes aleatórios. E nesse ponto não sabia muito sobre a vida de Wendy.

Mas duvidava de que Wendy Pritzke fosse se demorar na Inglaterra: Wendy Pritzke provavelmente estava se mandando para a *Mitteleuropa*, tendo Londres apenas como uma parada na viagem. Wendy Pritzke indo para algum lugar mais sombrio do que qualquer local acessível à Circle Line. A partida de Wendy Pritzke do Terminal Dois do aeroporto Heathrow para a Romênia. Seu vôo ruim sobre o Canal da Mancha, as planícies costeiras da França, os bolsões dos vales alpinos com sombras nítidas...

Não perca tempo com Wendy hoje, ordenou Winnie a si mesma. Você ainda não está pronta, nem saiu de Boston. Mas um novo livro tomava conta como queria e quando queria, e pouca coisa o controlava. Quando desceu para tirar a roupa lavada, levou o telefone sem fio, para o caso de a Ironcorp Segurança acabar respondendo ao alarme. Também levou um caderno para anotar algumas frases ou reviravoltas de enredo, ou breves revelações de personagens caso lhe ocorressem enquanto limpava o filtro da secadora. Tudo o que conseguia rabiscar, repetidamente, era *Wendy, Wendy:* a amiga sem romantismo de Peter Pan, sua mãe substituta, como se houvesse alguma coisa a descobrir com isso.

Como o táxi estava pedido para as cinco da manhã, preparou-se para dormir cedo, enfiando uma bolsa d'água quente sob o lençol e apreciando o copo de geléia com um centímetro e meio de McLelland, malte simples. Sabia que John, esperando informações atualizadas sobre seus planos de viagem, teria desligado a campainha do telefone e ligado a secretária eletrônica, por isso discou o número dele sem medo de acordá-lo às quatro da manhã.

Mas o telefone só tocou e tocou, o familiar toque duplo da British Telecom. A secretária não atendeu.

Finalmente indo para a cama, virou-se para acertar o despertador do rádio-relógio digital. Os numerais azuis e gélidos pulsavam.

00:00
00:00
00:00

O relógio estava escrevendo 0000, 0000 para ela, pensou. Estranho. Então tinha havido mesmo uma queda de energia com a tempestade; provavelmente por isso o alarme havia disparado. Mas mesmo que tivesse perdido a hora certa, em geral o relógio começava a contar os minutos a partir do momento em que a energia era restaurada.

00:00
00:00

Começou a mexer na parte de trás do relógio. Não conseguiu fazer com que funcionasse. As entranhas deviam ter fritado. Tinha de levantar e procurar outro despertador. Achou um e verificou se ainda tinha pilha. Não tinha vizinhos de quem fosse suficientemente amiga para pedir ajuda, nenhum amigo para quem ligar, mesmo no horário respeitável de nove da noite. Por isso ficou feliz quando o pequeno relógio de plástico ainda tiquetaqueava e tocava o alarme devidamente.

Mas se acomodou no travesseiro sabendo que tinha pela frente uma noite de sono ruim. Estava inquieta com tudo que acontecera no dia, desde o acidente na rodovia JFK até o despertador quebrado. Essa tempestade trouxera azar. Uma falha de energia era coisa simples, mas pensar na emasculação do tempo:

00:00
00:00

Bem, isso lhe dava uma sensação gelada na garganta.

Durante toda a noite a casa estremeceu, a fornalha tossindo como se tivesse enfisema, as janelas chacoalhando nos caixilhos. Uma sombra bateu asas de repente no escritório, sob os beirais. Peter Pan invadindo? Virou-se para longe do barulho, sem se alarmar. Quem diz que ele permaneceu doce e não violento? Afinal de contas sua mãe tinha fechado a janela para ele não entrar. Por que ele não voltaria para trucidá-la? Ele jamais cresceu, estava perdido e continuava sem ser reivindicado, de modo que nesses dias atuais devia ter aprendido alguma coisa sobre crianças com armas em pátios de escola, lanchonetes e trilhos de trem. Ele saberia como fazer.

Mas Winnie se surpreendeu dormindo a sono solto, só acordando alguns minutos antes de o despertador tocar às 4:15. Sentia-se tranqüila e nem mesmo muito cansada. Já mudando mentalmente para o horário de Greenwich, esperava.

Terminou de fazer as malas e as levou até a porta. Um pedaço de papel que ela devia ter deixado ao pegar a correspondência no chão no dia anterior, uma circular. Pegou-a e olhou antes de jogar no cesto de lixo. Tinha visto coisas do mesmo tipo dezenas de vezes: um fino cartão branco impresso em azul, endereçado ao "Morador" da Huxtable Street, 4. A Mailbox Values pergunta: Você Nos Viu? Duas fotos impressas embaixo, uma de uma menina havaiana com olhos muito juntos e virados para fora, outra de uma loura dentuça de cerca de cinqüenta anos. Você nos viu? "Mais de 95 crianças foram recuperadas em segurança." Ligue para 1-800-PERDIDO.

Amassou-o antes de jogar fora. Depois parou junto à janela para que o motorista não precisasse buzinar àquela hora. A chuva parecia estar misturada com neve outra vez, a rua era um vazio negro, com a precipitação em branco e prata se destacando. As cidades bem iluminadas à noite, especialmente quando vazias, parecem cenários de filme. Na Huxtable Street ela imaginou uma pequena tribo de crianças fantasiadas, brincando de "gostosuras ou travessuras" na escuridão eterna. Uma multidão paciente e muda de fantasmas, com máscaras de borracha do Frankenstein e Ronald Reagan, rostos plásticos de alienígenas e bruxas, fuligem de mendigo. Esperavam diante de sua casa. Não tocavam a campainha. No meio deles o táxi parou e ficou ali, com o amarelo-mamangava mais real do que eles. Winnie ajustou o alarme contra ladrões. Trancou a casa. Não sabia quando veria de novo a casa da Huxtable Street, mas esperava que, quando voltasse, a história de Wendy Pritzke estivesse suficientemente desenvolvida no papel para não mais assombrá-la.

Estava caçando uma história, mas não era a de Wendy Pritzke.

Era a primeira vez que pegava um vôo diurno para a Inglaterra. Os comissários de bordo pareciam casuais, como se fosse feriado para eles, e o saguão de partida estava quase vazio. Winnie pouco esperou ser mandada pelo túnel de embarque sem que verificassem a passagem ou o passaporte. A mulher que fez o *check-in*, uma ruiva alta e de lábios grossos cujo crachá dizia FRETTA, estava bocejando enquanto fazia anúncios pelo sistema de som.

— Isso é meio preocupante — disse Winnie. — Por que ninguém está viajando hoje? O tempo está pior do que pensei?

— É uma nova rota. As pessoas ainda não se acostumaram — respondeu Fretta.

— Eu viajo para a Inglaterra o tempo todo. Nunca vi um saguão de embarque que parecesse tanto um túmulo. Você já viu algum passageiro pirando quando a coisa fica assim?

— Ah, sempre tem alguém pirando. O movimento não é muito grande, mas há mais algumas pessoas para o *check-in* atrás da senhora. Faça uma boa viagem.

— Se o vôo está tão vazio, será que posso passar para a classe executiva?

— Sinto muito. — Fretta examinou o saguão procurando mais um passageiro para o *check-in* e estalou os nós dos dedos.

Winnie encontrou sua poltrona — 31K — e, sentindo-se como se tivesse levado uma bronca, adiou a busca por um lugar melhor. Não havia praticamente ninguém nessa parte da cabine. Nenhum bebê berrando, nenhum casal de aposentados batendo papo, nenhum empresário batucando no computador. Fretta nem se incomodou em usar uma bandeja quando trouxe para Winnie um copo plástico com suco de laranja.

— Aqui — disse ela, como se estivesse dando um copo com canudinho a uma criança pequena.

Winnie tirou os sapatos e calçou as meias dadas de brinde pela empresa. Torturou-se na poltrona, sentindo-se apertada mesmo estando sozinha. A chuva na pista transformava Charlestown, Winthrop ou sei lá que cidade era aquela do outro lado do porto escuro em fatias de luz colorida. Uma visão bonita, mas distante, e Winnie mal havia cutucado um Robert Louis Stevenson na mente

> A chuva cai em toda parte,
> Cai em campos e árvores,
> Cai nos guarda-chuvas aqui,
> E nos navios no mar

quando a chuva simples se transformou outra vez na neve irritante.

Tinha esquecido de pedir um táxi para recebê-la em Heathrow. Droga. Poderia chamar Fretta e perguntar se podia usar o telefone internacional, mas a aeromoça estava em algum lugar, provavelmente batendo papo com as amigas ou oferecendo aos pilotos algo para ficarem acordados. Winnie encostou a cabeça na janela, quase dormindo, sabendo que o cobertor dobrado podia escorregar.

Seu primeiro e mais importante destino era a Casa Rudge em Weatherall Walk, aquela calma rua sem saída no Holly Bush Hill, no topo de Hampstead. A casa da família Rudge era recente, pelos padrões ingleses, já que seus cômodos originais datavam do início do século XIX. Na verdade isso era ontem. Mas na década de 1930 a casa fora dividida, e quando sua geração chegou a ponto de herdar alguma coisa, a única parte que restava nas mãos da família era o apartamento do último andar. Deveria ser o apartamento de Winnie, caso seu pai não tivesse morrido tão jovem, caso a irmã de seu pai não tivesse se casado com um viúvo com um filho, John Comestor. Winnie adorava a casa e desejava que seu primo adotivo John pudesse comprá-la inteira de volta, pedaço por pedaço, mas ele não podia, e seria insensatez de sua parte se envolver. Era bom ter um lugar onde ficar, era gentileza dele agüentar sua quase-parente peripatética. Especialmente porque a casa deveria ser dela.

A partir de suas visitas freqüentes e curtas estadas ocasionais, Winnie possuía um mapa mental da Londres moderna. A cidade girava ao redor da Casa Rudge, a apenas dez minutos dos ventos de Heath. Sua Londres pessoal incluía bibliotecas, teatros, museus, parques e algumas casas cuja lembrança ela guardava como um tesouro, por terem sido cenário de aventuras de quarto.

Também tinha na mente sua Londres mais imutável, uma cidade mais antiga, que ela vinha formando desde os oito anos. Como para muitos americanos, era uma Londres literária. Mas ela não se importava com a superaquecida Bloomsbury. Nunca havia marcado em sua Londres interna as estalagens de Dickens nem os salões de Pope e Boswell. Nem mesmo a atração universal da Inglaterra shakespeariana e a Londres puritana de Pepys e Milton haviam se fixado muito. A Londres mais firme de Winnie era um modelo de leituras infantis.

Podia vê-la na mente. Fervilhava daquela vitalidade específica das histórias. A andorinha em sua visão ampla circulava de modo aleatório, admirando sua Londres pessoal. Ela incluía Primrose Hill, onde começavam os Latidos Crepusculares dos *101 dálmatas*. Ali estava uma rua em Chelsea, chamada Cherry Tree Lane, em cujas calçadas a eterna babá-deusa da Inglaterra, Mary Poppins, cuidava de suas crianças. Ali estava a estação de Paddington, em cujo saguão espaçoso um urso chamado Paddington havia se perdido, depois sido encontrado. Ali estava Kensington Gardens, a versão sombria de Rackham, com diabretes e gnomos logo além de onde se podia enxergar, e Peter Pan, a criança perdida e abandonada primordial, um bebê vestido com folhas de carvalho, ainda agachado ali mesmo quando milhares de enlutados depositavam buquês de flores pela morte da princesa Diana.

Londres era um tesouro da magia da infância, para alguém que antes dos doze anos tinha lido tão obsessivamente quanto Winnie. Bastava recuar só um pouquinho e uma parte maior da Inglaterra se envolvia: um pedaço de rio indo para Oxford, onde um rato e uma toupeira se agitavam num barco. O coelho Peter roubando embaixo de alguma escada no Lake District. Em algum lugar desta ilha, seria em Kent?, a Floresta de Cem Acres, com as figuras que ainda precisam aprender que os brinquedos de serragem morrem com tanta certeza quanto as crianças. A irreprimível Camelot, sempre irrompendo de algum morro. Robin Hood vestido de verde, o Puck de Pook's Hill, de Kipling, e logo abaixo daquilo tudo, lugares apenas ligeiramente menos ingleses, as pavorosas improbabilidades do País das Maravilhas de Alice, os vales repletos de florestas da teocracia de Nárnia, as colinas pedregosas torturadas pelo vento e as vastidões da Terra Média.

A lembrança da força dessas primeiras leituras fazia parte do que a levara a escrever para crianças. A pessoa que se tornaria um leitor por toda a vida devia primeiro tropeçar em material muito rico, cedo, e com freqüência. Aquilo vivia por dentro, um tipo de caçada extremamente agradável.

E a Inglaterra mágica era interminavelmente reinventada, mestres modernos como Philip Pullman e Sylvia Waugh e J. K. Rowling enchendo-a com seus demônios e seus Mennyms* e seus *muggles***. Todos esses livros com mundos lado a lado, sempre com vazamentos jorrando uns para os outros.

---

*Mennyms são personagens de uma família de bonecas de pano das histórias de Sylvia Waugh.

**Trouxas ou não-bruxos, na série de livros Hary Potter.

O único Dickens que realmente atraía Winnie Rudge era *Um conto de Natal*. Em parte por causa da lenda da família, claro, mas também era a história de Dickens mais parecida com um livro infantil. A aldrava com o rosto de Marley! O que Scrooge mereceria, se não tivesse tomado jeito? Ser deixado fora da vida, fora das janelas fechadas do quarto das crianças, como Peter Pan, ou coisa pior...

00:00

00:00

Acordou com um susto. O alarme de segurança disparando outra vez? Não. Era a janela do avião; tinha riscos de sangue espumoso. Recuou o pescoço, saltando para longe, para o outro lado do corredor. Ou talvez tenha gritado. Fretta, a aeromoça, enfiou a cabeça para fora da cozinha.

— Está tudo bem? — disse toda animada.

Winnie apontou para a janela.

— Ah, isso. É a equipe de terra descongelando o avião. É uma substância quente chamada glicol, ou sei lá o quê.

Rosa, medicinal, aquosa. Winnie se levantou e disse:

— Os banheiros estão usáveis?

— Ah, sim. Não recebemos autorização para decolar, de modo que fique à vontade.

Foi cambaleando até o toalete. Queria o anonimato da decolagem. Queria outra Londres como modelo, e não aquela em que as promessas da infância sobreviviam tão habilmente à zombaria. Sentou-se no assento plástico e pensou nisso. Kenneth Grahame escreveu sobre os idílios da infância em *Dream Days* e *O vento nos salgueiros*, e a morte de seu filho Alistair nos trilhos de uma ferrovia foi provavelmente suicídio. Um dos Meninos Perdidos originais, para quem James Barrie tinha inventado *Peter Pan*, também se matou. Christopher Milne, o Christopher Robin das histórias de seu pai, choramingou em letra impressa até a morte. A maldição da fantasia infantil.

Apertou a alavanca. Descarga de alta potência. As duas pontas bem cortadas dos rolos, lado a lado, acenavam com as mãos de papel branco no poderoso movimento do ar, como se sinalizassem para ela voltar à poltrona. Esse avião está agourento, pensou. "O sanitário assombrado." Azar o meu.

Cochilou de novo durante a decolagem e só acordou quando uma espécie de café-da-manhã morno foi jogado por Fretta, que agora parecia se ressentir porque o avião deveria levar algum passageiro. Winnie rasgou a embalagem do queijo e conseguiu engolir o café indiferente. Mais tarde, andando pela cabine para acordar e afastar a sensação ruim, parou para espiar através da janela de uma das portas de emergência. Talvez o vôo já estivesse na metade, acelerado pelo furacão Gretl. Nada para ver além do anonimato das nuvens.

Nada para ver além do azul. Nenhuma ilha ou barco, nenhum avião menor afastando-se abaixo. Só três ou quatro finas camadas de nuvens, desenrolando-se como mortalhas recém-lavadas entre seus pés com três pares de meias e o piso do mar azul e sem emendas.

Imóvel a 880 quilômetros por hora.

Sua Londres seria uma parada no caminho, por isso não se incomodou em mapeá-la na mente. Havia alguns amigos a ver, algumas compras de última hora. Tinha Jack, o Estripador, no pensamento e queria dar uma olhada em Whitechapel e Aldgate, para o caso de haver um livro ali. Com sua tendência à morbidez estimulada, tinha se fixado num beco ao norte da High Street em Whitechapel, uma passagem circular chamada Thrawl Street. Nenhuma das nove mulheres assassinadas tinha sido encontrada ali, mas era um ponto central ao redor do qual vários dos assassinatos podiam ser organizados. Emma Smith, Martha Tabram, Annie Chapman e Mary Kelly. De qualquer modo as palavras *Thrawl Street* a atraíam.

Voltou para a poltrona. Enquanto estivera fora, uma mulher tinha passado para o lugar vazio do outro lado do corredor. Uma mãe adolescente com blusa de caubói cheia de lantejoulas, aninhando um amontoado de bebê enrolado em cobertores cor de bala de hortelã. Onde é que essa mamãe da montanha tinha conseguido o dinheiro para viajar? Era uma crise em pessoa, tocando a campainha para chamar a aeromoça a cada três ou quatro minutos. *A mamadeira: poderia esquentar? A mamadeira: agora está quente demais, poderia tentar outra? Você não tem suco de laranja?* A mãe tinha o rosto sujo e usava a exaustão com orgulho. O bebê era sua licença para ser exigente. Talvez ninguém jamais a ouvisse arengar antes.

Mas era preciso sentir pena do filhote e não culpá-lo pela agitação. Como sua mãe zurrava! *Por que é tão difícil aumentar o calor nessa porcaria de lugar? Está... tipo... gelado!*

Graças a Deus pela revista da companhia aérea, pensou ela, mergulhando nas folhas com um entusiasmo falso.

Eram monstros afáveis assim que faziam Jack, o Estripador, ir atrás de mulheres jovens, decidiu: quem podia tolerar a entrega do mundo a alguém que se comportava como se tivesse dado à luz o próprio mundo?

Acordou com cãibra no pescoço, pensando, perversamente, em Mabel Quackenbush. Mabel pondo-a para fora do Famílias Felizes! Que indignidade! Mas em sua mente sonolenta Winnie também pensava em outra Mabel, a chata amiga da pequena Alice no País das Maravilhas. Alice, com medo da monstruosidade do País das Maravilhas, imaginava se tinha sido transformada durante a noite, se tinha virado alguém diferente — talvez Mabel, que sabia tão pouco.

Como é que você sabe, acordando do perdão trazido pelo nepentes, que voltou à prisão perpétua de sua própria individualidade, e não para a de outra pessoa?

O vôo passou sobre o Castelo de Windsor quase uma hora antes do tempo previsto. Winnie ficou olhando com a ansiedade de sempre. Agora a paisagem ainda era vista do ar, por mais um instante, e agora as árvores nuas e espinhentas ao redor de Heathrow saltavam contra o horizonte como ilustrações de um livro de imagens em dobradura, trazendo a terceira dimensão de volta ao mundo. Isso a deixou nauseada e segura ao mesmo tempo.

Cambaleou pelo túnel de desembarque e foi arrebanhada para a fila de imigração por uma asiática atarracada e séria com o uniforme apertado demais. O agente de imigração olhou seu passaporte, sem se impressionar com os carimbos, selos e vistos de página inteira, e disse simplesmente, em tom rígido:

— Motivo para a visita?

Winnie não devia estar acordada; por um momento não conseguiu entender a pergunta.

— Negócios ou férias? — continuou ele, como se ela estivesse bêbada ou lenta.

— Só estou de passagem.

Ele nem se incomodou em perguntar o destino final, mas para ela estava tudo bem já que, de muitos modos, não sabia.

Como a linha de metrô Piccadilly partia de Heathrow, ela encontrou facilmente um lugar. Agora não havia nada a fazer além de sentar-se e esperar para ver John e planejar as próximas semanas, atulhá-las de artifícios e absurdos, como se quanto mais detalhe, mais significativo. Bolou algumas observações joviais para poder entrar com um floreio. *E os filmes que escolhem para as viagens de avião! Tirando o som, eu assisti a uma coisa dos Muppets — uma versão de* Madame Bovary, *pelo que deu para ver.*

Fez baldeação na Leicester Square e depois saiu do metrô na estação Hampstead. Entrou junto com os usuários matinais no elevador que os levou para cima, para longe do cheiro das borrachas de freio da Linha Norte, vomitando-os na High Street de Hampstead. Dali era uma curta subida pelo morro até a Heath Street e virar à esquerda na Holly Bush Steps, a escadaria íngreme que cortava o Holly Mount. A mala, a valise de couro e o computador a retardavam, como manifestações físicas da mudança de fuso horário. Depois, virando a esquina e fora das vistas da vizinhança: a casa em sua meia praça reclusa, parte pátio gracioso e parte estacionamento. De tijolos marrons como pudim velho, uma bandeira de porta em forma de leque meio amassado, janelas pequenas, sem graça, com moldura avermelhada, pintalgadas com as impurezas do vidro e duplamente pintalgadas com a chuva que batia.

> Ó vento oeste, quando soprarás
> Para que a garoa possa cair?
> Meu Deus, queria ter meu amor nos braços
> E na cama estar de novo!

Bem, ali estava o vento oeste, trazendo o primeiro mau hálito do furacão Gretl, e a garoa também, mas nada traria aquele amante de volta.

Tocou primeiro a campainha, para alertá-lo, e enfiou a chave na fechadura. Passou sobre um monte de correspondências no chão. A escada cheirava a camarões pitu e produtos de limpeza. Parou, ajeitou o cabelo, arrumou uma expressão menos cansada no rosto e subiu. No topo, alguns pedaços de plástico tinham sido dobrados sobre o tapete perto do limpador de sola de sapatos, em forma de ouriço. Empurrou a porta com uma das mãos, gritando:

— Fique frio; infelizmente sou só eu. — Ele não chegou imediatamente para ajudar com a bagagem; estranho. O saguão parecia curiosamente escuro e frio. Lutando com as malas ao passar pela porta, não viu nenhum bilhete na mesa do corredor. No entanto, o lugar parecia cheio de algo que a antecipava, como tinha parecido sua casa na Huxtable Street... teria sido ontem mesmo? — John? — falou, e entrou.

ESTÂNCIA DOIS

No apartamento da Weatherall Walk

não havia leite na geladeira nem gelo no minúsculo congelador, pouca coisa com a qual planejar uma refeição, além de peras em compota e um vidro de molho Tesco. A melhor mobília estava coberta com panos, os livros encadernados em couro tinham sido retirados das estantes. As gravuras do século XIX, dignas de museu, mostrando insetos, javalis e rosas, estavam encostadas umas às outras num canto da sala. A cozinha estava sendo arrebentada, e o pó de reboco tinha estabelecido a uniformidade em qualquer cômodo que não tivesse porta. Fios desligados saíam das paredes, e um cheiro de tubos ociosos, algo apodrecendo, se desenrolava do esgoto até o apartamento. Winnie abriu uma janela. Mas nenhum sinal de John? Por quê?

Varreu latas vazias de cerveja e os restos de embalagens triangulares de sanduíches comprados prontos — atum com milho verde, salada de frango, maionese com ovos —; prova de trabalhadores no local, provavelmente hoje mesmo.

Viu que a secretária eletrônica estava desligada. Mas John sabia que ela vinha, sabia há semanas.

Remexeu as pilhas de correspondência procurando um bilhete. Nada. Os carimbos de correio remontavam a oito, dez dias. Será que ele poderia ter sido chamado para longe com tamanha urgência que não teve tempo de deixar um bilhete? John Comestor trabalhava com seguros marítimos, especializado em aprovação de apólices para as velhas frotas mercantes que serviam no Báltico. Avaliava a dragagem dos portos, o temperamento do mercado de mão-de-obra, qualquer legislação pendente que interferisse no ramo. Convertia em análises de custo e limites de risco as parcas informações factuais que podia conseguir pagando copos de vodca nos bares dos portos. Odiava escrever os relatórios finais, mas gostava da vodca nos bares dos portos, gostava do cheiro de óleo diesel, peixe e intriga.

Evitava o escritório no centro da cidade sempre que possível. Se tivesse de ficar na Inglaterra, atulhava-se de festivais de cinema latino-americano ou séries de palestras no ICA* até entrar em coma. Algumas vezes, quando Winnie estava para vir, eles marcavam uma viagem de carro no Continente, fazendo investigações aleatórias nos restos de abadias cistercienses, nas tolices bávaras do louco rei Ludovico ou, numa vez maravilhosa, nos vinhedos do Loire. John lia os guias turísticos em voz alta enquanto Winnie dirigia.

Os dois formavam uma equipe confortavelmente sem romantismo, com o humor abalado apenas pela preferência de Winnie por estabelecer um destino diário a cada manhã e reservando os quartos antecipadamente. Winnie sabia que John desfrutava de entusiasmos românticos em outro lugar, e em razão do longo costume a discussão sobre isso era

*ICA: Institute of Contemporary Arts (Instituto de Arte Contemporânea). (*N. da E.*)

evitada. O que não era problema. O relacionamento de Winnie com John não era um relacionamento. Era coisa de primo, mais ainda, de primo adotivo.

Foi um alívio ver que os relógios de John não estavam fazendo 00:00 00:00 para ela. Mas era tarde, tarde demais para Winnie ter esperança de falar com Gillian, a secretária do escritório dele. A não ser, claro, que houvesse uma crise no Báltico, caso em que Gill poderia estar trabalhando até tarde. Mas o telefone simplesmente tocou sua pulsação dupla, repetidamente, sem ser atendido.

John tinha amigos, e Winnie os conhecia, mas em geral preferia se manter a distância. Era muito mais fácil para os primos adotivos estabelecer uma trégua silenciosa sobre a natureza das coisas, mantendo tudo informal e vago. Era muito mais fácil não ter de negociar dívidas e favores, mentiras e silêncios, as taxas de câmbio emocional que ocorreriam durante a consolidação de dois sistemas sociais em um.

Cavalheiro, John honrava os sentimentos dela com relação a isso recusando convites a noites formais e festas quando ela aparecia. De modo oblíquo, Winnie sabia sobre Allegra Lowe, a suposta namorada, que fazia algum tipo de arte-terapia, e sobre vários colegas de universidade que agora moravam em lugares como Barnes, Wimbledon e Motspur Park. Os números estavam escritos a lápis na parte de trás do catálogo telefônico de John. Mas ela gostava de ficar afastada de tudo aquilo. Assim, para seu próprio conforto esta noite, decidiu não abordar ninguém de sua faixa etária. Em vez disso, ligou para o amigo e conselheiro financeiro de John, um homem divorciado e próximo da aposentadoria. Malcolm Rice morava em St. John's Wood, desfrutando o frio esplendor de uma grande casa de estuque que tinha um número demasiado de portas duplas para o aquecimento central suportar.

Reconheceu a voz que atendeu como sendo do próprio Rice, já que ele falava os dígitos do número que ela havia discado, um hábito telefônico provavelmente datando dos dias em que as telefonistas faziam todas as ligações. Winnie se pegou entrando numa formalidade complementar, quisesse ou não.

— O sr. Rice, por favor.

— Quem fala é Malcolm Rice.

— Boa noite... Malcolm. Aqui é Winifred, amiga de John Comestor. — Uma inglesice latente (ela a ouviu) surgiu sem amarras em sua voz. Era um eco involuntário da fala do avô Rudge, e não o jogo americano de tentar falar o inglês superior dos ingleses. — Desculpe incomodá-lo em casa, Malcolm. Espero que você esteja bem. É que acabei de chegar num vôo diurno de Boston e pensava que John estivesse me esperando, mas ele parece estar viajando, e a casa está revirada pelos operários.

— Sei — disse Malcolm Rice, como se farejasse um pedido para ela se hospedar em sua casa. Embromando, preparando uma linha de defesa. — Sei.

Ela acrescentou:

— Eu estou perfeitamente confortável aqui, mas fiquei surpresa porque John mudou de planos sem me contar. Você sabe onde ele está, ou quando vai voltar?

— Não poderia dizer. Você precisa dar um pulo aqui para uma bebida?

— Não, não, estou bem. Mas espero vê-lo uma hora dessas. — Ela esperava não vê-lo de modo algum, e desligou.

Enquanto tirava o material de toalete da mala, pensou: o "Não poderia dizer" de Malcolm Rice significava que não sabia onde John estava ou que não iria revelar? Será que John poderia ter ido para uma aventura amorosa em Maiorca ou Túnis? Ou será que Winnie o havia subestimado, e seu primo adotivo tinha finalmente decidido fugir com a mortal Allegra Lowe?

Não se interessando pelo molho Tesco com pêra em compota, foi para a rua caçar algum tipo de jantar. Verificou vários bistrôs no sonolento centro iluminado de Hampstead. Decidiu-se pelo único restaurante com duas mesas vazias e entrou. Cheio de pessoas tentando ser ouvidas acima da música ambiente, o lugar fedia a fumaça de cigarro e salsichão com funcho.

Winnie estava cansada e inquieta pela ausência de John. Mas viera aqui para trabalhar, e trabalharia. Tentou pensar não em si, mas em Wendy Pritzke, e em como seria Londres para uma Wendy apenas de passagem, a caminho dos assombrados Cárpatos. Ainda não sabia quem seria Wendy Pritzke, mas, quem quer que fosse, era muito mais agradavelmente saudável do que Winnie. Wendy Pritzke teria cabelos prodigamente densos e espiritualmente profundos, e não a franja sem graça de Winnie. O que Wendy pediria para comer? Tudo sangrento e com alho, aquela salsicha fedorenta com os sucos de água suja. Uma cerveja. Ao passo que Winnie pediu ao garçom italiano com pálpebras caídas que lhe trouxesse uma salada e um vinho. A salada chegou, babados de verde borrifados com vinagrete e arrumados em volta de uma única azeitona pálida, acompanhados por um pequeno e triste Chardonnay. Parecia ridículo e adequado, e ela engoliu tudo, desejando ter trazido um livro ou um jornal para ler.

Com o passar dos anos, Winnie tinha feito nome escrevendo livros curtos sobre crianças com acesso limitado à magia. Seus livros eram fáceis, destinados a ajudar a garotada da terceira série a desenvolver a confiança na leitura. A circunscrição das vidas infantis lhe havia servido bem. Ela podia evitar o que era pavoroso e absurdo, podia ser engraçada, podia jogar uma lição de moral para os leitores quando eles não estivessem olhando. Os problemas podiam ser resolvidos em 64 páginas. Pressionando-se — talvez prematuramente, percebeu —, queria encontrar no personagem de Wendy Pritzke mais um pouco de tensão. Dar-lhe uma tarefa mais hercúlea do que doméstica e ver como ela iria se virar. Winnie também queria ver como se sairia começando um livro cujo fim não podia prever.

O que Wendy Pritzke estava fazendo em Londres, com sua morbidez vaga e sentimental? Ela era uma romancista obcecada pela história de Jack, o Estripador, Winnie não sabia se Jack, o Estripador, acabaria sendo um personagem ou um desvio de atenção em alguma atribulação doméstica de Wendy. A diversão crônica de escrever, a distração, era não saber.

— Que cara de chateada! Está pronta para outro copo de vinho.

Britt, como era o sobrenome?, Chervis, Chendon ou Chimms, algo saído de Noël Coward. Outro amigo de John, da mesma escadaria em Oxford, do mesmo clube ou quartel.

— Não, já estou pedindo a conta — disse ela, lutando para ser educada. — Mas sente-se um minuto, se quiser.

— Tinha pensado em convidar você a se juntar ao meu grupo.

Winnie não olhou — será que o grupo dele incluía Allegra Lowe? —, como se não saber preservasse de algum modo seu direito americano de ocupar essa velha cadeira inglesa estofada.

— Acabei de chegar, e a diferença de horário... — disse ela de modo inconcluso — mas, Britt, eu ainda não vi o John.

— Nem eu. Ele está sendo esperado?

— Ele é sempre esperado. Isso faz parte do perfil de relações públicas dele, não faz?

— Ah — disse Britt —, aí você me pegou. Mas, no fim das contas, qual é a diferença entre relações públicas e identidade privada?

Ela não fazia idéia da resposta em termos gerais, quanto mais do que ele queria dizer sobre John. Levantou-se para sair, para não parecer que tinha sido convidada a se levantar. Manteve o ombro virado para o canto da sala de onde Britt havia emergido. Sem sinceridade prometeu telefonar para ele e saiu com uma falta de velocidade deliberada, sentindo-se bovina. La Pritzke, na mesma circunstância, teria feito estardalhaço, decidiu ela. Mas deixa para lá.

Andou para um lado e outro da High Street de Hampstead, manchada de um amarelo violento pelas lâmpadas dos postes. Em ventos ingleses que não eram mais fortes do que o normal para a estação, demorou-se diante das vitrines. Apesar de já ser um dia depois do Halloween — apenas primeiro de novembro, pelo amor de Deus! —, a loja de velas estava mostrando velas de cera listradas para parecerem barras de alcaçuz.

Comprou um Wispa antes que pudesse se convencer do contrário e comeu com ar de desafio. Quando voltou à Casa Rudge e subiu os dois lances de escada até o apartamento de John, que ocupava todo o andar de cima, jogou a embalagem na pilha de lixo que os operários tinham deixado. Então sentiu que abusava da hospitalidade de John, sobretudo porque havia alguma coisa — ainda que não errada — certamente fora do comum, por isso enfiou todo o lixo num saco plástico branco. Um cano começou a chacoalhar, alguém no apartamento de baixo usando um chuveiro que protestava, e Winnie se assustou momentaneamente. O telefone tocou uma vez, mas parou antes que ela pudesse atender. Ainda não eram onze da noite, o que significava que seu corpo estava se lembrando de que ainda não eram seis em Boston. Cedo demais para dormir.

Em seu quarto, John mantinha um pequeno aparelho de televisão, que com séria propriedade eles sempre levavam para a sala de estar enquanto ela estivesse de visita. Winnie abriu a porta do quarto, subitamente pensando que poderia encontrar o cadáver dele pendurado numa trave, nu a não ser por uma meia arrastão preta, um daqueles enforcamentos acidentais resultantes de um exercício de auto-erotismo que deu errado. Não havia nenhum cadáver. Nem TV. O quarto estava arrumado, sem sinal de pânico ou pressa. Bem, John era do tipo que pararia para esticar a roupa de cama antes de pular de um prédio em chamas.

Lembrou-se da manhã anterior, quando chegou ao Famílias Felizes, e da desarrumação dos móveis na sala comunitária. Como se alguma coisa tivesse voado de encontro às janelas escurecidas, aterrorizando as famílias.

Virou-se para sair. O quarto de John nunca havia significado nada para ela, claro, mas em geral os quartos dos homens solteiros tinham um certo perigo desalinhado, mesmo quando eram mantidos em ordem e decorados com bons móveis do século XVIII. Seu olhar foi atraído pelo retrato vitoriano de um cavalheiro idoso. Ela conhecia bem a peça; John gostava de exibi-la acima de sua cômoda. A placa aparafusada na moldura de carvalho cheia de folhas douradas de acanto e peras dizia SCROOGE. Mas ela sabia, porque John tinha lhe mostrado, que um dia alguém escrevera nas costas da pintura: *NÃO é Scrooge, e sim O.R.* O que queria dizer Ozias Rudge.

Familiarizada com o quadro, raramente lhe dava importância, mas esta noite estava nervosa e obedeceu aos instintos de se concentrar no que lhe vinha à mente. Olhou de novo para a pintura, com sua figura oclusa parecendo pouco mais do que uma silhueta de encontro a azuis gélidos e marrons pálidos.

O homem estava de pé numa pose curiosamente moderna, antecipando o drama das composições pré-rafaelitas. Ou talvez esse quadro realmente datasse da era de Holman Hunt, e as feições da figura tivessem sido copiadas de algum retrato mais antigo e mais convencional. O efeito era mais ilustrativo do que biográfico. Vista de baixo, encarava o observador de cima e meio encurvado, com uma das mãos usada para se firmar no portal que estava atravessando. No cômodo atrás dele uma lareira acesa lançava uma dramática luz azulada. À direita um retalho cor de osso sugeria um dossel de cama, mas estava arrancado das argolas em dois lugares e o tecido tinha o efeito sombrio de uma aparição levantando os braços sobre um pescoço sem cabeça. O quadro não tinha qualquer mérito especial além do sensacionalismo. Se era de fato Scrooge, aquele devia ser o dossel que o Fantasma do Natal Futuro disse que seria roubado depois de ter sido enrolado em seu cadáver. Ou seria a fracassada tentativa de um pintor medíocre de desenhar um fantasma? Tanto faz. O velho cambaleava em direção ao observador, mas seus olhos estavam desfocados e os joelhos em vias de se dobrar. Um Scrooge adoravelmente torturado, se fosse realmente ele. Se, com toda improbabilidade, fosse mesmo o retrato de um parente, era um insulto. Mais provavelmente a anotação na parte de trás fora feita por um gaiato desapontado ao herdar tão pouco do velho pão-duro. Scrooge ou Rudge? Não importava. Quem quer que fosse, ele também não sabia onde John Comestor se encontrava. Ou, se tinha visto alguma coisa, não iria dizer; seus olhos estavam voltados para dentro, para alguma abominação em seu próprio universo mental.

Chega. Ela estava no caminho de provocar um belo ataque de nervosismo. Acabou encontrando a TV na cozinha, embaixo de um pano. Os trabalhadores tinham assistido a alguma coisa enquanto trabalhavam ou comiam seus sanduíches. Ela a arrastou para a sala e colocou no enorme bufê ibérico que provavelmente tinha abrigado as salvas e as colheres de alguma ordem de freiras atualmente extinta. Mas antes que pudesse achar o controle remoto, digitou o número do telefone de sua casa para verificar os recados, para o caso de John ter telefonando enquanto ela estava no avião.

A voz da secretária eletrônica disse a Winnie que havia sete recados novos. Os cinco primeiros eram apenas pessoas que haviam desligado, e isso era preocupante, já que a maioria dos que não queriam deixar recado tinham batido o aparelho rapidamente assim que perceberam que era uma gravação. Não deixar recado era um recado em si — Estou desligando: sei que você não está aí e você sabe que eu sei, mas você não sabe quem eu sou.

Talvez ligações de telemarketing feitas por computador, disse a si mesma, ou a Ironcorp, respondendo finalmente.

O sexto telefonema era do agente de Winnie, perguntando quanto tempo ela ficaria fora e para quando eles poderiam esperar o novo original;

o editor adoraria começar a sugerir a chegada de um novo livro de Ophelia Marley, mesmo que ainda fosse demorar um ano. "Este é o romance?", perguntou o agente com entusiasmo dúbio, tendo pressionado por um *O lado obscuro do Zodíaco II* de uma forma ou de outra. "Seu livro romeno, não é?" Ele já parecia derrotado. Queria dizer que um mês na Romênia nem de longe é *Um ano na Provença*. Winnie apagou a mensagem. Não sabia se era um segundo livro de Ophelia Marley ou o primeiro romance adulto de Winifred Rudge. Ainda não sabia se seria capaz de escrever a história de Wendy Pritzke. Nem se havia alguma história a ser escrita.

A sétima voz era familiar mas ao mesmo tempo nova, e ela não conseguiu identificá-la. Masculina. "Você mencionou que sofreu uma quebra de segurança; o que é isso? Está escondida atrás de uma palmeira num vaso, sem nada com que se defender além de uma espátula de plástico da Williams-Sonoma? Nesse caso saia, saia, onde quer que você esteja. Vamos jantar no Legal Seafoods perto do M.I.T., e adoraríamos que se juntasse a nós. Vamos contar o que você perdeu durante a segunda metade da sessão de doutrinação. E, a propósito, eu sou bonitinho, mas *realmente* burro. Só durante minha aula para a quarta série hoje cedo liguei você à W. Rudge que escreveu *A liquidação de tapetes mágicos do Hassan Maluco*. Meus alunos adoraram." Ele deixou um número. Era o tal de Adrian Moscou da reunião do Famílias Felizes. Estava se sentindo culpado por dedurá-la. E era bem-feito. Mesmo assim tinha sido decente em ligar.

O cano defeituoso bateu outra vez no fundo das paredes, tão alto que a espantou. Winnie ligou para o número de Massachusetts, com o dedo pronto para interromper a ligação se um dos dois atendesse pessoalmente. Por misericórdia, a secretária eletrônica atendeu.

— É Winnie Rudge, respondendo à sua ligação. Estou fora durante um tempo, na Europa. Volto, ah... não sei. Mas mantenham contato. E tenham cuidado se forem adiante com aquele grupo de adoções, são todos charlatões a fim de vender qualquer coisa. — Ela parou gaguejando. — Não estou falando sério, claro, estou tentando ser espirituosa e isso não funciona a distância. Este é o meu número, mas não liguem. — Ela deixou o número de John. O contato superficial de um Adrian Moscou era provavelmente bem-vindo, já que John Comestor parecia tê-la abandonado sem pensar um instante.

A TV estava de uma banalidade incomum para a Inglaterra. O Canal Quatro parecia importar cada vez mais seriados de comédia americanos e o padrão estava caindo. Desligou. O cômodo conhecido como "seu" quarto, um cubículo espremido no espaço criado porque a escada não seguia até o telhado, era precariamente confortável, pelo menos quente, e ela tateou alguns livros de bolso no parapeito da janela. Edmund Crispin, Hilary Mantel, vários Ishiguros. E então um velho Iris Murdoch, com a lombada laranja da Penguin desbotada até quase o amarelo pela luz do sol. Acomodou-se embaixo do edredom, abriu o livro aleatoriamente e leu.

> A divisão entre um dia e o outro deve ser uma das peculiaridades mais profundas da vida neste planeta. No total, é um arranjo misericordioso. Não somos condenados a vôos constantes do ser, mas nos revigoramos constantemente por pequenas férias de nós mesmos...

Largou o livro. Os canos no fundo da casa continuaram a bater intermitentemente, até os primeiros estágios do sono, quando seu corpo só conseguia se lembrar de estar voando, atravessando o nada a um monte de quilômetros por hora, e então estava dormindo mais depressa do que a velocidade do som, de modo que os canos barulhentos foram deixados para trás.

Ficou deitada na cama. Através do lençol conseguia ver o sol, um disco impreciso no céu cor de chá fraco. Os sinos da igreja de St. John-at-Hampstead dobraram as nove horas, e alguns minutos depois ela estava no banheiro quando ouviu uma chave na fechadura. Gritou:

— Ei, você aí! — para o caso de ele se alarmar, mas sabia que se ele estava chegando em casa vindo de uma aventura ficaria tão sem graça quanto espantado por sua presença.

Terminou de escovar os dentes e saiu. Não era John, e sim dois trabalhadores de suéter e jeans.

— Bem — disse ela. — Bom dia. Eu sou hóspede da casa.

Podia sentir que os dois estavam evitando se entreolhar. Uma coisa incômoda.

— Entrem, entrem, eu estou apresentável, não estou? — Seu roupão atoalhado estava muito bem fechado, até a clavícula. — Não vou incomodar, vou?

— Desculpe, nós não estávamos esperando a senhora — disse o mais magro, um garoto irlandês baixinho, com uns vinte anos.

— Ou não exatamente a senhora. — O mais velho tirou o paletó molhado e simplesmente olhou-a por cima dos óculos. Winnie deu um passo para trás e decidiu não falar de novo até estar vestida.

Saiu quinze minutos depois. Os rapazes tinham ido para a cozinha. Moviam-se com uma deliberação feminina, arrumando ferramentas com precisão, como enfermeiros organizando os instrumentos esterilizados para uma cirurgia.

— Eu sou Winnie, amiga de John — disse ela, aliviada, fazendo barulho com uma velha cafeteira enquanto preparava seu café.

— Eu sou Jenkins — disse o mais velho — e este é Mac. — Mac deu um riso de dentes tortos, parecendo inocente e astuto ao mesmo tempo.

— John não disse a vocês que eu vinha? Vocês sabem onde ele está, ou quando vai voltar?

— Esperávamos que a senhora pudesse dizer onde o sr. C. está — disse Jenkins.

— Achei que ele estaria aqui, mas ele já está fora há um tempo, a julgar pela correspondência. Quando vocês o viram pela última vez?

— Na segunda — respondeu o mais velho. — O sr. C. chamou a gente aqui e deu instruções. Esboçou muito bem os planos e entregou uma chave, mas deu a entender que ficaria vindo durante toda a semana. E simplesmente desapareceu.

— Quanto trabalho vocês conseguiram fazer desde a segunda-feira? — perguntou Winnie, tentando não parecer muito professoral. Não pareceu muito.

— Nós estamos aqui oito horas por dia, quase, há quatro dias — disse Jenkins, olhando no olho de Winnie, o que pareceu sugerir algo defensivo.

Mac enfiou as mãos nos bolsos da calça larga de operário e coçou devagar a parte de cima das coxas. Sua voz soou agourenta, apesar do guincho adolescente que havia nela.

— Esse é um trabalho ruim, mas a gente *trabalhou*.

Winnie sentiu um arrepio. Não conhecia aqueles caras. E onde *estava* John? Ergueu o olhar da embalagem de pó de café.

— Não sei se tem leite — disse com o máximo de casualidade possível, começando a se afastar deles.

— Ah, tem leite — observou Mak. — Tem sim. Nós compramos uma caixa.

— Eu vou pegar só um pouquinho. Já estou de saída... — A corrente de segurança estava presa e com o trinco fechado ou eles teriam simplesmente deixado a porta bater depois de entrar? — Vocês poderiam achar os projetos e deixar que eu visse quando voltar, certo? Querem alguma coisa enquanto eu estiver fora? — Ela levantou a chaleira e tentou não soltar um risinho nervoso: seu gesto era interrogativo e poderia ser lido de dois modos: *Alguém quer café?* ou *Vocês gostariam de ser escaldados com queimaduras de primeiro grau?*

Eles não responderam, o que a fez se imobilizar na pose por alguns segundos a mais, e então foi interrompida, na campanha para fugir, pelo som de pancadas. Vinha de trás da parede da cozinha, parecendo nós dos dedos batendo em madeira. Três, quatro, cinco vezes.

— Bem, olá, SOS nas tábuas da despensa — disse ela, e para esconder o sentimento infundado de vulnerabilidade: — O que vocês fizeram com John? Emparedaram?

— Não, senhora, não fizemos isso — disse o jovem Mac, retesando-se e relaxando num movimento epilético, uma espécie de tremelique.

— Ah, então não é ela que veio de lá — disse Jenkins, estendendo a mão para tocar Mac. — Firme, garoto. Não é ela.

— O que vocês fizeram com John? — perguntou Winnie. Não conseguia olhar de novo para a despensa enquanto as batidas recomeçavam, uma seqüência de cinco pancadas ocas, agourentas e penetrantes.

— Ah, nada — respondeu Jenkins.

Mac soltou o ar pelas narinas, como um potro tímido.

— Dá um tempo, certo? Que negócio é esse de aparecer sem aviso? A gente achou que *a senhora* é que estava batendo. Poderia ser. Mas o negócio repetiu.

— Você é louco — disse Winnie numa voz que esperava ter soado razoável e apaziguadora. Havia alguma luz hesitante no céu oleoso, um pouco de vento espalhando fuligem e uma chuva desconexa contra as janelas. Era Londres em novembro, nem mais nem menos. — Há quanto tempo isso está acontecendo?

— A semana inteira.

— De que vocês estão falando?

Sem dúvida era um cano batendo. Uma pedra rolando com o refluxo da descarga de um vaso sanitário, ecoando no tubo embaixo. Uma tábua ruim no telhado, algo telegrafando seu código Morse para dentro deste espaço.

— Digam para que John contratou vocês. — De repente estava exasperada; por que seu primo adotivo não podia supervisionar a reforma do próprio apartamento?

Jenkins pegou num bolso interno um esboço desenhado com o traço meticuloso de John. Winnie pôde entender facilmente. A eliminação da porta da despensa, a retirada do portal. A eliminação das prateleiras, a remoção do reboco das paredes laterais e do fundo da despensa. Tudo isso para ganhar 35 centímetros. Expondo o tijolo da lareira seria liberado algum espaço. Para quê?

— Ah, sei — disse ela. — Acesso ao telhado por aqui. Uma escada de mão e o jardim de telhado com que ele sonha desde que herdou este lugar.

Olhou para cima. Não tinha observado atentamente antes. O velho portal da despensa já havia sido retirado, junto com as prateleiras, e algumas lâmpadas brilhavam fortes na parede mais atrás. Metade do reboco já havia sumido, revelando não tijolos, e sim sujas tábuas brancas, postas verticalmente. No reboco que restava deu para ver riscas marrons, secas, que sugeriam problemas no telhado.

— Então não é um serviço muito gigantesco, é? Vocês levaram quatro dias para chegar até aqui? Por quê? O tempo estava ruim para abrir caminho até o telhado?

— São essas batidas — explicou Mac. — É uma coisa perigosa.

— Bem, vocês estão doidos — disse Winnie, mas com menos gentileza. — Já desceram para falar com os outros moradores do prédio?

— O apartamento embaixo está à venda, o corretor é Bromley Channing — contou Jenkins. — Acho que não está ocupado. E não fomos falar com a pensionista do térreo. O sr. Comestor não queria que ninguém soubesse que estamos interferindo na estrutura original. Há regulamentos para esse tipo de serviço. Ele está fazendo sem permissão de planejamento do Conselho de Camden.

— Eu conheço a moradora do térreo. Bom, pelo menos já me encontrei com ela no vestíbulo. Vou ver se ela também está fazendo reformas secretas. Sem dúvida é um barulho esquisito. Vocês foram retidos durante toda a semana por causa dessas batidas? — Winnie começou a rir. Os dois pareceram afrontados e ela não os culpou, mas não conseguia evitar.

— Não seja boba — disse Mac. — Não é só isso.

Jenkins estendeu a mão.

— Deixe-a investigar, e se formos dispensados desse trabalho, tanto melhor. Se quiser se responsabilizar por isso, moça, não vamos dizer não.

Os três ficaram parados momentaneamente. As batidas haviam silenciado. Como se alguma coisa dentro da parede estivesse prendendo o fôlego, esperando para ver o que ela faria.

— Bicho-papão? — perguntou Winnie. — Gnomos?

— Nada tão bonzinho — respondeu Mac. Seu olhar se afastou e o lábio inferior ficou tenso.

Winnie se sentiu espantada por ter se alarmado com eles, mesmo por um momento. Os dois tinham saído de alguma pantomima, o Bom Capataz Jenkins e seu neto, Jack Bobão. Mesmo assim não devia rir deles.

— A Casa Rudge é grudada, na parte de trás, a uma propriedade naquela outra rua, como é o nome?, Não-sei-o-quê Gardens. Rowancroft Gardens? A Casa Rudge divide uma meia-parede com uma daquelas casas de tijolos vermelhos do fim do século XIX do outro lado. — Ela apontou para o degrau que dava no pequeno espaço de dois cômodos que John usava como escritório e biblioteca. — O apartamento de John atravessa ali e pega espaço no prédio mais novo. Se alguém na outra casa passar manteiga numa torrada, a gente ouve daqui de cima.

Ela foi passar um pouco de maquiagem para esconder as olheiras e desceu a escada resolutamente. Ainda irritada com a ausência inesperada do anfitrião, sentia um pouco mais de ânimo por ter algo que fazer.

A moradora do térreo da Casa Rudge estava no apartamento. Abriu a porta temerosamente e espiou pela fresta. Winnie aumentou o volume da voz em respeito à surdez senil.

— Sou Winifred, amiga de John Comestor, que mora lá em cima. Posso entrar?

— Não é uma coisa respeitável numa manhã de sexta-feira — disse a mulher —, mas entre por sua conta e risco. — Winnie foi levada a uma sala de estar, pequena e apinhada, com mofo impressionante e um cheiro adocicado de flores deixadas numa água esverdeada. A moradora era uma tal de sra. Maddingly, e se comportava como se tivesse medo de que seu nome se tornasse verdadeiro.* A sala estava cheia de bilhetes adesivos lembrando tarefas domésticas. LIMPAR O FILTRO DA SECADORA, dizia a TV. HÁ CORRESPONDÊNCIA HOJE?, perguntava a estante, que tinha uma prateleira com bibelôs de Hummel com os rostos virados para a parede. BAGUNÇA!, sugeria um portal, aparentemente se referindo a uma pilha de jornais no chão. COMPRIMIDOS AO MEIO-DIA COMPRIMIDOS COMPRIMIDOS, dizia um pedaço de papel grudado numa almofada do sofá, e vários outros móveis entoavam COMPRIMIDOS, COMPRIMIDOS.

— Em que posso ajudá-la? — perguntou a sra. Maddingly, interrompendo as opiniões públicas de sua mobília.

Winnie se empoleirou numa espreguiçadeira sem ser convidada; e disse:

— Desculpe aparecer desse jeito. Estou hospedada lá em cima e John está fora, e fiquei curiosa com os ruídos no prédio.

— Ah, você também ouviu? — perguntou a sra. Maddingly. Era uma mulher pequenina, e quando levantou uma das mãos para se firmar no console da lareira deu a impressão de um passageiro pendurado no suporte do metrô. — Eu não consigo entender a língua, você consegue?

— Nós ouvimos algumas batidas lá em cima, acho que na parede da despensa, que dá para a chaminé. Achamos que a senhora poderia estar fazendo alguma reforma aqui embaixo.

— Absurdo, puro absurdo. Eu nem acendi o fogo desde a última vez. Não gosto de vizinhos barulhentos, não gosto mesmo, e o modo como

*Maddingly pode ser traduzido como "enlouquecida". (*N. do T.*)

eles chamam os serviços de emergência de uma hora para a outra! Todas as perguntas que eles fazem. Não seja intrometido, eu disse a ele.

— A senhora mora sozinha? Teve algum operário trabalhando aqui?

— Bem, há os pequeninos — respondeu a sra. Maddingly —, mas não posso chamá-los de operários. No máximo de preguiçosos, embromando sempre que não olho.

Winnie levantou uma das sobrancelhas, sentindo que ainda não tinha realmente acordado. Isso parecia um meio sonho corrompido pelo cansaço da mudança de fuso horário.

— Operários? Aqui?

A sra. Maddingly assentiu para os bibelôs, mas encostou o dedo nos lábios, como se não quisesse dizer nada que os fizesse se virar.

— Ah — disse Winnie. — Mas mais alguém esteve no seu apartamento esta semana?

— Geléia luz-do-sol, camomila erva-moura — disse a sra. Maddingly. Winnie estava preparada para considerar a velha completamente gagá, como dizem os ingleses de modo tão impiedoso, quando um gato cor de palha passou por uma porta. A sra. Maddingly observou: — Ali está o Camomila. — Então os bibelôs estavam encostados na parede para que os gatos não os derrubassem das prateleiras, provavelmente.

— Sra. Maddingly — tentou Winnie de novo —, há um barulho esquisito lá em cima e eu não sei o que é, e John não está aqui para dizer. Quando a senhora o viu pela última vez?

— Quem?

— John Comestor.

A mulher deu um sorriso torto que parecia ser destacável, como um sorriso do Gato Cheshire, e disse:

— Há dias, ou semanas, ou será que ele desceu a escada hoje de manhã? — Ela olhou um bilhete no console da lareira. — Preciso me lembrar de não esquecer os comprimidos, você sabe.

— Que língua a senhora acha que era? — perguntou Winnie.

— Não estou entendendo você — disse a sra. Maddingly. — Os jovens são tão imprecisos na fala! Não é culpa deles, mas tudo bem.

— A senhora disse que ouviu ruídos e não reconheceu a língua.

— Ah, eu não consigo ouvir nada além dos gatos. Se você não tivesse vindo eles estariam miando feito loucos. Bom, em geral sou mais surda do que um muro de pedras. Mas durante toda a semana eles andaram falando com muita ansiedade, como se tivessem alguma coisa para me dizer, só que, claro, quem sabe falar a língua dos gatos? Geléia é impossível, não pronuncia nada direito, e o pouco vocabulário que possuía se reduziu a algumas sílabas bem escolhidas. A palavra para *fantasma* se perdeu, por exemplo. Os gatos estão querendo dizer alguma coisa, mas quem vai saber o que é?

Ah, John, pensou Winnie, por que não está sentado perto de mim para escutar isso?

— A senhora mora aqui há um bom tempo, não é? — perguntou Winnie, tentando outra abordagem.

— Moro sim. Meu marido e eu nos mudamos para cá depois da guerra. Já tivemos dois andares, sabe?, e queríamos comprar a casa inteira, mas não tenho mais talento para subir escadas, de modo que talvez seja melhor assim. De qualquer jeito, o coitado do Alan está morto, e tudo bem, tudo certo. Agora não precisamos do espaço, e é uma coisa boa. Com os preços de hoje! Não posso nem comprar um envelope, o que é bom, porque todos os meus amigos estão mortos e não esperam a carta anual.

— A senhora se lembra do apartamento de cima. A senhora já morou lá — deduziu Winnie.

— Ah, morei. Cômodos, você sabe, cômodos e mais cômodos. — Ela balançou a mão vagamente, como se já tivesse havido meio quarteirão de cômodos e salões extras anexos à casa. — Foram todos invadidos pelos outros.

— A senhora tem idéia da idade da casa?

— Séculos, sem dúvida. Esses cômodos da frente são característicos, sabe?, georgianos tardios. Não um georgiano muito imponente, pode-se acrescentar. Uma variedade inferior. Na verdade é pouco mais do que um chalé. Mas os cômodos são baixos e aconchegantes, e eu tenho lambri de nogueira no meu *boudoir*. Dizem que ficou cheio de vermes, mas eu também vou estar, daqui a pouco tempo, por isso não me importo. A parte de trás entra no prédio novo; eu tenho uma escadinha que dá num cubículo inútil aonde não consigo chegar. Os pisos não concordam um com o outro e os degraus não concordam com meus joelhos. Quer ver?

— Não. — Winnie examinou a sra. Maddingly. Mesmo contra a vontade estava olhando a vida como se fosse seu livro. Estava vivendo duplamente através de um dia com preocupações genuínas porque as necessidades de suas ficções eram tão fortes quanto as de sua vida, ou mais fortes ainda. Domesticamente, enquanto John Comestor estava desaparecido, havia um enigma batendo com os dedos nas paredes dele, mas narrativamente também estava batendo na testa dela, fingindo ser um fantasma ou algum tipo de espectro, e Winnie não conseguia se concentrar.

Sentiu-se olhando para essa casa não como a de John Comestor, e sim um lugar onde a ousada Wendy Pritzke poderia encontrar o fantasma de Jack, o Estripador. Winnie estava canalizando Wendy Pritzke, telefonando para ela. Não conseguia evitar.

Jack, o Estripador, era do final do século XIX. De modo que esta casa estava de pé quando ele desapareceu sem deixar traços, deixando sem solução o mais famoso mistério criminal de seu tempo, e do nosso.

E se Jack, o Estripador, tivesse sido emparedado por uma parede remodelada? E se por esse motivo ele nunca tivesse sido encontrado? E se tivesse seguido alguma rapariga apetitosa até sua casa georgiana no povoado de Hampstead, encontrando ali um fim imundo nas mãos de algum marido, pai ou irmão vingativo, e seu corpo sido preso com tijolos a uma chaminé?

Para ser exumado mais de um século depois?

Era um hábito preocupante de Winnie, abandonar mentalmente o local e se transpor para o mesmo local, organizado de outro modo, ficcionalmente. Como Alice e o espelho sobre o console da lareira, onde o mundo parece o mesmo, mas é diferente: não somente ao contrário, mas com uma precisão incrível, e precisamente estranho. Ou como tinha dito Lewis Carroll:

> Ele pensou ter visto um Caixa de Banco
> Descendo do ônibus:
> Olhou de novo, e descobriu que era
> Um hipopótamo.

— Preciso tomar meus comprimidos — disse a sra. Maddingly, como se Winnie estivesse fazendo campanha para a remoção deles.

— Não é meio-dia, e os seus bilhetes dizem MEIO-DIA — observou Winnie.

— Se não tomar agora eu posso esquecer. Devo tomar enquanto me lembro. — Ela cambaleou até um aparador e, com um ruído alto, abriu a porta vertical de uma escrivaninha antiga. Dentro havia três pequenos copos de cristal numa prateleira cheia de jornais velhos, uma garrafa suja e com líquido âmbar e um frasco de remédios vazio.

— O que a senhora está fazendo? — perguntou Winnie enquanto a sra. Maddingly se servia de uma saudável dose do que quer que aquilo fosse.

— Tenho medo de deixar as porcarias caírem e rolarem por baixo do tapete da lareira, por isso dissolvo em xerez e bebo minhas obrigações. Desculpe se não posso oferecer.

— Ainda não são nem dez da manhã — disse Winnie, não tanto escandalizada quanto incrédula. — Eu não tocaria em xerez nesta hora nem que a senhora me pagasse.

— É terrível ser velha e doente — observou a mulher em tom afável, estalando os lábios. — Mas louvada seja a medicina moderna, que nos mantém vivos o suficiente para criticar a nós mesmos e aos outros. — Ela ergueu o copo num brinde e engoliu o conteúdo. — Bom, onde está o Geléia? Está na hora de ele tomar sua dosezinha também.

Winnie deixou os gatos, o apartamento, a velhota pirada e os ganchos da história de Wendy Pritzke, ou pelo menos o máximo que pôde.

Talvez Geléia estivesse preso atrás de alguma tábua de parede, arranhando, e a sra. Maddingly simplesmente não tivesse notado.

Ah, mas podia ser qualquer coisa, qualquer coisa menos o que parecia: uma figura tentando se comunicar com eles através da parede, tentando dizer alguma coisa, alguma coisa. O que seria? Cuidado com suas leituras infantis, disse Winnie a si mesma: não existe nenhuma Nárnia no armário, não há uma pata de macaco com um terceiro pedido maligno a conceder. Você vive num mundo com refugiados famintos da Eritréia, vírus de varíola escapando, o desequilíbrio da balança comercial do Terceiro Mundo e a escalada da violência urbana se transformando numa arte. Não precisa de um mundo mágico para ser realmente real; isso seria uma distração.

E o mundo — ela parou no corredor junto à porta de John, por um momento com medo de entrar —, o mundo já estava de cabeça para baixo ou virado ao contrário; já era o louco País das Maravilhas de Alice. Esse era o segredo de Alice, lembrou. Winnie havia falado sobre isso num congresso de escritores de fantasia. Ainda que Tenniel a houvesse atraído com uma cabeça encefalítica, a pequena Alice das histórias tinha sido a correta cidadã-mirim, sóbria e sã. O mundo em volta de Alice, o País das Maravilhas, é que tinha enlouquecido. A partir da autoridade do pódio, Winnie havia teorizado sobre ele jocosamente. Nos tempos do tataravô de Winnie, a Inglaterra havia sido soldada com a confiança nas verdades eternas do plano divino de Deus estabelecido na Coroa, no Império, no sistema de classes e na família. E então o ameno e improvável revolucionário Lewis Carroll escreveu o primeiro *Alice* no fim da década de 1860, e *Através do espelho* em 1871. O absurdo e a sedição plantados praticamente no epicentro da época vitoriana.

Uma criança leitora naqueles dias antigos, presa no espartilho ou até mesmo na camisa-de-força das certezas vitorianas, podia se deliciar com uma história repleta de absurdos. O tempo era maleável durante uma louca festa com chá em que poderia haver geléia ontem e geléia amanhã, mas jamais haveria geléia hoje. Criaturas podiam mudar de forma, uma ovelha virar uma velha, um bebê virar um porco. A fúria podia vencer a razão. No século XIX, ler *Alice* era revigorante porque era uma fuga das convicções rígidas sobre a realidade.

Mas hoje? Hoje? As crianças dos séculos XX e deste início de XXI odiavam os livros de Alice, não conseguiam lê-los, e por que deveriam? Seu mundo entrou na loucura há muito tempo. Olhe o planeta. A chuva é ácida, venenosa. O sol provoca câncer. Sexo = morte. Crianças se assassinam mutuamente. Pais mentem, líderes mentem, as igrejas têm menos credibilidade moral do que as propagandas da Benetton.

E os rostos de crianças desaparecidas olhando de caixas de leite — imagine todos esses pobres Meninos Perdidos e Meninas Perdidas, não na Terra do Nunca, mas aqui, perdidos agora. Não é de espantar que o País das Maravilhas não seja mais divertido de ler: nós vivemos nele em tempo integral. Precisamos de uma folga dele.

— Você poderia muito bem fazer uma declaração — disse Winnie ao ouriço limpador de solas de sapatos. Estou aqui fazendo um sermão para mim mesma porque não quero entrar e descobrir que estou num hospício. A vida já é suficientemente louca. Para começar, John sumiu. Onde ele está?

O ouriço não respondeu nem se afastou bamboleando em busca de maior privacidade.

— Bem, isso não prova nada — disse Winnie. — Eu também gosto de guardar meus conselhos para mim. — Em seguida, ajeitou os ombros para parecer proprietária e entrou no apartamento de John com o que esperava que fosse uma objetividade convincente.

— Que *cheiro* é esse que vocês arranjaram? — gritou. — Ah, meu Deus. Morreu alguma coisa aí dentro? — Ela pegou a correspondência matinal e examinou para ter certeza de que não havia nenhuma carta de John para ela, depois balançou o ar diante do nariz e foi para a cozinha.

Mac e Jenkins tinham conseguido tirar a maior parte do reboco.

— A-ha, progresso — exclamou ela. — Este mau hálito é comum às casas antigas?

— É o cheiro do diabo — disse Mac.

— Então o diabo vai ter muita dificuldade para arranjar namorada.

Mac franziu os lábios para ela: seria um riso ou uma expressão de desprezo?

— Estou com um mau pressentimento, há coisas com asas pretas pairando nesta casa inteira. Não estou nem aí para o que ela descobriu, Jenkins. A gente deveria sair daqui e tomar o sacramento da absolvição.

— Você é medroso como uma velha — disse Jenkins. — Se não pode ajudar, pelo menos não fale besteira. — Ele estava suando em volta das orelhas e na testa, e a gola do suéter estava úmida.

— Qual é o problema? — perguntou Winnie. Não gostava da aparência de Jenkins, úmido como um presunto fervido. — O que vocês estão falando?

Jenkins pegou um martelo. Estendeu o braço e segurou o martelo na direção das paredes recém-expostas no fundo da despensa. Quando ele ainda estava a uns sessenta centímetros de distância, as batidas começaram. Eram rítmicas e firmes. À medida que Jenkins aproximava o martelo, as batidas cresciam em ritmo e volume.

— Bem, isso é interessante. — Winnie manteve a voz inexpressiva, até mesmo rígida. — Um show de "luz e sons" sem luz. Agora podem me dizer onde John está? Estou começando a ficar cansada disso.

— Eu não sou representante dele, como é que vou saber? — disse Jenkins.

— Ele está aí dentro; morto — sugeriu Mac. — Não fomos nós, mas qual pode ser o motivo para essas batidas? É um tambor da morte, e o corpo dele está martelando, tentando sair.

— E então esse é o cheiro do cadáver, acho — disse ela. — Bem, ele sempre foi um homem de bons hábitos pessoais. Ficaria arrasado em saber que era tão aromático. — Ela abriu uma janela e deixou que alguns restos do furacão Gretl, pousando na Inglaterra, varressem o ar frio e chuvoso sobre eles.

— Olhem, olhem — disse ela, e foi pegar uns papéis, em parte para dar as costas às tábuas da despensa, para mostrar que não estava com medo de barulhos ou cheiros. — Eu não tive sorte com a vizinha de baixo, uma velhinha doce chamada sra. Maddingly, que também é meio biruta. Provavelmente o gato dela ficou preso em algum lugar apertado e, pelo cheiro, morreu espetacularmente.

— Então é um gato morto que está batendo com as garras atrás desses tijolos? — perguntou Jenkins, mas com gentileza e zombando, por causa de Mac, para provocá-lo e consolá-lo ao mesmo tempo. Mac cuspiu.

— Não é um gato morto. Os gatos mortos não têm senso de ritmo. Escutem. Eu já disse que essa casa georgiana velha fica grudada a uma construção na Rowancroft Gardens. Para começar, as casas compartilham essas paredes, como qualquer casa geminada. Mas, por outro lado, quando a casa vitoriana atrás de nós foi demolida, os construtores colocaram alguns cômodos extras nesta casa, para aumentá-la. Olhem. — Ela esboçou um mapa do apartamento de John, os três cômodos georgianos antigos num quadrado malfeito e uma extensão mais nova atrás, tendo apenas metade da largura da casa original. As duas salas de trabalho de John ocupavam um naco da planta do prédio adjacente. — Vejam bem, o apartamento equivalente do prédio da Rowancroft Gardens deve ser mais ou menos um espelho deste, só que mais comprido e com cômodos maiores. Ele provavelmente se encaixa aqui, como uma peça de quebra-cabeça, do outro lado de nossa chaminé barulhenta, presumindo que as tábuas desta despensa estejam encostadas num poço de chaminés.

— O sr. C. nunca falou disso — observou Jenkins.

— Então talvez eu deva ir até o outro prédio. Conheço uma pessoa lá, a quem posso perguntar.

— A senhora não vai sozinha. Nunca vai saber de onde um som pode estar vindo — disse Mac, como se estivesse ansioso para não ser mais deixado no apartamento, mesmo com Jenkins para protegê-lo. — Eu vou junto.

— Não, senhor — respondeu Winnie. — Eu me viro melhor sozinha.

Foi até o banheiro, trocou a blusa e jogou água no rosto. A pessoa que ela conhecia e morava lá era... droga, Allegra Lowe. Devido a essa mera proximidade Allegra Lowe e John Comestor haviam se conhecido. Os dois discutiram brevemente por causa de um bando de pombos que morava sob os beirais do prédio dela e sujavam os parapeitos das janelas dele. Tinham resolvido o problema com tela de arame, boas cercas haviam transformado os dois em vizinhos melhores, e mais do que isso. Winnie nunca estivera no apartamento de Allegra, nem queria ir agora. Mas encaremos os fatos, se John estivesse entocado lá numa beatitude conjugal, bem, era melhor que ela soubesse.

Olhou-se no espelho.

— Está preparada para encarar a Rainha de Copas? — perguntou a si mesma. — Olá, você aí. — O reflexo não respondeu. Ela viu os pés-de-galinha, a diferença de fuso horário repuxando os cantos das pálpebras. A boca franzida de Winnie-do-espelho fez uma aplicação desajeitada de batom. Ela retocou.

De volta à cozinha para se mostrar, disse:

— Defendam a fortaleza. Eu já volto.

Jenkins deu de ombros, um gesto turvo e descomprometido. Mac não se virou para olhá-la, ocupado em abrir a pancadas uma das janelas, para criar mais do que uma brisa leve.

— O ar daí fede — disse ele.

Winnie optou por não pensar que ele se referia à sua colônia. (Será que tinha exagerado de novo?) Uma brisa soprou, e o papel em que ela havia esboçado a planta do andar dos prédios adjacentes passou pela janela e desapareceu lá fora.

Ele a acompanhou escada abaixo com o objetivo, segundo disse, de achar o papel. Winnie não queria a companhia, mas disse a si mesma: *Idade, experiência, confiança.* Bom, dois dentre os três. Na porta da frente, enquanto ela puxava o trinco, Mac murmurou:

— O que a senhora realmente acha que é?

— Realmente acho que é alguma coisa embaraçosamente comum — falou num tom arrependido.

— É um tempo de penitência para ele, é isso — disse Mac, virando o queixo para cima. — Mas para mim significa um foda-se, e eu deveria ser liberado dessa empreitada.

— Então faça isso — disse ela, abrindo a porta e, com dignidade e falso jeito casual, fugiu.

Tentou compor os pensamentos enquanto rodeava o quarteirão até a Rowancroft Gardens. Ainda que as casas compartilhassem uma parede, a invasão da arquitetura de vila do século XIX nas moradias grudadas do povoado de Hampstead no século XVIII significava que ela tinha uns bons cinco ou seis minutos de caminhada, inclusive um trecho desolado de alguns metros por uma passagem pública enlameada. Por cima de uma cerca velha, os galhos de um arbusto desgrenharam seus cabelos sem graça mas muito bem escovados. Puxou a gola da blusa e se sentiu como uma vaca no beco, escorregando na lama, mugindo palavrões. Ao sair na Rowancroft Gardens viu que a chuva fora substituída por uma leve névoa, do tipo que a gente vê no campo durante um degelo de inverno. A rua seguia pelo lado do Holly Bush Hill virado para Frognal, desaparecendo numa curva no meio, com seus prédios de tijolos vermelhos meio rainha Ana recuando até o nada além de sugestões róseas de *crayon* Conté, quase apagadas por um nublado polegar editorial.

A Rowancroft Gardens ficava mais abaixo da encosta do Holly Bush Hill do que a Weatherall Walk, mas, estando numa área mais próspera, as casas geminadas de classe média tinham tetos mais altos. Conseqüentemente, os telhados se alinhavam com as casas georgianas mais baixas que ficavam acima no morro, atrás delas. A de número 62 estava praticamente no centro das dez ou doze estruturas aparentemente construídas pelo mesmo empresário de imóveis. Ela sabia onde era. Tinha passado por ali antes, olhando e não olhando.

John tinha dito a Winnie que Allegra Lowe vivia de dividendos de investimentos. Winnie presumiu que era assim que Allegra podia se dar ao luxo de ter dois andares inteiros do número 62: o apartamento térreo com suas cortinas de musselina e amores-perfeitos em vasos nas janelas e o primeiro andar com os melhores tetos de reboco e as janelas mais altas do prédio. E — Winnie sabia que deveria esperar — a cozinha abaixo do nível da rua estava iluminada. Era metade da manhã, e Allegra Lowe estava em casa.

— Ah, ulá — disse ela ao atender. Sem a praga de uma tosse acompanhando, Allegra tinha o tipo profundo de voz contralto de fumante, com a qual você podia realmente ouvir *ulá* em vez de *olá*, como alguém eqüino e capaz, saído direto de Enid Blyton ou Jilly Cooper, talvez. Estava enxugando as mãos numa toalha de chá e parecendo pronta e de rosto rosado. Winnie bolou uma observação que pretendia ser admiradora — "Eu não conseguiria uma aparência assim sem um grupo de apoio e um aviso com um mês de antecipação" —, mas suprimiu-a e sorriu no que esperava que fosse um modo americano irritantemente direto.

— Tinha certeza de que era a minha cliente — disse Allegra, tensa.

— Você se lembra de mim: Winifred Rudge.

Que nome desajeitado! Winifred Rudge. *Allegra Lowe*. Winnie. *Allegra*.

— Claro que lembro, mas não estava esperando você. Entre.

Allegra não ficou de lado exatamente. Winnie não passou exatamente por ela, tampouco. Mas tomou posse da soleira.

— Não vou demorar nem um minuto, ou então posso voltar mais tarde, depois do seu compromisso.

Allegra balançou a toalha.

— Eles estão atrasados. Estão sempre atrasados, acham que vai acontecer um milagre e uma vaga para o carro vai aparecer automaticamente. Aí entram irritados, como se fosse minha culpa. Eu mantenho meu carro em Chipping Norton, como qualquer alma sensata, e uso um táxi quando estou em Londres. Outra coisa seria burrice. É melhor você se enxugar. Ainda está chovendo, não está?

— Não, foram só os arbustos molhados. — Ela seguiu Allegra até um *hall* grandioso, com a parte inferior das paredes coberta de carvalho dourado e os ladrilhos do chão formando um desenho que parecia copiado de um caleidoscópio, trapezóides de vermelhão, azul-pavão, areia, branco. A escada imponente subia até os outros apartamentos, e Allegra fez Winnie passar por uma alta porta dupla até seu espaço privado. Na semi-escuridão de um corredor mais profundo, Winnie viu outras portas, ligeiramente abertas, revelando altos retângulos de interiores parecendo pinturas de Sargent cortando as sombras, hipnotizando peças de mobília digna de museu, brilhos de ouropel. Mas Allegra levou-a escada abaixo até a ampla cozinha vitoriana. — Não, obrigada, não precisa de chá, não vou ficar.

— Chá para mim, então. Eu sinto frio aqui embaixo, mas é onde trabalho.

Na parede mais distante a cozinha alardeava os instrumentos usuais, parecendo caros e não usados. Panelas Le Creuset penduradas num lustre de ferro fundido, facas Henckels brilhando no suporte imantado. Nem sequer uma migalha de pão ou mancha de manteiga. Mas o centro do cômodo era local de algum tipo de atividade que tinha a ver com modelar argila ou gesso. Uma mesa atulhada de espátulas com crostas de massa cor-de-rosa, moldes apertados por grampos e com pesos em cima. Um carrinho de chá adjacente estava cheio de frascos de terebintina, tubos plásticos de tinta e pincéis em pé num jarro de cerâmica.

— Vou morrer envenenada por algum elemento carcinogênico que vão descobrir nos meus materiais — disse Allegra. — O chá fica empoeirado, mas é isso aí, acidente de trabalho. Tem certeza de que não quer? — Era uma espécie de piada, reconhecendo e tentando diminuir a tensão entre as duas, e Winnie foi apanhada sentindo-se agradecida e afrontada pelo gesto.

— Estou aqui numa investigação e peço desculpas por não ter ligado antes. Cheguei de Boston ontem à noite e John não está em casa. Você sabe onde ele se encontra?

De costas para Winnie, Allegra examinou a chaleira. Manteve as mãos sobre o vapor que começava a sair e as esfregou, aquecendo-se, antes de responder:

— Bem, não, Winnie, não sei onde ele está.

— Sumir assim não é o estilo dele.

— Não? Não sei.

— Bem, não acho. Não quando ele sabia que eu estava chegando. — Winnie não queria atrair a atenção para seu relacionamento com John, mas isso não podia ser totalmente evitado. — Estou aqui fazendo pesquisas para um livro novo; claro que coordenei os vôos e minha programação para se encaixar com a dele. Se ele tivesse sido chamado para longe de repente teria me telefonado ou deixado um bilhete.

— Acho que sim.

— Quando você o viu pela última vez?

— Essa é uma inquisição teatral; você está escrevendo uma cena assim? — Allegra se ocupou com uma xícara, um pires e uma colher, movendo-se com deliberação preguiçosa. — Eu não fico nem um pouco alarmada com as idas e vindas de John, e elas não são da minha conta. Não anoto no meu diário. Mas não o vi recentemente. Nós jantamos juntos no início do mês e nos esbarramos no Hampstead Food Hall, acho, ou na rua. Além disso, Winnie, não tenho o que acrescentar. — Um desempenho bem calibrado, observações que não levavam a lugar algum, admirável destreza verbal, Winnie tentou não se ofender.

— É grosseria da minha parte vir assim, e eu nem telefonei — disse ela, ouvindo *telefonei* encaixar-se no lugar e eclipsar o *liguei* que teria dito em Boston. Através das mínimas substituições era possível se transformar de um *eu* em um alguém. Era mais seguro, neste grande cômodo frio e brilhante, ser um alguém, especialmente com Allegra com *blush* nas bochechas ficando mais bonita enquanto o cabelo romã-claro começava a se encaracolar no vapor que subia. Por que ela e seus pombos imundos não podiam comprar um apartamento num local convenientemente mais distante, como Highgate ou Golders Green?

Winnie sentiu-se como se tivesse alguma deficiência de aprendizado. Sentou-se numa cadeira de vime pintado e disse:

— Estou cansada por causa do fuso horário e chateada, mas, para ser honesta, também estou preocupada. Caso contrário não teria vindo aqui, Allegra. Não adoro ser punida, não importando o que John diga.

— Tenho certeza de que John não fala de você, absolutamente — respondeu Allegra, equilibrando a faca dessa observação na ponta da língua, desafiando-a a cair.

— Há operários trabalhando no apartamento de John. Dois sujeitos apareceram hoje cedo com uma chave e ferramentas. Estão reformando a cozinha e o lugar inteiro está coberto com panos.

— É chá verde. Tome uma xícara.

— Não, obrigada. John mencionou que iria fazer reformas?

— Eu sei que ele tem idéia de fazer um jardim de telhado ilegal, se é o que você quer dizer. Sei que ia chamar operários. Mas tento não prestar atenção. Quanto menos ele falar sobre isso comigo, melhor, portanto não terei de mentir aos outros proprietários deste prédio. — Sua expressão era inestimável. — Eu me esforço muito para nunca mentir, Winnie.

— Não gosto daqueles caras. São esquisitos, não sei. Estão embromando, e há um problema com a tubulação, do qual eles não estão cuidando.

— Vou me certificar de jamais contratá-los. — Depois de fazer o chá e deixar descansando, Allegra voltou ao seu local de trabalho e começou a medir algum produto seco numa tigela. Pegou um pouco de pigmento, um marrom-arroxeado brilhante parecendo algum espalhafatoso tempero indiano, e jogou uma colherada dentro.

— Também estou aqui para falar dos canos, Allegra. Há uma batida estranha nas paredes, e isso está pirando os operários. Até eu fiquei assustada, junto com a ausência de John. Acho que John me disse uma vez que o seu prédio e o nosso compartilham uma parede... — Mas ela não pretendera dizer *nosso*, isso seria percebido como um desafio. — Quero dizer, o prédio antigo, a Casa Rudge. Você sabe o que quero dizer.

— Sei, claro — respondeu Allegra flexionando a generosidade. — Os corretores me falaram sobre isso quando comprei este apartamento. Parece que a existência da parede-meia data de cerca de 1810, uma solução de economia. Nós compartilhamos um arranjo doméstico mais íntimo do que a maioria das casas geminadas de diferentes períodos.

— E de quando data esta casa?

— Foi construída em 1889. Não é o auge do *Arts and Crafts*. O nível econômico desta rua não permitiria. Mas estas casas decorrem da economia padrão do período.

— Você tem algum problema com o encanamento? Tem ouvido batidas ultimamente?

— Só na porta quando a campainha pifa. Como estou na parte mais alta da encosta, tenho pouco problema com o esgoto ou com a umidade que sobe, como muitos apartamentos térreos em Hampstead. Não me lembro de John ter falado de algum problema assim, mas como costumo dizer... — Desta vez não disse.

— Será que alguma coisa pode estar acontecendo num dos apartamentos em cima do seu? Alguma reforma? O que quer que seja está assustando os operários.

— São garotos irlandeses?

— Bem, sim, se bem que "garotos" é meio exagero. O mestre-de-obras é quase um avô.

> Mamãe e papai são irlandeses,
> Comemos cozido irlandês,
> Compramos por uma ninharia uma rabeca
> Que era irlandesa também...

— Ninguém está fazendo reforma neste prédio, que eu saiba — disse Allegra, interrompendo o ensaio mudo de Winnie com os versos da época da infância. — Mas se isso está preocupando você, por favor suba e pergunte diretamente ao morador. Não que vá encontrar alguém no último andar. O apartamento é de uma empresa da City, o sistema informatizado de pagamento da MaxxiNet, para hospedar colegas japoneses e coreanos quando vêm para treinamento. Mas a companhia está sob intervenção e ninguém fica aqui há meses. Sei porque a MaxxiNet exige que os moradores temporários se apresentem a mim, e os obedientes japoneses e coreanos fazem tudo o que mandam. Há vários meses não ouço ninguém no saguão, além da família que mora logo acima de mim.

— Quem são eles?

— Uma viúva, Rasia McIntyre e seus três moleques. Talvez esteja em casa agora, mas ela costuma fazer as grandes compras semanais nas manhãs de sexta. Seria bom você correr lá em cima e pegá-la antes que saia. Há muito pouco que eu possa lhe dizer além disso, Winnie. — Ela terminou de mexer os pós e se serviu do chá verde. — Você é bem-vinda para tomar alguma coisa quente, mas não sei nada sobre reformas ou o paradeiro de seu primo, e... Então... — Ela deu de ombros e fez uma careta. Em seguida olhou para seu trabalho, pegou uma pitada da mistura entre os dedos e franziu a testa.

— O que você está preparando?

— Material dentário para moldes.

— Para quê?

— Eu faço mãos, impressões de mãos. Principalmente de crianças, presentes para avós, esse tipo de coisa. — Ela foi até uma mesa larga no canto e puxou um cobertor sujo. A superfície da mesa estava coberta de quadrados e retângulos cor-de-rosa, alguns emoldurados, alguns soltos, alguns com nomes gravados, alguns não. Cada peça mostrava o relevo de uma ou duas mãozinhas, como fósseis instantâneos, grosseiras impressões de estrelas-do-mar. — Começou como terapia para adultos com dificuldade de aprendizado e acabou virando uma pequena atividade lucrativa para mim. Claro, uma matéria no suplemento colorido do *Times* de domingo, há vários anos, não fez nenhum mal.

Winnie achou aquilo grotesco, mas não disse.

— Qual foi a figura mais grotesca que você já fez?

— Fui a uma festa temática do Halloween na semana passada. O tema era Padres e Prostitutas, e eu fui de padre. Talvez isso não fosse tão estranho, já que a maioria dos homens foi vestido de prostituta.

— Quero dizer, as figuras de mãos; qual foi a experiência mais estranha...

Mas Allegra falou:

— Olha, eu estava brincando, certo? De qualquer modo, estão batendo. Finalmente chegou o cliente da manhã. Vou levá-la até a porta. Se você não se importar, certo? Não há mais nada?

— Mais nada, absolutamente nada — disse Winnie. Padres e Prostitutas. A visão de adultos fantasiados, a não ser no palco, sempre a irritava. Até mesmo a simples idéia. Subiu a escada na frente de Allegra, tentando se concentrar. — Como foi que você disse que era o nome da vizinha? Rose, Rosie? McIntosh?

— Rasia. É um nome muçulmano. Rasia McIntyre. Ela se casou com um homem de Glasgow que entrou em coma inesperadamente e simplesmente, simplesmente, *morreu*, sem fanfarras nem despedidas. Você vai gostar dela. Diga que eu faria a apresentação, se pudesse, mas o dever me chama.

Ela abriu a porta e fez uma careta para uma mãe de aparência frenética espremendo uma criança pequena que se retorcia.

— Quero que você enfie o corpo inteiro dele no molde e mantenha lá — disse a mãe a Allegra. — E quando ele estiver morto e podre vamos abrir o molde e fazer uma versão em gesso mais bem-comportada, que *não... se... retorça... tanto.*

Winnie agradeceu a Allegra com um movimento de cabeça e foi para a escada.

Podia ouvir os ruídos da casa de Rasia McIntyre se derramando escada abaixo. O som de música de cítara em quarto-de-tom acompanhando o berreiro matutino de crianças pequenas quase a fez parar. Mas quanto mais tempo demorasse, mais provavelmente Mac e Jenkins teriam ido embora antes de ela voltar, e feito qualquer outra coisa censurável. Por isso bateu na porta.

— Sim, quem é? — disse a tal Rasia, abrindo a porta e continuando a tagarelar ao telefone sem fio, com duas crianças minúsculas grudadas às pernas de sua calça. Para Winnie: — Estou absolutamente dura, não posso abrir mão de um centavo. — Ao telefone: — Olha, tem uma pedinte na porta. Você vai ficar em casa? Eu ligo de volta quando eles dormirem. Muito bom, muito bom, tchau. — Ela bateu o telefone numa mesa do corredor e disse: — Não conseguia fazer com que ela desligasse, por isso fico feliz por você ter batido, mas eu não dou dinheiro a quem bate na porta, e não deveriam ter deixado que você entrasse.

— Não estou fazendo coleta para instituições de caridade — respondeu Winnie. — Sou amiga de uma das suas vizinhas. Estou aqui para perguntar sobre barulhos estranhos no prédio...

— Navida, eu já disse, nada de doces até a hora do almoço, pode chorar à vontade — disse Rasia, arrancando o braço de Navida de sua coxa. — Sim, às vezes eu dou um tapa no traseiro das crianças, mas são meus filhos e eu faço o que quiser. Eles não choram mais do que outras crianças da mesma idade. Você não pode ser da prefeitura. Não com esse sotaque.

— Eu bateria neles também — disse Winnie, olhando para as crianças — e me revezo com você, se você quiser. Eles são muito barulhentos. — Ela não estava falando sério, mas deu certo. Rasia riu.

— Eles são animados e sentem falta do pai, e não posso culpar. Isto é uma reclamação formal?

— Não. Posso entrar só por um momento?

— Se for preciso. — Ela parecia mais satisfeita do que deu a entender com as palavras. — Mas tenho muito o que fazer, em vez de ficar preparando a casa para visitas inesperadas.

Rasia McIntyre tinha rosto cheio, com ossos fortes e testa alta. Era como olhar um daqueles Picassos e ver a frente e o perfil ao mesmo tempo. Tinha quadris e ombros, tinha profundidade e rotundidade, nada exaurido por uma dieta de alface pura. Winnie sentiu-se pálida e ressecada perto do vigor daquela asiática, mas não se importou. Rasia era mais real do que um primo adotivo desaparecido ou um barulho perturbador nas paredes.

A sala para onde Rasia a levou era uma confusão de echarpes e velas, almofadas e caros tapetes turcos. O chão era coberto por brinquedos infantis com dez mil peças. Numa estação de trabalho no canto havia vários aparelhos de televisão, dois monitores de computador, uma estante, uma impressora e um aparelho de videocassete. Winnie meio esperava a abundância de bilhetes adesivos dizendo COMPRIMIDOS COMPRIMIDOS.

— Estou tentando voltar a trabalhar com montagem de cinema, mas não sei se consigo melhorar os conhecimentos. Agora tudo é por computador, e eu tenho pouca paciência para manipular pedacinhos minúsculos de informação.

Nem para as pecinhas de Lego, Duplo e móveis de boneca que estalavam e pulavam ao ser pisados.

— Merda. Vocês *aí*. Vão catar essas coisas ou querem que eu estrague os seus brinquedos? — disse ela. — Navida. Tariq. Nós temos de sair para fazer as tarefas, e isso aqui está parecendo os destroços de Dresden.

As crianças desapareceram gritando pelo corredor.

— Se acordarem o neném eu fervo os seus ossos — gritou Rasia, mas sem convicção. Para Winnie: — Desculpe. Este lugar é uma loucura. Se não veio para reclamar do barulho das crianças, o que é? — Ela se sentou em sua cadeira de trabalho e começou a amarrar as botas, olhando para Winnie por baixo de uma abundância encaracolada de cabelos cor de carvão.

— Não. Não me incomodo com o barulho das crianças. De qualquer modo só estou de visita na casa ao lado. — Winnie respirou fundo e descreveu a planta das casas entrelaçadas. Depois contou a Rasia sobre o barulho de batidas vindas das chaminés. — A sua vizinha de baixo, Allegra Lowe, disse que talvez você tivesse alguma idéia, ou que talvez estivesse fazendo alguma reforma aqui.

— Gostaria de estar fazendo. As crianças batem os pés e brincam, e algumas vezes o bebê bate com a cabeça na parede quando quer brincar e eu estou no banheiro, mas esta manhã, não. De qualquer modo não acho que seja alto o bastante para ser ouvido em outro prédio. Podemos olhar, se você quiser. Desculpe a bagunça. Eu tenho uma empregada, uma menina brasileira chamada Zuli, que desapareceu há algumas semanas e nem ligou para dizer quando vai voltar. Você perguntou a todo mundo no seu prédio?

— São só três apartamentos na Casa Ruge, e o do meio está à venda.

— Bem, então deve ser isso, não acha? O dono do tal apartamento deve estar reformando a cozinha para conseguir um preço melhor. Você já perguntou ao corretor?

Winnie não tinha pensado nisso, e, de fato, era a conclusão mais lógica. Mas será que não teria visto sinal de outros trabalhadores na escada da Casa Rudge?

As crianças tinham se acomodado diante de uma televisão numa outra sala e estavam atirando dardos com ponta de sucção contra Trevor MacDonald, que lia o noticiário.

— O neném — disse Rasia. — Hora de trocar a fralda. Sinto o cheiro a três cômodos de distância.

Nos fundos do apartamento, num canto do quarto principal, o bebê estava deitado num berço com grade de plástico cor-de-rosa. Respirava ofegante, mas sem chorar. Rasia parou e olhou-a. Winnie não; examinava as proporções do quarto, o mofo.

— Será que eu seria intrometida demais se olhasse dentro do seu armário? Se encostasse o ouvido na parede? Acho que o poço de chaminés da Casa Rudge pode estar do outro lado da parede do seu armário, e o som seria abafado pelas suas roupas; talvez por isso você não tenha ouvido daqui.

— Mas está uma bagunça, eu não limpei nada — disse Rasia irritada. — Não posso, por favor. Não posso.

— Ah, isso não vai me incomodar. Eu sou relaxada também. — Ela encostou a mão na porta do armário. — Quero dizer...

— Quer dizer *o quê*? E por que está aqui?

Winnie se virou ao ouvir a mudança no tom de voz. Os olhos de Rasia tinham se transformado em ameixas, e ela os cobriu com a palma das mãos. O bebê parou de ofegar como se estivesse se sentindo responsável pelas lágrimas da mãe, e depois recomeçou, ainda mais ofegante, hesitando.

— As roupas de Quent estão aí, como você pode entrar e ir direto para as roupas dele?

— Eu não... — Winnie ficou horrorizada. — Eu não quis... como é que ia saber? Já vou indo. Sinto muitíssimo. Estupidez minha. Por favor. Você vai assustar o neném. Por favor. — Agora Rasia estava balbuciando. — Por favor, não precisa fazer isso. Eu vou indo. Saio sozinha. Você está bem? Deixe-me pegar um lenço de papel para você.

Tomaram chá durante uma hora. Winnie se sentiu seqüestrada, mas merecia. Fingiu interesse em ver as fotos de Quentin McIntyre e Rasia Kamedaly durante o casamento, nas férias em Madagascar ou visitando o antigo lar da família Kamedaly em Kampala, depois da repatriação de propriedades asiáticas tomadas durante o regime de Idi Amin. Quentin parecia um pincel de barba muito usado, o cabelo louro espetando em todas as direções. Quentin em casa em Loch Dunwoodie, Quentin no Keble College. Quentin e Rasia com as crianças. No fim, com Fiona gemendo no ombro, Rasia levou Winnie de novo ao quarto e puxou as cortinas pesadas.

— Abra o armário, tire as coisas dele — disse ela. — Já faz nove meses, eu tenho de pensar em dar isso para alguma instituição, cedo ou tarde.

Winnie não conseguia resistir. Tinha aberto essa caixa de Pandora e claramente não havia como colocar de volta os bichos que saíam. Tirou ternos e casacos esporte, calças feitas sob medida e caixas de camisas lavadas. Quando abriu a gaveta de cima viu um monte de cuecas masculinas, brancas, azuis e imitando pele de tigre. Fechou a gaveta para esconder tudo aquilo.

— Então aqui está a parede — disse ela, finalmente retomando um pouco da pressa, e encostou o ouvido. — Olhe, o reboco é desigual; isso é provavelmente o poço de chaminés do início do século XIX, como eu pensei. Será que aqui pode ter havido uma lareira, coberta de tábuas quando foi posto o aquecimento central?

Brincando com Fiona, Rasia não respondeu.

Winnie se inclinou nas sombras deixadas pelas roupas de Quentin.

Havia um som na pedra, ou pelo menos pensou, mas podia ser apenas o ruído de um vácuo, como a concha do mar ampliando de volta para os tímpanos o som da própria câmera de eco do ouvido. Num dos ouvidos Winnie escutou as eras estalando, o som da pedra falando sua palavra solitária; ouviu-a traduzida, hoje, como a evaporação momento a momento do casamento de McIntyre e Kamedaly, apenas um fantasma de si mesmo e dissolvendo algumas moléculas a mais a cada hora.

Então voltou a si, levantou-se e disse: bobagem, absurdo, mas só para si mesma, e em voz alta:

— Não ouvi nada. Estou me sentindo uma idiota por ter vindo aqui, desse jeito. — E ajudou Rasia McIntyre a carregar os montes de roupas velhas para o patamar da escada.

Mas Rasia parecia melhor. Fiona gorgolejava na mamadeira e as outras crianças começaram a rir para Winnie e a flertar, apesar de ela ignorá-las. Enquanto as mulheres enfiavam as roupas em sacolas da Marks and Spencer para levar a alguma instituição de caridade, Rasia falou:

— Sua amiga Allegra tem uma duplicata da chave do apartamento lá de cima. Para emergências. Ela não disse?

— Não. Mas não faz mal. Ela não deve conhecer ninguém de lá, por isso não lhe ocorreu.

— Se você quiser ir até o fim disso, peça.

— Não sou tão amiga dela...

— Você não é tão minha amiga, e me ajudou a me livrar das roupas de Quentin, coisa que minhas irmãs vêm me pedindo para fazer há meses. Elas se oferecem para vir de Poole todo fim de semana, e eu digo: não, não, não estou pronta. Aí você entra desse jeito e revira tudo sem o menor pudor. Sem dúvida pode pedir a chave à sua amiga.

— Ah, poderia, se quisesse. Mas na verdade...

— Na verdade o quê? — Era a vez de Rasia ser enxerida, e Winnie não tinha intenção de satisfazer sua curiosidade, não importando o que devesse a Rasia.

Vestindo o casaco, Winnie falou:

— Você conhece o meu primo? Ele é amigo de Allegra. John Comestor.

— Ela sempre tem gente indo e vindo, e eu não me sinto no direito de supervisionar — disse Rasia numa tentativa de pedantismo que estragou ao prosseguir: — Mas eu vejo o que vejo. Como ele é?

— Altura mediana. Magro. Minha idade, um pouco mais novo. Cabelo castanho-chocolate, acho, mais comprido do que o convencional para homens da idade dele, mas aparado atrás. Veste-se de modo casual, principalmente paletó e jeans. Meio garotão, pode-se dizer. Tipo John Cusack.

— Parece a maioria dos homens de Hampstead. Americano?

— Inglês.

— Vou ficar com o olho na abertura da cortina.

— Ah, não é da minha conta se eles estão namorando ou não. Sei que eles têm um caso. Por respeito a meus sentimentos os dois são discretos, mas não me importo. Ele desapareceu, ou pelo menos saiu da cidade sem me avisar. Só isso, e pronto.

— Bem, ele não está hospedado lá em cima, escondido de você — disse Rasia. — Mas como Allegra tem a chave do apartamento, ele poderia facilmente fazer isso. Mas eu ouviria gente subindo e descendo a escada, o chuveiro aberto e a descarga do vaso sanitário. Não houve nada disso.

— Posso retribuir levando uma dessas sacolas para você até um dos bazares de caridade na West End Lane?

— Obrigada, não. — Rasia McIntyre cruzou os braços em volta de Fiona e beijou os pêlos da cabeça do neném. — Pode me ajudar vindo me ver uma hora dessas, se quiser. Você sabe alguma coisa sobre o que é perder um homem, dá para ver.

— É muita gentileza. — Winnie viu Rasia se encolher diante da formalidade súbita. Mas não conseguia evitar. Desceu a escada sem tentar qualquer cortesia ou silêncio.

Optou por não voltar à Casa Rudge pelo caminho enlameado. Então, enquanto rodeava até a rua transversal, mudou totalmente de idéia. John tinha acabado de abandoná-la à bagunça dos problemas da reforma e aos vizinhos do norte de Londres. Por que Winnie estava pondo nos ombros a campanha dele? Por que se envolver com aquilo? Primeiro iria comer alguma coisa.

Olhou rapidamente os pedestres na rua, com interesse, como se, por coincidência, eles pudessem ser John. Não eram.

Parou — com uma dor no lado do corpo, uma pontada, uma premonição, alguma coisa — e se empertigou com uma das mãos num porta-cartaz iluminado da Polícia Metropolitana. Ou teria se sentido atraída pelos cartazes? Duas páginas, lado a lado. A primeira, impressa em inglês e em alguma letra exótica e cheia de franjas, parecia divulgar o desaparecimento de um menino de rosto suave, do Sudeste Asiático, cuja foto o mostrava com cabelo com mechas louras. O texto dizia que ele havia desaparecido do clube de karaokê Imperial na New Road, Dagenham. A segunda página, totalmente em inglês, pedia informações sobre um homem assassinado no parque de diversões de Notting Hill em agosto. Fora atacado e morto na Westbourne Park Road. "Você viu a agressão? Ouviu alguma coisa sobre a agressão? Conhece os envolvidos?" Os dois anúncios tinham um número 0800 para dar qualquer pista. Absolutamente qualquer uma.

E todas aquelas pessoas indo para o almoço, passando.

Achou um dos lugares que costumava freqüentar, usou o banheiro e pediu uma taça de cabernet. O lugar estava se enchendo. Tomou um gole e pensou em John, em suas saídas e entradas teatrais. Mesmo contra a vontade — apesar de sua condição e da terapia — a mente saltou de lado para a história de Wendy Pritzke. Será que alguém parecido com John apareceria na história? Será que deveria aparecer?

Pegou o bloco de anotações e abriu. Ali estavam as páginas de rabiscos sobre o entrevero no Famílias Felizes. Parecia ter sido há semanas. Passou para a próxima página em branco e pegou a caneta. Ficou sentada e não escreveu.

Ventava, e mais do que ela havia esperado. As colinas do norte de Londres, as ruas transformadas em cânions pelas fachadas das mansões, eram um labirinto de túneis de vento. Lutando, subiu de volta às pedras escorregadias do calçamento para olhar de novo a casa de tijolos vermelhos. Havia algo na mistura da chuva inglesa com o eflúvio de gasolina inglesa que tornava os pavimentos de Londres mais escorregadios do que qualquer outro por onde andara. Ou talvez fossem suas solas de sapato americanas, de borracha, recusando-se a pisar direito. Estendeu a mão para se firmar.

– Ah, me sinto um feixe de nervos; isso é que é estar na presença de uma boa idéia, fico assim – falou. Ele não respondeu nem reclamou.

A casa – sempre tinha a ver com casas – era o mais diferente possível de uma construção de Whitechapel mal reformada.

Se você saboreasse Dickens pela imundície, ficaria desapontado no ambiente contemporâneo de Aldgate, Whitechapel e Spitalfields. A maior parte da Dickenslândia fora destruída na Blitzkrieg.

Era possível comprar folhetos, e ela havia comprado, sobre as caminhadas de Jack, o Estripador. Qualquer um podia percorrer os poucos locais restantes que teriam sido conhecidos por Jack, o Estripador: o White Hart Pub na esquina da Gunthorpe Street, a Artillery Passage, o Ten Bells Pub, que as prostitutas que se tornaram suas vítimas teriam freqüentado para pegar clientes. Vire à esquerda e prove a culinária de enguias do Tubby Isaacs's no East End. Logo adiante, Durward Street, local do assassinato de Mary Ann Nichols.

Era como se tudo o que jamais pudesse ser sabido sobre a identidade ou o destino de Jack, o Estripador, fosse compensado pela dedicação amorosa a tudo o que restara.

E, se você estivesse interessado, ainda havia muita coisa do resto de Londres que estivera de pé aos ventos do fim do século XIX. Só não era no centro da cidade.

Será que Jack, o Estripador, poderia ter fugido de Whitechapel e desaparecido em outro bairro? Até mesmo, por que não?, nesta rua no burguês e arborizado Hampstead?

Ele (o grande ele desconhecido), o assassino de prostitutas, chamado de *Estripador* por sua tendência a rasgar a garganta delas e impedi-las de gritar, poderia lutar para subir esta rua, como ela estava fazendo agora. Nos tempos dele a rua seria marcada por buracos feitos pelas carruagens, uma sujeira num tempo assim; imunda; esterco de cavalo amaciando, liquefazendo-se e descendo o morro nesta chuva enquanto montes de tijolos vermelhos eram trazidos da olaria. A ascensão de um rosado recife de coral na névoa da Londres que queimava carvão... Será que os exteriores dos prédios já haviam sido terminados na época em que Jack, o Estripador, apareceu na rua? Será que os últimos detalhes de lambris, reboco, madeiramento, o encanamento para a iluminação a gás ainda estavam sendo feitos quando Jack, o Estripador, chegou à casa que mais tarde teria o número 62, e será que não pôde ou não quis ir mais adiante?

— Você está presa nisto — disse ele. — Dá para ver na cara; você está bêbada com isso. Que vergonha! Não pode escrever sobre alguma coisa simples e doméstica como Anita Brookner, alguma costureira de testa úmida, educada demais para o seu mundo? Você gostaria de segurar facas ensangüentadas, mas vou lhe dizer, você não tem constituição física adequada para isso.

— Não venha me dizer para o que minha constituição é adequada. Todos nós sucumbimos ao contágio pelo qual optamos. A questão é: e se Jack, o Estripador, caísse em si e fugisse do local de seus crimes? E se tivesse tentado se estabelecer como operário no distante povoado de Hampstead. Ou, claro, ele poderia ter arranjado o posto de ajudante de açougueiro. Só que caiu sob o feitiço de alguma jovem bonita de Hampstead. Talvez uma empregada irlandesa, recentemente contratada para trabalhar na casa nova. Talvez ele faça uma entrega aqui e veja uma bonita empregada ruiva lá na cozinha. Olhe como as janelas são devassadas! Dá para ver três quartos do cômodo, mais, caso se abaixe para olhar. Talvez, tendo fugido da zona de pesadelo de Whitechapel, local de seus frenesis, talvez ele nem se *lembre* de que era Jack, o Estripador. Talvez leia sobre isso nos jornais usados em que embrulha carne e não se reconheça. O tipo de personalidade dividida. Mas há alguma coisa na garota bonita, o vislumbre de um tornozelo coberto por meia enquanto uma empregada de cozinha se estica para pegar uma bacia numa prateleira alta. Ele passa o pedaço de carne de cordeiro de uma das mãos para a outra, e o sangue atravessa o jornal e mancha seu avental.

— Vamos jantar e podemos alugar *Vestida para matar* ou *Psicose*, se você quiser — disse ele. — Dá para ver que não está a fim de assistir a uma reprise de *Upstairs, Downstairs*.

Ela riu.

— Bem, você sabe quanto se falou sobre o mistério do desaparecimento dele. Sabe mais do que eu. Num determinado ponto propuseram que ele era um membro sifilítico da família real. Que era maçom, cirurgião, revolucionário. Tudo isso excita a imaginação, como dizem.

— Dá para ver que sua imaginação está excitada.

— Não vá, ainda. Quero olhar a janela daquela cozinha e imaginar o que ele pode ter visto.

— Você está procurando alguma empregada de pernas bonitas de tranças cor de cobre na qual um assassino em série possa cravar o cutelo?

Ela murmurou:

— Bom, se uma prostituta não era capaz de se defender, será que uma empregada de cozinha numa casa de classe média se sairia melhor?

— Você disse que as prostitutas viviam bêbadas. Além disso, as empregadas de cozinha trabalham com cozinheiros, e os cozinheiros também conhecem muito bem os cutelos. Mas gosto mais do seu enredo quando o homem da casa chega e encontra um bandido mexendo com sua jovem noiva, sua núbil filha adolescente ou sua arrumadeira. O bom pai de família o mata e empareda o corpo na chaminé que ainda está sendo construída. Lá em cima, nos aposentos da empregada. O pai esconde a prova do crime para evitar o escândalo e a vergonha. As damas são delicadas, afinal de contas! O que acha? E foi por isso que ninguém conseguiu achar Jack, o Estripador, para prendê-lo. O filho-da-puta já estava ferrado.

— A história ficaria melhor, John, se a suposta vítima pudesse realizar o assassinato.

— É politicamente correto demais. Mas sem dúvida seus leitores americanos adorariam.

— O pai ou o noivo dela ainda poderia se livrar do corpo para proteger sua honra e impedi-la de ir para a prisão.

— Você é incorrigível.

— Sou totalmente corrigível. Acho. Isso significa corruptível?

— Sei que você é corruptível. Corrigível significa *passível de correção*. Vamos sair deste tempo horroroso e achar um uísque com soda em algum lugar?

Passaram pela casa, rindo, com a fantasia gótica servindo como um aperitivo caloroso.

Sentia-se tonta por causa do vinho demasiado durante o almoço. Enquanto se aproximava da frente da Casa Rudge, com a chave na mão, a porta se abriu por vontade própria — ou melhor, observou ela, por vontade da sra. Maddingly, que ficou ali parada vestida com um casaco amorfo, cor de molho de carne.

— Ah, um vendaval — disse a velha, apreciando. — Vou ao correio pegar minha pensão. Você viu Erva-moura?

— Um gato? Um dos seus gatos? Não.

— Ela vai aparecer, ou ele; esqueci o que é, não que isso me importe, não sou uma gata. Na verdade também não me importava como ser humano, a não ser quando o querido Alan estava interessado, e ele era o único que se interessava. Você também não o viu?

— Seu querido esposo?

— O próprio.

— Eu deveria? — perguntou Winnie com alguma irritação.

— Não, não — respondeu a sra. Maddingly passando por ela, enojada. — Quis dizer, se você o viu *alguma vez*. Não lembro se nós duas éramos amigas na época. Como quer que eu me lembre de coisas triviais assim?

— Desculpe. É só que... não, nunca tive o prazer.

— E agora nunca terá — disse a sra. Maddingly num tom maroto.

Em seguida passou deslizando, pulou do degrau da frente e pousou sobre os pés inseguros. Talvez estivesse bêbada, pensou Winnie; talvez isso é que lhe desse coragem para se aventurar na rua. Olhou a velha testar a calçada, como se esperasse que ela fosse ceder. Seu cabelo revolto era um halo branco; a mulher parecia uma ovelha idosa, há muito tempo sem tosquia.

Winnie enfiou as chaves no bolso e subiu, parando apenas para tirar os sapatos enlameados e deixá-los sobre os pedaços de plástico que os sujeitos tinham posto para colocar as botas e os guarda-chuvas.

— E então? — perguntou ao ouriço. — Alguma notícia da Interpol ou da Scotland Yard enquanto eu estava fora? — O ouriço ficou agachado no plástico e de novo se recusou a comentar. — Olá, olá — disse Winnie entrando no apartamento, desejando que John tivesse tido piedade e aparecido. — John? — perguntou numa voz de irritação esperançosa.

Fora o cheiro que tinha diminuído, o lugar não estava diferente, a não ser que se pudesse dizer que uma paralisia pudesse ficar mais imóvel ainda. Podia sentir, mais do que ouvir, a presença do cético Jenkins e do retardado Mac ali, sem trabalhar. Não ficou surpresa ao encontrá-los mais ou menos como estavam há várias horas.

— Como é que é, pessoal. Não fizeram nenhum progresso? — Suas palavras saíram mais irritadas do que ela pretendia.

— Nós fomos impedidos... — disse Mac, e parou.

— Estamos doidos para saber o que a senhora descobriu em suas andanças — interrompeu Jenkins. Ele fez um gesto, como se tocasse a aba de um boné imaginário. Sua deferência era zombeteira. Winnie se arrependeu do mau humor, das pequenas ferroadas e ataques, e se corrigiu: respirou fundo, cruzou as mãos junto à cintura como alguém de alguma geração mais antiga. Tentou sorrir.

— Vocês ainda estão pensando no assunto — observou ela.

— O barulho está mais alto — disse Mac, e fez o sinal-da-cruz. — Mãe de Cristo.

— O vento também está aumentando — respondeu Winnie. — Talvez alguma conexão da chaminé esteja quebrada lá em cima, uma rachadura no reboco em algum lugar. — Era estranho que restasse a ela ser a racional naquele cômodo. Ela, que durante vários anos tinha sacado cheques de cinco dígitos pelas vendas de *O lado obscuro do Zodíaco*. John teria gostado da ironia, se estivesse por perto. — Vocês já pensaram nisso? — perguntou. — A chaminé como uma espécie de enorme tubo de órgão, tossindo?

— A senhora está fazendo um comentário bem decente para alguém que acaba de entrar sem aviso... — disse Mac.

— Não, Mac, pare com isso — interveio o mestre-de-obras. — Não adianta. — Algo foi transmitido entre os dois, mas Winnie não soube o que era. Medo, superstição, algum tipo de suspeita. Com relação a ela?

— Apareceu um recado na secretária eletrônica — disse Jenkins, sacudindo um dedo na direção da máquina.

— John — exclamou ela aliviada. — Bem, já estava na hora.

— Um homem — disse Jenkins. — Nós ouvimos a voz, mas não era para nós.

— Ficamos escutando para ver se era a senhora querendo falar com a gente — explicou Mac, como se irritado por ela não ter ligado para contar suas descobertas.

Winnie foi até a secretária e apertou o *Play*.

A princípio pensou que fosse John. Não. Adrian Moscou de novo.

"... você disse para não ligar, mas deixou o número, por isso pensei em ligar. Londres é um lugar bem distante, para evitar nosso convite para jantar. Mas você conseguiu um adiamento. Por isso ligue quando estiver de volta. Ainda estou morrendo de arrependimento por ter dedurado você. Posso até me matar se não tiver notícias suas. Além disso, Geoff quer ir em frente com nossa inscrição, mas eu sou mais capricórnio, e mais cético, por isso queríamos saber quais são suas impressões sobre os mercadores de crianças do Famílias Felizes. Nós nos sentimos meio... é... marginalizados naquela turma. De qualquer modo, gostamos dos seus livros, ou pelo menos meus alunos gostam, de modo que pode haver..."

A gravação terminou.

Ela estava cansada de não chegar onde queria, ou de não poder fugir do que tinha rejeitado.

— Me dá essa porcaria de pé-de-cabra, o enxó, sei lá o quê — falou, entrando na cozinha. — Se não querem fazer o serviço para o qual John os contratou, eu faço. — Ela pegou uma alavanca em forma de L e ponta bifurcada. Aproximou-se das tábuas da parede recém-exposta e passou a mão sobre elas. Os sujeitos já deviam estar trabalhando naquilo; pôde facilmente enfiar as garras da ferramenta em volta da cabeça do primeiro prego que encontrou. — É essa a idéia? — perguntou, e pôs o peso na ferramenta.

O prego se deixou ser tirado até uns cinco centímetros.

— Trabalho duro — disse gelidamente. Não conseguiu soltar mais, por isso recolocou a ferramenta num prego mais baixo, enfileirado, e fez o mesmo. De novo ele parou a uma certa distância. — Esses pregos têm pontas dobradas ou falanges do outro lado? Ou pontas de parafuso, sei lá? Bem, a gente deve ser capaz de tirar essa tábua com os dedos, se todo mundo fizer força e puxar, não é? Venham, façam alguma coisa, qualquer coisa.

— Ela enfeitiçou o próprio Jesus — disse Mac. — O barulho parou. O que ela fez?

Era verdade, as pancadas haviam parado, mas o silêncio em si era fantasmagórico, como os ponteiros de um relógio andando, cronometrando algo urgente.

— Provavelmente deixei entrar um pouco de ar nesse espaço — disse ela, começando a trabalhar na terceira cabeça de prego. — Agora que comecei, vocês vão assumir? Tenho o que fazer no centro da cidade...

Mas quando Jenkins se adiantou para pegar o pé-de-cabra, as batidas recomeçaram. Ferozmente, menos mecanicamente, mais como o desespero de um animal preso.

— Inferno! — exclamou Mac.

Jenkins se encolheu e recuou.

— Ah, a minha pressão arterial — disse Jenkins. — E eu acabei com os comprimidos.

Todos recuaram e Winnie pôs o pé-de-cabra no chão. Falou:

— Daqui até ali, daqui até ali, coisas estranhas estão em toda parte.

— Que porra é essa? — perguntou Mac.

— Dr. Seuss — respondeu ela.

— Vamos precisar de algum doutor mesmo — disse Mac. — Dr. Freud. Ou talvez o Dr. Kevorkian.

A voz de Winnie saiu mais baixa do que ela pretendia.

— É simplesmente irritante. Como a gente pode ficar assombrada com uma reforma? A cozinha que rejeita novidades? O que ela quer?

— Puta merda — disse Mac.

Os pregos, um a um, começaram a recuar para dentro da parede, como um gato recolhendo as garras.

Era como um truque fotográfico, como assistir a um vídeo de trás para a frente. Calmo e constante. O tempo invertido, o tempo partido. Winnie sentiu sua percepção das coisas estremecer, os pensamentos girando, procurando algo a que se agarrar em outro lugar, num mundo mais obediente do que as aberrações à mostra neste momento manco. Em algum outro local, crianças nos parques estavam silenciosamente se juntando contra o menino impopular, isolado. Os times universitários se vestiam para treinar. Gerentes de nível médio tramavam golpes no escritório junto ao bebedouro. Alguma criança entediada jogava um livro de Winnie no chão. Alguma mãe frenética por uma xícara de chá antitensão cortava a embalagem de celofane com um cutelo para carne. Em outros lugares fornalhas estavam sendo acesas, caminhões davam marcha a ré, computadores eram inicializados, coisas iam para a frente, menos aqui, onde os pregos recuavam.

Num instante não havia sinal dos esforços de Winnie, e o apartamento tinha ficado silencioso de novo.

— Uma *semana* inteira assim? — perguntou ela.

— Não — disse Jenkins. — Nós não pudemos chegar tão perto quanto a senhora. São os nervos.

Ela pôs o peso do corpo nos calcanhares, as costas nos armários da cozinha.

— É melhor me contarem tudo. É melhor começarem do início. De onde vocês são? Já fizeram algum trabalho para o John antes? Qual foi a primeira coisa estranha que notaram?

Eles não falaram.

— Por que não confiam em mim? — perguntou ela. — É melhor confiar.

— Eu sou de Raheny, em Dublin — disse Mac depois de um minuto. — E estou aqui há pouco mais de quatro anos, morando com uns colegas em Kilburn, perto da Mill Lane. Faço esse tipo de coisa desde que trabalhava nos fins de semana com meu pai. Há cinco, seis anos. Nunca vi nada assim.

— Você tem um nome de verdade, Mac?

— Mac está muito bom para a senhora, já que está bom para mim — disse ele. Tinha a aparência de um furão com caxumba, o nariz estreito e elegante brotando de um rosto com as últimas acnes da adolescência. — Estive com ele nos últimos dois anos. — E assentiu carrancudo na direção do parceiro.

— Colum Jenkins — disse o mais velho, com a mão no ombro esquerdo, esfregando-o. — Trabalho em construção nos últimos doze anos, agora por conta própria, antes na área de manutenção de uma clínica em Birmingham. E acho que meus arranjos domésticos não são da sua conta. Fiz um trabalho para um amigo do sr. Comestor e fui recomendado. O sr. C. ligou para mim há um mês, mais ou menos. Vim olhar o serviço, fazer um orçamento, pegar o depósito. O de sempre. O sr. C. pareceu um cara bem agradável, meio distraído, pode-se dizer...

— Distraído? Como?

— Ah, na segunda de manhã, quando a gente chegou, telefonou à beça. Alguns compradores interessados no apartamento de baixo bateram na porta para fazer perguntas sobre a vizinhança. Esse tipo de coisa, sabe? Ele não parecia um homem que ficava parado num lugar com um jornal durante muito tempo, não era, Mac? Então, quando voltamos na terça e ele não estava aqui, não ficamos muito surpresos. Achamos que ele ia voltar a qualquer hora, ou talvez que eu tivesse entendido mal. Foi o dia em que começou o tempo ruim. Deixei um bilhete pedindo permissão para fazer o banheiro antes. Não queria abrir um buraco no poço das chaminés que podia muito bem ter empenado com o tempo, deixando a chuva entrar, e a gente tendo de enfrentar os elementos. Mas o sr. C. não deixou nenhum bilhete na manhã de quarta-feira, respondendo à minha proposta. Simplesmente desapareceu. Por isso nós abrimos os panos, colocamos as coisas para secar e começamos a trabalhar, ou achamos que íamos trabalhar.

— Então choveu a semana inteira?

— A gente teve de colocar a lona no saguão na primeira manhã em que ele estava sumido, na terça, para colocar nossas coisas molhadas em cima. Ainda não foi preciso tirar. Tempo muito inglês.

Todos estavam rodeando o imponderável: o fato de que alguma coisa tinha puxado os pregos de volta na madeira com tanta eficiência que as cabeças estavam de novo encravadas. Era estranho demais, como morder uma maçã e sentir gosto de couve-flor.

— Por que vocês não disseram: ao diabo tudo isso, e foram embora?

Mac pareceu que tinha feito essa observação a Jenkins repetidamente nos últimos quatro dias.

— São coisas ruins, e piores virão — disse ele.

Jenkins suspirou.

— Mac se assusta se um camundongo atravessa o caminho dele, achando que é um agente do diabo. Mas ainda que eu não saiba o que é e não goste, sinto vergonha de ter medo disso. E não quero deixar assim, até que o sr. C. volte para casa. Eu tenho uma reputação, e é boa, trabalhei muito para conseguir. E não sei onde o sr. C. está.

— Deve haver um departamento de pessoas desaparecidas na delegacia de polícia. Por que não ligar?

— Ligue *a senhora*, dê o *seu* nome, e diga a alguma autoridade que está com medo do serviço que foi contratada para fazer — sugeriu Jenkins. — Vá, tente.

— Você não está contando tudo — disse Mac, e se virou para Winnie. — Ele não está.

— O que ele está escondendo?

— Cuidado com a língua — começou Jenkins, mas Mac falou carrancudo, quase num grito: — Isso é uma porra de uma perda de tempo. E a gente não tem nada a ganhar. — Ele se virou para Winnie e continuou: — Na quarta-feira a gente só ficou por aí, brincando com isso, tentando mostrar que não estava se mijando de medo. Até que ontem, mesmo na chuva, a gente pensou em subir no telhado e olhar para baixo, para ver se achava um buraco em cima e tampar. Se fosse um negócio de sucção, um vento sombrio uivando pelos ossos desta casa, bem, a gente ia entupir as artérias dela e provocar um derrame. Dar uma tremenda sacudida na casa. Uma trombose.

— Por favor — disse Jenkins —, meu coração está ouvindo. Não dê idéias a ele.

— E a gente fez isso — continuou Mac. — Não há um acesso deste apartamento ao telhado; é isso que o seu amigo o sr. C. quer melhorar com essa obra. A gente precisou colocar a escada pela janela do escritório, onde a senhora diz que é a parte nova da casa. Tivemos de colocar a parte de baixo no parapeito da janela e largar a de cima no telhado da casa ao lado, do outro lado do pátio. Não para ir até aquela casa, mas só para a gente ter onde ficar e se equilibrar para se virar de costas, subir pelo telhado em cima do escritório e depois atravessar até onde ele se junta à calha da casa mais antiga, a Casa Rudge, como diz a senhora, no poço das chaminés.

— Altura não é das minhas coisas prediletas — disse Jenkins, e fechou os olhos. — Mas o que mais havia a fazer?

— Por isso a gente foi lá fora naquela porra de tempo horroroso, e o vento balançava a escada feito uma coisa doida. Mas a gente conseguiu subir no telhado e andar um pouco. A gente estava lá, examinando o poço das chaminés dos fundos, o que dá aqui. Não havia nada fora do comum. Eles cobriram tudo com uma tampa de chaminé, de louça, parecendo a torre de um grande jogo de xadrez. Os tubos pareciam bem presos. Algumas rachaduras na argamassa em volta da tampa. Achamos que talvez fosse isso. Tiramos a tampa do suporte e colocamos no parapeito. É uma coisa monstruosa e pesada. E então as batidas começaram lá em cima, também, vindas de dentro da casa, saindo. Mas o som é diferente quando a gente está lá fora.

Winnie queria pedir que fossem para a sala de estar, que dava para o pátio dianteiro, sério e vazio, da Casa Rudge, mais longe da cozinha e da parede da despensa que ainda sinalizava em código Morse para eles. Mas apenas disse:

— É?

— Parecia uma voz, é isso que ele quer dizer — explicou Jenkins. Seus olhos estavam lacrimejando. — Um som passando por uma garganta, só isso, mas não dava para saber que garganta, ou de quem, ou quando.

— Ele teve um pequeno ataque, teve mesmo — disse Mac, apontando para Jenkins. — Botou o café-da-manhã para fora e ficou gadanhando as roupas. Eu quis chamar o padre e mandar aquele sacana gemedor para o outro mundo. Mas ele não deixou.

— Ele é um imbecil — disse Jenkins, não sem gentileza —, é o cara mais supersticioso que existe; só se incomoda em acreditar em Deus e nos santos porque gosta de acreditar no diabo e em seu exército de familiares. Na verdade, num domingo ele pode muito bem atacar um homem de batina e roubar sua carteira. Ele não tem escrúpulos, sabe?, nem fé, só medos, que ele povoa com coisas de *Arquivo X* e *Além da imaginação*.

— É um caso de possessão de uma casa, não é? — perguntou Mac. — E o sr. Colum Jenkins berrou feito um bebê quando ouviu.

— O que a voz disse? — Winnie só perguntou porque, quanto mais tempo conversassem, mais tempo se passava desde que os pregos haviam se retraído na parede, e mais fácil ficava respirar.

— As consoantes eram vogais, as vogais eram lama, a linguagem era distante, possivelmente animalesca — disse Jenkins.

— Como se você desse um choque elétrico num cachorro e o convencesse de que ele podia falar inglês — explicou Mac. — Só que não podia, claro.

— Por que você chorou? — perguntou Winnie.

— Todo mundo tem problemas — respondeu Jenkins. — O meu não é da sua conta, mas ele subiu pela chaminé, para fazer com que eu me lembrasse dele.

— Você é tão supersticioso quanto ele, só que usa uma gramática diferente — disse Winnie. — Quanto tempo isso durou? Era muito alto? Quando parou? O que vocês fizeram então?

— Não podíamos colocar a peça de volta (tantas partes de areia, tantas de cimento) para grudá-la no lugar. Pelo menos até que a chuva parasse. Por isso voltamos para dentro. Então a escada saltou, simplesmente saltou, como uma corda de pular. E caiu no beco. Eu já estava na janela e Jenkins vinha atrás; ele caiu em cima de mim para não perder o equilíbrio e não despencar no beco. Então teve um ataque. Os comprimidos.

— Coração ruim — disse Jenkins. — Já faz um tempo, mas com o medo a coisa piora.

— Você meio apagou em cima de mim. E sujou as calças também, não foi? E que fedor!

— E a escada...? — perguntou Winnie rapidamente.

— Ainda está no beco. Ainda não fomos pegar. — Jenkins evitou o olhar de Mac.

— E o tampo da chaminé continua lá em cima, sem ser cimentado?

— São vinte, 25 quilos de argila queimada. A não ser que haja um vendaval muito forte, nada tira aquilo do lugar. Logo logo nós consertamos.

— Conte a ela sobre o seu sonho — disse Mac. A cabeça dele estava inclinada para trás e para o lado, os olhos com as pálpebras baixas, os lábios repuxados num franzido maligno. — Quando você apagou. Conte.

— Fecha essa boca — reagiu Jenkins. — Não é da conta dela, nem da sua. Eu me arrependo de ter falado disso.

— Anda, conta a ela, Jenky-jenks.

Jenkins respirou fundo. Winnie o viu hesitando nos pensamentos.

— E você — disse ela a Mac —, fique quieto. — Para ser engraçada, dirigindo-se à parede da despensa: — Você aí, eu não quero ouvir isso. — Em seguida pegou Jenkins pelo cotovelo. — Venha. Sente-se. Aqui não há nada de que a gente não possa se afastar. Vou preparar uma xícara de chá.

— Ah, você não sabe — respondeu Jenkins —, podemos nos afastar quanto quisermos, mas de que adianta?

— Seu idiota. Conte o sonho a ela, senão eu conto.

— Mandei você calar a boca — disse Winnie. — Por que não sai um pouco. Por favor? Pegue um sanduíche ou sei lá o quê. Vamos tomar um pouco de chá.

— Eu não vou dar no pé deixando meu chapa aqui, não com o defunto sr. C. dentro da parede, não, minha querida, não.

Ela parou de falar com ele, fez duas xícaras de chá e se sentou perto de Jenkins.

— Tudo isso vai parecer ridículo demais quando nós chegarmos ao fundo. Por favor. Não me importa o que você sonhou.

— Conte a ela.

— Eu não me impressiono com sonhos — disse Jenkins. — Não é do meu feitio. Mas esse foi um sonho e tanto. Eu estava tão fundo nele, não afogando, mas... aturdido... na verdade não existe palavra para isso. Tudo pendia em fiapos de cinza, mas não era chuva nem era névoa, não era fio, não era fumaça, também não era o raspar de pedra com um cinzel, nem as costuras rasgadas de antigas cortinas luxuosas, mas era como tudo isso.

A casa prendeu o fôlego.

— Conte a parte sobre sua filha. Essa é boa — insistiu Mac. Ele parecia pronto para engolir uma garrafa de cerveja Guinness e se recostar para ouvir um velho narrar de novo a história do cavalo de Tróia. — Escute e a senhora vai ver.

— Não quero ouvir — disse Winnie. — Não vou ouvir. O passado não tem nada a ver conosco, só o que importa é o que a gente faz com o presente, vocês dois.

— Ela é puta, pega homem na Strand — murmurou Mac em tom de apreciação. — Quer ouvir um sonho que um pai pode ter com a filha?

— Pára com isso, eu furo você com minha chave de fenda, seu... — disse Jenkins meio se levantando, agora com o rosto vermelho.

— O que é preciso é uma porra de um exorcismo aqui, antes que o diabo na parede da despensa saia para pegar sua alma. O que ele sonhou foi um pesadelo. Alguém pegou a filha dele, algum bandido. A filha. Ela está desaparecida há vários meses. Ou então se mudou para algum lugar, sem dar o endereço para o velho paizão aqui. Ela não aparece mais em casa para lavar as partes na pia da família.

Winnie ficou entre os dois antes que Jenkins pudesse atacá-lo, e então houve apenas uma pequena rusga. Ela acertou Mac na lateral da cabeça com uma caixa de Weetabix,* mais para dar um recado do que para machucar. Mac se retirou para a sala de estar, fungando de tanto rir. Fez alarde mijando no banheiro sem fechar a porta. Ela se levantou e pôs a mão sobre Jenkins enquanto os ombros dele arfavam e o velho se esforçava para recuperar um pouco de dignidade.

— Deixem para lá, vocês dois — disse ela em voz baixa, como se ele tivesse quatro anos de idade. — Nenhum de vocês presta. — Em seguida pegou um lenço no bolso do casaco e entregou a ele. — De qualquer modo, não acredito em uma palavra disso; vocês dois estão se divertindo muito, pegando no pé um do outro, para que eu preste atenção.

*Marca inglesa de cereais. (*N. da E.*)

— Ah, mas ele está falando a verdade sobre a menina, ela está desaparecida — gemeu Jenkins. — E foi um sonho feio. Era minha filha e não era, daquele jeito indeciso, enlouquecedor, dos sonhos. Ela estava falando comigo, mas gadanhava e mordia...

— Eu não quero...

— A coisa fica pior. Havia um bandido; ela era chicoteada...

— Eu *não quero* — disse Winnie com firmeza, mas do modo mais gentil que pôde. — Já tenho sonhos suficientes, e isso não é da minha conta. Não estou prestando nenhuma atenção. É o fato de John estar desaparecido que incomoda você. A mim também. Agora respire fundo. Está tudo bem.

Ela esperou que Jenkins recuperasse a compostura. Mac voltou para a cozinha com uma expressão impertinente.

— Por que uma puta pára de tomar o chá de domingo com o pai? — perguntou Mac. — Ele brigou demais com ela por ter um trabalho que dá para fazer deitada? O sonho dele é pura culpa, nada mais do que isso. O que foi que ele disse que deixou ela chateada? É culpa dele, por ser um chato idiota que fica fazendo sermão. Ele também vive me dizendo para fazer alguma coisa da vida. Como se eu precisasse ouvir o que ele pensa.

Winnie respirou fundo e disse:

— Olha, pessoal. Esse é o trabalho de vocês e eu não me importo se saírem ou se derrubarem a parede. Vou à polícia, depois vou fazer as malas e dar o fora daqui.

Ela pegou o casaco, com o máximo de dignidade possível, e foi para a escada. Saiu pela porta da frente, na chuva sentimental que coloria o mundo em meios-tons, como no sonho de Jenkins. Como sua mente era inútil nessa situação! Só sabia funcionar em histórias. Não conseguia pensar em algo que pudesse retrair aqueles pregos para dentro da parede que não tivesse origem sobrenatural.

Sabia o que Wendy Pritzke teria feito, essa era a maldição: Wendy estava com ela, trabalhando em sua própria história enquanto Winnie escorregava e se molhava ladeira abaixo, tentando se lembrar de onde podia ter visto uma delegacia de polícia em Hampstead.

...aquela garota. Talvez uma daquelas garotas de quadris estreitos como de menino, absolutamente magra. Usando roupas grandes demais, todas pendendo como trapos medievais — aquela coisa de trama áspera como aniagem. Ela estaria na calçada, onde geralmente fazia negócios, perseguindo o perseguidor. Uma prostituta-robô dos tempos modernos, com quem não se devia mexer, pronta para finalmente buscar vingança contra o fantasma de Jack, o Estripador. Em nome de todas as mulheres que haviam morrido com sua faca.

E quanto a essa idéia de Jack, o Estripador, de seu fantasma, uivando no poço das chaminés, pronto para emergir quando chegasse a hora certa, pronto para guerrear de novo? Ele fora chamado de Estripador por causa de sua tática com a faca, de seu talento na vivissecção sangrenta. Será que alguma *fille* Jenkins ou alguém como ela — alguma prostituta dos tempos modernos com apetite por vingança — poderia tirar a vida de um fantasma? E como seria possível tirar a vida de alguém morto?

E como ele tinha morrido? Quem tinha estripado o Estripador há cento e poucos anos? O pai de família ou uma suposta vítima contra-atacando?

Mas isso era absurdo, uma distração. Ela precisava se concentrar. Conseguiria se lembrar de onde ficava a delegacia? Descendo a Rosslyn Hill, não era? E o que diria quando chegasse? Como poderia falar ao policial de plantão sobre o supersticioso Mac e o cético Jenkins, as batidas, os pregos se retraindo? Será que a Polícia Metropolitana viria e poria o lugar abaixo? E se fizessem isso, e John aparecesse voltando de uma longa emergência profissional, ou mesmo de um encontro que ele estivesse escondendo tanto de Allegra Lowe quanto de Winnie Rudge? As autoridades pegariam no pé dele por causa dos planos de fazer uma escada e um deque ilegal num prédio protegido, sem a devida permissão.

A polícia simplesmente pegaria o telefone e ligaria para o escritório de John; por que ela não tinha feito isso? Por causa do costume de geralmente ficar fora da vida dele, sabia, mas estava na hora de violar esse velho hábito.

Parou e comprou um cartão telefônico, achou o número do trabalho dele na agenda e discou.

— Adjusting Services — disse a voz que atendeu, uma voz eficiente de mulher, naquele sotaque levemente coagulado da África do Sul.

— John Comestor, por favor.

— Quem quer falar, por favor?

— Winifred Rudge.

Winnie ficou esperando um minuto. A chuva batia em suas costas.

— Sinto muito — disse a voz, retornando —, ele não está.

— Eu sou prima dele. Sabe se ele saiu da cidade?

— Não sei de nada. Sinto terrivelmente.

— Mas ele esteve aí durante esta semana? Acabei de chegar dos Estados Unidos e queria vê-lo enquanto estou aqui.

— Eu não trabalho neste departamento; estou substituindo a Gillian, que está de licença, doente.

Gillian e John estariam transando? Não. Gillian era casada e tinha sessenta anos.

— Olha, será que você poderia perguntar por aí? Eu realmente preciso saber onde ele está.

— Sinto muito, mas não posso fazer isso, senhora. É política da empresa não revelar a programação ou o destino de nossos funcionários.

Tenho certeza de que a senhora compreende. Não sei em que posso ajudá-la mais. Peço desculpas.

— Você pode ao menos dizer se o viu. Por favor.

— Há outras linhas tocando. Sinto terrivelmente.

A mulher desligou.

Ele estava viajando a trabalho; fora chamado de repente para longe; por que não podiam simplesmente dizer isso?

A não ser — e era seu espasmo de ficção acontecendo de novo — que o pessoal do escritório tivesse sido instruído para responder a Winnie sem dar informações sobre ele. Por que John faria isso?

Dando as costas para o telefone, piscando na chuva, Winnie pensou que, se Colum Jenkins ligasse para o escritório de John, talvez recebesse uma resposta diferente da sua. Talvez a recepcionista substituta pensasse: "Não é uma mulher, por isso não é a prima que ele está evitando; posso responder de outro jeito." Valia tentar. Não havia mais o que fazer.

A não ser, enquanto passava pela frente, entrar nos escritórios superaquecidos da corretora de imóveis Bromley Channing, no instante em que o pensamento lhe veio, e ficar ali parada pingando no tapete de sisal. As propriedades à venda eram postas entre placas laminadas na vitrine, penduradas elegantemente em linha de pesca. Fotos de fachadas e salas tipo "não somos chiques?" com flores frescas. Winnie sentiu-se grata porque o álibi da meia-idade tornava possível todo tipo de pequenas mentiras.

— Eu estava pensando em comprar, e vi a placa de vocês num prédio na Holly Bush Hill, um apartamento — disse à recepcionista. — Ele já foi vendido?

— Ah, um apartamento — respondeu a recepcionista, como se lidar com qualquer coisa a menos do que ex-mansões de Sting não valesse girar na cadeira para verificar. — Não temos muitos nesta época do ano. É na primavera que eles começam a aparecer no mercado.

— Quanto a senhora está disposta a pagar? — disse um corretor, adiantando-se por entre as mesas.

— Eu vi uma placa. — Winnie deu o endereço.

— Está na pasta de três a cinco — disse o corretor. Queria dizer entre trezentas e quinhentas mil libras. Mercado quente de novo.

— Ah, sim — reagiu a recepcionista, achando as especificações. — Por acaso temos um corretor lá no momento. Não é uma tremenda sorte? A senhora pode dar um pulo lá?

— Estou a pé — respondeu Winnie. — Não dou pulos em lugar nenhum, mas posso caminhar muito bem. Peça que ele espere.

— Deixe-me ligar para o celular. Ele terá de abrir a porta para a senhora. Espere um momento. Olá, Kendall, aqui é Amanda, você está na Weatherall Walk primeiro andar um quarto e meio? Certo. Já está de saída ou vai ficar um pouco? — Ela apontou o mindinho para a boca, pronta para matar o tempo destruindo as unhas, em seguida inclinou o queixo na direção de Winnie, dizendo: — A senhora pode chegar em dez minutos, ele ainda vai estar lá, seu nome é...?

Winnie fez uma pausa e disse:

— Wendy. Wendy Pritzke.

— Ela já está indo, é uma senhora americana. Sra. Pritzke. — Amanda bateu o telefone e pegou a cópia de um mapa de Hampstead numa gaveta, mas Winnie disse:

— Eu sei onde fica, já disse. Acabei de vir de lá.

— O nome dele é Kendall Waugh — gritou Amanda para Winnie, que ia saindo.

Waugh era um corretor gordo, com cinto de couro de cascavel. Ele ofegou enquanto guiava Winnie até a parte de trás do apartamento, onde um homem e uma mulher murmuravam entre si, discordando.

— Meus clientes praticamente terminaram aqui, mas temos outro lugar para ver na Honeybourne Road — disse Kendall Waugh. — Deixe-me só responder às perguntas deles, sra. Prizzy, depois eu lhe mostro tudo rapidamente.

— Eu posso dar uma olhada sozinha — disse ela.

Estava olhando enquanto falava. O desenho do apartamento à venda era idêntico ao de John, em cima, e, presumiu ela, ao da sra. Maddingly, embaixo. Três pequenos cômodos no prédio mais antigo, dando para a Weatherall Walk, e mais dois cômodos encaixados na casa mais nova, atrás. O apartamento tinha pertencido à sra. Maddingly há várias décadas, mas não havia sinal de sua desarrumação amalucada. O local estava sem móveis e precisando tremendamente de uma melhorada. A cimalha estava suja. Mas Winnie não estava ali para comprar um apartamento, devia estar caçando alguma causa para os desastres incomuns que aconteciam no apartamento de John, em cima.

Não conseguiu ver nada interessante. O poço das chaminés vinha de baixo e continuava subindo, exatamente como mandava a geometria e a arquitetura. Na grande sala que um dia ela havia aquecido e iluminado, a lareira estava coberta por lambris.

— Será que esta lareira poderia ser aberta e funcionar de novo? — perguntou a Kendall Waugh.

— Já vou terminar aqui, só um momento — gritou ele, fingindo paciência, mas sem convencer. Winnie ficou parada na semi-escuridão, numa sala fria, e ouviu as vozes no anexo. Sob determinados tipos de chuva, quando as nuvens descem perto como estavam hoje, algumas vezes era difícil manter a mente fixa no ano atual.

Havia notado essa síndrome principalmente nos cinzentos dias de fevereiro, quando morava nos subúrbios mais caros, e portanto menos povoados, de Boston. Os troncos molhados das árvores, o céu baixo cor de prata oxidada, o verde enfumaçado e opaco dos teixos, dos pinheiros brancos e das tuias, os montes de neve suja se retraindo, a pele do mundo se soltando em poças gosmentas, o golpe ocasional de vermelho dos azevinhos. Na palheta, pelo menos, era o mesmo mundo frio dos índios wampanoags, dos puritanos, dos colonos e dos revolucionários, dos federalistas, dos evangelistas, vitorianos e assim por diante.

De modo similar, em Londres, o vento sacudia as janelas nos caixilhos fazendo o mesmo som chocalhante dos últimos trezentos anos ou mais. O céu cinzento baixado sobre o poderoso e desatento Atlântico era do mesmo cinza, corrigido para reduzir a poluição dos fogos a carvão, claro, graças à Lei do Ar Limpo.

Despertou de volta para o pouco do aqui e agora em que ainda podia confiar, ou com o qual podia se importar. Ouviu Kendall Waugh respondendo a uma pergunta:

— Isso eu posso dizer. Nós temos no escritório um ótimo panfleto que fala desta rua e menciona a estrutura. Foi construída no início do século XIX, o que lhe dá quase duzentos anos, claro, como vocês sabem, por um mercador chamado Rudge. Casa Rudge e coisa e tal. Ele era importador, comerciava chá.

— Ele não era mercador — disse Winnie —, não comerciava chá. Começou com mineração de estanho na Cornualha e se tornou especialista em suporte de túneis. Com licença, e para não mudar de assunto, mas o senhor esteve mostrando o apartamento a pessoas o dia inteiro?

Kendall Waugh piscou como se ela houvesse blasfemado contra a Rainha Mãe.

— Tem havido muito interesse nesta propriedade, não creio que fique à venda durante muito tempo, tudo está sendo negociado depressa, a senhora não verá nada com o... — ele olhou o espaço gélido, empoeirado e apertado — mesmo sabor de época.

— Sinto muito, mas tenho de perguntar — disse ela. — O senhor viu ou ouviu alguma coisa incomum neste apartamento enquanto esteve aqui? Alguma batida, algum barulho? Alguma coisa fora do comum? — Os possíveis compradores pareceram meio arrogantes, como se suspeitassem de que ela estivesse tentando assustá-los para não fazerem uma oferta. Winnie desistiu e fechou a porta o mais silenciosamente que pôde na saída.

Lá em cima, Mac e Jenkins estavam andando de um lado para o outro.

— Sr. Jenkins. Por favor. Ligue para John Comestor no trabalho — disse a eles, batendo sua sacola na boa mesa do século XIX de John, que diabo! — Pergunte por ele. Não estou agüentando mais.

Jenkins obedeceu.

— Ponha no viva-voz — pediu ela, e quando ele não fez isso Winnie se inclinou e apertou o botão.

Era a telefonista impertinente outra vez.

— Gostaria de falar com o sr. Comestor, por favor. É o sr. Colum Jenkins.

— Sinto muito, o sr. Comestor está passando um tempo fora. Posso colocá-lo em contato com um dos sócios dele?

— A senhora sabe quando ele vai voltar, ou pode dizer aonde ele foi?

— Sinto muito, não sei a resposta para nenhuma das duas perguntas. Se o senhor ligar de novo quando a secretária dele voltar, poderá descobrir, tenho certeza. Ela volta amanhã.

— Bem — disse Winnie, quando Jenkins havia desligado. — Você conseguiu mais do que eu. A secretária nem quis admitir para mim que ele estava fora. Mas se é isso que ela está dizendo, pelo menos a empresa sabe que ele foi para algum lugar, e isso elimina a probabilidade de... — ah, mas ela não podia dizer a forte palavra *sujeira*.

Voltaram à cozinha, onde acharam Mac de olhos arregalados.

— Meu Deus — disse Jenkins.

— Você está certo, porra — disse Mac em voz gutural. — Acabei de pensar nisso. — Em meio aos pés-de-cabra e chaves de fenda no chão estavam uma faca de açougueiro e uma peça de prata etíope. — Achei no escritório, na parede. — Ela conhecia a peça; John a havia comprado num mercado em Lumu, no litoral do Quênia. Era uma cruz elaborada, não com um ótimo acabamento, mas linda nas proporções e no desenho, que provavelmente derivava de modelos coptas-bizantinos. John não era religioso, mas gostava das tramas retilíneas imitando trançado de cesto. “É tanto uma chave quanto uma cruz”, dissera John.

— Eu fui até a parede... — Mac estava quase tendo um ataque. — A coisa estremeceu, corcoveou; quero dizer, a parede inteira entrou em convulsão; as tábuas se sacudiram e balançaram; tipo assim... — Ele ondulou o ar com as palmas das mãos, da cintura até os ombros. — Eu estava segurando a cruz e rezando...

— E não é de espantar que a casa protestasse; você não está em estado de graça para chegar perto de uma cruz — disse Jenkins irritado. — Ora, você é patético, Mac. Vá para casa. Você nem acredita em Jesus, seu idiota; seria o mesmo que segurar uma estátua de plástico da princesa Diana. Dê isso aqui.

— Ah, mas... — reagiu Mac, depois disse: — Seu vira-casaca desgraçado, negando o que meus próprios olhos viram enquanto fica gemendo com seus sonhos: veja isso e me chame de patético. — Ele apontou. Parecia que as paredes verticais da parede da despensa estavam começando a suar.

— É a chuva entrando — disse Jenkins. — Não é? A gente não deveria ter tirado aquela tampa da chaminé. A madeira está inchando por causa da umidade.

— Você é um tremendo idiota. Olha só!

Mais ou menos na altura do peito, no centro da parte coberta de madeira, a velha tinta branca estava começando a soltar bolhas azuladas, infeccionar-se em pequenas pústulas, formando uma ferida. Alguma coisa — uma aplicação anterior de tinta, talvez — estava aparecendo por trás. Parecia um hematoma, ora cor de berinjela, ora amarelo-azulado. Havia um talho se formando, como o lugar onde uma faca entraria, caso estivesse arrancando o coração de um corpo. Enquanto eles olhavam, a ferida sangrou uma linha fantasmagórica e irregular, com trinta, 35 centímetros, perpendicular ao piso, como se seguisse a linha de uma fileira de botões de um colete. Outras marcas começaram a aparecer de cada lado, lentamente pingando em diagonais em direção umas das outras.

— Uma árvore? Uma chave? Um floco de neve? — disse Winnie. — Um diagrama do metrô?

— Santa misericórdia — disse Mac. — Olha o que é. É um crucifixo com uma figura em cima, lutando para sair. É uma cruz com um X atravessando.

— É um tremendo problema de umidade nas paredes, isso é que é — disse Winnie. — E se houver uma parede de reboco mais antiga por trás dessas tábuas e estiver toda arrebentada? Algo assim?

— Vamos verificar na segunda-feira — disse Jenkins. Agora ele parecia melhor.

— Verificar na segunda? — perguntou Winnie. — Eu não sou contra uma pequena inconveniência durante uma reforma, mas, verdade: a parede começou a fazer *hieróglifos* involuntários para nós? E *agora* é que vocês decidem dar o fora?

— Cada coisa no seu tempo, moça — disse Jenkins. — Bom, não fique mais abalada do que o necessário. Mac é um bom garoto, mas é esquisitão. Mac, pegue suas coisas e vamos indo.

— Não podemos sair agora — respondeu Mac. — Ela está certa: tem alguma coisa aí. Você não enxerga?

— Eu tenho o que fazer. — De repente Jenkins estava ficando indigesto com eles. — A obrigação vem antes da alucinação, esta é a minha ordem de prioridades. Vou saindo, e sugiro que você venha comigo.

— Deus está falando com você e você quer dar no pé? — Mac parecia incrédulo.

— Deus pode ter minha atenção quando quiser, até no metrô. Você vem ou está esperando mais um capítulo disso aí?

— Ele está obcecado — disse Mac com irritação, chutando a cruz de prata; Winnie correu e pegou-a. — Toda noite de sexta e sábado sobe e desce a Strand, entrevistando as trabalhadoras para ver se elas sabem onde a filha está. Ela provavelmente emigrou para a Austrália.

— Agradeço se você cuidar da sua vida. — Jenkins vestiu o casaco e se encolheu sob a gola levantada. — Mac é um bom garoto, moça; mas, se eu fosse a senhora, colocava ele para fora.

— Só vou juntar minhas coisas aqui e já vou saindo num instante — disse Mac. — Não vou ficar de vigília para nenhum fantasma, não se você estiver indo embora.

Jenkins deu de ombros, assentiu ambíguo e saiu da cozinha sem olhar de novo para a parede. Só era preciso ter uma missão, só isso, e Jenkins tinha essa missão. Era como ele se virava: comprometendo-se com algo impossível.

Winnie ouviu os pés dele descendo ruidosamente a escada, e o vento aumentou.

A despensa parou de se apresentar para eles, mas houve uma batida acima. O vento assobiou quase com o som do guincho de um porco, ou de um bebê, e isso foi sublinhado por um rufar percussivo — Winnie pensou que podia ser trovão. Eles ouviram um borbulhar interno, algo rompendo o apartamento, e um estalo externo, como de cerâmica se quebrando. Ela sabia o que era aquele ruído lá fora, e Mac também.

Correram à sala de estar e se inclinaram para olhar pela janela. Jenkins fora acertado na nuca. A tampa da chaminé estava despedaçada ao redor dele.

— Como é... como é mesmo o número em Londres, o número para a emergência, eu não lembro — perguntou Winnie. E correu para o telefone. — Mac... — disse irritada quando ele não respondeu. Virou-se tão abruptamente que, enquanto se lembrava, o invólucro da tomada se partiu em fragmentos plásticos. O som de discar cessou.

Mac tinha descido para cuidar de Jenkins. Ela esperava que ele o tirasse do pátio da frente, para o caso de alguém enfiar um carro tentando estacionar na calçada, como costumavam fazer os moradores de Hampstead. Winnie desceu um lance de escada e bateu na porta do apartamento, para o caso de o corretor de imóveis ainda estar ali, recebendo um cheque de depósito, mas pelo que deu para ver o apartamento estava vazio de novo. Continuou até o térreo e encontrou a sra. Maddingly encolhida na porta, com vários gatos serpenteando em volta de seus tornozelos, e o sr. Kendall Waugh ao celular ligando para o serviço de resgate. No pátio da frente as figuras dos vizinhos, encobertas pela chuva, espreitavam.

— Perdi *aquela* venda — estava murmurando Kendall Waugh enquanto estava em espera com a ligação para a emergência. — O marido disse que o lugar inteiro está desmoronando, e eles foram embora. Alô? Sim, você está aí?

— Ainda bem que os gatos gostam de ficar dentro de casa — disse a sra. Maddingly emocionada, como se falasse para a figura caída de Jenkins, reprovando-o. — Isso podia ter acertado um deles.

— Ele está vivo, está respirando — disse Mac, de joelhos no molhado —, mas sempre dizem para não mexer no corpo, para o caso de a coluna estar partida.

— Já ouvi isso antes, e esse aí não é uma boneca de trapos — murmurou Winnie. Ela se adiantou. Jenkins tinha uma expressão pacífica, mas o nariz e a boca estavam virados muito para perto da sarjeta. Ela tirou o suéter, dobrou-o num bolo úmido e elevou a cabeça dele cerca de três centímetros, esperando que não estivesse desalinhando vértebras no pescoço. Em seguida a sra. Maddingly, com seus chinelos de ficar em casa, estava se inclinando com uma toalha de mesa de vinil.

— Isso vai manter a água longe dele, não é? — disse ela, e estava certa. Jenkins ficou ali, em coma, sob o xadrez vermelho e branco, até que a equipe de emergência chegasse e o levasse na maca, com Mac acompanhando e chorando (deu para ver, assim que ele entrou na ambulância).

Kendall Waugh partiu para o escritório. A sra. Maddingly voltou à sala para seus comprimidos. Não havia nada para Winnie fazer além de voltar para dentro e ver se o lugar estava menos assustador agora que os operários tinham partido. Afinal de contas eles haviam estado ali durante a maior parte do dia, e suas superstições eram contagiosas. Ela havia se sentido claustrofóbica. Agora a cruz cheia de bolhas na parede da despensa parecia mais imprecisa, menos uma mensagem do outro mundo e mais um problema de cupim e podridão. O cômodo estava silencioso.

Winnie preparou uma nova xícara de chá e abriu o suéter sobre algumas toalhas, para secar. Trocou as meias, acendeu algumas velas e olhou para a coleção de CDs de John. Escolheu uma coletânea de Shostakovich que começava com o Quarteto de Cordas nº 8. Meio enervante quando chegava à primeira iteração das três notas em *staccato*, as mesmas notas tocadas em sucessão como um punho batendo numa porta. Mas riu da própria imaginação, finalmente, e se sentiu melhor, e pela primeira vez totalmente sozinha no apartamento. O problema da ausência de John ainda não estava resolvido, mas pelo menos o pessoal do escritório sabia que ele tinha viajado. Agora parecia menos preocupante ela estar sozinha com seus pensamentos.

Então se lembrou de que houvera dois ruídos, um deles do lado de dentro. Todo o apartamento era aberto para a inspeção visual desde o saguão da frente, a não ser o quarto de John. Ela hesitou na porta, e depois entrou.

A pintura de Scrooge, Rudge ou quem quer que fosse tinha caído do gancho. Havia pousado em ângulo, encaixada entre o chão e a parede, virada para fora. Para seu olhar ignorante, não parecia danificada. A figura era estranha desse ponto de vista, como se saltasse para ela vinda do fundo de um poço, nadando em direção à luz, saída de um vácuo ameaçador feito de profundezas gélidas e espíritos em perseguição.

Winnie enfiou o quadro debaixo da cama, para não ter de olhar a imagem nem o que estava escrito.

Sentou-se à mesa na sala de estar e espiou de novo pela janela. Nenhum sinal do acidente. Na verdade, praticamente nenhum sinal de nada; a janela da frente de John tinha uma vista protegida. De um dos lados a casa avançava uns dois e meio ou três metros; a parede com vigas de madeira aparentes dando para a Weatherall Walk estava coberta de hera, já que nenhuma janela dava naquela direção. Do outro lado da entrada, a casa tinha várias janelas; uma era uma espécie de medalhão, claramente no alto de uma escada, e outra fora fechada com tijolos. Apesar de toda a intimidade das construções próximas, não havia como ver as idas e vindas dos vizinhos. Era como estar num apartamento em Manhattan, dando para um poço de ventilação largo demais, ainda que ornamentado com trepadeiras e detalhes arquitetônicos. À cinzenta luz chuvosa a privacidade era intensificada. E bem-vinda.

> Chuva no telhado
> Chuva na árvore
> Chuva na grama verde
> Mas não em mim.

Abriu o *laptop* e ficou ali sentada, pensando no dia e, inevitavelmente, em Wendy Pritzke.

A fileira de construções novas na Rowancroft Gardens, erguidas em 1888, estava entre as primeiras em Hampstead a serem projetadas tendo-se em mente a eletricidade. Uma casa iluminada com luz limpa e segura! A princípio a potência era baixa, provavelmente, apenas a meio passo da semi-escuridão dos lampiões a óleo ou do pavoroso escorrimento da luz a gás atrás de painéis de vidro âmbar.

Nas novas sombras modernas, uma filha do pai de família, ou uma empregada, pode subir para o andar de cima, pensando estar sozinha na casa enquanto vai de cômodo em cômodo. Pensando no aprendiz de açougueiro que tinha deixado a casa quando o levaram até a porta, sem saber que ele havia calmamente soltado a tranca de segurança enquanto ela não estava olhando, de modo que pudesse entrar de novo. A sombra da jovem num momento precedendo-a, em outro seguindo-a, enquanto ela sobe a escada até o último patamar, no corredor para os fundos da casa, onde a construção nova se entrelaçava com a antiga, do outro lado do poço das chaminés. Sua sombra eletrificada sendo recebida pela sombra do intruso e fundindo-se com ela, de modo que as duas viravam uma, e ela não nota até que ele apaga a luz, atrás, e as duas sombras se fundem à escuridão total do cômodo, e ela ouve a respiração dele.

Winnie deu um pulo e xingou ao ouvir o som da campainha — depois pensou: John, não querendo me assustar, assim como eu não quis assustá-lo. Correu até o interfone e disse:

— Sim, sim?

— Winifred, é Allegra. Posso entrar, por favor?

O tom de voz fazia parecer que essa era uma pergunta retórica. Allegra estava ali para provar que era dona do local.

— Ah, claro... — respondeu Winnie, e apertou o botão que liberava a tranca, mas assim que ouviu a porta da rua se fechar e os passos na escada, não conseguiu deixar de acrescentar, para si mesma: — Se for preciso.

Winnie deixou a porta da frente aberta e recuou — não até a cozinha, mas até a arena mais neutra da sala de estar, onde pegou o exemplar de bolso de *O príncipe negro*, como se tivesse sido interrompida. Queria estar sentada. Allegra entrou com uma leveza de ginasta, tirando a capa de chuva e pendurando-a num cabide no corredor antes que Winnie erguesse a cabeça de novo e dissesse:

— Você escolheu uma hora ruim para vir.

— Bem, eu tentei ligar — disse Allegra —, mas o telefone parece estar mudo. A secretária não atendeu e eu fiquei preocupada.

— Ah, sim — disse Winnie —, nós tivemos um problema com o telefone. Eu arranquei a tomada da parede, sem querer. Vou ter de ir até Camden e comprar um fio para substituir. Ainda há uma Rumbelow's em Camden?

— Não sei. O tempo está horroroso, e eu fiquei encharcada depois de andar apenas cinco minutos. Vou fazer uma xícara de chá, se não se importa. — Antes que Winnie pudesse aprovar ou proibir, Allegra entrou na cozinha e acendeu a luz. — Ah, a bagunça das obras em casa — gritou. — Como você agüenta? Eu ficaria num hotel.

— Eu vivo no meio da bagunça. É o meu hábitat natural. — Winnie virou as páginas do livro sem olhar. — Imagino que você não tenha tido notícias do John, não é?

— Está certa. Você também não?

— Não, e agora que o telefone está mudo, acho que não vou ter. — Como antes, no interesse de descobrir o que acontecera com John, Winnie queria alguma intimidade com Allegra, mas também queria preservar a distância. Largou o livro e seguiu Allegra pelo menos até a porta da cozinha. Demonstrando familiaridade com o terreno, Allegra estava reclamando:

— Os operários mexeram em tudo; o chá não está aqui, e todas as colheres estão sujas. Eles nunca lavam?

— O chá está no parapeito da janela.

— Que cheiro horrível! Era disso que você estava falando? E o barulho? Pensei em dar um pulo aqui para ver como as coisas estavam...

— As coisas estão como eu disse que estavam. — Winnie deu de ombros. — Mas parece que o barulho parou. Como uma dor inevitavelmente pára quando você acaba indo ao dentista por causa do dente ruim.

Allegra encheu a chaleira elétrica.

— Na verdade vim para ver você, acho — admitiu ela. — Fiquei imaginando como estava se virando aqui.

— Não vou me mudar — disse Winnie, morrendo de medo de um convite para ficar na casa de Allegra.

— Ah, a opção é sua, claro. Só pensei que você podia estar meio nervosa, e quando encontrei Rasia McIntyre no corredor ela disse que você ficou lá mais de uma hora.

— Rasia é que estava nervosa. No clima para fazer confidências. Eu não consegui sair.

— Bom, ela me perguntou se você estava bem, e eu fiquei pensando que talvez houvesse mais... quero dizer, se John fizesse contato e eu conversasse com ele antes de você, gostaria de dizer que vim aqui para me certificar.

— Ah, eu estou bem aqui. Se John ligar para você, diga que agradeço por me deixar sozinha na casa, para variar. Estou trabalhando. — A idéia de que John poderia falar com Allegra antes de tentar fazer contato com ela! A simples idéia. — Eu não seria tão gentil com você, nas mesmas circunstâncias — acrescentou. — Com esse vento.

— Ah, está feroz, não é? Minha cliente do fim da tarde, do subúrbio de Hampstead Garden, ligou para cancelar porque caíram árvores e a eletricidade foi cortada. Você deveria ver o tráfego subindo a rua principal. Um rio de luz vindo do Belsize Park, e os limpadores de pára-brisa enlouquecendo. A chuva está forte demais para que eles consigam fazer alguma coisa. — Ela mergulhou o saquinho de chá duas vezes e depois o deixou ir até o fundo. — Vamos nos sentar na sala? Vou me secar antes de chegar a hora de me molhar outra vez.

— Talvez a chuva pare.

— Não até amanhã de manhã, pelo menos, segundo a Radio Four. — Allegra executou uma manobra lindamente equilibrada, pondo a xícara de chá sobre o exemplar de *O príncipe negro* ao mesmo tempo que levantava e posicionava um tornozelo sob o traseiro, como uma garça, antes de se sentar. — Você está lendo Iris Murdoch, ou é o John?

— O livro é dele — disse Winnie. Não queria falar de John ou de quem estava lendo o quê. Foi até o computador e pensou em desligá-lo. Todo o seu pequeno cérebro eletrônico fervilhando sobre Wendy Pritzke em Londres, Wendy se iludindo com relação ao sensacional absurdo de Jack, o Estripador, ao mesmo tempo que tentava evitar as questões mais sérias que a esperavam na Romênia. Se a luz elétrica no fim do século XIX trouxe um novo nível de sombras ao mundo, os computadores trouxeram uma nova categoria de ambigüidade e descompromisso. Todas as mentiras e revelações possíveis que seus milhões de macacos internos podiam digitar! — Você sabia que num determinado ponto pensaram que um primo de Virginia Woolf era o Estripador? Um sujeito que tinha alucinações, talvez maníaco-depressivo, ou esquizóide. Ela, com sua loucura fina, tinha um primo que acho que se matou. Duas versões da doença familiar.

— Você está escrevendo sobre Virginia Woolf?

— Estou pensando em escrever sobre uma mulher interessada em Jack, o Estripador.

— Sei. — Nojo educado.

E Wendy Pritzke situa a história da vingança da prostituta *na sua casa*, Allegra, *na sua cozinha*. Um rapaz açougueiro entrega a mercadoria bem onde você faz suas grudentas impressões de mãos. Winnie não falou em voz alta. Em vez disso, levantando-se para ir até o computador, disse:

— Você ia me contar sobre sua experiência mais estranha ao fazer aqueles moldes de mãos. Lembra?

— Lembro. — Allegra riu, mas não de modo bonito, não guturalmente. — Você não quer ouvir.

— Ah, claro que quero.

— Foi tão idiota! As pessoas podem ser perversas demais, quando a gente pensa bem.

— Nas idiossincrasias elas se revelam, se tiverem sorte suficiente para ter alguma.

— Um casal teve um bebê prematuro que morreu, só isso — disse Allegra, desviando o olhar. — Eram amigos de um primo meu, e eu não pude me livrar. Tive de ir ao necrotério do hospital e fazer o molde lá.

— Mas isso não é ilegal?

— As pessoas dobram a lei nessas ocasiões. Quem se importa?

— Você deveria se mudar para Massachusetts, o comércio de bebês é muito forte lá. Nunca ficaria sem trabalho. Como ele era?

Depois de um momento, Allegra falou:

— Bem, na vigésima semana já tem polegar opositor.

— Sei — disse Winnie. — É uma mão na roda. Sem trocadilho — acrescentou.

— Acho que não.

— Eu estudei em Skidmore. Algumas vezes recebíamos os jornais de Albany. Uma vez li um artigo histórico sobre um bebê que morreu no início dos anos 1920. Uma adolescente entrou num correio para mandar um pacote a um endereço logo na esquina. Mais tarde uma funcionária se lembrou da cliente, mas ela havia desaparecido. Por acaso o pacote continha uma menina nua, morta, que havia nascido havia três dias. Tinha sido sufocada e mandada pelo correio com uma nota de cinco dólares para ajudar nas despesas do enterro. Ninguém pôde encontrar a mãe, por isso a menina foi enterrada à custa da prefeitura sob uma lápide onde gravaram o nome do bebê: Malla Postal.

— Winnie — disse Allegra —, é preciso muita coisa para tirar meu apetite, mas *realmente*!

Haveria alguma coisa sobre Jack, o Estripador, e suas prostitutas, algo com relação aos bebês, que vinha e não vinha? O que era? Mais tarde.

Estendeu a mão para o botão de desligar, um pequeno painel a ser apertado na lateral da tela. Enquanto sua mão pairava, o protetor de tela mostrando a neve caindo interminavelmente congelou. (Protetor de tela de "O Morto", era como ela o chamava, por causa da última frase de Joyce.) Cada canto, cada centímetro da grade se encheu de caracteres aleatórios:

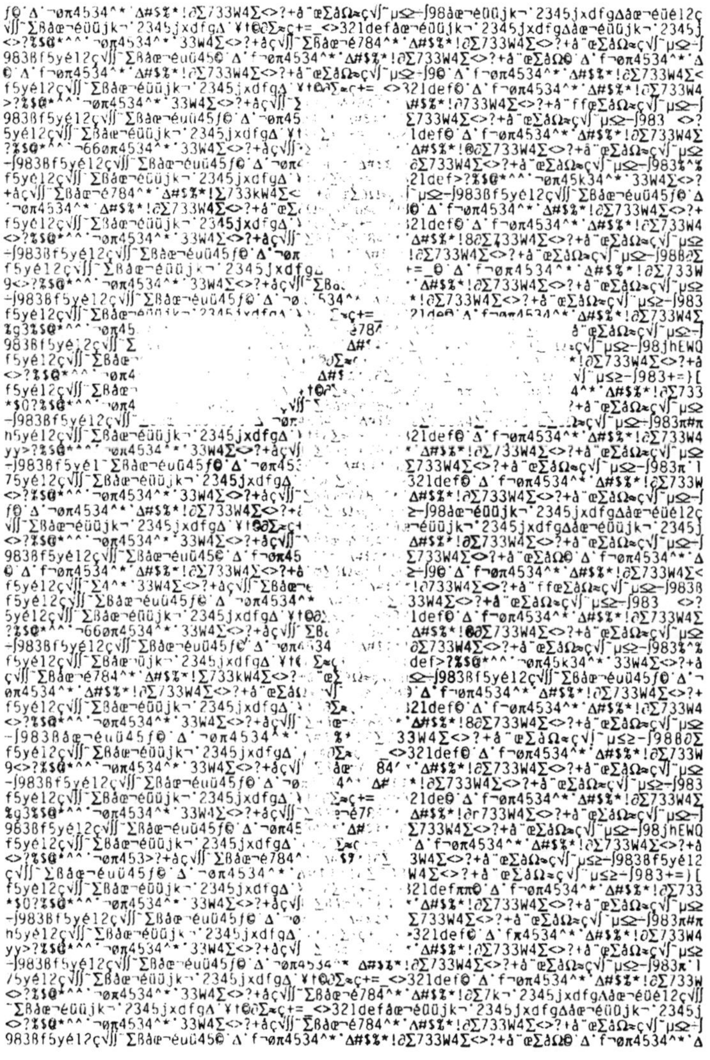

Por um instante Winnie pensou que a imagem espelhava a marca na parede da despensa. Mas a coisa sumiu depressa demais para ter certeza. Como a maioria das pistas.

— Ah, meu Deus — disse ela.

As luzes piscaram e se apagaram.

— O que você está tentando guardar nessa coisa? Está tirando toda a energia do bairro — disse Allegra em tom divertido, levantando-se atrás dela. — Não tem memória suficiente. Você acabou com a eletricidade no norte de Londres.

— Eu só havia ligado. Não é nada. Você já viu paralisia de computador antes, tenho certeza.

As batidas recomeçaram.

— Ah, é esse o barulho? — perguntou Allegra calmamente. A sala assumiu uma lanugem cinza, escurecendo enquanto elas falavam. — Era disso que você estava reclamando? E não é de espantar. Quem pode escrever alguma coisa enquanto essas panelas ficam trovejando?

— Mas não é na cozinha. Antes era na cozinha. — Mesmo contra a vontade, ela estendeu a mão e segurou o cotovelo de Allegra. — Agora é no corredor.

— Calma. Eu sei que você é impressionável. Relaxe.

Foram para o *hall* da entrada escuro. As pancadas eram no poço da escada, algo batendo na porta do apartamento.

— Há uma entrada nos fundos, não há? — perguntou Allegra em tom casual.

— Não, não há, como pode haver? Os fundos da casa são grudados nos fundos da sua, como você mesma explicou. Esta é a única entrada.

Uma voz, uma voz humana do outro lado:

— Droga.

— Mac? — perguntou Winnie, aliviada, e foi até a porta. — O que você quer agora? — Ela virou a maçaneta. A porta estava trancada. Por fora. Virou a maçaneta.

— Estou pregando — disse Mac do outro lado da porta —, mas a luz acabou e eu acertei a porra do dedo.

— O que você está pregando?

— A porta — disse Mac, rouco. — Estou trancando ele aí dentro. Vou procurar um padre ou alguma coisa assim.

— Não seja idiota. Abra esta porta.

— Winnie, quem é? Um dos operários? — perguntou Allegra. — O que você quer dizer com isso?

— Ah, agora ele tem uma voz: e é a voz da filha de Jenkins — gritou Mac.

O sujeito parecia totalmente fora de si. Alguns instantes depois Allegra e Winnie estavam junto à janela aberta, olhando para o pátio da frente, gritando para ele, ped indo socorro, mas o vento aumentou e as vozes se perderam. Enquanto se afastava, Mac jogou o martelo no mato. Não olhou para trás.

ESTÂNCIA TRÊS

Da chaminé, dentro da chaminé

— foi o melhor modo como Winnie pôde imaginar, sozinha, uma sucessão de poços dentro de poços, como bonecas russas. O som inquietava o silêncio. Marteladas papagueavam com precisão o ruído dos trabalhos de Mac, como se o espaço atrás da parede da chaminé abrigasse algum instrumento percussivo. Baixou sobre Winnie — e, supôs ela, sobre Allegra — a percepção de que eram prisioneiras no apartamento de John Comestor, e as pancadas pouco musicais da chaminé começaram a recuar, mas lentamente, um longo trem passando muito longe, numa noite muito calma.

— Telefone? — perguntou Allegra.

— Quebrado. Lembra? Você tentou ligar.

— Vamos sair por uma janela. Ele pode voltar, com os colegas ou sei lá o quê.

— Vamos ficar de olho nas janelas. Dá para vê-lo chegando. Não fique histérica.

— Parece que este é um momento singularmente adequado para a histeria. — Allegra levantou uma sobrancelha, o que em seu ambiente social provavelmente era uma expressão de extrema agitação nervosa, supôs Winnie.

Caminharam pelo apartamento. Os dois cômodos vitorianos dos fundos não tinham janelas, encaixotados pelo apartamento vazio alugado aos japoneses no prédio anexo. Algumas clarabóias sujas eram cutucadas por bolotas de chuva cinza.

— Será que a gente poderia subir até lá?

— Duvido.

Os cômodos georgianos da frente — os mais antigos — não eram muito melhores. As janelas laterais davam para um pátio sem graça, cheio de latas de lixo, e as da frente para o pátio frontal, recuado. Não havia uma calha conveniente pela qual descer. E elas poderiam gritar quanto quisessem — sentindo-se idiotas, tentaram —, mas a tempestade continuava feroz, e os ventos atacavam com vigor e comoção. E as luzes estavam apagadas, e a escuridão crescia na sala.

Procurando velas na cozinha, com medo de dar as costas para o poço das chaminés mas fazendo isso mesmo assim, Winnie pensou: Allegra Lowe é praticamente a última pessoa com quem eu gostaria de ser encarcerada. A "amiga" de John Comestor. Como essas aspas imaginadas se comprimiam em volta da palavra *amiga*! Espremiam o verdadeiro significado para fora da palavra e a tornavam vulnerável à infecção pela ironia.

Obrigou-se a falar em tom firme:

— Aqui deve haver algumas velas de jantar, pelo menos, e sem dúvida fósforos perto da lareira.

— Certamente John tem velas de cera de abelha e nenhuma lanterna.

— Você acha que esse corte de energia é geral?

— Impossível dizer com as nuvens tão baixas. Suspeito de que o defeito seja apenas local, mas isso não adianta nada para nós.

— Mas também não prejudica.

— Não sou supersticiosa. Mas não gosto daquela coisa na chaminé. Fico satisfeita porque aquilo silenciou um pouco.

E era verdade.

— A coisa não gosta daqueles sujeitos.

— Qual é o nome do cretino?

— Mac. Nosso *poltergeist* não confia nele, ou eu em nenhum dos dois. Talvez por bons motivos.

As duas se acomodaram na sala de estar, perto da janela mais próxima da rua. Se Mac voltasse e começasse a abrir a porta, elas berrariam feito loucas de novo, e quem sabe dessa vez algum vizinho chegando em casa em meio à tempestade ouvisse os gritos.

— O que, afinal de contas, você acha que é isso? — perguntou Allegra.

— Não faço idéia. — Winnie desviou o olhar.

Bebericaram. Em algum lugar, provavelmente no Royal Free Hospital, lá embaixo do morro, os pulmões de Jenkins estavam subindo e descendo, subindo e descendo. Em algum lugar mais distante, no centro da cidade, talvez sua filha errante estivesse tendo uma pontada de consciência, arrependendo-se de ficar longe do pai.

— John me contou — disse Allegra — que o seu lado da família acredita ter descendido de Ebenezer Scrooge. É?

— Ah, foi? O que mais ele contou?

— Não seja assim. Só estou tentando aliviar uma situação cansativa.

Winnie achou que era melhor falar sobre o absurdo de Scrooge do que sobre John Comestor. Se tomasse chá e se permitisse pensar que estava morta, de qualquer modo — meio morta, parcialmente morta, morta de vez — iria se levantar berrando.

Mas quanto contar?

— É esta casa — disse ela. — A Casa Rudge. As histórias de Scrooge, que foram passadas adiante na família, podem decorrer principalmente da casualidade dos nomes. Rudge, Scrooge, Scrooge, Rudge. Há alguma coisa sobre isso nas cartas de família, mas a maioria das referências, depois do fato, é de zombaria.

— E que tipo de história é, para ser zombada ou acreditada?

Ela não queria falar.

— O construtor desta casa era meu tataravô. Há cinco gerações. Um homem chamado Ozias Rudge. As datas são... ah, não lembro exatamente, da década de 1770 até meados da era vitoriana. Ele mexia com minas de estanho na Cornualha. Trabalhava para uma empresa grande, Mines Royal ou algo assim, como especialista em suportes de madeira. Acho que hoje se poderia dizer que era uma espécie de engenheiro civil. Houve um desmoronamento na mina, e muitas mortes, e Rudge perdeu as estribeiras. Veio para Londres, ocupou alguns aposentos em Lincoln's Inn Fields e se estabeleceu no ramo de construção. Mas o ar ruim de Londres o amedrontava. Temendo a tuberculose, talvez sofrendo de problemas pulmonares por causa dos tempos de mineração, ele construiu uma casa de campo em Hampstead para tomar ares de vez em quando. Esta casa, no topo do Holly Hill, claro. À qual ele vinha sozinho, um homem de meia-idade sem mulher nem família.

— Isso se parece muito pouco com Scrooge. Mas você tem a convicção de uma contadora de histórias nata. Continue. Estou adorando.

Winnie duvidou, mas continuou mesmo assim.

— Seja paciente. Ozias Rudge havia projetado suportes para túneis e escavações em degraus nas minas de estanho. Levou esse conhecimento para o projeto de reforço estrutural de prédios antigos, usando traves de ferro. Deve ter sido praticamente um pioneiro no ramo. Entre seus clientes estavam chefes e supervisores de instituições ancestrais, igrejas, as faculdades mais antigas, esse tipo de coisa. Aqui e na França. Naquela época havia um bom dinheiro a ser ganho em reformas arquitetônicas e preservação, e Ozias Rudge aproveitou.

Allegra conteve um bocejo. Isso agradou Winnie, de algum modo, e ela continuou, satisfeita:

— Durante um trabalho específico no início da década de 1820, Ozias Rudge foi chamado à Normandia, ao Mont Saint-Michel, onde as paredes de alguma cripta tinham começado a empenar, ameaçando a estabilidade dos prédios acima. Rudge foi e fez seu serviço, e enquanto estava fora, um sócio de Rudge se familiarizou abertamente com uma mulher que O.R. estivera cortejando esporadicamente. Ao voltar à Inglaterra, Rudge ficou sabendo da verdade, duelou com o sócio e o matou. Ou pelo menos é o que dizem.

— História horrível. Nossos ancestrais eram tão... sinceros! Isso não o fez ganhar a viúva de volta, imagino.

— Não. — Winnie se desapontou porque Allegra não ficou mais chocada. — Mas agora estou chegando à confluência das histórias. Tudo isso é prólogo. O velho O.R. aparentemente virou um sujeito mal-humorado, digno do nome Scrooge. Ficou carrancudo e retraído. Mudou-se de vez para a casa de campo. Quero dizer, para cá.

— Sim, sim, entendo. A Casa Rudge.

— Talvez Ozias Rudge sentisse remorso pelo homem que havia matado, ou pelos mineiros que tinham perdido a vida no desmoronamento. Talvez tivesse nervos fracos. De qualquer modo tornou-se célebre em Hampstead como um homem infernizado por fantasmas. Pode-se ver uma referência a ele nas histórias de Hampstead sob o título "histórias de fantasmas". Mas os panfletos turísticos não fazem a ligação com Dickens. Essa teoria é da nossa família.

— Como vocês criaram essa ligação?

— Quando era um menino de doze anos, Charles Dickens veio ficar em Hampstead. Acho que em 1824. Todas as lembranças do jovem

Dickens sugerem que ele possuía uma mente aguçada e receptiva. Dizem que, quando Ozias Rudge tinha uns cinqüenta anos, sendo um homem falador e solteiro, provavelmente solitário, amalucado, conheceu o jovem Dickens e lhe contou, como contava a todo mundo, que os fantasmas o assombravam. Hampstead não era um povoado grande naquela época, e Rudge devia ser uma figura de certa importância. E Dickens sempre se impressionava com pessoas importantes, e passava algum tempo, especialmente na juventude, tentando impressionar também. Achamos que ele pode ter ficado amigo de O.R. e ouvido sua história espantosa.

— Evidência chocantemente débil.

— Na vida adulta Dickens disse que a memória das crianças era prodigiosa. Era um erro imaginar que as crianças esqueciam alguma coisa, essas são praticamente suas palavras exatas. Por isso, se ele ouviu alguma história de fantasmas noturnos assombrando um patife cheio de culpa, podia lembrar-se o bastante para transformá-la no *Um conto de Natal*, cerca de vinte anos mais tarde, não é? Não é um salto muito grande, de Rudge a Scrooge.

— Sei — disse Allegra. — Estou muito menos convencida do que esperava, francamente.

— Bem, e há o quadro.

— O quadro?!

Winnie examinou Allegra para ver se ela estava fingindo ignorância.

— Você sabe, o quadro no quarto de John.

— Não creio que saiba nada sobre quadros no quarto de John.

Ah, que timidez! Winnie estava de pé e tateando o caminho, e num instante voltou com o quadro.

— Olhe o verso — disse ela —, há uma coisa. *NÃO é Scrooge, e sim O.R.* Depois olhe a imagem e diga se você acha que é o Scrooge que Dickens imaginou ou a pintura de um maluco de verdade do século XIX. — Ela olhou em volta procurando um lugar onde pendurá-lo, e sentindo-se corajosa entrou na cozinha e pegou o martelo de novo. Prendeu-o numa cabeça de prego na parede da despensa, puxando-o cerca de três centímetros. Desta vez o prego ficou no lugar, e ali Winnie pendurou o quadro do velho cavalheiro frenético. — Agora veja e diga o que acha.

— Isso é um programa de perguntas na TV? Eu não tenho opiniões sobre este quadro, nem se Rudge foi o modelo para Scrooge ou não. Importa tanto assim?

— Não estou dizendo que acredito — respondeu Winnie, irritada. — Estou contando o que me contaram.

— Então o seu tatara-não-sei-o-quê mencionou algum dia os fantasmas dos Natais Passado, Presente e Futuro?

— Claro que não. Isso foi a imaginação melodramática de Dickens, o contador de histórias. Como qualquer escritor, Dickens roubava o que queria da vida real de alguém, ia embora e alterava e elaborava tremendamente. Mas quem você acha que é este? No quadro. É o retrato de alguém doente ou de alguém seriamente assombrado?

— Você é que é astróloga, aceito sua opinião profissional.

— Não queira me agradar — disse Winnie, irritada. — Não seja condescendente. — Estava se levantando, pondo a xícara de lado, esforçando-se ao máximo para não jogá-la contra a parede. — Vamos simplesmente colocar este fantasma para dormir, esse bamboleio nos canos, esse absurdo. Venha.

— O que você quer dizer?

— Vamos exumá-lo.

Houve um jorro de eletricidade, mas não foi um acontecimento fantasmagórico, foi o tremor levíssimo que ocorre quando a natureza de um relacionamento muda. Talvez Allegra não tivesse sentido — quem poderia dizer o que ela sentia? Em vez de competir com Allegra pela atenção de John Comestor, Winnie preferiria se aliar a Allegra contra algum terceiro elemento.

— Venha, são as damas contra a despensa, e não pela primeira vez na história, aposto.

Em pouco tempo Winnie e Allegra haviam colocado cerca de uma dúzia de velas em círculo no chão da cozinha, no parapeito da janela e nas bancadas. A sensação começou a ser de uma fogueira de acampamento de escoteiras, o recital de uma história de fantasma sem dentes suficientes para morder.

— Certo, você — disse Winnie para *Não é Scrooge e sim O.R.* — Não atrapalhe. — Mas agora ele parecia, com a mão encostada no portal sombreado, que estava bloqueando o caminho, mantendo-as longe da coisa diáfana e esgarçada pintada no fundo sombrio atrás dele. Winnie retirou a pintura mesmo assim.

— Gosto de trabalhar com as mãos. — Allegra pegou um pé-de-cabra.

— Você comete mais erros com as mãos do que com a cabeça. Quero dizer, a gente comete. Quero dizer, eu cometo. — Winnie pegou um martelo e um pano de prato. — Certo, despensa, você vai conhecer nossa equipe de demolição interna.

— Que erros você comete com a cabeça? — perguntou Allegra. — Não sei o que você quer dizer.

— Tudo é um enredo. A vida é um enredo. Erros de enredo. O que acontece, e por quê. — Ela passou o pano de pratos na superfície da madeira, apagando facilmente a cruz com o risco em cima. — Na vida a gente pelo menos tem a aparência da escolha. Num livro, mesmo um que eu mesma esteja escrevendo, os personagens parecem não ter escolha. Só destino. O modo como a coisa vai acontecer.

— Nós não *temos* escolha — disse Allegra. — Não podemos escolher que isto sejam tubos ou o fantasma do seu primo. Será o que é.

— Podemos optar por parar de explorar no minuto em que quisermos, no minuto em que for demais para nós. A pobre Wendy não pode... — Ela não continuou. Simplesmente começou a extrair os pregos da tábua vertical. Dessa vez eles não recuaram de volta na parede.

Wendy e John numa sala, bem acima de uma cidade escura.

— E se for o fantasma de Jack, o Estripador, naquele poço de chaminés?

— E se for?

— E se alguém deixá-lo sair sem saber?

— A maldição da múmia? A ameaça de vingança na lápide de William Shakespeare?

— E se ele precisar de um tempo para recuperar a... memória... a... intencionalidade... para se lembrar do que tinha sido antes de morrer? Do mesmo modo como uma criança demora tanto a acordar, retornando de um cochilo. E se a parede se abrir e não emergir grande coisa, e sim algo invisível, pairando no meio do ar: demorando para crescer e juntar um volume invisível, lembrar-se de seus apetites? Como um punhado de células cancerosas demorando para fazer metástase e virar uma colônia parasita?

— Quer dizer — disse John —, e se ele se lembrou de seu grande impulso e escolheu você como possível vítima?

— Não quero dizer exatamente isso. Nem tudo tem a ver comigo.

Olharam para a cidade à noite. Podia ser um amontoado de casas medievais, *pubs* e telheiros, pelo modo como as sombras sedimentadas obliteravam qualquer indicação nítida dos tempos modernos. Podiam estar em Hamelin, com o circuito de ratos formando um nó de forca em volta dos perímetros da cidade.

— Então esses são os pregos — disse Allegra. — Não são difíceis de puxar; acho que seus amigos operários conseguiram ao menos isso para nós. — Os pregos extraídos, alguns deles feitos à mão, de quatro lados, estavam numa pilha como espinhos antigos e eficientes.

— Então, às tábuas — acrescentou Winnie. Em seguida pegou um martelo e o usou para enfiar a chave de fenda entre duas madeiras. A tinta era velha e dura, e havia um número suficiente de camadas grossas para fazer as tábuas resistirem à separação, mas assim que Winnie conseguiu um pequeno ponto de apoio Allegra se juntou com um formão. A parte de cima da primeira tábua se soltou do suporte com um som parecendo sucção seca. Um sopro de reboco empoeirado entrou no buraco feito pela tábua que se afastava da parede.

— Nenhum som. Não tem ninguém em casa — disse Allegra.

— Ainda não.

— Bem, vamos demolir a casa antes que ele volte, e então talvez vá para outro lugar.

— Nem sempre há outro lugar aonde ir — disse Winne.

`– Sempre há outro lugar aonde ir – disse Wendy.`

Então a primeira tábua saiu e foi posta delicadamente no chão. A parede atrás: tijolos mal assentados, cimentados com uma argamassa áspera.

— Sem dúvida isso não é um poço de chaminés — disse Allegra.

— Por que não pode ser?

— Olhe a argamassa. Não foi alisada e está cheia de falhas. Um fogo de chaminé teria incendiado esta casa há muito tempo. Além disso, não há evidência de fumaça na parte de trás desta tábua.

— Então seja você a detetive, para variar. Ou a romancista. O que acha que isso significa?

— Não sei, mas aqui não há chaminé.

— Claro que há, seja razoável. Há lareiras nos dois andares de baixo e há um poço de chaminé chegando lá em cima. Jenkins e Mac me disseram. Como a casa era aquecida, e como a fumaça saiu durante duzentos anos sem um sistema de respiração que funcionasse?

— Bem, não sei. Vamos continuar. Talvez a gente descubra outra coisa.

A segunda tábua foi mais fácil do que a primeira, e a terceira, mais fácil ainda. Algumas tábuas tiveram de ser quebradas ao meio, e as partes de cima e de baixo foram extraídas à força, arrancando reboco do teto, o que estava transformando Allegra e Winnie em fantasmas e enchendo seus olhos de pó.

— Nenhuma dessas tábuas se parece uma com a outra — disse Winnie, olhando mais atentamente. — Diferentes alturas, larguras e grossuras também. Não dá para notar isso pelo lado da despensa; a parede parecia lisa.

— O que significa que havia fendas e passagens de ar.

— Flautas de chaminé. A origem do barulho.

— Que sumiu mais ainda do que parecia ter sumido antes.

— Só falta a luz de volta, e alguém pulando pela porta, dizendo: "surpresa, é o seu aniversário" e balões, bolo e confete.

— Certo. Mas que tal os tijolos deste poço de chaminés?

A parede exposta era uma louca colcha de retalhos. Os tijolos eram de tamanhos irregulares, alguns colocados em trechos verticais sugerindo um preguiçoso estilo espinha-de-peixe.

— A única coisa que podemos supor — disse Allegra, passando a mão pensativamente na superfície — é que a parede foi feita às pressas.

Winnie viu que ela estava certa. O trabalhador ou os trabalhadores não tinham parado para tirar o excesso de argamassa com uma colher de pedreiro nem para ver se o alinhamento estava certo. Talvez as tábuas também tivessem sido postas às pressas, antes que a massa estivesse seca.

Winnie se curvou e olhou as tábuas de novo.

— Se houve algum tipo de padrão aparecendo na superfície das tábuas, talvez fosse apenas a umidade porejando através de buracos de pregos enfiados nelas há duzentos anos. Um fenômeno natural aleatório.

Ou, quem sabe, talvez os trabalhadores fossem supersticiosos e tenham enfiado os pregos formando um desenho que representasse uma cruz.

— Improvável, mas acho que possível. Mas isso não é motivo para os pregos se retraírem na parede quando os tais de Jenkins e Mac estavam aqui para presenciar.

— Eu presenciei também, Allegra, e minha visão é perfeita. Além disso... — Ela não continuou a frase, que ameaçava ser "ainda não há explicação para o motivo de o mesmo desenho aparecer na tela do meu computador logo antes de a energia acabar". Mas uma coisa de cada vez.

— Tenho bastante confiança de que não há nenhum fantasma de John Comestor aqui — observou Allegra. — Nem mesmo alguma interessante roupa suja.

— Não — concordou Winnie. — Por mais malfeita que seja, esta parede está aí há um bom tempo.

A chuva. O vento ao redor da casa. Barulho lá fora, silêncio interior. Silêncio baixando sobre elas, como neve, fazendo o que a neve faz: apagando as margens, turvando as particularidades, distorcendo as diferenças entre perto e longe.

Ela teve de olhar para ter certeza; não, não era neve. Só o silêncio que a neve costuma implicar.

Se Jack, o Estripador, estivesse por aí de novo, pálido como uma folha de celofane, será que uma nevasca súbita preencheria sua silhueta, fazendo-o parecer com os fantasmas nos desenhos animados das manhãs de sábado? Branco sobre branco, o fantasma na neve, mais visível e no entanto invisível.

— Maldito John e suas reformas! — disse Allegra subitamente, no silêncio, enquanto a escuridão não fazia nada além de se aprofundar, em gradações tão distintas umas das outras quanto os segundos marcados por um relógio barulhento.

Wendy olhou os tijolos e depois encostou a mão neles. Os tijolos não tinham como falar com ela, não como as tábuas exsudando suas bolhas. Agora que as tábuas foram removidas, ela imaginou que tinham sangrado, que os buracos de pregos tinham sido pequenas válvulas bombeando sangue. O liquor brotando em gotas obscenas ao longo das superfícies empenadas de alguma árvore morta há muito. Mas não houvera sangue, apenas bolhas de tinta.

— Se for Jack, o Estripador — disse ela —, talvez depois de todo esse tempo ele não queira sair. Não queira ser exumado. Não queira ser chamado de volta ao único serviço que conhecia, o de rasgar gargantas de prostitutas, de assassinar mulheres férteis.

Jack arrancava as vozes das vítimas quando cortava a garganta delas; isso era fato documentado. A verdade mais dura era que ele também rasgava as vozes do útero delas: as histórias de vida que seus filhos não nascidos jamais contariam. A história do futuro que só as crianças podem contar de volta aos pais.

Ele não queria futuro para essas mulheres. Por que quereria um futuro para si, agora? Também morto, talvez por suicídio, com os ossos emparedados num falso poço de chaminés...

— A chaminé dentro da chaminé — disse Winnie, entendendo. — É um falso poço de chaminé.

— O que quer dizer?

— Não é preciso que os tijolos estejam bem alinhados, ou que a argamassa seja lisa. Esta é apenas uma segunda camada de tijolos em volta do verdadeiro poço de chaminés. Por isso não há fumaça no lado de dentro das tábuas, por isso a casa nunca queimou em decorrência de problemas de fluxo. Esta parede foi feita às pressas para esconder o que quer que esteja aí.

— Talvez você esteja certa. — Allegra pareceu surpresa. Não se levantou para olhar mais perto. — Mas ainda não sabemos o que há dentro.

Wendy não iria soltá-lo no mundo; talvez este fosse o único refúgio dele. Talvez ele tivesse se matado para não matar outras mulheres. Por que desfazer sua morte?

Mas então por que ele não estava morto ali dentro?

— Não entendo esse negócio de fantasmas — disse Winnie. — Todo mundo morre insatisfeito. Todos deixamos negócios inacabados. Só a Virgem Maria, supostamente no céu, conseguiu marcar o vôo que queria. Todo o resto vai deixando alguma crise. O que torna algumas figuras capazes de virar fantasmas e outras não?

— Talvez tenha a ver com o quanto queiramos deixar negócios inacabados. Alguns dias, quando estou bem chateada, gostaria de ser atropelada por um ônibus 46 no Rosslyn Hill e deixar meus herdeiros e depositários num emaranhado de negócios inacabados, só para puni-los por serem um peso para mim enquanto estive viva. Você não quer abrir esta parede, depois de tudo isso?

– Não vou fazer isso – disse Wendy. – Não vou.

– Você chegou até aqui e não quer? – perguntou John.

– Não. – Ela não lhe contaria a tese sobre Jack, o Estripador, e sua preferência por ficar em seu próprio barril de *amontillado*. Não se importava em parecer que era de algum modo simpática com um assassino em série. Retomou um ar de eficiência. – É melhor deixar as possibilidades como possibilidades, em vez de secá-las no ar quente do escrutínio. Além disso, John – olhando o relógio –, não temos de pegar um avião?

– Ainda faltam horas.

– Eu estou cheia de Londres. Vamos mais cedo e comer em Heathrow. Vai ser melhor do que qualquer pé de porco que vão servir na Air Tarom.

– Agora você me encheu de curiosidade. Vamos soltar só alguns tijolos e ver.

– Não vou fazer isso – disse ela de novo, no comando.

— Não vou — disse Winnie. A expressão de Allegra estava escondida na semi-escuridão, mas Winnie quase podia ouvir sua pálpebra se erguendo. — Não vou abrir essa parede de tijolos nem por todo o chá da China.

Allegra suspirou e virou a cabeça. O trovão caiu em passos de pés-chatos no Heath, a oitocentos metros dali. Raios em Londres não eram lá muito comuns, segundo a experiência de Winnie, e os clarões vitrificaram o cômodo com um azul súbito. Lentamente, rolando alguns metros para cá e para lá, o trovão mudou de timbre e liberou um segundo som, mais oco, que se mostrou serem pés na escada.

— Ah, meu Deus — disse Allegra.

— É a cavalaria chegando — sussurrou Winnie. — É John finalmente chegando em casa.

— Não é John. É Mac que voltou.

E era mesmo, porque não se incomodou em enfiar a chave na fechadura. Pelo som estava trabalhando na porta com outro martelo, tirando os pregos que havia posto antes. Estava bêbado e cantando alguma canção rebelde.

— Tire esses pregos e depois vá embora. — Winnie se levantou e foi batendo os pés até a porta do apartamento, prendendo a corrente. — Abra a porta para nós e depois vá embora. Estou avisando.

Mac estava musical por causa da bebida. Suas canções eram hinos de vingança, evocando a porra do rei do céu, a porra dos reis de Boyne, a porra do touro de Maeve e as porras dos canhões de Provos.

— Nós abrimos a jaula, Mac — gritou Winnie acima do estardalhaço. — Nós abrimos, deixamos a coisa sair. Se entrar, ela vai pegar você.

— Tenho a porra de Cristo no ombro e uma porra de um caralho entre as pernas, não mexa comigo, sua vaca.

— Bom, aí está alguém que eu pretendo seriamente assombrar — disse Allegra com frieza, detrás de Winnie —, se ele conseguir entrar aqui e colocar as mãos em nós.

— A gente mata ele primeiro — disse Winnie. — De verdade.

— Com o quê? Uma primeira edição de Trevelyan? Uma fita pirata do ensaio de Callas em Milão no verão de 1953? Talvez a gente pudesse espatifar uma garrafa de uísque Waterford e cortar a cara dele com os cacos.

— Você é boa, devia aparecer no *Whose Line Is It Anyway*.

A madeira da porta começou a se partir.

— Ainda que em geral eu não seja de ir à igreja: Jesus Cristo, cacete! — disse Allegra.

Estavam recuando para as sombras da cozinha.

— Há o pé-de-cabra — lembrou Allegra.

Winnie pegou-o. Um jorro de alguma coisa, quase júbilo.

— Deixe os monstros se enfrentarem e vamos assistir de camarote. — Mal acreditando em seu próprio comportamento, ela enfiou uma das pontas do pé-de-cabra num buraco da argamassa meio solta e deu um bom puxão.

— Ajude — disse, e Allegra também puxou.

Três tijolos saíram facilmente, como livros escorregando de uma prateleira.

Mac era um búfalo, o ombro batendo na porta.

— Mais — disse Winnie, e desta vez era mais fácil puxar. Tiveram de pular para trás para que os pés não fossem acertados pelos tijolos que caíam. Uma vela tombou e se apagou.

— A gente sempre pode engambelar o Mac, amarrá-lo e desfigurá-lo com cera quente — disse Allegra.

— Não é hora para fantasias sexuais. Força. Agora.

Um terço da parede estava caído quando a corrente da porta cedeu e Mac entrou no corredor. Foi atraído para a luz na cozinha e parou junto à porta, grogue de cerveja, inchado de medo e bravata.

— Peguei — disse Winnie, e enfiou as mãos dentro do recesso revelado.

— Que porra é essa? — disse Mac, arrotando.

— Eu poderia correr e pedir ajuda — sugeriu Allegra —, mas não vou deixar você.

— É uma antiga manta de cavalo, nada mais — disse Winnie.

Enquanto ela puxava, a luz voltou. Mac piscou e Allegra o acertou na cabeça com uma peça de cerâmica vitrificada da Toscana. Ele não caiu no chão, só disse:

— Ai, pára com isso. — E piscou de novo. — Que pedaço de pano velho é esse?

À luz elétrica a coisa era um lamentável pedaço de saco de batatas, um retalho de pano sem forma, quase indistinguivelmente preto-cinza-marrom, com algumas costuras irregulares em pontos malfeitos.

— Isso tem no mínimo uns cem anos — disse Allegra —, mas e daí?

— O que quer que seja — observou Winnie — não é John.

— Que os santos sejam louvados! — exclamou Mac. — Jenkins vive.

— Você foi vê-lo? — perguntou Winnie.

— Não, só acho que vive. Ele também tinha medo de que fosse John.

— O que quer que tenha estado aqui, foi embora — disse Winnie. — Isso não passa de um pano velho. — E largou-o no chão. Não estava cheio de piolhos, nem especialmente gorduroso ou enfumaçado. Apenas empoeirado, seco e velho; talvez um casaco de operário, pendurado num gancho ali e emparedado. Talvez por acidente. Talvez o corpo colocado ali (já que o espaço tinha tamanho para um cadáver humano) tenha sido tirado antes.

Mas o cômodo estava vazio de qualquer espírito além das sombras limitadas de Mac, Winnie e Allegra. Isso significava, de novo, que John Comestor ainda estava desaparecido, em algum outro lugar.

— Vamos ficar devendo alguma coisa às senhoras por terem ajudado no serviço — disse Mac.

Ele apontou para a parede arrebentada. Depois caiu e desmaiou.

— Merda, ele furou a tela, John vai me matar — disse Winnie, puxando o quadro de baixo do queixo de Mac antes que ele vomitasse em cima. Mas não havia rasgo na tela. O velho Scrooge/Rudge cambaleou para fora de seu pesadelo sem considerar a indignidade de terem desmoronado em cima dele.

O gênio saído da garrafa não era gênio, apenas uma ilusão atraente. As batidas cifradas eram uma tábua solta numa falsa chaminé, a cruz no computador era cortesia de uma persistência emocional da visão. Os pregos recuando tinham sido sem dúvida algum outro acidente, ainda não diagnosticado. O mundo deu de ombros e ficou menor de novo, morrendo mais um pouquinho.

Como era possível ter certeza de alguma coisa? Os loucos e os místicos do norte de Londres, buscando significado, estudavam o padrão de folhas de carvalho mortas grudadas às calçadas molhadas na Church Row. Desmascare o mundo, livre-o de teorias, movimentos e dogmas, e o que resta é algo próximo do instinto, o malacafento avô da imaginação.

Provável-Possível, minha galinha preta,
Põe ovos no Relativo Quando.
Não põe ovos no Positivo Agora
Porque não consegue Postular Como.

O que havia entre Winnie e o mundo era alguém muito parecido com ela, ainda que indistinto, e com probabilidade de continuar assim se Winnie não pudesse vê-la melhor. Mas Wendy Pritzke, como a maioria das aparições, se dissolvia no vago quando era examinada mais de perto. De modo que se, na meia-idade, Winnie tivesse pensado que poderia chegar a uma idéia mais certa de como o mundo era organizado, ficou desapontada. Quando aprendeu a medir a própria pulsação, descobriu que estava registrando em vez disso a de Wendy Pritzke.

Será que Wendy deveria descartar o velho Jack, o Estripador? Será que a perda de um fantasma genuíno na Casa Rudge era alguma espécie de moção para deixar de lado a idéia de exumar o espírito de um bandido?

Mas o mundo não podia mapear nada além de si mesmo, e algumas vezes nem mesmo isso.

Ninguém atendeu ao telefone no escritório de John. Era fim de semana.

Com a mesma velocidade com que tinham unido forças contra uma ameaça comum, Winnie e Allegra se afastaram, de volta ao estado natural de antipatia e cautela teatral. Nenhuma das duas estava inclinada a fazer denúncias contra Mac, já que isso poderia obrigar Colum Jenkins a depor, e quem sabia se ele estava disposto ou capacitado para isso? Os telefonemas de Winnie ao Royal Free Hospital perguntando sobre o estado de saúde de Jenkins haviam resultado em observações que não eram claras nem úteis. Mas talvez esse fosse o tom institucional assumido por qualquer um que trabalhasse sob os auspícios do serviço nacional de saúde. Winnie não tinha como saber.

Winnie arranjou um sujeito para consertar os danos à porta de John e recolocar as trancas.

Examinou a correspondência de John, fingindo não procurar uma carta endereçada a ela.

Gill, a secretária de John, parecia estar numa licença permanente ou algo assim. As várias funcionárias temporárias do escritório eram mal-informadas, grosseiras ou preguiçosas; não deram qualquer pista do paradeiro de John.

Winnie foi até a casa de Allegra com um pacote de doces da Louis' Patisserie. Pela expressão do rosto pôde ver que Allegra estava com vergonha por ter traído algum medo. Allegra não pediu que ela provasse os doces. Será que estou ofendida?, perguntou-se Winnie enquanto saía, ainda que a pergunta inevitavelmente se contorcesse para significar: será que Wendy Pritzke se ofenderia numa situação dessas? O que isso diria sobre ela, caso se ofendesse? E se não se ofendesse?

No auge da tempestade de novembro, cada coisa nitidamente improvável tinha parecido possível, especialmente com Winnie apanhada nos primeiros estágios de perceber que John estava desaparecido sem explicação. Vários dias depois, com Mac desaparecido nas profundezas proletárias da Kilburn High Road e Jenkins ainda no hospital, Winnie Rudge se movia cautelosamente no apartamento ensolarado e vazio, arrumando os detritos, restaurando o lugar a um nível mínimo de conforto enquanto deveria se importar em saber se ficaria, e começar a se concentrar, finalmente, no motivo para ter vindo a Londres. Contar a história de Wendy Pritzke. Bem, primeiro achá-la, e depois contar, se valesse a pena.

Encontrou Britt em meio às gôndolas de Cadburys no Hampstead Food Hall.

— Ainda sem notícias do John? — perguntou ele, animado.

— Ah, não é? — respondeu ela, com um tom mais interrogativo do que o dele, e deu de ombros como se dissesse: *Bem, não há muito mais que eu possa acrescentar, se ele optou por manter isso em segredo para você.* E como foi satisfatório, virando-se antes que ele pudesse inventar o próximo movimento!

Londres tinha emergido, piscando, do mau humor e dos gases do furacão Gretl, como tinham sido, e os tijolos do úmido Hampstead soltavam vapor como se tivessem aspirações tropicais. As calçadas secaram, os ventos se imobilizaram pela primeira vez, mesmo no Heath; o sol saiu como um maricas no playground assim que o valentão foi para casa almoçar. Calor pouco razoável. Alguns cafés ousaram abrir as janelas para a rua de novo. A polícia multava duplamente, para compensar as perdas dos dias de tempestade.

A sra. Maddingly nos degraus da frente.
— Ele sumiu, sumiu mesmo.
— Quem?
— Geléia.
— Minha nossa! — com uma animação vergonhosa. — Bem, ele vai aparecer, caso contrário haverá outros.
— Claro que haverá outros, mas aí serei outra eu para alimentá-los! E a outra eu não poderia reconhecer Geléia quando ele viesse para casa depois das vadiagens.
— Não deixe de tomar os comprimidos e a senhora supera.
— Supero o quê?
Winnie não respondeu.
— E o *seu* gato vadio? Já voltou? — perguntou a sra. Maddingly.

Wendy. Wendy. Winnie voltou às particularidades, rabiscando na margem de um guardanapo de papel num café na West End Lane. O que sabia sobre Wendy? O nome em si, lembrou-se, era invenção de J. M. Barrie; a popularidade de Peter Pan tinha-o lançado no uso comum. Wendy Darling seguiu o rude herói até a Terra do Nunca. Mas assim que chegou, ela se acomodou, aninhou-se. Pensava nos Meninos Perdidos e exigia que fossem levados de volta a Londres.

Será que alguma coisa dessas alimentava sua imagem mental de Wendy Pritzke? Talvez não, mas precisava virar as peças e ver se alguma coisa brilhava.

Andou pelos lugares que freqüentava antigamente, esperando um brilho. Numa hora do almoço decidiu dar uma olhada no pátio da igreja Paroquiana de Hampstead e ver se podia achar o túmulo da família Llewelyn Davies, cujos filhos tinham sido os Meninos Perdidos que inspiraram J. M. Barrie a inventar jogos com Peter Pan, e depois a escrever as histórias. Armada com um mapa mimeografado conseguido no vestíbulo da igreja, foi xeretar no trecho velho do cemitério, notando sem interesse a sepultura de Ozias Rudge em sua simples frugalidade de pedra gravada apenas com o nome e as datas: 1775-1851.

Cobertos de frutinhas vermelhas, galhos de teixo tinham sido arrancados pela tempestade e trazidos para cima das coberturas lascadas de túmulos antigos, dando a aparência de ter rachado as tampas.

Incapaz de seguir o mapa, andou sem destino, afastada do tráfego de Hampstead pelas paredes de tijolos esverdeados. Na parte mais profunda do cemitério, encontrou cinco sacos de dormir arrumados sobre arbustos usados como colchões. Sacos plásticos de uma loja de departamentos: *Argos: Compras Resplandecentes*. Lixo de refeições para viagem. Um grupo de indigentes dormia ali, mas tinha saído durante o dia. No renascimento econômico do mandato de Tony Blair será que os mendigos e moradores de rua tinham de se esconder ainda mais?

Uma boa mulher da igreja emergiu de uma porta lateral e fez um muxoxo solícito para Winnie.

— Não consigo seguir este mapa, não consigo identificar nenhuma coordenada — disse Winnie.

— Você está procurando no lugar errado. Este mapa é do anexo do cemitério do outro lado da rua — respondeu a mulher, em tom chateado.

— Como nós, americanos, somos estúpidos, e eu mais do que a maioria! — disse Winnie, mais impertinente do que era seu costume. Mas do outro lado da rua tudo se encaixou. A família Llewelyn Davies estava quase no canto. Na lápide que falava do pai, ela leu: "O que virá não sabemos, mas o que houve foi bom." Olhou para encontrar os detalhes de Peter que, pelo que ela recordava, não era exatamente Peter Pan, mas quem deixaria de se interessar? A lápide dele era uma espécie de pós-escrito abaixo da dos pais. Na laje de granito preto ela leu:

Peter
Soldado M.C. & Editor
cujas cinzas aqui jazem
Et in Arcadia Ego

Tantos modos de ser um menino perdido!

Ou Wendy, concentre-se nela. Uma menina perdida, pelo menos para sua autora, até agora.

E a propósito, onde, diabos, estava John?

Continuou andando pela Church Row. Não seria como trabalhar para o Imposto de Renda, mas era seu tique profissional. Andava e observava, deixando coisas emergirem e se destacarem, vendo o que ficava. Imaginou Wendy espiando por cima das bancadas das cozinhas luminosas abaixo do nível da rua. Uma garrafa plástica de sabão líquido Fairy, uma tigela azul e branca com cereal Cheerios encharcados de leite, uma casca de pão para uma criança com os dentes nascendo. A mãe cansada e o bebê cansativo aparentemente tendo fugido da cena doméstica, o cômodo parecendo mais vazio — com a luz do sol nas gotas de leite sobre a bancada — do que até mesmo o apartamento de John.

Era um dia, subindo e descendo a High Street de Hampstead, para os idosos estarem fazendo coleta com tambores de plástico seguros nas mãos. Os velhos sacudiam as moedas nos copos como chocalhos. Envergonhada por ter destratado a mulher da igreja, Winnie parou e colocou uma nota de dez libras, da qual nem podia abrir mão, na fenda em cima. A causa era a Anistia Internacional.

Era tudo muito simples, mas de que adiantava?

Parou numa barraca, pensando em comprar flores para se animar. Um punhado de narcisos, algumas frésias trazidas do continente ou talvez da África. O vendedor gorducho, estremecendo animado, disse:

— Estou sem acetato, amor, vai ter de ser em jornal.

Ela adorou aquilo, o "amor", e sorriu. Parecia o primeiro sorriso desde que tinha chegado.

Em casa, as flores pareceram mais feias e danificadas pelo frio do que ela havia notado. Não animaram o lugar, apenas fizeram com que parecesse mais fúnebre.

O jornal era o *Times*, uma seção sobre saúde. Uma foto na direita superior saltou para ela. Parecia uma pequena bruxa sendo queimada num poste. O título dizia: "Atenção aos riscos dos fogos de artifício", e a matéria era sobre as baixas esperadas na Noite das Fogueiras* — 5 de novembro, que estava chegando.

O modo como a figura de Guy Fawkes recuava! — as chamas saltando dos gravetos, as fagulhas apanhadas na placa fotográfica como barras e hifens contra o pretume cinza da impressão do jornal. Winnie olhou. Wendy olhou. Como a imagem era poderosa! Se bem que o motivo, para um olhar americano, Wendy não sabia qual era.

*O Dia de Guy Fawkes, 5 de novembro, que lembra o fracasso da tentativa de Guy Fawkes, em 1605, de explodir o rei e os membros do Parlamento em retaliação pela crescente repressão aos católicos romanos na Inglaterra, é comemorado com fogueiras e fogos de artifício. (*N. do T.*)

Ontem na escada
Encontrei um homem que não estava lá.
Hoje também não estava.
Gostaria tremendamente que ele fosse embora.

Quando conseguiu comprar e instalar um novo fio de telefone, Winnie ligou para Rasia McIntyre.

— Ah, sim, é você — disse Rasia. — Não, de fato, admito: eu encostei o ouvido no fosso das chaminés mais de uma vez por dia, e nunca mais ouvi aquele tamborilar distante, ou seriam como ondas?... mas uma vez achei ter ouvido um gato.

Winnie riu.

— Agora Geléia está emparedado dentro de alguma chaminé em algum outro andar! Bem, deixe que ele saia sozinho. Eu estou cheia desse negócio de caça-fantasmas. Liguei para convidar você para um chá, ou alguma coisa assim, se puder deixar as crianças em algum lugar, para a gente bater um papo.

— As crianças foram para a casa da avó em Balham, e eu estou tremendamente ocupada. Prazos a cumprir, e coisa e tal. Não poderia fazer nada nos próximos vinte minutos. Que tal às onze e meia? E vamos simplesmente andar; preciso de um exercício.

Encontraram-se na banca de jornais na estação do metrô Hampstead. O pescoço de Rasia estava coberto por uma echarpe vermelho-cereja. Uma pesada bolsa a tiracolo, talvez carregando um *laptop*, puxava seu ombro para baixo. De fio a pavio ela era a própria "século XXI, lá vamos nós".

— O cliente ligou; eu tenho um trabalho para entregar na cidade quando for pegar as crianças. Isso significa carregar esta sacola, de modo que uma longa caminhada saudável está fora de cogitação. Vamos tomar um chá e conversar, depois eu dou no pé.

Acomodaram-se nas mesas apertadas do Coffe Cup Café logo depois da Waterstone's. A garçonete, italiana, amarrou a cara porque elas pediram chá sem ao menos uma torrada.

— Trouxe? — perguntou Rasia.

Winnie tirou da bolsa. À luz fraca do café a coisa parecia ainda mais mofada do que no apartamento de John. Mas não havia odor, nem de esterco, nem de terra de nenhum tipo, o que parecia estranho. Só, se a gente pusesse as narinas bem perto, um leve cheiro de fumaça de macieira ou algum tipo de fragrância doce, atravessando uma distância de quantos anos?

— Talvez um século arejando tenha retirado o cheiro de cocheira; certamente tem aparência de cocheira — disse Rasia — e uma trama muito áspera. Feita por um tear manual? Não pode ser muito velho, caso contrário os fios teriam apodrecido.

— Deve ser pelo menos tão antigo quanto o assentamento daqueles tijolos. E ainda que eu não seja especialista, o falso poço de chaminés parecia não ter sido feito ontem.

Rasia franziu a boca, uma espécie de dar de ombros facial.

— Para mim não significa nada. Você estava esperando talvez uma imagem holográfica do Grande Mundo Além? Me ajude, Obi-Wan Kenobi, me ajude.

— Estava esperando o corpo de meu primo John, que desapareceu, ou... — Mas não, Wendy Pritzke é que estivera toda animada antecipando o cadáver de Jack, o Estripador.

Rasia levantou o tecido. Em suas mãos ele parecia maior, como um tipo de manta de cavalo; tinha parecido mais um avental de operário quando Winnie o segurou.

— Não há sinal de que uma bainha de pérolas tenha sido arrancada, nem um forro secreto com o testamento de alguém rico e generoso — disse Rasia. — Em termos das necessidades de sua narrativa, acho que você andou escavando solo estéril.

— Ah, bem. — Winnie dobrou-o. — Eu não esperava que você tivesse subitamente uma visão, ou sei lá o quê. Você é moderna e capaz demais para isso.

— Ah, minha família tem sido mística há séculos. Mas fui ocidentalizada e incapacitada. As únicas visões que tenho são meus pesadelos. Com Quentin me amando, me rejeitando, eu ficando com raiva dele, traindo-o, fazendo qualquer coisa para atrair sua atenção, mesmo no outro mundo.

— No qual você não acredita.

— Certo. Mas não é possível cair no ceticismo rígido quando a gente está presa num sonho.

— A suspensão da descrença... Como você se livra das emboscadas de suas memórias?

— Acordando. Algumas vezes com um tremor, algumas com um grito, algumas com um nó na garganta. Sempre por misericórdia das crianças, que são melhores do que os produtos farmacêuticos para induzir a calma, mesmo quando são barulhentas e odiosas. Elas dizem: ei, sou eu, é a minha vida, e, mamãe, você só tem um papel de figurante, mas é melhor fazê-lo direito ou será demitida. E não tenho saída senão me comportar.

— Assim você parece uma atriz coadjuvante em sua própria vida. — O que, claro, era como Winnie se sentia na dela, na maior parte do tempo, só que a pessoa que supostamente seria a estrela principal estava presa num camarim em algum lugar. — Livrar-se das memórias de Quentin por meio da criação dos filhos dele é pedir demais.

— Eu tento esquecer. Fracasso. Não tenho nenhuma imaginação, verdade; não consigo pensar em outro homem, em outra vida; não consigo chegar tão longe. Quando tenho um momento, como agora, penso no que sei e no que me faz falta. Pobre Quen, com seu sorriso confuso, seus pequenos hábitos. Você sabe como são os hábitos: no início parecem gestos ternos, depois se transformam em tiques enlouquecedores e finalmente se acomodam em ser o que faz a pessoa quem ela é. O que tornava Quentin McIntyre *Quen* para mim. Eu preferiria me esquecer dele, mas como digo, tenho uma mente concreta mais adequada a resolver problemas de computador do que a imaginar qualquer vida para mim diferente daquela em que sou uma viúva. Sem imaginação, é o que meus professores costumavam dizer lá em Kampala.

— Um verdadeiro ponto fraco, esse.

— Nós costumávamos brincar de bebê *poltergeist* com Tariq — disse Rasia depois de um tempo. — Eu pegava Tariq pelos tornozelos quando ele estava deitado de costas na nossa cama de casal. Quen ficava acima, como uma nuvem de tempestade, dizendo: "Ah, meu doce nenenzinho, acho que vou dar um beijão nele." Aí ele se abaixava, apontando os lábios para a testa do menino, e logo antes de fazer contato eu arrastava o bebê para longe, por cima das cobertas, de modo que Quentin simplesmente beijava o ar. Tariq gargalhava. Penso nisso algumas vezes, especialmente com Fiona, que não conheceu...

Ela prendeu o fôlego.

— Penso nisso algumas vezes agora, e imagino que Quen é o pai *poltergeist*, inclinando-se para beijar o neném, só que nenhum de nós, aqui, sabe que isso está acontecendo.

— Ah, vamos. Vamos sair daqui. — As duas deixaram mais gorjeta do que a garçonete italiana merecia.

— Desculpe — disse Rasia. — Você faz com que eu ponha isso para fora, por que será? Vou ficar bem. De qualquer modo é uma mudança. Tive uma grande idéia. Vamos levar esse pano velho num lugar que eu conheço perto de Ferrington, um salão de chá onde uma espécie de clarividente dispéptico chamado Ritzi lê folhas de chá. Vamos descobrir o que o velho cigano Ritzi consegue captar. Vai ser divertido. Desculpe se fico choramingando o tempo todo. Vamos rir. — Ela puxou Winnie subindo o morro na direção da estação de metrô Hampstead.

— E o seu compromisso?

— Não é longe de lá. Eu vou, entrego a mercadoria e continuo. Pego as crianças em Balham às duas e meia. Venha, Ritzi é um barato. Olha, a campainha do elevador está tocando... Dois bilhetes simples para

Farringdon — disse à bilheteira, enfiando uma nota de dez libras por baixo da grade. — Depressa.

Dispararam chacoalhando pelo escuro, passando pelas vértebras de alicerces enterrados, por túmulos sem identificação, ninhos de ratos, conduítes de fios, esgotos e riachos enterrados, todo o obscurecido processo do presente mastigando desastrosamente o passado.

— Mas você não tem imaginação — disse Winnie. — Como suporta a idéia de um vidente?

— Exatamente porque não tenho imaginação é que eu curto. Curto, só isso. E com Quentin tão insuportavelmente morto, e com probabilidade de continuar assim, isso me dá um fingimento de comunicação mística. É um dilema, admito.

— Se você estivesse morto — disse Wendy Pritzke —, iria se incomodar em fazer contato comigo através de um médium?

— Tipo "Tem mensagem pra você?" — perguntou John. — Não, duvido. Quando conseguir morrer, se houver alguma escolha na questão da vida após a morte, eu tenho toda a intenção de continuar viajando até o lugar mais distante que possa alcançar. — Ele apontou pela janela do vôo da Tarom. Estavam suficientemente acima dos Alpes para ver as primeiras estrelas. — Todas aquelas imensidões de distância, todas as extensões refiguradas do passado e do presente embrulhadas em folhas translúcidas em volta de nós. Estarei em qualquer Terra Infinita que possa explorar, querida, e não xeretando nos meus antigos locais de freqüência.

O queixo dele na bochecha dela, um carinho de primo:

— Você está pensando nos fantasmas de antigas vítimas de Jack, o Estripador; tentando chegar em casa...

— Com certeza não estou. Tudo é não-ficção para mim.

As estrelas observavam, sem comentários.

Viraram à esquerda na saída da estação Farringdon na Cowcross Street, cujo nome rural era negado por prédios de tijolos cor de sangue numa espécie de estilo internacional barato. Mesmo assim, a rua se curvava agradavelmente à direita, como se um dia as vacas tivessem caminhado por ali. Erguendo-se no céu, vários quarteirões a leste, um prédio de escritórios ou uma torre de conjunto residencial fazia a declaração definitiva sobre a urbanização do bairro, num concreto mais sério do que lápides funerárias. Ou seria uma torre de castelo fortificada? Os aposentos do vidente eram logo depois de um café Starbucks, no topo de um dos poucos prédios que restavam com apenas dois ou três andares.

Por acaso Ritzi era Moritz Ostertag, um careca magro discretamente maquiado com pó-de-arroz e salpicado de colônia de verbena e limão. Usava pantufas puídas, e no pescoço uma echarpe com minúsculos espelhos costurados.

— Rasia — disse ele, endurecendo o *a* para pronunciar Raa-ziii-a. — Mas focê está cuidando dessa sua figurra linda! Está aprrendendo a enfrrentar. Está fazendo trratamento facial e massagem, e acho que está prronta parra tocar o infinito.

— Estou com enxaqueca e entrrei no cheque especial. Focê está ocupado?

— Eu senti que focê finha. Naturralmente dispensei todo mundo. — O lugar estava deserto, e merecia isso: cheirava a mijo de gato. Geléia, pensou Winnie de repente; para onde aquele gato teria ido? Ritzi Ostertag oscilou em volta de algumas samambaias, umidificando-as com um vaporizador. — Estou cuidando do reino vegetal. Depois vou tirrar a tarde de folga e sucumbir à eletrrólise. As sobrrancelhas trraidorras, focê sabe. Tenho de me prreparrar parra um baile esta noite. Vou vestido de Clarre Buoyant, a Clarrividente.

— Estou com um pouquinho de pressa. Tenho de pegar as crianças e, Ritzi, eu lhe trouxe carne nova.

— Não tão nofa assim — disse ele, olhando Winnie por cima dos óculos meia-taça, mas ela deveria achar divertido e não se incomodou.

— Ela vai ser um desafio. Anda, não ponha a gente para fora.

Ele suspirou, pousando o umidificador e começando a mexer numa chaleira elétrica Russell Hobbs pintada com símbolos rúnicos.

— No clima parra gente nofa eu não estou. Mas Rasia, eu amo focê, porrisso digo: como focê quiser. Fai querrer um chá Lapsang souchong ou está forra de cogitação para focê e sua... — ele olhou Winnie de cima a baixo... guarda-costas.

— Prefiro Earl Grey.

— Focê me ouviu. — Ele baixou uma cortina de veludo verde e mofado que parecia ter sido cortada de um cenário teatral de antes da guerra. A luz ficou encharcada e cancerosa. Winnie se lembrou dos cortinados do dossel do quadro de Scrooge/O.R., e teve de conter uma fungadela. Será que Rasia levava aquele palhaço a sério? Ritzi acendeu algumas pequenas pirâmides de incenso e desapareceu atrás de uma porta. Elas o ouviram mijando. — É todo esse trrabalho de fidência, minha bexiga está ficando cansada do chá — gritou ele.

Winnie estava começando a achar que essa charada iria lhe custar dinheiro. Mas como Wendy Pritzke poderia enfiar na cabeça a idéia de fazer isso, o custo da experiência seria dedutível como despesas de pesquisa nos impostos deste ano. Assim Winnie manteve aberto seu Palm Pilot mental. Anotou os cheiros, a luz, a poeira embaixo do aquecedor. A confusão de imagens nas paredes, budistas, himalaias, druídicas; não uma bricolagem, e sim um emaranhado, como uma decoração dentro de um armário de estudante do segundo grau, da Era do Baseado.

— Chá — disse Ritzi Ostertag, indicando cadeiras, apontando: sentem-se.

Winnie olhou em volta. O lugar estava arrumado como um genuíno salão de chá, imaginou ela, com várias mesas pequenas cobertas com xales em xadrez vivo, cercadas de cadeiras desemparelhadas. Num canto havia estantes e prateleiras com pilhas de cartas de tarô e varetas de incenso. Uma estante com portas de vidro, atulhada de volumes e panfletos antigos, era guardada em cima por um crânio e um maxilar, verdadeiro ou de plástico, juntando-se num sorriso dentuço. Em outro canto o programa de e-mail num monitor de computador tinha se transformado num protetor de tela com macacos voadores saídos de uma terra de Oz em tecnicolor da MGM. Vídeos usados, para venda ou aluguel, estavam apoiados no parapeito de uma janela, dentre eles *O sexto sentido*, *Ghost* e *Uma mulher de outro mundo* (*Blithe Spirit*), bem como, por motivos paranormais indecifráveis a Winnie, *Os homens preferem as louras*.

Ritzi se movimentou, mas era uma movimentação silenciosa, estabelecendo um clima. Pegou um cartaz escrito à mão, que dizia LEITURA ACONTECENDO: POR FAVOR, ESPERE, e pendurou num gancho na porta, depois fechou-a e passou um trinco. Em seguida desapareceu, e a música que emanava dos fundos, um remix techno do *Goldfinger* interpretado por Shirley Bassey, foi substituído alguns segundos depois por algo que mais parecia Hildegard von Bingen, macacos lamentosos cantando em quartas abertas. Ritzi reapareceu equilibrando xícaras de chá numa bandeja ao mesmo tempo que ajustava o *dimmer* de luz habilmente com o cotovelo nu. Cigano ele não era, decididamente; isso estava claro na preocupação exagerada com que preparava o chá. Mais provavelmente era fruto marginal de alguma rica família alemã brincando de jogos sobrenaturais enquanto jantava os dividendos. O sotaque, quanto mais Winnie considerava, também era teatral; provavelmente ele falava de fato naquele novo euro-inglês, bastante neutro, traindo muito pouco de suas origens.

— No silêncio bebemos, nós não fala, eu não fou ser colorrido por suas opservações — disse ele. — De suas reserfas idiotas e de suas zombarrias suas mentes se esfaziem, por fafor. Respirrem o calor do chá e pensem no facio de sua fida.

O que não era difícil fazer, nem mesmo para uma cética. Na maior parte dos dias era difícil não fazer.

De repente Winnie sentiu de novo a ausência do primo e a preocupação com ele. Como gostaria de contar esse absurdo, se John estivesse nas imediações para ouvir. Como parecia distante dela, onde quer que estivesse!

A sala ficou ainda mais sombria, como se Ritzi tivesse invocado uma leve cobertura de nuvens sobre a Cowcross Street. Mas nada parecido com o furacão Gretl ou sua placenta expelida. Apenas uma pressão contra a luz, um ronronar de silêncio. O chá cheirava bem, sem dúvida. Também cobria o cheiro de mijo de gato.

— Agorra terminamos o chá — disse Ritzi, de olhos fechados, arrastando as sílabas — e esperramos, e depois — ele demonstrou —, colocamos os pirres em cima das xícarras, e firramos as xícarras e pousamos; assim, xícarras infertidas, folhas assentadas. Ponham as mãos nas xícarras de cabeça parra baixo. Deixem parra trrás o passado e o futurro. Famos lá, mais fundo no prressente.

Fizeram isso. Silêncio. Ritzi murmurou para Winnie, um sussurro teatral:

— Focê, respirre.

Ela havia esquecido por um momento, e voltou a respirar.

Sobre as mãos dela, ele pôs as palmas oleosas. Winnie observou as cutículas roídas do sujeito, os pêlos macios cor de cambaxirra na parte de cima dos dedos, brilhando no que ela percebeu que era a luz de vela. Quando ele tinha acendido as velas?

— Você veio para rir — disse ele em voz baixa. — Não faz mal. Ao rir alguns músculos relaxam, mas outros se retesam. Mas deve parar de rir se quiser ouvir. — Ela esperou não arrotar uma sonora gargalhada imperial.

— Sim — disse submissa, como se para um policial de trânsito brandindo um bloco de multas.

— Você deve ouvir a si mesma quando estiver pronta para ouvir. Não ouça a mim. Você está rindo, mas é um riso débil, e ninguém ri junto.

Os macacos voadores continuavam batendo asas, da esquerda para a direita.

— E as folhas de chá vamos olhar. Isso. — Ele ergueu as mãos e depois as dela, e pousou-as, pareciam mortas, paralisadas, de cada lado do pires. Levantou a xícara, uma bela peça de louça com cabo lascado e um padrão de vinhas azuis correndo suas folhas matematicamente espaçadas até a borda dourada. O resíduo das folhas de chá havia caído na forma de um crescente.

A voz dele soou de outro modo. Não inspirada, não possuída, apenas mais suave, com mais hesitações. O sotaque alemão teatral tinha sumido, notou ela. Isso o tornou um pouquinho menos absurdo.

— Você é uma mulher com necessidades.

Sem surpresa aí. Que mulher não era?

— Você faz imagens de coisas, organiza tudo; você é como uma governanta, empurrando o guarda-roupa aqui, ali, enrolando o tapete, direcionando o sol para cair neste ângulo e não naquele. Uma encenadora de efeitos.

Ela tentou acalmar sua dúvida que se dobrava, em nome do dinheiro que isso custaria.

— Você se muda de um lugar para o outro. Tem condições de fazer isso por causa da sorte ou do sucesso financeiro. Ou talvez tenha se casado bem. Mas acho que, se é casada, não é tão casada assim. Ele está olhando para outro lado. Você arruma o rosto dele para se virar para você; exige isso. Ele não quer olhar. Você precisa da coisa que ele não dará. Você olha para outro lado. Você move isso, move aquilo. Tira uma xícara de chá desta mesa para o parapeito da janela, para aliviar o coração. Traz de volta, estudando como seu coração sentirá. Ou talvez sejam as pessoas que você move. Você pinta pessoas, talvez, em tela, ou em pedacinhos de papel? Você as move daqui para lá, para ver como ficam. Para ver como elas fazem seu coração sentir. Acho que você é pintora, pinta pessoas. — Ele ergueu os olhos brevemente, mas sua expressão era vazia.

Bem, não estava se saindo tão mal. Talvez fosse possível dizer que escrever histórias, até mesmo compor pavorosos horóscopos falsos, era pintar pessoas. Mas isso dificilmente seria o mesmo que revelar o futuro; era mais como revelar o presente, se você pudesse lhe dar o benefício da dúvida com relação a alguma coisa daquelas.

— Aqui há uma janela, ali achamos uma porta. Muita água, água em todas as formas. Chuva e neve, oceanos e lágrimas, orvalho de manhã, névoa à noite. Mas não é a água certa. Você está estéril, vazia. Por que está vazia? Não deveria ser assim. Apesar da idade. Não é tarde demais.

Rasia se agitou, como se adivinhasse como isso estava deixando Winnie desconfortável. Mas como Rasia poderia saber? Não podia.

Ele olhou as folhas de chá, como se estudasse um espécime através de um microscópio.

— Você é cheia de suspeitas, no entanto tem muito a dar. — Ele suspirou, desapontado com Winnie. — Você é cheia de vida, no entanto pisa nela. É como um cavalo-marinho, bonito mas rígido, e muito menor do que imagina. Você é apenas uma pessoazinha, por isso pare de se preocupar. Como se importasse ao mundo o que você faz. Só importa para você. Mas importa, de um jeito pequeno. — Ele sorriu para as folhas de chá, como se visse ali o perfil de um amigo. — Olá, coisinha. Seu nome é Wendy.

Ele ergueu os olhos pela primeira vez, confuso.

— Este é um nome que eu deveria ler aqui?

— Chegou muito perto — disse Rasia, que não sabia sobre Wendy Pritzke.

— Ou sua irmã se chama Wendy. Há outro homem? Eu vejo um homem moreno chegando...

E riquezas, e viagens, e filhos, cavalos, pinturas e amores.

— Nós não viemos para esse tipo de coisa — disse Winnie, alarmada com tudo aquilo que poderia passar por exatidão, e a dor que sua credulidade lhe revelava.

— Viemos ver se você pode dizer alguma coisa sobre este tecido. — Ela achou o pano marrom e puxou uma ponta para cima da mesa. Ele se encolheu bruscamente.

— Isso não tem nada a ver com você, isso é um absurdo louco! — disse ele.

Ritzi estalou os dedos para o tecido, como se quisesse espantá-lo. Mas suas mãos caíram sobre ele, relutantes, e o vidente fechou os olhos.

— Ou é mais forte do que você? — perguntou ele.

— O que é isso? — perguntou Rasia.

— Silêncio, você está interferindo na recepção.

Um relógio bateu toques suficientes para o meio-dia. Na rua distante um caminhão deu marcha a ré. Continentes nublados se deslocaram, e atrás das cortinas púrpuras a luz ficou mais forte, gastou-se e levou a sala de volta à semi-escuridão de sessão espírita. A qualquer minuto Ritzi traria um tabuleiro Ouija da década de 1970 e eles fariam contato com Elvis, madame Blavatski, Napoleão ou James Merrill.

— É você com as janelas, as portas, as marés do útero ou é alguém a quem se fez mais mal? — Ele olhou para Winnie sem o benefício de uma nebulosa segunda visão, só com a usual severidade humana. — Você não parece do tipo que permite que lhe façam mal.

— Quem permite? Mesmo assim o mal é forte como sempre — disse ela.

— Esta coisa é a vestimenta de uma mulher.

— Absurdo. Não tem mangas nem bainha, nem gola, nem babados? Sem laço, nem prega, franzido ou filigrana? É um pano utilitário, um pedaço de saco.

— Não é a manta de um bebê...

— Eu odiaria ser o bebê que tivesse de se aninhar nisso como um cobertor...

— ... mas isso cobriu a nudez de uma mulher, antes que sua vida terminasse.

Estaria ela errada, será que não era o fantasma de Jack, o Estripador, e sim o espírito de uma de suas vítimas? Aquela bela empregada irlandesa morta e seu corpo enfiado na bocejante arquitetura de uma casa em construção? Mas aquilo não era um corpo de mulher, nem mesmo uma saia preta e o avental engomado, nada além de um trapo imundo...

— Volte aqui — disse Ritzi Ostertag, sério. Winnie pulou.

— Não vá se esconder na mente de outra pessoa — insistiu ele.

— Para mim já chega — reagiu Winnie. — Você está dizendo o quê, que este é o cobertor de alguma mulher pobre?

— Estou dizendo, isso não é cobertor. É a mortalha dela.

A porta se abriu, com o trinco arrancado do portal. Um sujeito entrou cambaleando, piscando na semi-escuridão. Por um instante Winnie pensou que poderia ser Mac caçando-as de novo, mas era um homem maior, com um grande sobretudo de risca-de-giz e cabelos finos e espetados.

— Meu Deus, você tem mais segredos do que as catacumbas, *Herr* Ostertag — disse ele. Americano até não poder mais. — Desculpe pela porta. Eu estava me encostando nela para deixar um recado.

— A placa, você ainda não é bem-vindo, saia — disse Ritzi.

— Desculpe. Não vou incomodá-lo. Só vou terminar este bilhete e você pode me ligar. A não ser que possa me vender alguma coisa, já que estou aqui. Só estou procurando aquele livro citado na sua página da internet. Aquela monografia sobre *Les Fleurs de chroniques*, de Bernard Gui, de, ah, você sabe, quem é mesmo? Crowther. Aquele sobre a freira *clavelière* morta que volta da sepultura para dar as chaves à abadessa...

— Não está à venda.

— Você anunciou.

— Eu estou ocupado, não dá para ver? Tenho clientes.

— Só diga quanto. Eu tenho dinheiro, deixo aqui mesmo na mesa. Saio de fininho sem interromper. Desculpem, senhoras, mas já que estou aqui...

— Eu vendi ontem.

— Não brinca. Por quanto?

— Quarenta e oito libras. — Ritzi deu um risinho. — Agora vai sair?

— Eu teria dado setenta — disse o recém-chegado. — Você não é um grande vidente se não conseguia ver isso. Deveria ter atualizado a informação na página. Para eu não perder meu tempo, não é? Desculpem, senhoras.

— Eu fai atualizar o página esta manhã. Focê deferria ter ligado antes e economizado a fiagem. Por fafor, quer ir emborra? — O sotaque estava ficando embaraçoso. Winnie não conseguia levantar a cabeça, com medo de cair na gargalhada.

O cliente não pareceu notar, ou se importar.

— Você sempre tem coisas boas. Não sei de que bibliotecas você rouba. Não faço perguntas e não abro o bico. — Ele desdobrou um pedaço de papel tirado de um bolso do paletó. — Que tal *Recherches sur les phénomènes du spiritualisme*, a edição de 1923 de Paris, ou mesmo a primeira edição inglesa de 1878?

— Eu não ter uma catálogo no cérrebrro — disse Ritzi. — Eu prrecisa olhar e focê folta outrra horra. Amanhã.

— Posso dar uma olhada no que você tem? Aquilo ali é o seu novo estoque? Alguma coisa escondida? Alguma coisa da Sociedade Londrina de Pesquisa Física do século passado? Quero dizer, desculpe, do século XIX? Eu fico esquecendo que já estamos no XXI. Não se pode ensinar calendários novos a cães velhos.

— A placa dizer fechado, e agorra eu estar fechado. Todo mundo, forra. Focê, não trrazer esse mortalha de folta. Parra mim ser muita perturbador.

— Você não leu minhas folhas — disse Rasia levantando-se.

— Eu estar sendo arrebentada. Seu amiga é muito obscurra, a aurra dela estar ferrida. Meus olhos estar doendo. E aquele pano! Quem pode se concentrrar? Além disso, com focê é semprre *Quentin, meu Quentin*. Redundante demais. Trraga um fantasma nofo, como essa dona, ou fá prrocurrar outrro fidente.

— Quanto eu lhe devo? — perguntou Winnie, feliz por se livrar daquilo. Mas ele não quis aceitar nem um tostão.

— Não se isso estar enfolfido — disse ele, apontando os dedos para o pano tirado da chaminé. — O que quer que esteja enfolfido nisso é demais parra mim. Não querrer me enfolfer. Agorra saiam, por fafor, estou cansada, meu cabeça dói. Será que eu estou fazendo um show aqui? — Ele bateu a porta na cara dos três visitantes, que desceram a escada até a Cowcross Street, recém-branqueada pela nova carga de luz do sol que se derramava.

— Bem — perguntou Rasia. — Satisfeita?

Winnie só conseguiu rir, mas era um riso meio falso; sinalizou para Rasia ir na direção do metrô, dizendo:

— Da próxima vez vamos fumar um pouco de peiote e tentar contatar algum arcanjo, xamã ou bodisatva. — Ela não queria voltar para o subterrâneo, ainda não. Rasia jogou beijos no ar e desapareceu. Então Winnie percebeu que o outro cliente estava espreitando atrás dela, quase ao lado.

— Desculpe aquilo — disse ele. — Eu abortei sua sessão.

— Eu não estava gostando muito do que recebi, mas o que recebi foi de graça, graças a você. Acho que lhe devo.

— A placa dizia fechado, e eu não pretendia invadir. Realmente quebrei aquela fechadura? Acho que não. Quebrei? Não sou exatamente o Incrível Hulk. — Ele riu de si mesmo. — Sou mais provavelmente o Corriqueiro Hulk. — O sujeito não era exatamente gordo, mas era... Winnie pensou na palavra certa. Corpulento. Era bom, pelo menos por um momento, estar dividindo a calçada com um homem que parecia capaz de jogar o fantasma de Jack, o Estripador, na sarjeta se ele tivesse *cojones* de aparecer deslizando.

Então uma chuvinha começou a cair, numa missão de busca e encharcamento; o outro lado da rua ficou seco e até ensolarado.

— Droga, larguei meu chapéu de chuva Old Navy — disse ele, passando a mão nos cabelos ralos de modo que pareceu um tufo de grama fina. — Teremos de voltar.

— Você terá de voltar — disse ela. — Não estamos juntos.

— Ele não vai abrir a porta para mim. Por favor, é meu chapéu predileto. Depois eu lhe pago um café.

— Faço isso com a condição de você não me pagar nenhum café e cada um ir para o seu lado imediatamente depois.

— Trato feito.

Mas ao ver que eram eles, Ritzi falou:

— Vão emborra, o que ser isso, uma conspirração? Não querro fer aquela mortalha de nofo! Fou chamar a polícia e mandar prrender focês. Estou fechada parra negócios. Estou fazendo a sobrrancelha.

Ele bateu a porta.

— Nada de chapéu — disse Winnie.

— Que mortalha? — perguntou o americano.

— Ainda está chovendo, você gostaria de pegar emprestada a tal mortalha no lugar do chapéu?

— Prefiro café. Reconsidera?

A pouca distância do prédio de Ritzi encontraram um restaurante minúsculo. Estava quase deserto, a não ser por uma velhíssima garçonete barriguda, que cantarolou:

— Vocês são muito seráficos para sair no tráfego — enquanto vinha dos fundos.

— Um chá completo, com creme. Dois — declarou o sujeito corpulento.

— Nós fazemos sanduíches frescos. Maionese de ovo, ameixa e abacate, cordeiro com hortelã, queijo e picles, frango. Pode escolher o pão: comum, ciabatta ou foccacina.

— Não se faz chá com creme no centro de Londres?

— Pobres coitados, não. Desde a Blitz. As vacas fugiram.

— Eu não sabia que alguém ainda dizia "pobres coitados". — Ele achou um encanto.

— Só com os americanos. Eles gostam disso e dão boas gorjetas. — A mulher fez beicinho para os dois, não demonstrou surpresa quando optaram apenas pelo chá, e se afastou bamboleando e cantarolando.

— Irv Hausserman — disse ele.

— Opal Marley — respondeu ela.

— É um prazer, *et cetera*. Como é aquele cara como vidente, por sinal?

— Você deveria experimentar e ver.

— Se eu tivesse feito isso ele diria: "Você deixará seu chapéu para trás, e eu o devolvo por quarenta e oito libras mais impostos."

Ela riu. Era um alívio rir de praticamente nada.

— Que segredos você gostaria de ver se ele seria capaz de farejar?

— Nenhum. Sou tedioso e não tenho segredos. Só queria comprar uma coisa. Ele negocia com material fora de catálogo, publicações efêmeras, na maioria chocantes e medonhas, mas algumas coisas boas com algum interesse histórico também aparecem, por isso dou uma olhada sempre que estou na cidade. Ele é um negociante esperto. Aposto que ainda tem o panfleto que eu quero. Terei de voltar amanhã e ele dirá que passou a tarde procurando outro exemplar para mim. Depois vai me cobrar cem libras, dizendo que está em melhor condição do que o outro que acabou de vender. Não posso culpá-lo.

Ele era da Universidade de Pittsburgh, Departamento de História, professor adjunto, ainda não titular porque tinha entrado no ramo tarde, depois de uma carreira como gerente financeiro de várias empresas de alta tecnologia que decolaram e afundaram uma depois da outra, antes de ele ter chance de sair com algum no bolso. História era um ambiente muito mais sóbrio e seguro.

— Qual é o seu campo? — perguntou ela.

— Medievalismo ocidental, inglês, franco, normando, da época dos monges até a época dos parlamentos. Aproximadamente. Os garotos fazem meu curso querendo escrever ensaios sobre *O nome da rosa* e os mistérios do irmão Cadfael. Quando digo que a visão de mundo do irmão Cadfael é decididamente pós-freudiana, eles acham que estou difamando os mortos antigos. Nos guias dos estudantes eu tenho notas altas porque lhes dou notas altas: a inflação de notas é contagiosa. Mas não vendo minha idéia antiquada, minha idéia pré-moderna de história. Ainda acho que a história é realmente o estudo de como mudamos, e mesmo de como a psicologia humana muda. E não de como todos somos universais e intercambiáveis através das eras. E você?

Ela balançou a colher no chá cor de argamassa e pensou na campanha de relações públicas. Não tinha motivo para desconfiar dele. Então por que havia começado com um álibi? Instinto? Neurose? E não era um álibi, era uma mentira: dê o nome certo. Um hábito que estava ficando cada vez mais entranhado. Por que não conseguia abandoná-lo? Uma pergunta que deveria ter feito a Ritzi Ostertag.

— Me recuperando de um casamento partido.

— Ah, isso.

— Não é de preocupar. — Ela se apressou em improvisar um caminho para fora do perigo. — Não partido no sentido tradicional. Na verdade só meio esgarçado. Ele está descansando num rancho no Arizona e eu estou tirando folga por dois meses. A umidade dos invernos ingleses é exatamente o que ele não suporta. É como Jack Sprat e a mulher; ele não consegue respirar mofo e eu acho o calor seco do sol tão estupidificante, que me faz beber gim às dez da manhã.

— De modo que o médium feliz está...

— Ritzi Ostertag — ela não pôde resistir —, um médium feliz, ou pelo menos "gay".

Ele piscou. Winnie suspeitou de que o sujeito voluntariamente não a acompanhava. Não o culpou; ela estava sendo débil.

— Levei para ele um tecido que encontrei — falou, tentando algum tipo de honestidade. — Para me divertir e porque estou entediada.

— Porque sente falta de seu marido.

— Sinto. — Ela o olhou nos olhos, para o caso de o sujeito estar tendo idéias.

Mas ele a encarava de modo agradável, agradável e sem qualquer brilho de interesse predador.

— Não se preocupe comigo. Eu admiro as pessoas que ficam com os cônjuges.

— Quer dizer que você não fica?

— Não quero dizer nada do tipo. Posso ver o tecido?

Ela o pegou. Nessa atmosfera o material parecia mais quebradiço, imundo, mais uma coisa de celeiro.

Ele o olhou atentamente, como se pudesse ler uma linguagem das dobras e tramas. Depois o empurrou para longe.

— Não sei nada sobre tecidos.

— Tremendo historiador!

— Parece antigo — disse ele. E riu. — Sou melhor historiador quando se trata de ler livros do que de ler artefatos, admito.

— Qual é o seu campo específico? Sua idéia fixa na profissão.

— Aspectos do sobrenatural no pensamento medieval. Como os conceitos cristãos do sobrenatural decorrem em parte de origens que remontam ao fim da Antigüidade. Como os escribas e bispos encontraram mitos e lendas romanos e teutônicos e os colocaram de modo hábil sobre a teologia e o folclore hebraico e cristão primitivo. Como parte desse folclore era incompatível, como a Igreja o usou assim mesmo, esse tipo de coisa.

— Por que não se interessa pela história das... ah, panelas de cozinhar? Ou a migração de populações nômades? Claro que seu campo é o oculto. Naturalmente, sobrenatural. Tudo é, hoje em dia. Estou me sentindo bem paranóica.

— Não há nada de estranho no sobrenatural como campo de interesse. Nem em compartilharmos esse interesse. Nós nos conhecemos na sala de um vidente, afinal de contas.

— Mas você acredita em alguma coisa disso?

— Você está perguntando se eu pediria para ler minha mão, para jogarem I Ching para mim? Meu destino nas cartas, nas folhas de chá? Na bola de cristal? Asneira. Asneira, idiotice, conversa fiada. Bobagem e absurdo. Quer mais? Estultice. Praticamente nem acredito na internet. Não consigo sequer pensar em linhas de força, círculos em plantações e coisas do tipo.

— O que o torna bom no serviço. O cético apreciador. Publica muito?

— Demais, nos periódicos errados.

Mas ela percebeu que não queria falar sobre publicações.

— Tenho de ir.

— Você acredita em alguma coisa dessas, caso contrário não estaria aqui — disse ele. — Tudo bem. As pessoas acreditam em coisas diferentes. Algumas acreditam em sonhos e vozes. Acho que sonhos e vozes são importantes, mas principalmente como um modo de a psique atrair nossa atenção, só isso.

— Você já viu algum fantasma?

— Se tivesse visto teria de ser um crente, e você já sabe que não sou. Claro que não vi. Mas as pessoas na Idade Média achavam que viam, o tempo todo.

— Talvez a inocência deles lhes permitisse ver o que nossos olhos estão nublados demais para enxergar.

— Há mais coisas entre o céu e a terra, *et cetera. Você* já viu um fantasma?

— Tenho de ir — repetiu ela. — Nosso encontro foi um acidente e eu não vejo significado nele. Não estou procurando um flerte frívolo enquanto meu marido se recupera de uma doença pulmonar em Scottsdale. Obrigada pelo café. Eu deixo a gorjeta.

— Você parece ter visto um fantasma. Eu não quis dizer nada com a pergunta. Diabos, eu não identificaria um fantasma nem se ele me parasse e pedisse uma informação.

O dia estava bonito. Ela subiu a pé por todo o caminho até Hampstead, pensando em nada além do catálogo de fantasmas que se desenrolava em sua cabeça. Medievais, Jack, o Estripador, uma empregada irlandesa que ele podia ter matado, o fantasma de Marley, os Fantasmas dos Natais Passado, Presente e Futuro.

O fantasma do próprio velho Scrooge, espreitando na Casa Rudge?

O "ou isto ou aquilo" daquilo tudo.

Não, não estava pensando em fantasmas, de jeito nenhum. Agora o dia estava luminoso, com as nuvens expulsas para sudoeste em direção às terras baixas, a França, e mais além os Alpes, o Tirol, a grande planície do Danúbio. Todo esse entulho, esse absurdo, varrido com uma vassoura gigantesca, teias de aranha arrancadas do céu. O exercício sempre deixava sua mente mais esperta. O sol era um tônico misericordioso, a claridade de novembro era um tônico.

Pousaram em Bucareste muito depois do escurecer. Os Alpes atrás, física e mentalmente, se amontoavam e franziam em lentas ondulações sedosas de pedra e neve. O aeroporto estava sendo construído, ou demolido, ou as duas coisas. Os passageiros de chegada tinham de passar por cima de lajes de pedra largadas de qualquer jeito, tinham de evitar tropeçar em fios elétricos que serpenteavam para fora de paredes inacabadas.

John pegou-a pelo cotovelo — Wendy estava cansada, os assentos do avião eram encalombados e a comida, ruim — e, enquanto ela começava a se irritar, ele aproveitou a ocasião. Adorava os obstáculos do Terceiro Mundo, os carimbos de madeira batendo no passaporte, a pose das autoridades sem importância, o cheiro de esgoto a céu aberto. O mundo lhe parecia mais real ali.

— Este lugar é um caos total. Tudo se encontra no estado mais medonho — falou animado. O motorista esperava com um cigarro aceso na boca. Tirou do cinto mais dois cigarros, desamassou-os e ofereceu. Tinha uma linda falha entre os dentes. Seus olhos, por sinal, eram muito espaçados, e até as narinas pareciam separadas por quase três centímetros. E era de temperamento bovino, além do físico. Dirigia como se só estivesse atrás de um volante há algumas horas, o que mais tarde eles descobriram ser verdade; seu irmão fora preso, por isso pegou as chaves e aprendeu a dirigir a caminho do aeroporto. Seu nome era Costal Doroftei.

Levou-os ao melhor restaurante da cidade e abriu a porta para eles, anunciando que esperaria lá fora enquanto comiam. Eles eram os únicos clientes num grande salão quadrado, Segundo Império, precisando tremendamente de reformas. Doroftei voltou da calçada quase imediatamente, percebendo que não tinha lhes dito exatamente onde estavam. O restaurante Capsa. Pegou uma cadeira e se juntou a eles. John ficou empolgado, lembrando-se de personagens da *Balkan Trilogy,* de Olivia Manning, comendo ali. Wendy decidiu que os personagens de ficção aparentemente haviam consumido tudo o que havia para comer no país. O garçom, respondendo à pergunta deles sobre o que havia de melhor no cardápio, descreveu prodigamente algo que pareceu Muscat Otonel, peru com cogumelos em vinho branco doce, mas exatamente como num filme barato concluiu a descrição admitindo que o cozinheiro não deixara nenhum. Só podia oferecer, na verdade, sopa de bucho de boi.

— Não precisamos comer, estamos cheios da comida do avião — disse Wendy com firmeza.

Doroftei levou-os num passeio noturno pela capital. Era uma sorte os dividendos da paz ainda não terem sido pagos em lugares tão distantes quanto Bucareste, porque as ruas estavam quase vazias de carros. Isso significava que Doroftei podia oscilar de um lado para o outro enquanto tentava dominar os controles, colocando em perigo apenas os poucos pedestres que tinham o azar de estar indo para casa nessa noite muito fria.

— Você vai se lembrar de cada detalhe disso — observou John, delirante de alegria enquanto quase atropelavam um homem idoso empurrando um carrinho de mão cheio de roupas velhas.

— É exatamente disso que eu tenho medo — respondeu ela.

Quando Winnie chegou a Hampstead, estava ofegando e teve de parar num café e tomar uma bebida gelada. Anotou mentalmente as coisas que ainda precisava fazer antes de mergulhar ainda mais no romance sobre Jack, o Estripador. Iria até o Royal Free verificar o estado de Colum Jenkins; agora ele já devia estar recebendo visitas. Diria a ele que Mac estava perigosamente doido e que, de qualquer modo, tinha desaparecido de vez. Tentaria pela milésima vez conseguir notícias no escritório de John.

E assim teria feito tudo o que era possível, e para o diabo com ele. Iria se engajar no trabalho e começar a percorrer a Angel Alley, a Thrawl Street, a Brick Lane com o fantasma de Jack, o Estripador, na mente. Com sorte a mente narrativa acordaria e pegaria o que fosse possível.

Alguns dias na cidade grande mais do que bastavam. Uma hora mais do que bastaria, verdade: ela estava ansiosa para ir em frente. Mas tinham de seguir a programação dada.

Mas finalmente saíram, começando a viagem de carro, circulando, cada vez mais perto. Filas para gasolina na rodovia. Algumas árvores podadas e caiadas de branco até a altura dos ombros, como aléias na França rural. Doroftei cantando canções de Natal para eles, porque a neve começou a cair. Indo para Brasov. Na auto-estrada a neve parecia cinza como o pão. Mas assim que saíram da estrada, nas áreas rurais, ela ficou mais branca: neve densa e pesada no chão, como se carregada por ventos do próprio coração das estepes siberianas.

— Indo para Poiana Brasov. É o plano — disse Doroftei. — Significa Clareira Ensolarada. Cansaço e monotonia desaparece. Nós descansa e espera.

— Não quero esperar — reagiu Wendy. — Por que devemos esperar?

— É o plano. Confiem em mim. — Ele fumava como se esperasse morrer de câncer de manhã.

Na porta da frente da Casa Rudge o corretor estava acabando de entrar com outro casal.

— Ah, uma vizinha — disse ele, e os empurrou pela entrada antes que Winnie tivesse chance de estragar o negócio, de propósito ou por acidente.

— Ah, é você de novo — exclamou a sra. Maddingly. — Poderia dar um pulo aqui e procurar o Geléia?

— Não faço a mínima idéia de como achar um gato — disse Winnie.

— Tudo bem, ele não faz a mínima idéia de como ser achado, de modo que vocês são feitos um para o outro. Seria uma gentileza.

— Eu tenho trabalho a fazer — disse Winnie, como se tivesse (bem, tinha, se conseguisse chegar lá), mas se deixou ser levada para a casa da velha, que no mínimo parecia mais desarrumada e cheia de legendas do que antes. ONDE ESTÁ VOCÊ, GELÉIA?, dizia um bilhete. ESTOU FALANDO SÉRIO, VOLTE, dizia outro. A PORCARIA DOS COMPRIMIDOS, dizia um terceiro.

— Sente-se — falou a sra. Maddingly.

— Vou ficar de pé — respondeu Winnie, depois de notar que cada cadeira tinha uma instrução grudada no assento: SENTE-SE AQUI ou NÃO SE ESQUEÇA DE DESCANSAR DE VEZ EM QUANDO, É APENAS QUINTA-FEIRA.

— O que você acha?

A sra. Maddingly parecia empoleirada numa idéia, pensou Winnie, como alguém que quisesse tremendamente uma bebida com uma azeitona dentro. Winnie tentou ser paciente.

— Sobre o gato? Não sei. A senhora tem alguma idéia?

— Idéias eu tenho muitas, mas idéias!... — Ela balançou a mão, como se estivesse perfeitamente cônscia de como estava ficando demente. — O que eu quero é pele e garras, e não idéias!

— Os outros gatos estão por aí, imagino.

— Por aí, imagino, sim, eu diria que estão.

Winnie não via nem ouvia nenhum deles, mas o cheiro nítido da casa estava recentemente renovado, até mesmo maduro.

— A senhora olhou lá fora?

— Ele não é um gato de fora — disse a sra. Maddingly com irritação súbita. — Quantas vezes tenho de lembrar?

— Será que ele não morreu embaixo de um móvel?

— Não sei. Mas seria uma vergonha ter feito isso.

— Todos os gatos morrem. Quer que eu me abaixe para olhar? — Considerando a desarrumação da casa, ela sentiu um certo medo do que veria, mas depois de embarcar numa missão de caridade era difícil justificar a mudança de rumo.

— Eu sei que todos os gatos morrem. Não sou idiota. Mas se fosse a vez dele eu gostaria que o sujeitinho me avisasse. Daria a ele um recado para o Alan.

— Ah, Alan? — O marido, isso mesmo. — Que recado? — Winnie estava de quatro, olhando embaixo de um aparador velho. Nenhum gato. Mas vários frascos de comprimidos tombados. Deixou-os ali; podiam ter anos e ter ficado venenosos.

— Se eu for para um hospital, tenho medo de que cortem meu cabelo — disse a sra. Maddingly.

— A senhora não vai para o hospital. Por que iria?

— Sou uma velha doente, e isso vai acontecer antes do que eu imagino. Mas, e se cortarem meu cabelo? — Ela começou a chorar. Meu Deus.

— A senhora vai ficar ótima mesmo que façam isso. Mas não vão fazer. Eles não fazem coisas assim.

— Podem fazer. E aí eu morro de vergonha, provavelmente, e vou para o céu ou... Brighton, ou sei lá onde Alan está, e ele não vai me reconhecer sem cabelo!

— Por favor, eles não vão tocar no cabelo.

— Você diz para não fazerem isso?

Ela trincou os dentes.

— Digo. Devo procurar nos outros cômodos?

— Se quiser — respondeu a sra. Maddingly em dúvida, apertando o suéter em volta dos ombros como se tivesse medo de que Winnie fosse propor uma revista corporal.

Winnie começou a abrir portas e perturbar trechos de ar frio armazenado, em cômodos onde as janelas não estavam bem presas nos caixilhos ou o aquecimento estava quebrado. Redemoinhos de frio com cheiro de lavanda, em alcovas imersas em sombras e cômodos com cortinas pesadas. Pensou ter visto a ponta de um bigode de gato, mas na verdade não conseguia enxergar grande coisa. E não tendo conhecido os outros gatos, como iria reconhecer Geléia quando o visse?

Sentiu uma certa simpatia pelo pobre defunto Alan, remelento, tentando identificar sua esposa abandonada enquanto ela passasse pela Triagem junto com as fileiras de centenas de milhares de outros velhos.

— Será que ele vem se eu chamar? — perguntou Winnie. — Geléia? Gatinho?

— Eu falo com ele o tempo todo — gritou a velha da sala de estar. Uma rolha saiu de um gargalo de garrafa, com barulho de sucção.

Então Winnie o viu, um clarão num espelho vitoriano na semi-escuridão do *boudoir* da velhota. Chamar aquilo de espelho era um exagero: o vidro estava empenado, fosco e riscado. Na turva recitação revertida da realidade, Winnie captou apenas o movimento de uma cauda. Um olho como uma bolota de bronze fundido. Viu uma fatia de riso felino sem ver qualquer coisa tão reconhecível quanto uma boca pequena, perfeita, com seus pequenos dardos no lugar de dentes. Era como o Gato Cheshire — o sorriso sem o gato, o atributo sem o sujeito. Desdém flutuante.

E sumiu.

— Ah, queridinho, venha — disse Winnie. — De que você está com medo? Sua velha mãezinha está ficando doida de sofrimento. Venha. — Ela levantou a voz. — Quer um pouquinho de sardinha em lata ou fígado, alguma coisa com cheiro?

— Para mim, não, já tomei o café.

— Estou falando com o gato. Aqui, gatinho.

A sra. Maddingly não respondeu. Talvez tivesse esquecido o que Winnie estava fazendo.

— Ah, bem, acho que outra gotinha não vai fazer mal, não é? — estava dizendo para si mesma. O som de xerez gorgolejando no copo.

— Aqui, gatinho — disse Winnie.

Acendeu um abajur ao lado da cama; a lâmpada, todos os dez watts, piscou. Winnie inclinou a cúpula, um cone de papelão cor de canela, para tentar conseguir um pouco mais de luz. Alguma coisa estremeceu. Um monte deslizante de camisolas de velha, as superfícies de náilon sussurrando umas contra as outras.

— Venha, gato; não faz sentido ficar apavorando a velhota até ela pirar de vez. Deus sabe que ela já está mais para lá do que para cá. — É, ela e mais quem?, pensou Winnie: aqui está você, toda nervosa por causa de um gato?

Temendo uma garra cortante, Winnie pegou um andador que sem dúvida a velha usava para sair da cama. Tocou o monte de roupa suja com a perna do andador. Depois estendeu a mão e puxou uma bainha. O pano de cima se ergueu num ângulo, grudado em alguma coisa que não dava para ver. Com um som de rasgado, ele saiu. Uma mancha de xerez seco ou outro líquido mais íntimo, colando uma roupa na outra? A borda mais distante da roupa seguinte se ondulou; o gato estava recuando por baixo.

Ela recitou um poema para acalmar os nervos.

Gatinho, gatinho, onde você esteve?
Fui a Londres ver a rainha.
Gatinho, gatinho, o que fez lá?
Assustei um ratinho...

Conteve um ofegar quando puxou a camisola de cima.

Dois, depois três gatos surgiram, com sangue grudando os pêlos à camisola embaixo. Cada um deles tinha ferimentos na cabeça ou no pescoço. Tinham sido mordidos. E estavam mortos há tempo suficiente para ficar rígidos. O cheiro era atroz.

— Ah, meu Deus.

A camisola estremeceu mais um pouco, e o gato vivo embaixo se flexionou e reclamou numa voz mais aguda do que, na experiência de Winnie, era costumeira para um gato. Ela segurou o andador na frente do corpo, pronta para acertar sua ponta emborrachada na cara do animal, caso ele a atacasse. Então puxou a roupa. O gato era de uma cor de caqui queimado, como uma antiga casca de laranja. Parecia ter o dobro do tamanho real, sibilando, com as costas parecendo um arco de espinhos irradiando-se.

Ela tentou falar em voz calma, como se o gato pudesse se importar se ela gritasse ou não.

— Calma, menino, o que aconteceu com os coitados dos seus amigos? — Geléia, se é que era ele, lançou-se no ar. Mesmo contra a vontade Winnie levantou o andador, num terror idiota; jogou o gato para longe. Ele caiu gemendo de dor ou com veneno, e cuspiu. Em seguida cravou a cabeça no pescoço de um dos gatos, sujando-se de sangue e gosma, e antes que Winnie pudesse ver o que tinha acontecido, o gato desapareceu. Desapareceu? Ela levantou o abajur, ofegando. Não — não estava alucinada, ainda não —, o gato tinha se espremido atrás de um pedaço de lambri e se enfiou no entulho de madeira antiga e reboco deteriorado.

— Sra. Maddingly — disse Winnie. — Acho que encontrei seus outros gatos. E odeio dar a notícia, mas acho que eles estão mortos.

— Não é com eles que estou preocupada. Todos já foram identificados em segurança. É o meu querido. Você o viu?

— Ele é laranja? Acho que sim. É melhor a gente se livrar dos cadáveres.

A sra. Maddingly entrou arrastando os pés. Espiou os animais.

— Certamente elas estão só dormindo, não é? Elas gostam de ficar cochilando, você sabe. Os gatos são assim. Dormem o dia inteiro. Eu escuto quando elas ficam cabriolando à noite, depois de ir para a cama e apagar a luz.

— Acho que elas cabriolaram mesmo.

— Bem, andaram cabriolando um tempo; elas eram calmas há anos, todas — disse a sra. Maddingly. — Eram damas educadas. Olhe só, todas descansando em paz.

A sra. Maddingly se concentrou tomando um gole de algo medicinal e foi à cozinha localizar uma vassoura e uma lata de lixo.

— Acho tudo isso difícil de acreditar — disse Allegra Lowe quando Winnie recuperou o controle e ligou para fazer mais tentativas de saber algo sobre John.

— Você está sugerindo que Geléia matou os companheiros?

— Nunca ouvi falar de um gato matar outro. Você já? — perguntou Winnie.

— É horrível, e eu estou com uma cliente à porta — disse Allegra, como se Winnie estivesse inventando, e desligou.

Winnie tinha levado as ferramentas para um dos lados e arrumado a cozinha de John do melhor modo que pôde. Quando foi ao hospital Royal Free para perguntar por Colum Jenkins, disseram que ele fora levado por alguém da família havia vários dias. Os funcionários se recusaram a dar o endereço.

— Mas ele estava bem? — perguntou Winnie.

— Se não estivesse não teria alta — disse o funcionário.

— Bem, os casos sem esperança, você sabe. Quando mandam alguém para casa para morrer. Esse tipo de coisa — disse Winnie em tom de desculpas, antes de ir embora.

Dadas as peculiaridades da vida na Casa Rudge, os gatos mortos, a loucura cada vez maior da sra. Maddingly, estava começando a parecer totalmente plausível que o primo de Winnie tivesse desaparecido sem deixar o novo endereço. Mas o que havia a fazer com relação a isso? Winnie tornou o lugar o mais habitável que pôde. Relutante em ligar o *laptop*, estabelecia pequenos exercícios diariamente, tentando começar a história de Wendy Pritzke e sua obsessão por Jack, o Estripador. Mas enquanto ia de metrô para Aldgate num dia tremendamente úmido, com um panfleto de turismo anunciando os locais freqüentados por Jack, o Estripador, no bolso de dentro do casaco, ocorreu a Winnie que Wendy Pritzke parecia ter saído de Londres.

Winnie não acreditava na escrita como uma espécie de mediunidade, em nenhum sentido. Era uma batalhadora, uma operária, uma labutadora. No entanto geralmente conseguia incitar um personagem para dentro da consciência insultando-o um pouco, desafiando-o a responder. Nesta viagem não era assim. Como John Comestor, Wendy Pritzke parecia ter desaparecido, como quando a coisa, o trapo, a mortalha, fora exumada, desabrigada. Wendy já estava longe, no interior da Romênia, pelo que ela sabia.

Mesmo assim trabalho era trabalho. Talvez um pouco de tórrida cor local, alguma coincidência de soslaio, revelaria Wendy Pritzke ou suas intenções, ou a coisa que a ameaçava, no que restava da Londres do Estripador. Winnie sentia-se cada vez mais em dúvida, mas este era o seu trabalho. Não podia ficar sem fazer nada.

O ponto final do trem da Linha Metropolitana era em Aldgate. Ela foi largada numa das extremidades de um shopping suburbano que parecia se enfiar na direção certa, seguindo a linha da High Street de Whitechapel acima e indo até a Commercial Street. Winnie não estava procurando grande coisa, não uma revelação de Jack, o Estripador; certamente não um fantasma de verdade, mas um pouco de superposição interessante, o tipo de coisa que nas mãos de outro poderia gerar uma divertida matéria turística para a *New Yorker*. Qualquer coisa poderia ser um germe. Qualquer coisa poderia ser uma febre alta. Só quando a febre atacava havia uma história.

Mas mesmo tendo assentado a mira na Thrawl Street, porque adorava o nome, começou a perder o ânimo assim que emergiu da fluorescência vítrea do shopping para as ruas sujas acima. A Commercial Street parecia muito paquistanesa para ela.

Thrawl Street, Angel Alley, Gunthorpe Street. Mulheres passando para a prostituição por causa da pobreza e da falta de teto. Todos os perigos, toda a gigantesca solidão, todos os badulaques do amor sem nada do afeto. Martha Tabram mutilada, esfaqueada 39 vezes depois do "treme-coxa barato e rápido", informou sua amiga Pearly Poll à polícia. Todos aqueles órgãos derramados no chão, toda aquela simples necessidade de dinheiro para que a mulher pudesse passar uma noite dormindo num colchão abrigada do vento.

Infelizmente a Thrawl Street não tinha grande coisa para dizer a Winnie, ou pelo menos nada de útil. Parecia ter sido sufocada em prédios de tijolos vermelhos e tetos belamente inclinados. Das portas brotavam os fantasmas do *curry* passado, presente e futuro. Ao meio-dia o lugar estava praticamente deserto, e ali não havia uma semente, nenhum ponto de partida. Todo o distrito estava aéreo e desolado.

A solidão desmoronou sobre ela. Passou por lojas de comida indiana para viagem e sapatarias a preço de desconto, sentindo Jack, o Estripador, se dissolvendo, o mistério de sua indecência mantendo-se além da capacidade de invocá-la ou descartá-la. Desistiu, sentindo-se como se, ao abandonar a procura do fantasma de Jack, o Estripador, estivesse colocando sua indistinta Wendy Pritzke num risco maior. Mas Winnie não sabia o que mais fazer. Voltou a Hampstead.

Naquela noite preparou uma bebida forte e estabeleceu para si mesma a tarefa de se lembrar do nome do amigo de John. Quando acordou tinha conseguido: Britt Chalmers. Estava no catálogo, hurra! Chalmers, Girdlestone Walk, Highgate. Esperou até as respeitosas dez horas da manhã de sábado e o acordou.

— Ah, desculpe — disse toda animada. — Eu sempre acho que as pessoas não querem ser acordadas por telefone hoje em dia e baixam o som da campainha ou desconectam a tomada. Mas aí está você. Já que atendeu, Britt, preciso descobrir onde John Comestor está.

— Quem é? — perguntou ele, grogue.

— Winifred Rudge. Nós nos esbarramos um dia desses, no Café Rouge. John ainda não apareceu e há um monte de coisas esquisitas acontecendo aqui.

— Ah. É, eu lembro. Bem, acho que não posso ajudar muito. O cara cuida dos negócios dele com o segredo do MI-5. Tenho certeza de que ele nem de longe é tão cheio de feitos heróicos quanto quer que a gente acredite. Provavelmente está plantando uma cerca viva em algum chalé escondido em Cotswolds. Quanto tempo você vai ficar?

— Um tempo, ainda. — Ela se sentiu rígida e ligeiramente paranóica, porque ele estava escondendo alguma coisa. Dava para ver, mas não para provar. Continuou: — Um bom tempo, acho. Ou talvez não. Também tenho MI-5 no sangue, acho. Afinal de contas nós somos primos.

— É. Certo. Bem, então... — Ele desligou.

— Aqui é Rice.

— Malcolm Rice. Aqui é Winnie Rudge.

— Sim. Ah, sim. Você ainda está aí ou foi embora e já voltou?

— Ainda estou. Olha, odeio ser chata, mas estou ficando sem idéias. Já vai fazer duas semanas e ainda não há sinal de John, nenhuma palavra, nenhum telefonema. Ele fez contato com você?

Houve uma longa pausa. Winnie imaginou o velho examinando as cutículas, tentando se lembrar das instruções.

— Srta. Rudge, você acha que ele a está evitando?

— Nem de longe, Malcolm. — Ela usou o primeiro nome dele como um insulto. — Que motivo John teria para isso?

— Ah, quem sou eu para especular? Ele simplesmente não parece o tipo de sujeito que entraria numa encrenca séria. Você não deixou passar nenhum bilhete? Não anotou errado as datas na agenda?

— Será que devo procurar a polícia? Não quero ficar levantando suspeitas sobre ele no trabalho.

— Não é da minha conta dizer o que você deve fazer ou não, srta. Rudge. Se me der licença, estou com convidados na sala. Não tenho mais nada a dizer. Não se incomode em ligar de novo; se eu tiver algo a dizer, faço contato.

Estou me transformando num incômodo, pensou ela. Mas o que mais posso fazer?

Ligou para Rasia. O telefone foi atendido por uma criança que, depois de alguma provocação, admitiu seu nome.

— Tariq.

— Tariq McIntyre — disse Winnie. — Posso falar com sua mãe?

— Não. — Tariq ofegou asmático, esperando.

— Por favor?

— Ela não está. Ela... — mas respiração ofegante. — Saiu.

— Ah. Quem está cuidando de você?

— Navida.

— Sei. Bem, você vai se lembrar de dizer que eu telefonei?

— Dizer o quê?

— Que eu telefonei. Winnie. Você consegue lembrar? Tudo bem. Eu é que fui aí e a gente ficou escutando barulhos no armário, lembra? Sua mãe disse que algumas vezes ouvia um gato. Ah, vocês não ouvem mais gatos, não é? — Ela imaginou Geléia rompendo a parede compartilhada, entrando no apartamento dos McIntyre e fazendo com o pobre bebê McIntyre o que podia ter feito com os gatos da sra. Maddingly. Era um pensamento estúpido, idiota, mas que não queria ir embora. — Tem um gato no seu apartamento? Você viu algum gato? Não chegue perto dele. Você está sozinho? Deixe-me falar com Navida.

— Não pode.

— Ah, é importante. Deixe-me falar com Navida.

— Não pode. Ela não pode.

— Por quê?

— Está no banheiro.

— Ah. E o neném, onde está?

— Com mamãe.

— Tariq. Tariq. Escute. Você viu algum gato no seu apartamento?

Tariq demonstrou uma versão infantil do mesmo tipo de ruminação silenciosa feita por Malcolm Rice. Como se fosse condescendente com ela.

— Bem...

— Tariq, viu ou não viu?

— Meio que um gato.

— Tariq, responda. Viu ou não?

— Não quero mais falar com você — disse ele. E desligou.

Ela circulou o quarteirão e bateu na porta. Navida e Tariq não a deixaram entrar. Allegra Lowe veio à janela e olhou da cozinha, com as mãos cobertas de pó de gesso. Com uma fungadela cheia de desprezo desapareceu e um minuto depois abriu a porta da frente.

— É você; está se tornando uma espécie de agregada aqui?

— Ah, sei que você me acha doida. — Ela falou rapidamente porque sabia que as palavras a comprovariam como lunática, e não podia evitar. —

Estou preocupada com a hipótese de o velho gato da sra. Maddingly ter achado um caminho pelas paredes e entrado neste lado da casa. Você ouviu alguma coisa? Algum miado?

— Só há uma coisa miando, e não é bonita.

— Ah, pára, *pára* com isso. Você não viu aqueles gatos mortos. Deixe-me entrar, Allegra. Aquelas crianças estão sozinhas lá em cima.

— Winnie, se não se incomoda por eu ser grosseira, isso não é da sua conta.

— É absolutamente da minha conta e eu me incomodo em você ser grosseira. — Ela estava pronta para se ofender com tudo. — Vai me deixar passar? Só vou lá em cima um instante.

Mas antes que elas pudessem começar uma briga, Rasia veio andando pela calçada, com o bebê preso num suporte e o computador pesando no ombro.

— Olá. Uma festa! — exclamou ela. — Exatamente o que eu preciso depois de um longo dia. — Mas seu rosto estava anuviado e o bebê gemendo.

— Nem de longe é uma *festa* — disse Allegra, e saiu batendo os pés e a porta do apartamento.

— Não posso convidar você a entrar, deixei os pequeninos sozinhos e esta aqui precisa trocar a fralda. Que tal outra hora?

— Rasia, você viu algum gato no seu apartamento? Um gato laranja? Ouviu miados na parede, como há uma ou duas semanas?

— Nada de gato. E não tenho tempo. Por favor, Winnie. Eu preciso fechar esta porta.

— Só diga com certeza. Eu não estou sendo idiota.

— Vou fechar a porta agora.

Parecia não haver para onde se virar. Winnie tinha dobrado a mortalha do modo mais arrumado possível, dadas as bordas esgarçadas, e salpicado com uma boa quantidade de pastilhas de naftalina. Depois tinha enfiado numa bolsa plástica da John Lewis e amarrado as alças juntas. O pacote não anunciava a presença com nenhum fedor sinistro. Era apenas um velho saco de batatas que alguém tinha pendurado num prego, não importando o que Ritzi Ostertag tivesse dito.

Sentou-se à mesa da cozinha no apartamento vazio, escrevendo Wendy, Wendy, Wendy Pritzke, incapaz de encontrá-la.

Já haviam atravessado Ploisti, Cimpina e Sinaia, aquelas belas cidades eram apenas um fio de lembranças entre Bucareste e Brasov. Com que rapidez as lembranças podiam ser estabelecidas, com que firmeza podiam ser apagadas?

Em cada cidade onde paravam para passar a noite, Wendy e John tinham requisitado quartos separados, como convém a primos, mas na verdade eram primos por adoção, e não de sangue. Depois de sofrer separadamente os pingos frios que passavam por uma chuveirada, reuniram-se no quarto de Wendy. Ela se sentou no colchão calcificado, arrumado com lençóis e cobertores do modo usual, mas também todo envolto numa colcha branca em que fora cortada uma forma central, de modo que o cobertor embaixo aparecia como um losango de lã cor de crina de cavalo.

Winnie bebericou sua vodca cinzenta e cortou o lábio numa rachadura do copo.

— Então estamos aqui — disse John.

— Estamos. Sangrando e tudo.

— Você está inteira aqui?

— O quê?

— Não está caçando Jack, o Estripador, na mente?

— Meu trabalho é estar aqui. Deixamos essa fantasia muito para trás. Isto aqui é real.

— Está com medo?

— Só com muito medo, não com muito muito medo.

— Vai ficar tudo mais do que bem. É o início de tudo de bom.

— Não diga isso. — Ela chutou os sapatos para longe e se deitou na cama, não tanto relaxando ostensivamente na frente dele como tentando afastar o mal-estar na base da coluna depois de um dia inteiro no carro velho dirigido por Doroftei.

— Eu guardei um pouco de pão do almoço, está com fome? — perguntou ele.

— O pão é mais cinza do que a vodca.

— Você tem de manter as forças.

— Então mais vodca, querido.

Ele chegou à beira da cama e se empoleirou brevemente, com o traseiro repuxando a colcha, ondulando o algodão. Como é que os romenos conseguiam deixar a roupa de cama tão branca, quando a farinha era tão cor de cinzas? Ela não tinha comido praticamente nada além de biscoitos, desde que havia chegado.

Esperava que ele não ficasse na cama, e não ficou, porque Doroftei bateu na porta e John deu um pulo, culpado. Mas não havia do que sentir culpa, nada; nunca houvera.

— Hora da diversão — disse Doroftei. Tinha passado no cabelo algo parecido com óleo de motor, e a camisa estava jovialmente aberta até o segundo botão. — É um tempo ótimo para aproveitar, contem a todo mundo nos EUA e na Inglaterra, todos vindo para Clareira Ensolarada, Poiana Brasov, e sendo feliz.

— Nós temos de ser felizes esta noite? — perguntou ela em voz baixa, mas John é que tinha contratado o motorista por intermédio de contatos no trabalho; não podia deixar Costal Doroftei pensar que eles estavam entediados ou desinteressados por um instante.

— Quantas noites a mais nós temos? — perguntou John. — Vamos dar uma olhada.

Ligou de novo para o escritório de John. Desta vez tentou o número principal.

— Quem devo dizer que está ligando? — perguntou a telefonista.

Ela murmurou algo que mais parecia Wendy Pritzke do que Winnie Rudge.

— Não entendi muito bem — disse a mulher. — De que firma, por favor?

— Empresas Pritzke.

— Sei. Só um minuto, senhora. — Winnie foi posta em espera. — Sinto muito, o sr. Comestor está fora indefinidamente.

— Quando volta?

— Não tenho mais informações a dar sobre o sr. Comestor. Por favor, tente outra hora.

— Quando ele vai voltar? Eu não tenho o dia inteiro para ficar ligando...

Telefonou para Rasia.

— Olhe — disse Rasia. — Sei que você está passando um momento difícil. Mas eu estou mais do que frenética. Você amedrontou Tariq tremendamente, sabia? Não quero que fique ligando e provocando medo nele ou em Navida.

— Você deveria deixar que eu terminasse, Rasia. Sei que parece idiotice, mas há um gato solto em algum lugar do prédio. Não é minha imaginação. Eu vi os gatos que ele matou.

— Gatos não matam gatos. — Rasia parecia achar que Winnie é quem tinha feito aquilo. — Por favor, não me ligue durante um tempo. Eu tenho um trabalho novo que está tomando todo o meu tempo livre.

— Só uma coisa: prometa que, se esse gato atravessar a parede, vocês vão sair, vão dar o fora.

— Atravessar a parede como um fantasma? Como o seu velho Natal Passado? Como dizem nos seriados americanos, querida: Cai na real.

Ela desligou.

Toda Londres parecia em conluio para fazer uma coisa: desligar na cara dela. *Brmmmmmmmmmmm.*

— Ah, isso aqui é como Miami Beach ou algo assim. — O prédio era quase todo de concreto, como um centro de convenções, mas tinha uma aplicação de glacê de beirais de madeira e arabescos pintados, uma espécie de imitação de chalés bávaros. O estacionamento estava quase vazio, mesmo numa noite de sábado. Mesmo assim, engasgada de risos por ver Clareira Ensolarada à noite, Wendy não se sentia preparada para um passeio tão agradável. Assim que saíram do estacionamento, serpentearam por um caminho nevado sobre o qual tinham sido espalhados galhos frescos de pinheiro. As botas esmagavam as agulhas, e cada passo florescia com o perfume de resina que expressava o Natal. As estrelas espiavam e se insinuavam, mais brilhantes do que qualquer uma em Londres ou Boston, quase tachinhas, quase tridimensionais. John pegou sua mão.

— Um Natal para lembrar — disse ele.

— Ainda está longe do Natal — respondeu ela, friamente.

— É, mas tão parecido quanto um substituto. — Ele falava do Natal que os dois jamais compartilhariam. Ela assentiu.

— Ah — disse Doroftei —, isso é que é uma doçura; só falta boceta. — Ele sorriu para Wendy sem pedir desculpas, e ela sentiu que deveria assentir e concordar. Mas de repente ficou tímida.

O caminho levava a uma ponte de madeira. Pequenas luzes brancas enroladas nos postes e nas estruturas da ponte. O rio abaixo estava quase todo coberto de `neve, mas havia um barulho vítreo como de pedaços de gelo presos num gargalo de garrafa.`

`Ela queria ficar a noite inteira na neve, sobre os pinheiros, rodeada por luzes, numa ponte de menos de três metros, sob estrelas romenas, e guardar isso como lembrança. Não queria ir em frente até onde podia ouvir uma batida pulsante e antiquada de discoteca, pronta para esmagar totalmente a atmosfera.`

`— Bom que nem Natal — admitiu para John.`

Estava atarantada; com que freqüência isso acontecia? Em geral Londres parecia cheia e com cheiro de passado, tão saturada de atmosfera que às vezes até respirar era difícil — agora parecia sem ar. Será que deveria simplesmente voltar para Boston, desistir da idéia de um romance sobre Wendy Pritzke? Por que simplesmente não dar no pé? Abandonar qualquer responsabilidade que restasse sobre reformas domésticas numa propriedade que nem lhe pertencia, chamar um táxi, ir para Heathrow, passar no bar e pegar um copo de algo com uma rodela de limão ou uma cebola em conserva dentro.

Nada a chamava para voltar a Boston, isso era parte do problema. E a única coisa que realmente insistia com ela para ficar era o parasita fantasmagórico, ainda que ineficaz, que parecia infeccionar a Casa Rudge.

Por isso, alguns dias depois, se pegou de volta à porta de Ritzi Ostertag na Cowcross Street. Uma forte maré de patchuli não podia disfarçar o cheiro de inseticida para baratas. Se era necessário um exorcismo, de qualquer tipo, deduziu Winnie, fosse ectoplasma ou algum bicho, Ritzi Ostertag provavelmente não estaria à altura do serviço.

Ritzi ergueu o olhar de cima da caixa registradora onde estava anotando uma receita para uma chorosa mulher caribenha.

— Quatrro vezes por dia, chova ou faça sol, até o lua cheia — disse ele entregando um saco de papel. — E então verremos o que verremos. —

Ele revirou os olhos ao ver Winnie, mas com um gesto de cabeça indicou: *Sente-se, vamos converrsar.*

Ela tentou se fundir ao ambiente, mas o ambiente estava ocupado pelo historiador americano Hausserman. Winnie ficou surpresa com a rapidez com que se lembrou do nome dele. O sujeito estava folheando um velho volume empoeirado cujas páginas eram rebarbadas do lado e embaixo, e com um toque de ouro em cima.

— Ah, você — disse ele. — Se veio comprar este *Die Wundergeschichten des Caesarius von Heisterbach*, do início do século XIX, está sem sorte. Eu cheguei antes. Mas há uma duplicata de *Fantômes et revenants au Moyen Âge*, de Lecouteux, como prêmio de consolação.

— Estou aqui para que ele leia minha sorte.

— Pesquisa profissional ou cobiça de conhecimento num sentido faustiano?

— O silêncio do confessionário prevalece, acredito. Não é para a cera do seu ouvido, como dizemos em Simsbury, Connecticut.

— Entendo. — Ele assentiu com uma paródia de cortesia britânica derivada dos filmes da Merchant Ivory, e voltou a atenção para a página.

— O que você está procurando? — Winnie não queria conversar, mas não conseguiu se conter.

Ele piscou.

— Nosso caro Ostertag pode ser de veneta, mas sempre entrega a mercadoria, isso tenho de admitir.

Ritzi se aproximou.

— Não posso fer focê agorra — disse a Winnie. — Não posso me entrregar ao mundo dos espírritos.

— Eu espero até você terminar esta venda. Posso esperar.

— Focê está com prressa.

— Não estou não.

— Está, só que ainda nem sabe.

Ela soltou um riso que pareceu demais um guincho agudo. Depois deu de ombros. Irv Hausserman fechou o livro e negociou um preço.

Uma quantidade de notas macias e pálidas trocou de mãos e Ritzi anotou a transação, em seguida embrulhou o livro amorosamente num pedaço de musselina branca, e de novo em papel pardo com barbante.

— Que surpresa agradável encontrá-la de novo! — disse Irv. — Opal, não é? — Ele acenou uma despedida e saiu assobiando, passando o livro amorosamente de um braço para o outro. Ela odiou vê-lo ir, mas não conseguiu pensar em nada para dizer que pudesse retê-lo.

— Bom. — Ritzi Ostertag começou os floreios e meneios de seu número. — Uma nova trranca na porta desta fez, parra a gente não ser interrompida. Eu sei que focê folta. Aquele pano embrrulhou focê. Acho que falei parra não trazer de nofo.

— Sim, você disse.

— Mas focê desobedece Ritzi e trraz.

— Sim.

— Bom. Eu querro olhar com mais atenção. — Ele fez movimentos apressados, sacudindo as mãos. Winnie sentou-se e desembrulhou a coisa de novo.

Mesmo parecendo decidido a manter o sotaque desta vez, Ritzi Ostertag não tentou colocar uma iluminação com clima ou uma trilha sonora de música medieval. Acendeu várias luminárias e sentou-se a uma mesa como um joalheiro de Antuérpia examinando um velho diamante.

— Muito fortes... não sei... associações eu está captando. É estrranho. Amargo como rabanete.

— Ele é assombrado?

— Um pedaço de pano? Como um fragmento de pano pode ser assombrado?

— Como uma casa, uma floresta ou os sonhos de uma pessoa podem ser assombrados? Não sei. É?

— Este não ser minha árrea de especialização. Eu não ter talento parra essas coisas. Mas poder sentir um grrande... alguma coisa. Algum

Schreck. — Ele fechou os olhos e esfregou os dedos no tecido muito suavemente. Era como um conhecedor de vinhos provando sua habilidade com uma misteriosa bebida antiga. — Posso dizer muito pouca coisa sobrre isso, mas capto alguma coisa sobrre focê. Acho que isso é sobrre focê, mas não sei bem.

— Este pano não pode ter a ver comigo. Eu só ajudei a encontrá-lo.

Ele respirou fundo, longamente.

— Ah, a pobrre coitadinha. O que quer que seja. Focê, ou ela, ou serrá que eu disse da última fez que erra alguma coisa feminina? É, acho que erra.

— Você acha que era...?

— A mortalha de uma jovem.

Ele abriu os olhos. Suas mãos vinham se mexendo como se estivessem sobre um teclado, e pararam. Olhou mais atentamente e levantou o tecido.

— Que drroga de olhos ruins. Não é difertido enfelhecer. O que ser isso?

— Não estou vendo nada.

— Eu posso sentir. Acho que posso fer. Focê, olha, se focê segurrar o pano parra a luz bater em cima... um desenho. Está fendo? Uma letrra, talfez, um númerro? O que é?

A princípio ela não podia ver, mas depois achou que tinha captado um padrão de fios brilhantes com pêlos embolados, distintos dos fios mais ásperos ao redor. Não ficou muito surpresa. Aquele mesmo símbolo, uma cruz com um risco em zigue-zague atravessando-a. Com treze a quinze centímetros de comprimento, talvez pintada com cera, ou um pigmento cuja cor havia se desbotado há muito, deixando apenas um resíduo do aglutinante.

— O que isso significa? — perguntou ela.

— Pergunte a outrro, não a mim, mas parra mim parrece mais forte do que o resto.

— O que quer dizer, exatamente?

— Do mesmo modo como sopa de pimenta é mais forte do que sopa de banana. Não interrompa. — Suas mãos se moviam lentamente, como se lessem em braile, mas não pararam em nenhum outro lugar, até que, com os olhos fechados, os dedos percorreram o tecido até a bainha, avançaram alguns centímetros e tocaram as pontas dos dedos de Winnie, que ficou ali sentada, com medo e raiva.

— O que focê quer? — perguntou ele, mais como um médico do que um sacerdote.

— Eu não estou conseguindo nada, em nenhuma área. Sou uma escritora cuja personagem abandonou; nem sei para onde ela foi. Se isso é um bloqueio, é o primeiro para mim. Não consigo colocá-la na página, não consigo vê-la nos meus preguiçosos olhos da mente antes de ir dormir. Não consigo achar meu primo, que desapareceu. Tenho medo de admitir que a casa do meu primo é levemente assombrada pela pessoa que foi enrolada neste pano. Tenho uma idéia louca de que um dos meus ancestrais foi o protótipo para o Ebenezer Scrooge de Charles Dickens, o que sofreu todas aquelas visões de fantasmas. Não sei se ele era louco, imaginativo ou psicótico; não sei se estou me descobrindo igual. Nada se conecta. Nada faz sentido. Não estou chegando a lugar algum.

Ritzi suspirou.

— Não sei nada sobre bloqueio de escrritor. O único tipo de bloqueio de escrritor que tenho é quando assino cheques parra pagar as contas. Não consigo me obrrigar a fazer isso. Mas nessas parredes brancas há muito pouca coisa em que se grrudar. O que focê fez consigo mesma?

— Pintei o cabelo — admitiu ela — só por causa do pouquinho de grisalho.

— Não, não isso. Estou captando focê ou estou captando algum soprro do fantasma da mortalha?

— Se você consegue captar alguma coisa acima do seu patchuli industrial, fico surpresa.

— Focê me mantém afastada, mais do que prrecisa. — Ele abriu os olhos e a encarou clinicamente. De novo o sotaque sumiu. — Eu posso ser um velho chato e bobo, mas não sou idiota, você sabe. Sei que você já mexeu com astrologia. Dá para ver que curtir com a cara das pessoas é seu ponto forte profissional e sua sepultura em vida.

— Eu pedi para ler o futuro, e não o presente.

— Você fica querendo ir para o leste, mas está indo longe demais ou não está indo suficientemente longe. Não está encontrando o... destino certo. Não é nos Bálcãs. Você está equivocada. Vá mais perto ou mais longe.

— Um personagem meu é que ia para lá. Não eu.

— Quem quer que seja — disse ele, levando a mão de volta à cicatriz quase invisível que marcava a borda do tecido — quer voltar, mas, como você, não consegue. É um problema de atravessar. Ela perdeu o caminho para atravessar. Precisa de ajuda. Quem irá ajudá-la?

Depois de largar trinta libras numa balança de latão segura por um risonho macaquinho, Winnie desceu até a Cowcross Street, pensando: que desempenho incrível! Ele pegou o que ela havia revelado sobre si — seu eu intensamente dividido e solitário — e fez disso uma história de fantasma que era igualmente indigente. Ele deveria escrever ficção, não é? Talvez os dois devessem trabalhar juntos, e juntos poderiam descobrir o que aconteceu com Wendy Pritzke.

Mas ela havia mencionado os Bálcãs a Ritzi? A Rasia? Como ele sabia?

Irv Hausserman estava esperando na esquina.

— Desculpe — disse ele. — Sei que parece perseguição, mas agora minha curiosidade foi espicaçada. O sr. Ostertag lhe disse que você iria esbarrar comigo de novo no futuro próximo, cerca de meia hora depois?

Ela não ficou satisfeita por ser tocaiada, mas era melhor do que não ver ninguém, já que parecia ter se isolado de cada fantasia e figura que conhecia, dentro e fora da mente.

— Ele disse que o meu fantasma está com dificuldade para chegar em casa.

— Você tem um fantasma. Pessoal? Que avanço! Ele está perdido?

— É tudo besteira, eu sei. Houve um tempo em que escrevi horóscopos falsos e ganhei um bom dinheiro com isso; qualquer pessoa com um mínimo de imaginação consegue fazer. Mas há apenas a quantidade suficiente de esquisitice nisso para me deixar muito triste. — Ela contou sobre a descoberta do tecido na casa de sua família e sobre o desenho manchado na borda.

— Você tem certeza de que viu aquela insígnia nas tábuas da despensa? Na tela do seu computador?

— Ah, assim que algo acontece, quem pode ter certeza de qualquer coisa? Eu achei que tinha visto, mas sou suficientemente moderna para desconfiar dos meus sentidos. Certamente estou nervosa demais com o meu primo, e fingindo não estar.

— Quem se incomoda em fingir? Por que não ficar nervosa demais?

— Eu vejo coisas que não existem. E me guardo contra isso.

— Como fantasmas?

— Como conspirações. Como tramas. Como tramas narrativas, quero dizer, mas também como paranóia. Não sou supersticiosa, mas sou cheia de suspeitas.

— Dê-me um exemplo.

— Não posso. Não o conheço suficientemente; você poderia me isolar por completo. Pronto, isto é uma suspeita, está vendo? E eu... — Ela não disse: eu gosto de você, ou pior, eu preciso de você, ou de alguém.

— Ah, continue. Não há muitas frases que podem ser interrompidas no meio de um passo antes que você mesma pare no meio de um passo.

Ela tentou dar um sorriso melancólico, mas aquilo era verdadeiro demais para ser ignorado.

— Certo. Vamos deixar de lado esse negócio de assombração. O fantasma de Jack, o Estripador, o fantasma de Ebenezer Scrooge, o fantasma de Ozias Rudge, o fantasma de uma pobre empregada assassinada no início do século XIX. — Ele não tinha ouvido nada disso antes; corajosamente se conteve para não se encolher. Ela foi em frente, depressa. — Eu sou uma escritora comercial e estou ligeiramente assombrada pelas minhas próprias habilidades profissionais, é uma doença ocupacional. Aceito isso. Não consigo alcançar meu personagem, por isso o romance está parado. Aceito isso. Aceito que estou enlouquecendo os vizinhos. Até a velha maluca do térreo começou a me evitar. É justo. Mas por que tenho a sensação de que o desaparecimento do meu primo é uma conspiração contra mim?

— Então é com isso que você está realmente nervosa demais.

— Nervosa demais implica histeria. Não estou nervosa demais, só nervosa. Sinto que o pessoal do escritório dele está escondendo alguma coisa de mim. O negócio todo me deixa paranóica, e então o mundo inteiro está... ah, com uma cor espalhafatosa de limão, um lugar sem sombras confortáveis ou sem luzes fortes. Não consigo pensar na metáfora. A música não tem encanto para aplacar esta fera selvagem.

— Para mim parece depressão.

— Parece, não é?

— Mas você poderia estar certa? No sentido de que *há* uma conspiração?

— Você me conheceu na casa de um vidente profissional — lembrou ela. — Isso não sugere que estou meio no limite? Você estava lá comprando suas ferramentas para pesquisa acadêmica, eu estava lá para obter a avaliação de um vidente para uma manta de cavalo. Por que não estaria alucinada também?

Tinham saído da Cowcross Street e serpenteado sem objetivo indo mais para o centro da cidade. Por fim, quando pararam numa esquina sem saber se continuariam juntos, mas não prontos para ir em frente, nem para se afastar, ela repetiu:

— Vou provar, se você quiser.

Havia uma cabine telefônica na esquina.

— Eu poderia ligar e ser descartada. Você poderia ver isso. Se precisar de prova.

— Bem, se acha que é uma conspiração contra você... — disse ele, testando-a. — Eu poderia ligar. Deixe-me. Posso?

— Por que não? O que há a perder?

O que havia a perder?

Ele tinha moedas e as colocou no aparelho. Winnie disse o número, que sabia de cor. A ligação demorou um pouco até ser completada. Ela ficou imóvel, lutando com todo tipo de perturbações.

Haveria alguma coisa na literatura garantindo que Jack, o Estripador, era homem? Será que o Estripador poderia ser uma mulher? Por que uma mulher mataria outras? E, se Jack, o Estripador, fosse uma mulher, será que essa mortalha poderia ter sido dela?

— Sim, eu espero — disse Irv Hausserman. Ele se encostou na borda do vidro que se passava por uma cabine telefônica, uma cabine telefônica sem cabine, hoje em dia, abrigando anúncios de prostitutas, acompanhantes, com seus números de telefone e talentos especiais. A borda do território do Estripador, ainda usado por prostitutas tantas décadas depois.

Ela não queria parecer ansiosa demais. Olhou para o anúncio colorido de uma dominatrix, um cartão de aproximadamente dez por quinze centímetros fixo ao vidro com adesivo. A mulher tinha um espartilho de couro preto. Sua cor era vívida e os olhos escondidos por uma tarja preta posta pela gráfica. De cada lado da foto estavam listados os serviços. Manipulação Psicológica. Disciplina Rígida. Amarração Sem Chance de Escapar. Estímulo de Fetiches. Situações de Tormento Intenso. Segurava um chicote de montaria como uma vaqueira a ponto de entrar num curral. A letra era *Ye Olde Gothick*.

E se essa fosse a filha de Jenkins, com os olhos ocultos por trás daquele instrumento de proteção de privacidade? E se Jenkins parasse para usar este telefone e a visse? Será que reconheceria? Será que ousaria ligar para o número?

— Qual é o problema? — perguntou ela, beligerante, cutucando o ombro de Hausserman.

— Disseram para ficar na linha, que estão completando a ligação.

ESTÂNCIA QUATRO

Como Dante no *Purgatório*

escuta a voz de sua Beatriz antes de vê-la — durante um bom número de versos, se Winnie lembrava bem —, ela escutou a voz de John Comestor antes de pôr os olhos nele. Não ouviu o que ele estava dizendo, só a voz, sua verdadeira voz viva, em volta da coluna de ferro de um *pub* vitoriano espalhafatosamente restaurado, perto da Fleet Street. Ela o chamou: "John", antes de vê-lo.

A sala cheia de executivos almoçando — isto é, almoçando cerveja — e ele ali, não mais pleno nem mais real do que nunca, contando vantagem ao *barman* — e logo estava se virando para Winnie. Desculpas e defesa e, seria?, uma espécie de interrogação zombeteira nas feições. Catalogar essas estâncias emocionais ajudou-a a ignorar coisas como a cor distanciada dos olhos, o corte de cabelo amante fatal *et cetera*.

— Quem adivinharia tudo *isso* — disse ele, e se inclinou adiante. Ela estava impaciente de alívio e raiva, e tão cheia de contradições que seu abraço devolvido pareceu uma espécie de chicotada. Enrijeceu-se e cedeu ao mesmo tempo.

— Está barulhento demais aqui — disse Winnie. — Desde quando os *pubs* ficaram tão chiques?

— Desde os empolgados anos 1990. Tome uma coisinha rápida e vamos achar outro local.

— Não sei se quero. — Mas aceitou uma caneca de Murphy's. Os dois se acomodaram à luz ambígua do vidro fosco. — Saúde — disse ela, como se o desafiasse a se sentir animado na presença de sua fúria bem regulada.

Enfrentando o desafio, ele:

— À nossa!

— E você tem um monte de explicações a dar.

— Não tanto assim. Se você pensar um pouco.

— Tenho uma palavra para você. E a palavra é: por quê?

Uma porta se abriu na parede; numa bandeja vieram batatas assadas, fumegando e grudentas, úmidas e secas ao mesmo tempo. Um cheiro de picles Branston. Num lenço abandonado que o garçom tinha deixado de retirar havia um pedaço de queijo rachado como o metal de uma bandeja velha. Ela poderia fazer uma colheita a qualquer momento e encher seus sentidos de absurdos, e era isto o absurdo: uma espécie de antimatéria, um gesto sensual que desviava a atenção do mundo urgente.

— Estou visitando Londres — disse ela. — Esqueceu?

— Que bobagem. Eu sabia que você tinha estado aqui. Achei que já teria ido embora. Você não ia para a Romênia?

— Talvez fosse. Mas não fui. — Ela relaxou a coluna de encontro ao encosto da cadeira. Sua voz não tremeu. — Estamos falando calmamente. Como se o assunto fosse apenas um ônibus ou um livro de biblioteca perdido. John, o que aconteceu? Eu vinha a Londres, você sabia. Para onde foi? Por que não estava aqui? Estava trabalhando? Por que Irv conseguiu atravessar a barreira das secretárias e eu não?

— Irv?

— E onde você estava morando? Você está na cidade e não está em casa, onde esteve? E toda a agitação na sua casa?

— Bom, isso; quem podia agüentar tanto pó? Eu dei um tempo fora, claro.

— Sabe como eu fiquei preocupada? Sabe o que eu achei... — Sua voz estava subindo. John pagou e os dois saíram.

Só voltaram a falar depois de uma boa caminhada, indo para o Embankment. O ar estava úmido, e um cheiro desagradável de esgoto e lama se erguia acima do tráfego à beira do rio, atravessando até mesmo o odor forte dos canos de descarga.

— Olha, eu sei que estava correndo risco — disse ele —, mas achei que isso poderia ajudar. Achei que com o tempo você me agradeceria. Ainda poderia.

— Agradeceria o quê? Ter me deixado louca de medo?

— Você não telefonaria para ser amedrontada.

— Diga onde você esteve.

— Já disse. — Ele balançou a cabeça com um movimento brusco e cheio de superioridade. — Eu tinha negócios na Dinamarca. Foi coisa de último minuto e tentei ligar. Havia alguma coisa errada com o seu telefone. Não consegui. Sei que você não podia ter mudado o vôo na última hora, ou não quereria, por isso não importava muito que seu telefone estivesse ruim. Presumi que você chegaria, encontraria o meu bilhete, faria as pequenas investigações locais para seu livro e em dois ou três dias estaria na Romênia...

— Que bilhete?

— Eu deixei um bilhete. Você não viu?

— Não havia nada para mim, nem bilhete, nem você, só dois malucos fazendo Deus sabe o que na sua cozinha, e as idiotices que vieram depois disso.

— Bem. Então não é de espantar. Não sei o que aconteceu com o bilhete. Enfiei embaixo da aldrava da porta, entre o metal e a madeira. Bem firme. Com seu nome nele, e de mais ninguém. Desculpe.

— *Desculpe?*

— Não se chateie, Winnie. Foi uma mudança de planos junto com uma coisa que deu errado.

— John, quer ficar parado um momento para eu... — ela olhou em volta — arrancar essa cabine telefônica do poste e arrebentar seu cérebro com ela? Eu me sentiria muito grata. Sua casa, a Casa Rudge, está sendo assombrada por alguma coisa que saiu do poço das chaminés. Você está de volta à cidade e ao trabalho, evitando meus telefonemas e se hospedando em outro lugar. Você sabe que estou aqui. Está se desviando do assunto. Talvez tenha saído da cidade realmente, mas seus funcionários disseram que você estava fora a semana inteira. Não somente na noite anterior. O que está escondendo de mim? Ou *por que* está se escondendo de mim?

— Não estou me escondendo de você.

— E onde você está hospedado? Com Allegra?

Ele a encarou.

— Bem, na verdade, sim.

Ela sentiu que havia caído em outro círculo do País das Maravilhas, como se uma toca de coelho depois da outra a fizesse despencar cada vez mais longe da realidade.

— Allegra mentiu para mim quando eu perguntei? Simplesmente mentiu?

— Eu só voltei a Londres mais ou menos ontem. Não a culpe. Você sabe do que se trata. Winnie, olhe para mim. Você sabe do que se trata.

— Não sei por que você mentiria para mim.

— É um modo de dizer a verdade, Winnie, a verdade que você tanto reluta em ouvir. Você sabe disso.

— A verdade sobre Allegra? Eu sei disso há anos. Esteja à vontade para ficar com ela. Se ela é capaz de mentir por você, ela não merece você. E o que isso me importa?

— Allegra Lowe não tem nada a ver com isso. Estou falando de você, de mim e da Romênia, Winnie. Estou falando da verdade disso.

Eu esperava que fosse mais tranqüilo para você me ausentando. Esperava ficar fora e deixar você em sua estada em Londres, provavelmente irritada com minha ausência, mas talvez compelida a ir para a Romênia, fazer o que tinha de fazer, sozinha. *Sozinha*. Quando voltei e liguei de Stansed para Allegra, ela disse que você ainda estava aqui, e envolvida em alguma...

Dava para ver que ele estava tentando não dizer *ficção*.

— ... *perplexidade* — escolheu John por fim —, que tinha a ver com a reforma da casa. E parecia uma espécie de repetição da Romênia. Tendo iniciado uma campanha para deixar você deduzir as coisas sozinha, eu achei que seria justo continuar.

— A Romênia é um romance. O que está acontecendo na Casa Rudge é uma aparição, algum tipo de presença. E o que você fez comigo é traição. Pura e simplesmente. Salvar-me de mim mesma? Quem é você para me salvar de alguém? Você é meu primo e meu amigo. E se comportou como se não fosse nenhuma das duas coisas.

— Quem é Irv?

— Ninguém, um acidente, um ninguém amigável. Cuja voz masculina aparentemente levou sua secretária a relaxar a guarda contra alguém do sexo feminino que ligasse, só isso. Nesse meio-tempo estou hospedada na sua casa, e o lugar é bom e assombrado, e você me deixou louca com suas estratégias...

Ela continuou:

— Certamente Allegra deve ter contado sobre a noite louca da tempestade, e que eu não tinha como saber onde você estava, não é?

— Ela contou sobre a noite. Estranha, mas não aconteceu nada de mal, imagino. Quanto ao bilhete, ela não sabia se você estava mentindo ao dizer que não viu uma mensagem minha.

— Você está profundamente fascinado por essa idéia de mentir.

— Você é capaz de mentir para si mesma. — De repente ela escutou alguma coisa nova na voz dele, não veneno, nem raiva, mas arrependimento tão ferozmente declarado a ponto de parecer uma espécie de raiva. — Você é *totalmente* capaz de mentir para si mesma. Como sabe, sem dúvida. É sua formação profissional, no mínimo. Tem certeza de que não viu um bilhete meu e se esqueceu convenientemente?

— Não vi nada além de presença fantasmagórica e ausência humana. — As lágrimas de uma adolescente saltaram estupidamente de seus olhos de meia-idade, aqueles olhos doloridos bordejados de pés-de-galinha, os cílios rareados pelas coçadas noturnas. Esforçando-se para ver o que havia de real e confiável nessa história de enganos e revelações. As lágrimas eram reconfortantes, mas o muco do nariz era uma porcaria. Mesmo assim sentiu-se melhor depois de alguns instantes. Mas então ele a estava abraçando para mantê-la em segurança.

Por fim, Winnie disse:

— Não vai me perguntar sobre o fantasma?

— Algum outro fantasma além de você?

— Desta vez, sim.

Foram a um restaurante, mas Winnie não conseguiu comer. Rearrumou as translúcidas rodelas de tomate no prato e pediu uma xícara após outra de chá, e depois fez várias visitas ao toalete frio. A refeição era recreativa e neutra. Um *pas de deux* composto inteiramente de passos desviados. John tomou sozinho uma garrafa de Riesling.

— Tirei a tarde de folga — disse ele.

Quando a garçonete havia retirado os pratos e o cartão de débito fora levado e trazido de volta, John falou:

— Acho que quero saber o que você pensa que está acontecendo na casa.

— Você não vai voltar para ver por si mesmo?

— Não sei se é totalmente sensato.

— Ah, bem, nada nisso é *sensato.* — Ela pretendera parecer furiosa, mas de fato não havia nada sensato em nenhum daqueles acontecimentos. E talvez admitir isso e ir em frente fosse a única saída.

— Só diga o que você acha.

Ela não começou do princípio, não contou uma história. Freqüentemente os detalhes obscureciam a... a intenção. Fez um resumo, um esboço, do melhor modo que pôde.

— Há uma presença paranormal na casa, e eu acho que ela esteve bloqueada durante décadas, e os operários a acordaram inadvertidamente. Estava envolta num tipo de xale ou mortalha, de idade indeterminada, pendurada num prego no fosso da chaminé georgiana, mas não sei se foi posta ali na época ou quando a casa foi reformada no fim do período vitoriano no século XIX.

Ele não comentou. Olhou-a com uma expressão de espera. Ela se sentiu obscura, difícil, como uma tela de computador que não terminou de se inicializar direito, ainda sem oferecer nada com que ele pudesse trabalhar. O ícone da ampulheta da Microsoft congelado num ponto, sem qualquer grão de areia cibernética escorrendo para mudar alguma coisa abençoada.

— Há uma parte da minha mente que pensa na história...

— Você tem alguma outra parte? — perguntou ele, o primeiro sinal de afetação do dia, ainda que condescendente.

— Não interrompa. A imaginação pode ser em parte intuição. Poderia ser. E minha imaginação está presa na idéia de um fantasma de Jack, o Estripador, ou *uma* fantasma, já que Ritzi Ostertag acha que o espectro é feminino.

— Ritzi quem?

— Mas eu também me pergunto se essa coisa não está lá há mais tempo, talvez desde quando nosso Ozias Rudge construiu a casa. Talvez a história de assombração que ele teria contado ao jovem Dickens decorresse de alguma aparição que ele viu, cortesia desse mesmo *poltergeist*.

— *Di quem*? Dickens?

Ele estava de brincadeira. Winnie lutou para manter a voz inalterada.

— Allegra vai lhe contar tudo. Os sons na chaminé, o acidente da tampa da chaminé arrebentando o pobre Jenkins. Nada disso, devo acrescentar, teria assumido um tal senso de destino se eu soubesse onde você estava, ou mesmo por que estava ausente. Eu até pensei que o espírito malicioso era o seu fantasma.

— Winnie. — Ele segurou sua mão brevemente. — Não era eu. Eu estou bem aqui.

— Sei disso, não sou idiota, não banque o condescendente. — Ela puxou a mão em triunfo. Talvez seu afastamento brusco fosse o que ele desejava, o que pretendia com toda essa campanha de ausência que estivera tramando. — Mas eu achei que era você. E tenho certeza de que estava no limite.

— Interpretando coisas.

— Não de modo paranóico, se é o que você quer dizer.

— Claro que não. Mas sensível. Ou sensibilizada. Você costuma ficar assim.

— John, há um fantasma na sua casa. Você vem ver ou não?

— Se você puder me mostrar, eu vou ver.

Os dois saíram e pegaram um táxi.

Então, por um pequeno intervalo agradável, tudo voltou ao normal, só que, claro, o normal não servia para Winnie naquela circunstância. Normal, por um lado, significava que John estava ali, que eles estavam juntos, que pequenas práticas e políticas domésticas eram reinstaladas. Ele pagava o táxi, sempre, um acordo antigo entre os dois, nascido de algum desentendimento esquecido datando de uns vinte anos e agora muito bem envelhecido numa espécie de piada. Ela pegou a chave, dizendo:

— Ah, Casa Rudge, lugar ao qual pertenço — e deu beijos no ar, batendo com afeto no portal georgiano. Nenhum som vinha do apartamento da sra. Maddingly, só um fedor familiar de aipo fervendo. Nenhum possível comprador xeretava o apartamento do segundo andar. De fato a casa parecia vazia, a não ser por eles. O fantasma tinha desaparecido num vácuo.

John fez um muxoxo diante do material empilhado de cada lado de sua porta, os plásticos postos no chão para as botas molhadas, a escada e o detrito não retirado da desconstrução de sua despensa.

— Não se pode culpá-los — disse Winnie. — Afinal, onde foi que você conseguiu aqueles dois? Não era um grande risco deixar a casa com eles durante uma semana inteira?

— Eu tinha retirado tudo de valor. Além disso os ladrões gostam de dinheiro e equipamento eletrônico, em geral. Não reviram estantes de livros de poemas procurando primeiras edições autografadas de Larkin ou Betjeman. — Ele assentiu para a aldrava. — Está vendo, foi aqui que deixei o bilhete, enfiado sob a borda dessa coisa.

— Ah, bem — disse Winnie, tentando não pensar que ele estava mentindo. — Como a aldrava na versão de Dickens para a história que o tataravô contou a ele, lembra-se, mas esta ficou em silêncio.

— Incrível, quando o restante da casa não quis se calar. — A voz de John estava seca e tranqüila. Ela se sentia determinada a não se ofender pelo maior tempo possível. Era um alívio doce tê-lo em casa.

Entraram no apartamento. A luz de fins de novembro, já ficando cinza no início de tarde, escorria pelos cômodos. Pó de reboco captava a granulação do ar. Winnie notou que tinha deixado o pó se juntar no aparador de mogno de John. Diabos, a casa está assombrada, pensou; quem sou eu para fazer a limpeza para ele? Enquanto John entrava na cozinha Winnie passou um dedo pela superfície, distraidamente grafando o sinal da cruz atravessado pelo rabisco, que tinha acompanhado os acontecimentos recentes mais inexplicáveis.

— Bom, isto está uma bela bagunça — disse John, da cozinha.

— Eles fizeram um bom começo. — Disse ela. Ela defendendo Mac e Jenkins? Estava tudo de ponta-cabeça.

— É, mas começo de quê?

John xeretou um tempo e voltou ao saguão. Alerta, viu o desenho no pó.

— Mensagens da aparição residente? — perguntou. Ela sentiu uma tentação momentânea de fingir que era, mas balançou a cabeça.

— É só isso? — perguntou ele. — Parece que minha casa está uma bagunça, nem mais nem menos.

— Eu sei. Só que você está aqui. O lugar ficou silencioso como um túmulo.

— E vazio como um túmulo também. O túmulo não é um invólucro para o espírito, é? É só um depósito para o corpo, enquanto o corpo durar.

— O corpo é o veículo de transporte para o espírito. Quero dizer, se você pensar assim.

— Nós somos os corpos aqui, somos os espíritos. Não deduzo nenhum outro, Winnie.

— Nós bastamos. Não é?

Durante a noite o auditório em Poiana Brasov ficou frio. Os aquecedores postos a cada doze metros estalavam e sibilavam com todo o empenho, mas o efeito era negligenciável.

– Olha, o gelo na sua bebida não está derretendo, está aumentando – disse John.

Ainda que o salão pudesse ter acomodado um congresso nacional, não mais do que duas dúzias de mesas estavam em uso. Mas nem por isso o show era menos aeróbico. Um sujeito atarracado cantando números de Placido Domingo em romeno. Um corpo de baile de garotas montanhesas peitudas, com pernas parecendo de ciclistas profissionais, trabalhava chutando e cabriolando em volta dele. Um mágico tirou uma pomba branca de uma caixa. A pomba pulou para a beira de uma mesa coberta de cetim roxo. Bateu as asas uma vez e caiu, aparentemente morta.

– Foi apanhada pela hipotermia – disse Wendy.

`— Quanto tempo nós temos de ficar? — murmurou John. Estavam sentados com os joelhos próximos um do outro, para gerar calor.`

`— Você imagina alguma diversão melhor no quarto? — sussurrou Wendy de volta.`

`— É bom, é muito bom — disse Doroftei. — Vem gente de toda parte assistir, para rir, para cantar. — Ele riu como se, antecipando a necessidade de prazer por parte deles nesta noite, tivesse passado a vida inteira erguendo toda a cordilheira mais além e treinando os artistas desde a infância.`

`— Eu tenho um uísque decente contrabandeado na bagagem — disse John. — Estava guardando para um suborno, mas talvez tenhamos de subornar nós mesmos.`

`— Eu topo.`

`Começaram a se enfiar nos sobretudos, mas Doroftei não captou a deixa, já que o salão estava frio a ponto de a maior parte da platéia manter os sobretudos. Até a cantora gorda envolta em tafetá que valsava no palco usava um xale sério, cor de ferro velho, com um chapéu combinando empoleirado maroto sobre a sobrancelha esquerda.`

`Mas Wendy estava aquecida pela idéia da volta ao hotel. Por isso podia esperar o fim da apresentação. Sorriu para John. Nada servia tão bem a uma amizade quanto o desconforto mútuo.`

— Ora — disse John — veja o que está aqui.

Enquanto saíam ele começou a organizar a bagunça junto à porta. Tinha pegado o porco-espinho limpa-botas para poder dobrar os pedaços de plástico mais perto da parede. E embaixo do plástico, sob o porco-espinho, havia uma carta virada de costas. Winnie a viu surgindo; John não poderia tê-la enfiado ali para corroborar sua história. Ele a virou e se encolheu, depois entregou a ela. Dizia *Winnie*.

— Tenho de ler agora? — perguntou ela.

— Você terá de ler em algum momento.

— Aonde você vai? Voltar ao trabalho?

— Não posso ficar aqui enquanto você está. E certamente não vou pedir que saia. Só diga o que tiver planejado. Você vai poder falar comigo no escritório.

— Então você vai ficar com Allegra?

— Não. Agora não.

— Isso não significa nada para mim.

— Não importa...

— John, você não está ouvindo. Não significa nada para mim. Não me importo.

— Não acredito, mas não importa se eu acreditasse. Farei o que eu quiser. — Ele estava rígido e severo. Parou no topo da escada para olhá-la de volta. — Eu não me sinto à vontade com tudo isso. Pense no que quiser. A empresa tem uma suíte no hotel Swiss Cottage, para autoridades visitantes e funcionários. Posso usá-la por um tempo. Já fiz isso antes, quando mandei reformar os cômodos da frente. É onde estarei. Você pode ficar com o número do telefone e nós podemos fazer uma refeição juntos de vez em quando. A casa é sua até você ir embora. Você *vai* à Romênia?

— Acho que sim. Mas é difícil pensar.

— Demore quanto quiser — disse ele, girando. John parecia outro terapeuta, descartando-a, ela se imaginou chutando a nuca dele enquanto estava tão perto. Podia vê-lo se esparramar no canto, os dentes raspando o papel de parede enquanto caía, os lábios se partindo, jorrando sangue, a testa numa súbita explosão de cor.

— Eu também posso sair facilmente. Posso procurar uma pensão, ou simplesmente... ir. Simplesmente ir. Esta casa é sua e, francamente, meu amor, a bagunça é sua.

Mas ele não ouviu, ou não prestou atenção. Enquanto desciam até o saguão principal, viram que a porta da sra. Maddingly estava entreaberta uns cinco ou sete centímetros. Talvez estivesse assim antes, e os dois não houvessem notado.

— Sra. Maddingly? — disse Winnie. E foi na frente de John.

— Você acha...? — perguntou ele, mas foi atrás. — Alguém está anotando o texto desta sala?

— Ela fala consigo mesma por meio de bilhetinhos. O banco de memória de curto prazo está quebrado.

Mais de perto o cheiro não era de aipo, era?, e sim de uma espécie de coisa queimada, como se a umidade estivesse entrando nas chaminés vinda de cima e depositando fuligem até as lareiras de tijolos do térreo.

— Sra. M.?

John começou a ler.

— OS COMPRIMIDOS ESTÃO FALANDO. O que significa isso? LEMBRE-SE DA TERÇA-FEIRA. LEMBRE-SE DE GELÉIA. LEMBRE-SE DE ALAN, ELE É O SEU MARIDO. Isso aqui é uma piada, ela está se lembrando bastante bem. Pelo menos está lembrando de se lembrar. — John se aproximou da chaminé. O console da lareira tinha uma franja de bilhetinhos grudados, cada um com uma única letra, desenhada trêmula.

— Sete letras. É uma espécie de jogo de palavras cruzadas — disse ele. — Talvez ela estivesse tentando se dirigir à coisa que você disse que estava assombrando a lareira. — John parecia estar numa peça de Noël Coward; até sua postura enfurecia Winnie. Uma das mãos no console. Muito proprietário.

— Sra. M., eu estou entrando; não se assuste — gritou Winnie, e entrou na cozinha, puxando um barbante preso a uma lâmpada do teto.

O cheiro não era de fumaça úmida, e sim de alguma coisa no forno, em fogo baixo.

— Parece que ela cozinha tão mal quanto arruma a casa — disse Winnie num sussurro teatral. — Eu sempre quis escrever um livro para os deficientes culinários: *O desespero de cozinhar*. — Procurou um pegador de panela e acabou usando um pano de prato dobrado várias vezes.

— Meu Deus, isso é medonho. — John nem queria entrar na cozinha. Ela cantarolou para arranjar coragem.

Davi Davi Bolinho,
Jogue-o na gordura fervente.
Ponha açúcar e manteiga
E coma enquanto estiver quente.

Abriu a porta com as pontas dos dedos. Seu reflexo de engasgo foi acionado e ela tentou contê-lo, mas não pôde, e vomitou no chão. Conseguiu fechar os olhos para não examinar o almoço caído e ver se estava com a forma irregular da cruz com o risco, mas o padrão imaginado estava entranhado em vermelhão dentro das pálpebras.

— Diabos — disse John. — Como se isso aqui já não cheirasse suficientemente mal. — Mas entrou na cozinha e abriu a torneira, e umedeceu um pano de prato para entregar a ela. — Sente-se, querida; você está mais abalada do que eu pensei.

— Não estou abalada — respondeu Winnie quando conseguiu falar, quando as cordas do almoço liquefeito tinham sido afastadas do sínus. — A sra. M. é que pirou, e não eu. Está assando Geléia.

— Acho que ela deixou passar do ponto — disse John, e desligou o forno.

Acharam a sra. Maddingly no quarto. Vestia um sobretudo escocês e chapéu, e luvas lilases imundas. O casaco se abrira, e por baixo ela estava nua e suja.

— Talvez esteja morta — disse John ao telefone, milagrosamente conseguindo falar com alguém do serviço de emergência, e não com uma gravação. — Não sabemos. Não chegamos tão perto assim e não pretendemos. Ela não é da família.

Winnie sentiu como se tivesse participado do falecimento da sra. Maddingly. A sensação era estranha e poderosa. Algo que já sentira antes.

Era um sentimento que Winnie também podia usar como um sobretudo, e estar nua e feia por baixo.

Sentou-se empertigada numa banqueta estofada na sala enquanto esperavam a ambulância. Olhou as letras no console da lareira.

G BR WA Ƨ A

E o que isso poderia significar?

G BR. *Grã-Bretanha?*

WA perto do S: significaria *was*?

Grã-Bretanha era... A? Avalon? Atlantis Avara?

— Não vá embora agora — disse John. — Não nos deixe.

— Como você ousa dizer isso quando acaba de me abandonar? Com a coisa toda, com isso tudo? *E* mentiu para mim? Não fale comigo, e não se incomode comigo, estou simplesmente chateada.

Mas não conseguia evitar.

Ao mesmo tempo que o show ia se arrastando, as ruas tinham ficado escorregadias. O carro que Doroftei dirigia era velho, com um comprido banco forrado de vinil na parte traseira. Derrapava e bamboleava pela lateral da montanha, mas isso não a amedrontou, já que os dois lados da estrada estavam com enormes pilhas de neve, formando uma plataforma de pouso suave no caso de um acidente. Doroftei ia dirigindo bem lentamente, com cuidado, e não havia tráfego com que se preocupar. De modo que, quando a força centrífuga do carro a lançou quase no colo de John, ela escorregou, rindo, como se estivesse num brinquedo de parque de diversões. Colocada ali pela força do clima de outro país, outra cultura. Não se afastou, nem John escorregou para longe, e as mãos dos dois, no escuro, se apertaram com algo que era diferente de um cumprimento.

– Ancoro você – disse ele, uma promessa ou uma ameaça.

– Me ancora? – perguntou ela, um pedido ou um protesto.

A sra. Maddingly estava embolada na maca. Aparentemente ainda não tinha morrido.

— Você quer cuidar do negócio do gato ou do negócio do hospital? — perguntou Winnie, agora controlada, pelo menos tanto quanto podia.

— Hospital — disse John. — Ela é minha vizinha. Acho que devo.

Isso deixou Winnie para se livrar do gato de carne macia.

Trouxe alguns jornais do apartamento de John para enxugar o resto do sangue. Nunca fora melindrosa com essas coisas, e trabalhou delicadamente, como se fizesse diferença para o pobre Geléia seus gestos serem lentos e pacientes. A gosma marrom encharcou o papel, cobrindo uma manchete. *Acorde aquele porco-espinho que está dormindo na sua fogueira*, dizia Derwent May. *Proteja os animais em 5 de novembro, particularmente os porcos-espinhos que estão hibernando.* A história alertava sobre mais desastres do Dia de Guy Fawkes, e a tendência dos porcos-espinhos em se aninhar em fogueiras montadas antecipadamente e deixadas sem cuidados por algum tempo. A história terminava enquanto o sangue se espalhava sobre o texto: "Ano passado a Sociedade Protetora dos Animais chegou a informar sobre alguns jovens que jogaram dois porcos-espinhos numa fogueira em Biggeswade, em Bedfordshire. Os corpos foram encontrados nos restos da fogueira. Os porcos-espinhos não são como as fênix: não vão se erguer de novo das cinzas com espinhos brilhantes."

— Nem você, Geléia — disse Winnie —, ou pelo menos é melhor não. — Em seguida enfiou o cadáver, com a panela do assado e tudo, em duas sacolas plásticas da Sainsbury, depois jogou aquilo tudo num saco branco para lixo. Não conseguia se obrigar a deixar *outro* gato morto para os lixeiros do Conselho de Camdem retirarem. Assim, rezando para que Geléia não tivesse algum tipo de coleira com plaqueta de identificação, esperou escurecer e andou até West Heath, que as histórias locais consideravam um local de pegação dos gays. Encontrou um denso amontoado de arbustos que iam até a altura dos ombros. Esperando que não houvesse nenhum cara escondido se divertindo, jogou os restos de Geléia o mais longe que pôde e voltou séria para a Casa Rudge, parecendo em todos os sentidos uma advogada retornando do escritório em Golders Green.

— Fique feliz porque você é feito de pedra — disse ao porco-espinho do lado de fora da porta de John.

E agora o lugar estava vazio de um modo que nunca estivera: vazio de tudo o que tivera intenção ou motivação. A mobília parecia arrumada de modo incoerente. As gravuras de rosas que ainda acompanhavam um dos lambris de John não pareciam rosas, com seu eco de ritmo e perfume, mas somente uma pintura velha e desbotada em papel velho, engastada em vidro e madeira. O retrato de Ebenezer Scrooge/Ozias Rudge era piegas, e agora parecia que o velho lutava para fugir e não ficar preso numa lenda sentimental.

Winnie estava cheia de um remorso opaco. Tinha negligenciado as necessidades da velha sra. Maddingly. Não era responsável por ela, claro, mas presumivelmente não houvera dúvida do casamento dos Maddingly. Quem sabia se a velha ou seu marido morto tinha irmãos, primos, sobrinhos?

Perto da poltrona, sobre a mesa do telefone, estava o *Independent* de hoje. John o havia largado ali ao entrar. Como as paredes expostas da despensa na cozinha agora faziam todo o apartamento parecer repugnante como uma ferida aberta, Winnie não tinha ânsia de andar pelos cômodos. Não era muito religiosa, preferindo colocar sua fantasia em segurança nas páginas de livros, em vez de nas superstições animadoras dos ideólogos, mas subitamente não pôde deixar de pensar que a casa parecia o túmulo de Jesus no jardim. Que pesadelo para aquelas mulheres que vinham chorar o amigo e irmão, o rabi crucificado, ao ver o túmulo aberto e seu corpo desaparecido! Uma das histórias de terror originais.

Como alguma delas sobreviveu sem o benefício da psicoterapia moderna intensiva?

Talvez tenham sido exorcizadas. Seria possível marcar um exorcismo com a Igreja hoje em dia, especialmente se você não fosse crente nem um grande doador?

Pegou o jornal e deu-se uma sacudida: olhe para o mundo real, duro, estúpido. Uma eleição secundária contestada. Os Liberais Democratas numa briga interna. O medo da pólio na Lituânia. O *feng shui* finalmente pega no East End. O relançamento de um antigo filme de Buñuel. Ela não se importava com nada disso, mas leu como se estivesse buscando a resposta para segredos. Não conseguiu encontrar nenhuma.

O telefone tocou, espantando-a. O jornal caiu, formando uma tenda, enquanto ela estendia a mão para o fone. Tinha certeza de que seriam notícias da sra. Maddingly.

— John — falou.

— Não, Irv — respondeu ele. — É Winnie Rudge, não é?

Ela não tinha lhe dado o número. Não tinha dito seu nome.

— Por que está ligando? — O tom de voz era neutro; poderia ser Opal Marley, poderia não ser.

— Você saiu meio às pressas, se é que lembra. Estava tão perturbada que deixou o embrulho para trás. O tal pano. De modo que liguei por isso, mas também para ver como você está. Você me deixou um bocado preocupado, pelo modo como reagiu à notícia de que seu primo estava no escritório trabalhando.

Ela demorou um instante para lembrar.

— Acho que não foi a coisa mais gentil que eu poderia fazer.

— Ah, gentileza, demora um tempo para a gente exigir gentileza de alguém. Ela chega, eventualmente, mas não é gentileza que estou procurando. Estou procurando informação.

— E qual é?

— É: você está bem?

Mas ela não merecia tanta atenção.

— Ah, estou ficando louca, você consegue ver isso, tanto quanto qualquer pessoa. Claro que não estou bem. Primeiro fico sabendo que o único amigo do peito que me resta vem me evitando e mentindo sobre isso, por motivos que ainda não consigo discernir. Depois volto a este lugar com ele, esperando um farrapo de normalidade, um retorno às coisas como deveriam ser. E o que acontece? Quer saber o que acontece? A velha doida do térreo cozinhou o gato, o que atacou e matou os irmãos e companheiros. Não sei como ela fez isso, mas depois vestiu um sobretudo e apagou, um derrame ou sei lá o quê, nós ainda não sabemos. — O *nós* escapou, ela não pretendia dizê-lo. — Quero dizer, não tenho notícias do John desde que foi com ela para o hospital. Você está empatando a linha telefônica.

— Ele vai ligar mais tarde — disse Irv sem se abalar. — Quando verei você de novo?

— Por que quer me ver?

— Preciso ter motivo?

— Precisa. Ninguém quer me ver, ainda mais sem motivo.

— Bem, esse é um autodesprezo de uma variedade particular às escolas do segundo grau. Que tal este motivo: devolver a mortalha?

— Ela não é minha. Suponho que tecnicamente seja de John.

— Não vou devolvê-la a ele. Vou entregar a você. Olha, sei que você está em Hampstead. Vou até aí. Não me incomodo.

— Onde você está? Eu nem sei onde você está hospedado.

— Aluguei um daqueles apartamentos que a gente encontra anunciados na contracapa da *New York Review of Books*. Em Maida Vale. Mas não estou lá, estou numa cabine telefônica. Vou pegar um táxi até aí. Parece que você precisa não ficar só.

— Não sei se sou uma boa companhia. Como você observou docemente.

— Não quero ir até a casa. Não que esteja com medo de sua história de fantasma, só não quero conhecer seu primo por enquanto. Estarei na porta da estação do metrô Hampstead em, digamos, 45 minutos.

Ela escovou o cabelo. Isso podia fazer, para se tornar uma companhia melhor. Deixou um bilhete para John. Se ele havia ligado enquanto ela falava com Irv Hausserman, não ligou de novo. Winnie grudou o bilhete para John na porta da frente usando vinte centímetros de fita adesiva. Depois saiu no início da noite, abrindo caminho pela hora do *rush* em força total, com os tornozelos iluminados de rosa pelas luzes de freio.

Foram ao King William IV e se empoleiraram em bancos pouco razoáveis. O clamor dos empresários tomando o primeiro drinque da noite era reconfortante. Atrás do balcão estava pendurado um cartaz: SE QUISER UMA NOITE DE PAIXÃO, FALE COM O *BARMAN*.

— Não acho que eu esteja tão desesperado assim — disse Irv.

— Será que ela pretendia mesmo comer aquele gato? Você foi muito bom em vir me ver, eu estando desse jeito.

— Não conheço você de nenhum outro modo.

— Você não me conhece.

— *Touché*. Está certa. Mas conheço melhor do que conhecia hoje cedo. Passei algum tempo no computador quando voltei ao meu quartinho. Procurei Winifred Rudge na Amazon-ponto-com e, já que estava nisso, Opal Marley. Achei uma Ophelia Marley, Ph.D. Algum parentesco?

— Ah, isso. — Ela ficou surpresa com o próprio nervosismo. — Olha, desculpe. Eu estava totalmente sem graça por encontrar um compatriota no salão de chá de um cigano. Deveria ter confessado. É Winnie Rudge. Garanto. Mas como você descobriu? E o número de John?

— Telefonei para Ostertag, pressionei para ele ligar à sua amiga Rasia, que não conhecia nenhuma Opal Marley, mas que sabia que alguém chamada Winnie Rudge estava hospedada aqui. E Rasia ligou para uma vizinha e pediu o número do seu primo.

De modo que agora todo mundo em Hampstead sabia que Winnie vinha se apresentando como Opal Marley. Isso sem dúvida ajudaria em sua campanha de relações públicas. Balançou a mão.

— Pseudônimos. A gente acaba se ligando a eles.

— Acho que é possível. Bem, eu cliquei na mensagem do Amazon-ponto-com que dizia "Outros livros de Winifred Rudge" e vi uma lista de suas publicações. Literatura infantil, não é? Bastante completa, dá para notar. Mas vi que seu último livro foi publicado há três anos, e antes disso você vinha lançando pelo menos dois por ano durante uma década ou mais. Por que o hiato? Você tem vários outros pseudônimos? Ou está trabalhando num novo livro?

— Quer saber se estou inventando todo esse negócio de parapsicologia para arrancar um naco de narrativa a partir da minha experiência? Não é assim que a coisa funciona. E, de qualquer modo, por que pergunta?

— Parece que você está se apresentando como um fracasso total, e não parece um fracasso total. Realmente. Parece alguém que está tendo um ou dois meses de dificuldades. Ligeiramente cautelosa com relação ao passado. E daí? Eu já tive um bocado de meses difíceis e sei disso. Se está trabalhando num romance, talvez seus sentidos se estimulem e suas reações fiquem mais... ah, extremas. Não sei, não sou romancista. Mas além disso, se você está trabalhando... bem, isso é bom sinal. Uma pessoa que consiga trabalhar, segundo a minha limitada experiência, é capaz de uma certa quantidade de felicidade. E desejo isso para você.

— Por que se incomoda? Por que se interessa?

— Um vago interesse abelhudo de baixo nível. Nada além. Você *está* trabalhando?

A princípio ela não respondeu. Irv riu e disse:

— Se está seriamente pirada, vai imaginar que sou emissário de seu editor, mandado para cutucá-la; uma espécie de amanuense.

Ela estava cobiçosa pela tigelinha de coisas secas feitas de trigo, pensando.

— Eu pretendia trabalhar — disse por fim. — E minha mente fica revirando vários artifícios de enredo, verdade. Mas se você quer saber se estou sentando todo dia e escrevinhando fiadas de jóias de pensamentos numa prosa de joalheiro, a resposta é não.

— Sei. Bastante justo.

Winnie não soube se ele pareceu aliviado ou desapontado. Mas Irv continuou:

— Bem, então a próxima coisa não vai servir a você como romancista, mas mesmo assim é interessante. Era meio-dia quando você saiu depressa, deixando na calçada o embrulho com o tecido. Era cerca de uma e meia quando cheguei em casa. Oito e meia da manhã na Costa Leste. Mandei um e-mail a um colega do Departamento de História, sabendo que ele estaria lá; ele sempre se programa para dar aulas de manhã, para começar a beber ao meio-dia. Pensando na mortalha, pedi para ele dar uma olhada nas listagens e me encontrar uma autoridade local sobre tecelagem. O melhor que ele conseguiu num prazo tão curto foi o museu Victoria and Albert. Em todas as suas gigantescas profundezas achei que seria desviado para a secretária eletrônica de algum lacaio, mas então tive uma enorme fatia de sorte. Por acaso há uma especialista belga visitando o museu durante algumas semanas, por empréstimo. Muito ansiosa para bancar a convidada afável e ser convidada de novo. Concordou em me receber e dar uma olhada no tecido. Ganhei uma xícara de chá morno em troca do esforço.

— Você foi lá? Mostrou a mortalha? O que ela disse?

Irv bateu na bolsa de plástico onde estava o pano exumado.

— A madame professora Annelise Berchstein disse que havia muitos testes químicos, processos de exame através de microscópio eletrônico *et cetera*, que poderiam ser realizados, a um preço. Disse que as fibras de lã expostas à luz e ao ar tendem a apodrecer em décadas, mas que em algumas circunstâncias, devido a uma combinação do modo como foram tratadas e uma história de armazenamento adequado, surgem à luz raros tecidos bem mais antigos.

— Mais antigos do que o quê? De que estamos falando aqui?

— Ela é especialista. Não quis responder oficialmente, claro. Mas disse que, a olho nu, havia anomalias nas técnicas de nós (sim, com seu olhar treinado ela pôde detectar fios amarrados na urdidura que nem você nem eu podemos ver) que sugerem que este tecido é suficientemente antigo para ser interessante e talvez até mesmo valioso.

— Você não iria deixá-la escapar sem fazer uma estimativa aproximada. Pare de me embromar.

— Suficientemente antigo para ela ter anotado uma citação de Jean Lurçat, quem quer que seja ele, no verso de seu cartão de visitas. — Irv o procurou. Então a mulher tinha lhe dado seu cartão de visitas com, supostamente, o número de telefone e o e-mail. O típico *Chega mais* da mulher de negócios profissional. — Eis o que Lurçat disse, em alguma coisa chamada *Le travail dans la tapisserie au Moyen Âge*. 1947. "Bem, é um tecido, nem mais nem menos do que um tecido. Mas é um tecido áspero, vigoroso, orgânico; flexível, certamente, mas de uma flexibilidade menos maleável do que a seda ou o linho. É pesado... pesado de matéria e pesado de significado. Porém, mais, é pesado de intenções."

— Lindo. Bem na sua praia, pelo que vejo. Ela vem preparada com citações e fontes.

Irv esvaziou sua caneca e arrotou de modo discreto mas muito americano, um modo que, nesse momento, ela não se sentiu incomodada em testemunhar.

— Eis o que ela supôs. Sua especialidade é cânhamo, linho ou qualquer coisa de fibra vegetal; não sabe tanto sobre lã, ou como autenticar sua idade ou procedência. Disse que a datação por carbono em tecido, ainda que raramente feita, é possível. Um bocado de avanços ao microscópio aconteceu durante aquele exame recente do sudário de Turim. Sem um desenho na trama ou a aplicação de tinta é difícil ter certeza, mas ela achou que teria seiscentos, talvez setecentos anos. E sem dúvida está se deteriorando a uma taxa exponencial, agora que você o expôs à luz e ao ar. Olhe, as fibras estão dançando para fora da coisa como se fossem caspa.

E estavam mesmo.

— Não acredito nem por um momento. Uma mortalha de seiscentos anos? Quando é isso? Não consigo contar de trás para a frente depois de uma bebida.

— Ela achou que algum momento entre 1300 e 1400. Possivelmente francês ou flamengo. Na verdade ela não queria me devolvê-lo.

— Você mostrou a pequena marca, o pequeno ícone?

— Mostrei. Ela não deu importância. Sangue derramado, talvez. Não achou que fosse algum tipo de código de identificação.

— Dra. Annelise Berchstein.

— Ela adoraria analisar mais profundamente o assunto, mas a não ser que lhe chegue sob os auspícios de uma coleção profissional, como de um museu, ela não pode despender muito tempo sem pagamento.

— Você contou onde o tecido foi encontrado?

— Não em que parte da cidade. Mas onde estava guardado, sim, pregado num bolsão escuro encostado num poço de chaminé. Ela supôs que a secura, a falta de ar, a proteção dos insetos o preservaram durante os últimos duzentos anos. Mas é muito mais antigo do que a casa, claro, de modo que o lugar de onde ele veio originalmente também devia ser um espaço protegido.

Winnie não falou, não disse o que sabia, ou supunha. Saíram do *pub* e andaram até a Waterstone's. Irv a levou diretamente à prateleira da seção de Auto-ajuda/Espiritualidade e encontrou *O lado obscuro do Zodíaco*, edição de bolso da Partridge and Sons. Ophelia Marley, Ph.D. Ele sabia exatamente onde estava. Estivera investigando. Apontou o número da edição — 33 — e disse:

— Vejo que você esteve vivendo disso durante um tempo.

Ela queria sentir-se lisonjeada por ele estar notando seu sucesso, mas só pôde dizer:

— As vendas estão caindo de modo preocupante.

— O que diz sobre mim? — Ele abriu o livro.

— É tudo besteira — respondeu Winnie, irritada. — Você vai me envergonhar. Feche-o.

— Isso é besteira, mas você acredita em fantasmas. Acredita que há um fantasma de setecentos anos assombrando a Casa Rudge que, pelo que você sabe, tem apenas duzentos anos.

— Você e sua Annelise deram uma data de nascimento a este tecido, e não a qualquer outra coisa.

— Para você é dra. Berchstein — respondeu ele. — Afinal de contas aqui é a Inglaterra. Aqui nós respeitamos as formalidades. — Irv roçou a mão dela ligeiramente, para mostrar que estava de brincadeira, que estava suficientemente perto, agora, para conseguir provocá-la sobre uma rival pelos seus afetos, uma certa madame professora *Fräulein Doktor* Annelise Berchstein.

— Ele deveria estar aqui com você — disse John. — Não eu.

Mas ela não respondeu.

Havia um poste de luz do lado de fora da janela do hotel, e enquanto eles estavam ali a luz piscou e se apagou. No instante em que piscou, como se a luz nos Bálcãs esquecidos por Deus se movesse muito mais lentamente do que a velocidade da luz — movia-se à velocidade da neve —, seus olhares se encontraram e os dois estavam parando no primeiro gesto de se despir. Ela havia largado o casaco no chão e estava se curvando para abrir um fecho de uma das botas. Ergueu o olhar para ele como uma banhista ou uma dançarina de Degas dobrando-se, numa posição estranha, vendo-o altíssimo num ângulo incomum — ele não era especialmente alto. E tinha deixado o sobretudo escorregar dos ombros e descer até a metade dos braços, mas ali ficou agarrado. Uma lambida de luz no nariz dele, na umidade de neve do cabelo grudado à pele e no lábio superior. Ela estava na posição mais desleixada imaginável, e já ia se levantar, quando, antes que pudesse, antes que os olhos dos dois pudessem se ajustar à luz ambiente lá fora, estampada pela neve que caía, ele se ajoelhou, com o sobretudo formando um tapete encharcado sobre o qual eles se agarraram e caíram.

Então a coisa de sempre, toda a força de vontade e intenção honorável sendo seqüestradas por lábios, dedos, línguas. Ele cheirava a uma espécie de terebintina com limão, não o tipo de cheiro masculino ao qual ela estava acostumada. Era mais magro do que parecia quando vestido – ela nunca o vira nu, antes – e os lençóis pareciam geada. Ela se agarrou, afastou-se e voltou, tornando suportáveis os lençóis úmidos e frios. Ele penetrou (haveria outra palavra para isso? – como parecia uma possessão por espíritos impuros no Velho Testamento, ser penetrada!) e, então, o custo daquilo também. Mas o ato apagou o último fiapo de capacidade de pensar que ela possuía, e Wendy se rendeu ao reino pré-humano sem linguagem.

A verdade, dizível ou não: ela fodeu de volta com tanta intensidade quanto era fodida.

— Você está tentando me assustar, ou algo assim?

— Não. Não. — Winnie balançou a cabeça. — Desculpe. É só que... — Sua voz ficou no ar.

— Eu nunca acreditei em fantasmas, mas se alguém já pareceu assombrada, é você.

— Bem, vou lhe contar, em alguns dias — ela começou a rir —, ser assombrada seria um tremendo alívio. Quero dizer, que modo melhor de afastar a mente dos problemas do que ser encarada de frente por um ser tão sofrido que decide ficar suspenso na vida após a morte? Talvez isso ajude a gente a ver como é abençoada, se for preciso lembrar.

— Se eu comprar este livro você autografa?

— Você compra se eu garantir que não passa de um monte de besteira?

— Só nesse caso. Se eu achasse que você acreditava de fato seria educado e daria o fora o quanto antes.

Saíram da livraria e, sem uma palavra de negociação, começaram a olhar *menus* colados do lado de fora dos restaurantes. Decidiram-se pelo Café des Artistes e conseguiram uma mesa grudada no canto.

— Branco ou tinto? — perguntou Winnie examinando o *menu*, sem querer deixar que ele bancasse o protetor nesta noite.

— Não existe champanhe tinto.

— Como você pode estudar fantasmas se não acredita neles? — perguntou ela depois do primeiro gole, que tinha tomado depressa para ele não propor um brinde e transformar isso numa cerimônia.

— O único modo de estudá-los é não acreditando. Caso contrário, não é estudo, é... culto aos ancestrais, ou talvez um tipo específico de lascívia, talvez.

— Continue.

— Na verdade não são os fantasmas que estudo. Estudo aquilo em que as pessoas acreditavam sobre eles. O modo como, numa era depois da outra, a idéia do pós-vida serve aos vivos, ajuda-os a reivindicar sua própria vida com alguma urgência. Como a Igreja tolerava as histórias de aparições fantasmagóricas, e as manifestações dos mortos, para incrementar seu trabalho de salvação.

— Salvação. Ah. Um conceito provável.

— Bem, o pós-vida era tudo o que os pobres possuíam. Já que a vida real deles era sórdida, bruta e curta, como diz Hobbes. Nossa idéia de que a vida pode melhorar para os indivíduos *dentro* de seu período de vida é bastante moderna. Evitar a danação era praticamente tudo que se podia esperar. Isso e uma batata na janta.

— Então onde entram os fantasmas?

— Eles sempre estiveram por aí. Você entende que estou falando — Irv bateu a taça na dela, tortuosamente conseguindo um brinde — da idéia dos fantasmas, e não dos fantasmas em si.

— Um conceito eterno.

— O culto aos ancestrais de nossos antepassados das cavernas se relaciona a uma função humana bastante peculiar. Nossa capacidade de prever a própria mortalidade deduzindo o que a morte *significa*, a partir da morte dos seres amados. Parece-me que os fantasmas são a evidência humana do pânico.

— Mas eles são retratados de outro modo, não são? Para mim um fantasma não tem nada a ver com o sofrimento daqueles que ele deixou para trás. Um fantasma é evidência apenas de seu próprio pânico. Um fantasma é o excremento imundo e triste de uma vida. A senha é "negócio inacabado"...

— Você já soube de alguma alma humana que tenha morrido na hora certa, tendo terminado todos os seus negócios? Realizado todo o seu potencial humano, trocado toda a tristeza por alegria? Eu vou querer cordeiro, por sinal.

— Para mim risoto com frango desfiado e aspargos.

O garçom anotou o pedido.

— Além disso — continuou Irv —, se um fantasma é uma invenção de uma vida, uma parte que tem negócios inacabados, então o mundo deveria ser superpovoado de fantasmas. Não restaria ar para o momento presente respirar.

— Imagine que seja verdade que todos os humanos têm a capacidade de virar fantasmas ao morrer. Em seu período de especialização, o que a Igreja achava do fato de os fantasmas não serem universais?

— Você escolheu um dos meus temas prediletos. Sempre me pareceu injusto (esses bolinhos estão quentes e cheios de parmesão, experimente) que com freqüência os mortos com boas conexões é que virem fantasmas. Nos tempos medievais isso em geral significava santos. Os mortos ricos em virtude. Os santos podiam contar com o fato de serem reconhecidos graças a algum tique ou totem característico. Mas cada vez mais os estudiosos estão vendo que a aparição dos mortos aos vivos costumava ser a marca de uma transação funerária malfeita.

— Transação?

— Afinal de contas um enterro decente era o máximo que os vivos podiam oferecer aos mortos quando passavam à pós-vida. Isso era verdadeiro para os vikings, para os egípcios e os romanos também, claro. Mas o que acontecia quando um filho era perdido no mar, ou quando um suicida não podia ser enterrado em terreno santo? As histórias de fantasmas vão se formando ao redor dessas figuras que davam preocupação e medo aos vivos.

— E o que os fantasmas diziam aos vivos?

— Pediam ajuda para que sua alma pudesse descansar melhor. Mas acho que podemos considerar a abundância de histórias dessa variedade como uma inclinação dos vivos para dizer aos mortos: *Deixem-nos em paz*. Queremos ir em frente. Nossa pequena comunidade é manchada por sua morte estúpida e atamancada. Porque, na verdade, qual é a função dos mortos? *Não* é ficar por aí, e sim desaparecer, liberar o ar para os vivos. Como disse Jean-Claude Schmitt (ah, desculpe as referências, sou um professor empedernido), o objetivo das missas memoriais cristãs e a comemoração do Dia de Todos os Santos, *et cetera*, era separar os mortos dos vivos, manter os mortos em seu devido lugar. Assim que se desencarregavam de seu dever para com os parentes e companheiros mortos, os vivos podiam voltar a ter uma vida plena.

— Então é isso: o objetivo de um fantasma...

— É achar alguém que tenha autoridade para atirá-lo à morte integral. Deixando ao atirador a permissão de levar uma vida plena sem culpa ou sofrimento indevido.

— Os rápidos e os mortos. — Ela ficou pensando. — Imagino que seja parte do que Dickens estava dizendo. Mas, em *Um conto de Natal*, Scrooge não podia alterar o sofrimento de seu pobre sócio, Marley. Só podia salvar a si mesmo.

— Tema e variação. Mesmo assim o efeito de Scrooge ser assombrado foi que ele descartou seus medos e se tornou um sujeito tremendamente divertido outra vez, um festeiro dos bons.

Scrooge na pintura, seu tormento assombrado, bergmaniano? Nem de longe um festeiro.

— Ele é meu antepassado, mais ou menos. Ainda que não verdadeiro, pelo menos literário, de certa forma.

— Você já disse algo do tipo. Estou comichando de curiosidade profissional. Passe a taça.

O cordeiro cheirava gloriosamente, todo alho e alecrim. A luz da vela piscava nos talheres e na toalha branqueada. O murmúrio dos turistas japoneses na mesa ao lado, suas vozes agudas e exóticas, fez Winnie começar a se sentir feliz pelo champanhe.

— Então você não acha que a casa é assombrada?

— Sua casa? O apartamento onde você achou o tecido? Não, claro que não. Sou um velho pedante e empedernido. E se visse sua cruz riscada aparecer na condensação desta janela aqui, diante dos meus olhos, começaria a murmurar sobre modelos estatísticos de coincidências.

— E se eu dissesse que vi a cruz e você não visse?

— Acreditaria com toda a força que você disse que viu.

— Acreditaria que vi?

— Não sei. Até agora a experiência na minha vida sugere que não. Mas não sou romancista, e talvez seja dado aos romancistas ver coisas que os professores adjuntos não vêem.

— Você está sendo tolerante com uma pessoa tensa e com algum grau de perturbação de classe média. E depois de eu lhe dar uma identidade falsa. Você não está atrás de mim de algum modo, está?

— Quer dizer, sexualmente? Não sou jovem e ousado o bastante para responder diretamente sim ou não. Mas os homens ainda podem se interessar por uma mulher, não é? E vice-versa? Sem que nenhum de nós saiba se estamos num prelúdio de amizade ou romance, ou se só estamos tendo um interlúdio de camaradagem devido ao acidente de termos nos conhecido na casa de um vidente? Esta é a definição de não estar assombrado, por sinal: conseguir viver no momento sem ter de ansiar pelo futuro nem morrer de medo dele.

— É justo dizer que não estou disponível, por muitas razões, para me envolver num romance.

— Talvez com o tempo isso parta meu coração. Até agora, acho: ah, bem, o que você sabe? Por sinal, o que eu sei? Estou curtindo o cordeiro. O que é exatamente uma *noisette*, você sabe?

— Mas você não disse nada sobre sua situação. Quero dizer, é casado, gay ou o quê?

— Hoje em dia presume-se que todo homem não casado, de uma certa idade, é gay. E um monte de casados também, por sinal. Eu não me incomodaria muito com a suposição se um gay me convidasse para sair, mas como não apareço nos medidores deles como tendo mérito particular, simplesmente abro caminho nas festas, caçando o jovem, o avô ou o animal doméstico mais próximo para fazer amizade. — Irv fisgou três pedaços de cenoura com o garfo, levantou-as e balançou na direção dela. — Sou viúvo, de modo que, se alguém tem motivo para acreditar em fantasmas, sou eu. E não acredito.

— Ah. Minha nossa. Sinto muito.

— Foi há muito tempo, e também não tanto assim.

— Eu também fui casada. — Ela não tinha certeza dos motivos para dizer isso.

— Sei — disse ele, mas não pressionou por mais informações. Claro, Winnie já havia inventado para ele um marido em Scottsdale. Não era de espantar que Irv não parecesse surpreso.

Ela o olhou, o mais atentamente que pôde, tentando não listar as observações para a apreensão do momento feita por uma escritora:

A cabeça dele baixou como se lesse augúrios no funcho assado e no purê de batatas com alho.

O cabelo não era cor de areia nem prateado da idade, apenas cabelo, apenas cabelo claro.

O rubor nas bochechas barbeadas provavelmente não se devia tanto ao Veuve Clicquot quanto ao desconforto por falar de si mesmo.

Provavelmente ela não poderia fazer mais do que jantar com esse homem, esta noite, mas isso podia fazer.

— Irv — disse ela, e pôs a mão de leve sobre a dele.

O choque do toque acertou os dois de volta, pegando-os desprevenidos, e ele sorriu, piscou e disse:

— Pronto, pronto, não precisa se preocupar comigo. Sou um garoto grande. Então fale mais um pouco sobre a história de fantasma de sua família. O negócio do vovô Rudge. Qual é a prova mais antiga que você tem de que seu tata-tatara-*et cetera* avô foi o modelo para Ebenezer Scrooge? Não diga — ele ergueu o garfo —, não está num diário ou numa carta que ele escreveu, e sim no registro escrito de outra pessoa.

— Bem, odeio você estar certo tão depressa. Mas está. Até onde podemos rastrear a fonte nas fofocas de família, a menção mais antiga é feita numa carta do filho de Ozias Rudge, Edward, à sua sobrinha Dorothea.

— O que Edward diz? Você lembra?

— Ah, não lembro literalmente, mas já vi muitas vezes as páginas em questão. John provavelmente tem uma fotocópia delas, ou tinha. Os originais estão em Boston. De qualquer modo, através de várias lembranças familiares, deduzimos que no fim da vida Ozias conheceu a imortal obra de alegria natalina escrita por Dickens. Então ele, o velho Ozias Rudge, lembrou-se da ocasião em que foi assombrado por um espectro. O.R., como o chamamos afetuosamente, tinha aterrorizado as crianças vizinhas em Hampstead com sua história de fantasma, e presumiu que o menino Dickens devia ser um dos moleques de Hampstead que ficavam boquiabertos diante da narrativa. Dickens, aos doze anos, morou brevemente em Hampstead, bem na época das supostas assombrações.

— Você sabe um bocado sobre o que aconteceu há... o quê, 150 anos?

— Pesquisei tudo isso uma vez, quando pensei em fazer um livro a respeito. Não interrompa. Dickens tinha uma obsessão pela própria infância. Adorava lembrar os sofrimentos da época e reviver seus prazeres breves porém intensos. Dá para ver isso no modo como Ebenezer Scrooge é assombrado no início. O Fantasma do Natal Passado leva Scrooge a se ver como menino. Lembra? O solitário e jovem Ebenezer estava lendo junto a uma lareira numa enorme casa deserta. À janela atrás da cadeira vieram Ali Babá e, ah, Robinson Crusoé, acho, e criaturas de contos de fadas. As figuras das leituras e da vida imaginativa do menino ainda estavam ali, entranhadas na mente do velho e rabugento Scrooge. Pode-se imaginar que o mesmo é verdade para todos nós, especialmente Dickens. Na vida, mais tarde, as figuras imaginárias da infância ainda prevaleciam, quero dizer, emocionalmente. Inclusive a lembrança, talvez, de um velho arrasado pelas noites insones em que era assombrado.

— Bom, os fantasmas mais assustadores de *Um conto de Natal* são as figuras do próprio Scrooge. A criança Scrooge do passado, o amargo Scrooge do presente, o futuro Scrooge morto. Se você me pressionar por uma leitura psicológica, eu diria que esse é o seu bilhete de entrada. As pessoas são mais assombradas por si mesmas do que por qualquer outra coisa.

— Muito inteligente. E quem pode argumentar contra isso a não ser, talvez, um fantasma de verdade? — Ela estava gostando daquilo. — Mas, claro, não há como saber nada com certeza sobre as raízes de *Um conto de Natal.*

— Quanto da lembrança de O.R. tinha a ver com natais do passado, presente ou futuro?

— Nada, a não ser o fato de terem as assombrações, que apareciam em noites sucessivas, acontecido durante o solstício de inverno. Rudge não mencionou qualquer tom natalino, mas, como sabemos, na época o Natal não era comemorado com o estardalhaço e a histeria de hoje. Graças em parte ao próprio Dickens.

— Então de que se tratavam as assombrações, afinal?

Todo esse escrutínio de uma vetusta lenda familiar, e a noite escurecendo sobre Londres. Acima do borrão cístico de luzes elétricas, o borbulhar de energia cosmopolita penetrando cada vez mais na estratosfera, mas mesmo assim a noite escurecia, um peso que se juntava, ano a ano.

— Por que está tão interessado em saber?

— Meu interesse é inadequado? Desculpe. Para mim isso é como descansar carregando pedra. Eu consigo algumas das minhas idéias examinando a distância entre o acontecimento sobrenatural e sua narrativa. Na Idade Média vemos poucos relatos de primeira mão sobre a experiência de ser assombrado. Com muito mais freqüência um prelado transcreve uma história de assombração contada a ele. Isso dá à narrativa uma espécie de objetividade jornalística, amplia sua credibilidade. Afinal de contas, se não fosse verdade, o bom clérigo não teria usado seu tempo santo para registrá-lo para a posteridade. Acho encantador, verdade, que você não tenha qualquer farrapo de prova dessa história dada pela mão do próprio Ozias Rudge. Isso segue a norma. E apóia minha humilde tese.

— Fico feliz em concordar. Acho. De qualquer modo, Ozias Rudge aparentemente foi vago a respeito. Um dos outros parentes, mais tarde convertido à Seita de Clapham, lembrou-se da história assim: Ozias Rudge, o mais fielmente que consigo lembrar, Ozias Rudge foi visitado por uma aparição medonha cuja língua ele não conseguia entender, e, por medo de perder a sanidade, fechou os ouvidos contra todos os rogos e decidiu levar uma vida sem culpa para os outros, na esperança de um certo perdão pelos pecados quando fosse sua vez de fazer a travessia. Veja bem, não se diz nada sobre quem era a aparição ou o que ela queria. Se é que queria alguma coisa.

— Os mortos pedem um bocado de favores.

— Os mortos excepcionais. Como você observou.

— Como observei. Mas a maioria dos mortos é muda. E a maioria dos vivos sabe como sofrer sem inventar fantasmas ou ficar psicóticos.

— Eu não tenho qualquer evidência de que O.R. tenha ficado psicótico. Só sei disto: depois das supostas visitas de um fantasma ele nunca mais saiu do país. Achou outra pessoa com quem se casar, alguém mais nova e mais fértil do que a velha viúva, e aos cinqüenta anos começou a ser pai de Edward, Harriet, Marianne e Jane.

— Eu adoraria ver a carta de Edward uma hora dessas. Se bem que, claro, na palavra escrita a realidade da situação não tenha outra opção senão se calcificar e tornar-se menos empolgante.

— E como eu sei disso!

— Você abriu a carta do seu primo John? Para ver que desculpa ele ofereceu para lhe dar o bolo?

Ela fora levada até ali sem ver que isso viria. Encolheu-se.

— Não é da sua conta.

— Ah, por favor, como você é rápida em se ofender! — Ele ergueu as mãos, bem-humorado. — Só digo isso para que...

— O quê?

— Ah, bem. Não faz mal. Estamos tendo uma noite agradável.

Winnie decidiu deixar para lá. Ele estava certo. Era uma noite agradável.

O champanhe foi substituído por vinho, e o vinho por taças de conhaque, e quando saíram da mesa não havia nenhum outro cliente encolhido junto à porta fria. Enquanto Winnie e Irv subiam cambaleantes a High Street de Hampstead, Winnie se perguntou onde queria se ver dentro de dez minutos. Irv era um homem sólido como uma caixa de correio, um atavismo. Usava gravata, pelo amor de Deus, e algum tipo de loção pós-barba que podia ser comprada a litro na CVS. Parecia que estaria à vontade com um chapéu de feltro dos anos 1950 batendo papo com Edward R. Murrow. E John — ainda que não o John fugitivo, claro —, mas John tão oposto, tão levemente contido e ao mesmo tempo tão feroz, tão definido! Era um exercício que ela não queria fazer. Desistiu quando, esbarrando em Irv e rindo, os dois encontraram uma multidão que saía da estação do metrô e começava a atravessar a rua. Uma das pessoas era Rasia McIntyre, que estivera se divertindo também.

— Onde estão as crianças? — perguntou Winnie, dispensando os olás.

— Ah, vejo que você deu uma saída — disse Rasia. E sorriu com seriedade conspiratória para Irv.

— Onde estão as crianças? — perguntou Winnie.

— Não entre em pânico; por que o pânico? — Irv pôs a mão no ombro de Winnie, nem um abraço nem um aperto leve, e sim um gesto de cautela. Ela se afastou.

Rasia também estava muito de pilequinho para se ofender.

— Na casa de mamãe em Balham. Eu saí com umas amigas, uma delas vai se casar. Sabíamos que ia ter vinho, por isso deixei a molecada na frente da TV.

Winnie se afrouxou um pouco. Podia sentir na postura de Irv uma certa dúvida crescendo dentro dele. E era bom que ele tivesse dúvidas. Sentiu-se estranhamente grata por esbarrar em Rasia. Isso colocava as coisas de volta em seus lugares. Winnie em vias de ter idéias de romance? Não era para ser.

Rasia estendeu as duas mãos.

— Olá, sou Rasia McIntyre — falou. — Lembro-me de você, de quando atravessou a porta trancada. Você ligou para mim pedindo o número de Winnie. — Winnie pensou: Vá em frente, Rasia, pegue-o, se quiser; eu fui idiota, durante uma noite, ao imaginar que merecia uma surpresa. E Rasia era toda charme, deixando o xale marrom escorregar da cabeça, mostrando o lindo cabelo ondulado. Seus olhos estavam sensuais com cajal ou alguma imitação da Revlon. Um sári azul e dourado envolvia os seios amplos, puxado para trás ao longo dos braços cor de chocolate para revelar um padrão de pontos desenhados, uma cicatriz organizada. Irv Hausserman era um estudo em compostura americana, aquela qualidade pouco conhecida, freqüentemente eclipsada pelo espetáculo da expansividade americana pouco sofisticada. Ele chegou a dizer:

— Como vai a senhora? — como se estivesse num clube de cavalheiros.

— Suas mãos — disse Winnie, porque se sentia sem jeito. Estava espadanando na água funda, esquecendo de novo como os adultos procediam em situações assim. — O que aconteceu com suas mãos?

— Ah, é um costume de casamento. Não é grande coisa. Na véspera as damas da festa de casamento e a família se reúnem com a noiva e enfeitam as palmas da mão dela com hena. — Rasia jogou a cabeça para trás, uma aparição de sensualidade um tanto imoral. — Chama-se cerimônia de *mehndi*. Cantos tradicionais. Muita comida boa. O *mehndi* é hena; não dá para ver nessa claridade de luz de sódio, mas é na verdade de um vermelho-escuro. Hoje em dia a gente larga as crianças, toma uma bebida e pinta as mãos também, não só as palmas (às vezes a gente se empolga). Depois contamos histórias de terror sobre noites de núpcias.

— Como o quê? — perguntou Irv, traindo seu interesse profissional por histórias.

Rasia começou a rir.

— O noivo bêbado com uma hérnia no umbigo, que a mulher confunde com o pau e monta em cima. O noivo com pênis de jumento. Todo mundo ri e a noiva se apavora, ou finge se apavorar. Hoje em dia as chances são de que ela não desconheça o pau do namorado, mas todas somos educadas demais para presumir, e fazemos o papel direitinho. — Ela girou as mãos, como se apresentasse os anéis e badulaques, e virou as palmas para a luz. Winie segurou o pulso direito e o puxou mais para perto.

— Você... você pegou isso emprestado... a cruz com o risco em cima.

Rasia puxou a mão de volta.

— Me deixe em paz. Estou tentando ser razoável com você, mas essa coisa não pára, não é?

Ela enfiou as mãos de volta no xale e olhou para Irving Hausserman, como se para ver se ele compartilhava das obsessões de Winnie.

— Eu vi. Você desenhou aí de propósito? Eu vi aqueles pontos. Exatamente como o desenho que eu lhe mostrei, no tecido.

— Deixe-me em paz. Vou lhe agradecer por isso. — Rasia cobriu com o xale o rosto nublado e recuou, virou-se para entrar numa banca para comprar jornal ou uma caixa de leite para a manhã.

— Não estou inventando — disse Winnie. — Você viu? Viu, Irv?

— Foi rápido demais para ver, e não sei o que estou procurando.

Ela fez um muxoxo. Será que Irv estava evitando corroborar o que se encontrava claramente ali, em nome da gentileza, ou seria sonso?

— Deixe-me aqui. Eu vou sozinha.

— Vou levá-la em casa.

— Não é necessário e, para ser clara, quero ficar sozinha.

— Vou levá-la em casa — repetiu ele, e fez isso.

Ela não o convidou a entrar, claro; nem ele teria entrado, provavelmente. Havia uma luz acesa no último andar da Casa Rudge. Mas John não estava lá, apenas outro bilhete, este fixo com ímã na porta da pequena geladeira agachada sobre uma bancada. "*Bonne nuit*", dizia, "ligo amanhã".

Quando ele apareceu no dia seguinte, com dois copos de papel com café e um *Sunday Times*, Winnie já havia tomado banho e estava fazendo as malas.

— Não precisa disso — disse ele. — Você ainda tem pesquisas a fazer, não é?

— Não há sobre o que escrever. Foi um bom esforço, mas levei até onde pude. Fiquei tentando achar Jack, o Estripador, na história, mas minha protagonista ficava tendendo para a Romênia. Não adianta. Talvez em outro ano.

Ao ouvir a palavra *Romênia*, John suspirou e derramou o café na pia, sem beber.

— Você simplesmente nunca vai abandonar isso? — falou. — Vai simplesmente desistir e ficar rodando interminavelmente na tempestade? No toalete? Com todo mundo jogando cordas para arrastá-la de volta e você não estende a mão para segurar? É um saco, é isso. Se não houvesse outro motivo para eu ter saído daqui, Winnie, ser regiamente entediado por seu insistente autodesprezo teria bastado.

— O que foi, teve uma noite ruim com Allegra? — perguntou Winnie com o máximo de frieza que pôde.

— Não mude de assunto.

Não precisava. Uma batida na porta serviu ao propósito. John olhou-a.

— Não estou esperando ninguém — disse ela.

Ele foi até lá e abriu, revelando Colum Jenkins, o próprio, ainda que mais magro e mais grisalho, o rosto frouxo com mais rugas. Atrás dele uma jovem com um casaco gordo feito de pele azul sintética, apoiada em pernas finas como gravetos envoltas em malha vermelha.

— Então é o senhor — disse Jenkins. — Achei que a dona poderia estar aqui sozinha, e trouxe minha filha em nome da decência.

Essa era a filha de quem Mac falou? A puta? Apesar das roupas parecia sensata e um tanto urgente. Com uns vinte anos, talvez. Pele boa, olhos que não se abalavam e gestos bons e nítidos enquanto acompanhava o pai para dentro do apartamento. Não parecia uma prostituta, mas alguém interpretando num filme de Almodóvar. Se fosse uma dominatrix à noite, à luz do dia parecia uma terapeuta.

— Não é pela decência — disse ela a Winnie e John. — Ele não deve levantar pesos, e aquele idiota do Mac desapareceu de volta para Dublin do Norte, pelo que sabemos.

— Não posso terminar o serviço, senhor — disse Jenkins a John. — Sem dúvida sua hóspede lhe contou sobre o acidente. Eu tive uma concussão seguida por uma falência cardíaca no dia seguinte. Eles não sabem se uma coisa provocou a outra ou se a falência cardíaca só estava esperando para acontecer, mas pelo menos eu estava no hospital quando aconteceu, e eles puderam cuidar de mim imediatamente. Mas tive de diminuir o ritmo. E vou achar outros trabalhadores para vir, se o senhor quiser.

— O que andou acontecendo aqui? — perguntou John. — Ouvi todo tipo de histórias.

— Ah, imagino que isso estava por vir. — Jenkins foi vago em sua expressão. Como nos movemos em direção às margens de nossa vida, centímetro a centímetro!, pensou Winnie; abrimos mão da centralidade. — Eu certamente não estava me sentindo eu mesmo nos dias anteriores. Olha como fizemos pouca coisa! Não vou perturbar o senhor com uma conta pelas horas gastas, só pelos materiais que estão no corredor, que o seu próximo empreiteiro pode usar.

— O que aconteceu com você? — Winnie ficou satisfeita ao ouvir a calma na própria voz. — Pode dizer?

— Tive um acesso, só isso. — Jenkins não olhou para ela. — Poderia ter sido o meu fim, acho, mas não foi. Por acaso minha Kat estava mais ligada em mim do que eu consegui ficar ligado nela. Devo dizer que ela ultrapassou o velho pai nesse departamento.

— Chega — disse Kat Jenkins ferozmente a Winnie. — Não viemos aqui para ser entrevistados.

— Como vou conseguir pagar as contas sem esse tipo de trabalho é um mistério — disse Jenkins.

— Pai — interveio Kat. — Essa chave inglesa é sua? Esse martelo é seu? Vamos pegar as coisas e não incomodar essas pessoas.

— Mas acho que vamos dar um jeito — disse Jenkins.

— Vamos dar — confirmou Kat. O rosto de Jenkins mostrava uma contradição: algum alívio por estar reunido à filha e alguma preocupação sobre como ela pretendia levantar fundos para ajudá-lo a pagar as despesas.

— Houve todo aquele barulho no poço das chaminés — disse Winnie. — Conte a ele. Conte ao John.

— Eu não... eu não — respondeu Jenkins, balançando a cabeça —, não tenho certeza do que estava acontecendo comigo. Disseram na clínica que eram os primeiros sinais de uma falha sistêmica. Eu deveria ter prestado mais atenção. De qualquer modo foi tudo meio como um sonho, não foi? Eu não me espantaria se houvesse um pequeno vazamento de gás, deixando a gente meio fora da realidade.

— Não havia vazamento de gás — disse Winnie.

— Calma aí — interveio Kat com beligerância. — Deixe para lá. — Ela ergueu um pé-de-cabra como se estivesse pronta para usá-lo contra Winnie. — Este pé-de-cabra é seu, papai?

— É.

Winnie não teve opção além de deixá-los juntar as coisas. Ficou olhando Jenkins ir cautelosamente até a porta. John levou a caixa de ferramentas até lá embaixo, para ele, e Kat se virou no topo da escada para olhar Winnie.

— Não sei o que Mac falou com você — disse ela —, mas é um monte de besteira. O que quer que ele tenha dito não significa chongas, e de qualquer modo não é da sua conta.

— Eu nunca — disse Winnie — *usaria sua vida como ficção*, mas o fato de o pensamento lhe ter ocorrido a fez hesitar. Kat fechou a porta e foi embora. Com ela, pelo menos, se dissolveram os últimos restos da idéia de uma prostituta assassinada e emparedada no poço das chaminés da Casa Rudge, ou do próprio Jack, o Estripador, desaparecido ali. Kat Jenkins era competente e real demais para que os adereços da ficção se grudassem nela. A exploração de Jack, o Estripador, estava se mostrando um beco sem saída.

Mas alguma coisa tinha acontecido, não importando o que Jenkins dissera. Não importando quanto Rasia se voltasse contra ela. Alguma coisa estava irrompendo em sua vida, mesmo que todo o testemunho corroborante estivesse falhando. Ela estava sozinha em sua convicção de uma assombração.

Um a um os coadjuvantes iam caindo pelas laterais. Mas estavam seguindo a pista deixada por seu primo. John Comestor havia abdicado primeiro, no mesmo dia em que ela chegou.

De Bucareste a Ploesti, a Sinaia e Brasov. Dali, Costal Doroftei iria levá-los em frente, pelo que disse, através dos Alpes da Transilvânia, na direção de Sighisoara. Mas havia neve mais adiante, mais no noroeste do que aqui; lá havia uma frente de tempestade e o grupo de viajantes teria de esperar. Doroftei deu a notícia no saguão do hotel, onde, à luz da manhã que tinha a transparência diáfana do gim, Wendy sentou-se vestida com o sobretudo, rodeada pela bagagem.

— Não podemos esperar — disse ela. — Não acredito. Não chegamos tão longe para esperar.

— Não tem outra opção em região montanhosa. Você atravessa montanhas só quando elas dizem: anda.

— Não posso esperar — disse ela, começando a entrar em pânico. — Cheguei tão longe!

— Não, cara senhora, eu estou absolutamente pensativo em sua situação. A senhora precisa distração, e Doroftei vai fazer a senhora e o Sr. Pritzke fazerem viagem maravilhosa. Aqui em Brasov não estamos longe de Bran, por isso vamos ao castelo maravilhoso. Todo mundo em casa vocês contam, você nunca viu coisa tão maravilhosa.

Wendy não conseguiu juntar o fôlego para dizer que John não era seu marido, que não era o sr. Pritzke. O que eles tinham feito? Na noite passada, o que tinham feito?

— Ele não vai querer fazer turismo — disse ela. Construir frases em sintaxe errática era contagioso. John, acordando na cama dela, tinha fugido pelo corredor até o outro quarto. O fato de ele ter deixado seu quarto, e não ela ter deixado o dele, fazia com que a aventura tivesse acontecido por seu convite, mas tinha sido realmente assim?

Doroftei explicou:

— Então a gente deixa ele lendo jornais de homem, ou fumando cachimbo em salão. Venha, o carro está todo quente e pronto.

Ela se deixou ser arrastada por Doroftei, mais pela distração do que qualquer outra coisa.

Por acaso o castelo em Bran era nada menos do que o lar de Vlad, o Empalador — o Conde Drácula original.

Na encosta abaixo do castelo ficava uma espécie de Povoado Transilvânico para Turistas, despovoado e sem graça. Pouco mais do que galinhas cacarejando na fina camada de neve, procurando larvas congeladas ou Deus sabe o quê. As escadas íngremes que levavam à porta da frente eram enormes lajes de pedra, sem corrimões ou balaustradas. Muito Hollywood, início dos filmes falados; muito convincente. Mas assim que chegou dentro do castelo Wendy não conseguiu captar qualquer sopro de vampirismo, não conseguia refutar nenhum corredor ou escada sinuosa com o drama daquele velho conto batido demais. O lugar era lindamente rebocado e totalmente pintado de branco e, se estivesse enfeitado com tapeçarias de flores e unicórnios, poderia servir muito bem como cenário de meia dúzia de contos de fadas europeus.

Não havia nenhum outro visitante, por causa da neve ou do rude bom senso dos moradores locais. Wendy nem sabia por que o lugar se incomodava em abrir os portões ao público. A única pessoa presente parecia ser a velhota com cara de bolinho vendendo ingressos, que ficava numa cabine minúscula ouvindo uma antiga fita dos Beastie Boys num gravador de cassete enquanto tricotava um horrendo suéter verde-oliva com noventa centímetros de altura e um metro e meio de largura, útil apenas para um bicho-papão.

Mas foi bom despistar Doroftei, ficar sozinha. Andou por ali, vendo a leveza branca do dia no céu, uma tela baixa se desenrolando e cobrindo a vista além do vale.

De volta ao carro disse de repente:

— Será que a gente não podia continuar? Agora mesmo? Deixar John no hotel e simplesmente tentar? É meio-dia, certamente já devem ter limpado a estrada para Sighisoara, não é?

— Nós não poderíamos fazer isso nunca, eu não falaria comigo mesmo de novo durante semanas! Deixar um cavalheiro para trás? Por que você faz isso?

— Sou eu que estou arranjando esta viagem — disse ela, na voz mais rígida que pôde.

— Não é a senhora que está arranjando a neve, eu acho.

— Insisto. Devo insistir e insisto.

Mas ao mesmo tempo que ela falava a neve começou a cair de novo.

A estrada de volta a Brasov estava traiçoeira e amedrontadora, mas por muitos outros motivos além do gelo e da neve.

— Então — disse John, ofegando um pouco devido à subida de volta.

— Há alguma notícia sobre a sra. Maddingly?

— Pouca. Ela se encontra estável e descansando confortavelmente, mas fica perdendo e recuperando a consciência, na maior parte do tempo perdendo. Não tinham diagnóstico quando saí. Imagino que você não saiba se ela tem algum parente, não é?

— John, ela é sua vizinha, não minha.

— Entendido. Mas parece que você se familiarizou com ela enquanto eu estava fora.

— Não sei o que isso quer dizer, John. Parece mais desaprovação do que seu jeito usual. Mas, respondendo à sua pergunta, pelo que sei ela é sozinha no mundo. O marido morreu há muito tempo.

— Se ela morrer alguém terá de cuidar das coisas. Será que o Conselho de Camdem cuida disso?

— Não faço a mínima idéia. Eu cuidei do gato, que era a minha função.

— E qual foi o negócio do gato, afinal?

— Você não perguntou a ela?

— Ela não sabia que havia mais alguém na ambulância. Estava ocupada demais conversando consigo mesma para falar comigo. Mas você deve ter alguma idéia.

Winnie tinha uma idéia, mas era velha, cansada e estúpida, como a maioria de suas idéias ultimamente.

— Eu sei o que Wendy teria dito. Foi o fantasma de Jack, o Estripador, que seus operários arrancaram da parede de sua despensa. Ele flutuou livre pela casa e deslocou o tampo da chaminé que quase acabou com o velho Jenkins. Ele conseguiu um contato com Geléia e começou a esticar as garras, a esticar as garras de Geléia, quero dizer, e Geléia se tornou um gato letal, assassinando os companheiros. Então, quem sabe, a sra. M. ultrapassou seu próprio prazo de validade e a idéia dos gatos mortos a fez pirar de vez. Como apanhou Geléia e por que o cozinhou, não sei, mas na melhor das hipóteses ela nunca estava totalmente aqui. Lembra-se daquela expressão, de quem é mesmo?, sobre um lugar: não existe nenhum lá, lá? É de Gertrude Stein? Não importa. Da sra. M. não existia muito lá, lá, nem mesmo em seus melhores dias.

— Wendy? — perguntou John.

— Wendy — disse ela com impaciência. — Wendy Pritzke.

— Ah ah ah ah ah. Ah.

— Mas ela estaria errada, claro, porque o fantasma que saiu não era Jack, o Estripador, não era um homem. A não ser que Jack, o Estripador, fosse uma mulher, possibilidade que nunca foi negada. Segundo Ritzi Ostertag...

— Ritzi Ostertag?

— O médium. O vidente. Eu lhe disse. Não disse? Ele falou que o tecido pendurado atrás da parede de sua despensa era a mortalha de uma mulher, e Irv Hausserman...

— Irv Hausserman. Isso mesmo. Você andou consultando um bocado de especialistas.

— Não seja sacana. Só estou respondendo à sua pergunta. Irv, como talvez eu tenha mencionado, é historiador, e alguém no Victoria and

Albert disse que a mortalha era muito mais antiga do que isso. Possivelmente da Idade Média.

— Então. Resumindo. Você chega à cidade e eu saio, e você habilmente evita encarar os motivos para eu ter feito isso...

— Não evitei motivo nenhum, John. Estive muito ocupada com questões que resultaram de sua ausência, como você pode ver...

— E estou vendo ali na mesa o bilhete que deixei — ele apontou — sem ser aberto nem lido. Como digo, você evita a realidade e em vez disso encontra um fantasma medieval para exumar nesta casa muito não-medieval. Você não está escrevendo neste momento, pelo que diz. Mas está se esgueirando através de um enredo construído a partir de pedaços não verificáveis e hipóteses estúpidas (vou dizer) dadas por personagens secundários posando de especialistas em parapsicologia e história medieval? Por que está enfeitando uma história triste e real com absurdos saídos de alguma história de fantasmas juvenil contada ao redor de uma fogueira de acampamento? Para não admitir que a história verdadeira é *feita*, Winnie? E que não há vida do outro lado dela para você (e francamente nem alívio para mim, também) até que você admita? Você é mais louca do que a sra. Maddingly, e isso requer alguma coisa.

— John, eu vi o que vi.

— Você verá qualquer coisa menos o que está diante da sua cara. — Ele pegou o envelope. — Leia isto na minha frente. Agora. Leia antes que eu saia. E não vou voltar enquanto você não tiver ido embora daqui.

— Vou embora agora. Só vou acabar de fazer as malas e saio em dez minutos.

— *Leia.* — Ele parecia a ponto de estrangulá-la. Winnie virou a cabeça para o outro lado, odiando ver seu rosto. Mas John não iria se mover, e ela não podia, por isso finalmente soltou um gemido e abriu aquela coisa.

— Leia em voz alta.

— Não leio.

— Faça isso ou eu pego da sua mão e eu mesmo leio. Quero saber que você ouviu as palavras. Winnie. Por favor. Por você. Por mim. *Por favor.*

Ela deu de ombros, estendeu o envelope para ele, mas mesmo assim não se virou para olhar seu rosto. John xingou baixinho e abriu a página dobrada.

— Datado de 30 de outubro — disse ele. — E antes de começar devo dizer que me ressinto por você abrir mão desta responsabilidade. Mas é clássico. Você despreza certos tipos de privilégio nos outros, mas toma todo tipo de liberdade que lhe sirva. A carta.

"Querida Winnie. Não sou escritor como você, de modo que, como você sabe, é de má vontade que pego a caneta. Mas não tive sorte em encontrá-la por telefone, e o correio, na melhor das hipóteses, não é confiável. Venho tentando atrair sua atenção e você habilmente se desvia de tudo com o olhar focalizado em alguma meia distância interna. Para ser justo em geral, eu descarto isso como sendo temperamento artístico, mas já chega. Assim, com relutância, estou escrevendo esta carta para você encontrar na chegada a Londres. Não estarei aqui enquanto você estiver. Não posso ficar no mesmo lugar com você. Tenho de sair do país para trabalhar, um tanto inesperadamente. Poderia adiar, mas por quê? Acho melhor ir. Presumo que você usará meu apartamento por uma noite ou mesmo várias noites enquanto ajusta os planos. Você encontrará trabalhadores aqui, por sinal; é uma coincidência, mas como acho e espero ser improvável que você fique, será uma chance para que seja feito algum trabalho enquanto eu estiver fora.

— Novo parágrafo.

"A coisa, Winnie, é a seguinte: não posso mais dançar ao redor do arrependimento pelo que aconteceu na Romênia como se não tivesse acontecido. Tinha pensado que algum tempo colocaria as coisas numa distância útil, permitiria que perdoássemos e achássemos um novo pé para nossa longa amizade. Podemos optar por morrer de vergonha e tristeza ou podemos nos recuperar. Não tenho intenção de morrer, mas temo que você não tenha intenção de se recuperar. E não sou a pessoa que era antes de irmos à Romênia. Às vezes sinto saudade daquele cara, aquele jovem de meia-idade, que com quarenta e poucos anos ainda podia sorrir com um pouco de inocência tola. E certamente sinto saudade de você, em todos os sentidos. (Todos menos um, como você terá dificuldade de ouvir, mas preciso dizer para que você encare: não sinto falta de você como amante.) Mas não tenho acesso a nada de seu, apenas a um simulacro, essa é a palavra? — um manequim de olhos colados. Não a Winifred Rudge, minha prima e amiga querida, mas algum tipo de Winnie-Scrooge, grudada em seus sofrimentos e incapaz de se reformar como seu tataravô pôde, e se reformou.

— Novo parágrafo.

"Último. De modo que isto é o que não posso dizer a você pessoalmente, porque você não quer ouvir, sai do quarto, tem uma inspiração e mergulha num caderno ou foge para uma biblioteca para fazer alguma pesquisa ou tem um súbito apetite por um cochilo. *Você precisa colocar a Romênia para trás*. Acabou. Não pode fazer nada a respeito. Você não é responsável e, *mais objetivamente* (esta parte, Winnie, eu sublinhei para dar ênfase), *nem eu*. Só espero que depois de eu ter escrito isso e deixado você sozinha aqui até a próxima vez finalmente fique claro em você. Realmente não consigo imaginar o que mais posso fazer para atrair sua atenção. Seu amigo amoroso. J."

Ele lhe entregou o envelope e a carta.

— É isso. Agora você ouviu?

O caderno que teria sido a história de Wendy Pritzke, nessas últimas semanas, ainda estava repleto de páginas em branco. Alguma coisa em Winnie não conseguia mais fazer os gestos simples: o dar de ombros, o sinal obsceno com o dedo médio, a piscadela, a encolhida, o beijo, a genuflexão. Estava se esforçando ao máximo para se desemaranhar, não estava? O que mais poderia fazer?

— Você não tem direito de se intrometer — disse finalmente. — Você desistiu desse direito. E não existe mais essa coisa de reforma, não do modo como o velho Ozias Rudge conseguiu, nem Ebenezer Scrooge. As coisas não melhoram realmente na vida. Você se lembra do texto? Dickens deu a marca de qualidade. No livro, o Pequeno Tim não morreu. Mas na Inglaterra vitoriana ele teria *morrido*.

— Sei disso. E sei que pessoas morrem. E vão embora. E mudam. Mas você deve mudar também.

— Se você está certo, se eu empaquei, não é por causa de uma fraqueza no tecido da minha alma. Não acredito na alma, de qualquer modo, é porque alguma pequena esfera de madeira num local preciso de meu modelo pessoal da dupla-hélice do DNA não me permite obedecer ao poema instrutivo. Você se lembra dele?

— Não sei do que você está falando.

Ela se imaginou balançando o dedo para ele enquanto recitava:

Quando em perigo, quando em dúvida,
Corra em círculos, grite e berre.

— Mas não é isso que eu faço, John. Não grito e berro. Minha herança pessoal de código genético diz: "Quando em dúvida, congele."

— O DNA como destino é uma fraude tão grande quanto o freudianismo. Ou a astrologia.

— *Touché*, meu caro.

Ele enxugou os olhos com as costas das mãos.

— Se você conseguisse trabalhar a própria vida com a diligência com que trabalha em suas ficções!

— Acha que eu cauterizei minha alma de propósito?

— Você está ocupada demais trabalhando em alguma ficção dentro da cabeça que diz que nós dois devemos ser culpados pelo que aconteceu. Não somos. Não existe... nenhuma contingência nisso, é só acidente e coincidência de trabalho. O fato de você se recusar a ir em frente é deixar...

Mas ela não conseguia mais ouvir. Largou a carta no chão e ficou parada, olhando para John com a mão aberta, balançando, exagerando com crueldade o gesto de descarte, e depois enfiou o cabelo atrás da orelha com dois dedos. Pegou a bolsa de couro e a pasta do computador e deixou a mala grande onde estava.

— A casa é sua, cuide de seus fantasmas sozinho.

— Trato feito. — Falando para as costas dela enquanto Winnie descia a escada. — Se você enfrentar os seus.

Ela ocupou um minúsculo quarto abafado perto do Museu Britânico e não conseguiu dormir por causa do barulho do tráfego. Que lambança estava fazendo! — os fantasmas dos Natais Passado, Presente e Futuro brigando pela atenção com o fantasma de Jack, o Estripador, Jacqueline, a Estripadora, ou alguma empregadinha atrás de uma parede.

Foi procurar Ritzi Ostertag, mas o lugar parecia fechado de vez, com algumas garrafas de leite azedando junto à soleira. Mesmo assim grudou um bilhete na porta dele, dizendo: *RITZI: por favor informe meu paradeiro a Irving Hausserman se ele pedir*, e embaixo disso escreveu o telefone e o endereço do hotel.

Fez uma ligação para Boston. Não queria falar com ninguém de sua vida anterior. Em vez disso telefonou para Adrian Moscou. Disse a ele onde sua chave estava escondida e qual era o código de segurança do sistema de alarme. (Não disse que o alarme tinha dado defeito recentemente; e esperava que, se ele fosse preso por invasão de domicílio, os outros detentos fossem gentis.) Explicou onde estavam as fotocópias das páginas da carta de Edward Rudge e pediu que mandasse por encomenda aérea expressa para Londres.

— E o que eu ganho com isso? — perguntou Adrian.

— Se eu conseguir escrever uma história a partir daí, dedico a você e seu namorado.

— Isso é pouco. Que tal um jantar, nós três, quando você voltar?

— Você não tem nada que gostar de mim, você nem me conhece. Ninguém que me conhece continua gostando de mim. Só guarde o recibo e eu o reembolso.

— É melhor que sim. O Famílias Felizes está sugando tudo o que a gente tem. Vamos ser pais mantidos pelo serviço social.

Ela caminhou por Whitechapel, tentando entrar de volta na história de Jack, o Estripador, que Wendy Pritzke supostamente estaria escrevendo. Sentia-se distante demais. Como Ritzi Ostertag num dia ruim, incapaz de fazer uma leitura de qualquer coisa.

Ele apareceu um ou dois dias depois, com um punhado de petiscos da seção de comida da Harrods. Almoçaram num banco no Green Park, encolhidos sob um guarda-chuva que ficava tombando.

— Esperteza sua ter deixado aquele bilhete para mim no Ostertag — disse ele. — Fiquei ligando para o seu primo e só era atendido pela secretária eletrônica.

— Suspeito que ele vai ficar longe de lá até que a reforma termine.

— Ou até ele vir que você apareceu durante o dia e tirou o resto da bagagem. Como está se virando?

— Refiz o estoque do material básico de toalete na Boots e comprei algumas roupas de emergência na John Lewis. Quais são os seus planos?

— Não vou ficar aqui por mais muito tempo. Tenho passagem de volta para a quinta-feira da semana que vem. O semestre está terminando. Há reuniões de departamento de que preciso participar, para garantir que não seja eleito catedrático do Departamento de História em minha ausência.

— Tem sido valiosa para você? A pesquisa? Parece que teve mais sucesso do que eu.

— Odeio a nova Biblioteca Britânica, mas sou antidiluviano. É, tem sido boa. Estive me concentrando em manuscritos sobre charivaris.

— E o que é charivaris?

— Não tenho certeza da etimologia, acho que é incerta, mas refere-se ao tumulto (o *Dicionário Oxford* diz "música rude") feito ao se bater panelas, tambores e utensílios domésticos durante um casamento impopular.

A referência literária mais antiga é contida num manuscrito do século XIV, *Le Roman de Fauvel*, em que...

— Pode me poupar das citações bibliográficas.

Ele pareceu magoado, mas só por um momento.

— Achei que você tinha uma forte curiosidade sobre essas coisas.

— Tenho, meu caro, mas estou com minha própria música rude na cabeça. Charivari é um bom termo para o que me aflige. Mas vá em frente; estou sendo grosseira.

— Para provar que posso ir em frente, irei. Não é à toa que estive gastando o fundilho das calças na Biblioteca Britânica. — Ele jogou um caroço de azeitona nos arbustos. — O charivari em Fauvel é estupendamente específico. Gosto menos dos personagens alegóricos de Fauvel e sua nova noiva, Vainglory, do que do charivari programado para atrapalhar a noite de núpcias deles. É uma espécie de Festa dos Tolos realizada no quarto. Jovens vestidos em hábitos clericais ou sacos velhos, rapazes vestidos de moças, rapazes mostrando o traseiro nu ou mascarados como homens selvagens da floresta. Eles arrebentam o lugar como uma banda de rock num quarto de hotel, quebrando janelas, derrubando portas e coisas assim. Provocam, atormentam e zombam. Fazem cócegas nas partes pudendas da esposa, para distraí-la das atenções do marido; apavoram o pobre Fauvel com uma procissão fúnebre. É simplesmente grandioso. — Ele suspirou com prazer. — Ainda mais grandioso porque não funciona. Fauvel consegue ir às vias de fato com a mulher, apesar do charivari. Em Fauvel, veja bem, o casamento vence. O sexo é mais sensual do que a morte.

— Todos estamos fascinados demais com essa coisa.

— E não deveríamos estar? Olhe, eu não vim vê-la para falar da minha pesquisa. Vim ver como você está.

Ela balançou a cabeça.

— Nesse ponto você já deveria saber que nunca digo às pessoas como estou. Sou uma mentirosa boa demais.

— Quer dizer que é uma mentirosa ruim demais. Dá para ver por mim mesmo, claro como o dia. Para começar, as roupas que você comprou na Oxford Street são todas pretas. Mas também tenho outra fofoca. Você foi ver a sua sra. M. no hospital?

— Não. Certamente você também não foi, não é?

— Está brincando? Depois de você ter me contado naquela noite, fui, pela simples necessidade de impressioná-la com minha caridade. Mas depois da primeira vez fui de novo. E vou esta tarde. — Ele bateu na bolsa de lona sobre o banco, ao lado. — Com isto.

— O quê, você vai levar uma cesta de piquenique para ela? Só porque a cozinha do hospital não é grande coisa?

— Não. Embaixo da comida. Um gravador.

— Para quê.

— Venha. Você verá.

Andaram cautelosamente pela calçada, cujas pedras estavam cheias de folhas úmidas.

— Não consigo imaginar por que você está fazendo isso — disse Winnie. — Por que foi vê-la.

— Não mesmo? — Ele a olhou quase com carinho. — Quer tentar adivinhar?

— Ah, isso? — Winnie se sentiu horrível, uma múmia antiqüíssima e exumada. O cós da calcinha estava se soltando, e ela sentia cãibra no tornozelo esquerdo. E tinha um nó na garganta. — Eu lhe disse que não estou livre para uma ligação sentimental.

— Que modo adorável e antiquado de dizer. E, de qualquer modo, isso a torna ainda mais interessante para estar junto. Só para garantir.

Ela se sentiu fria e superior.

— Você está me seguindo porque sou a única cidadã deste mundo moderno, pelo menos que você conheça, que afirma ter algum contato com fantasmas. Está me examinando como um espécime. Talvez tenha algum clarão de inspiração sobre como a mente medieval funcionava.

Ou será que está pensando em escrever um artigo de jornal, ou me colocar no prefácio de seu livro, para dar apelo comercial? *Assombrações no século XXI?*

— Sabe, ocasionalmente você é paranóica ao ponto do delírio. Gostaria que eu conseguisse um quarto no Royal Free Hospital, já que estamos aqui, para você se recuperar? Não que — completou, segurando a porta aberta para ela — seus instintos comerciais estejam errados. O máximo que eu faço são pequenos ensaios em periódicos profissionais que ninguém lê, exceto profissionais. Não sei o que vende.

Subiram de elevador até o sétimo andar: Serviços de Saúde para Idosos. Fora do elevador, Winnie parou e estendeu a mão para reter Irv por um momento, enquanto se preparava para ver a sra. Maddingly. O latejar dos sistemas de aquecimento e ventilação, o sussurro dos elevadores correndo nos poços, tudo gerava uma vibração no ar, como se o prédio sofresse de zumbido nos ouvidos.

Passaram pela porta da ala Berry, um dos quatro braços que se estendiam do coração do prédio. O piso de linóleo era café-com-leite; o ar cheirava, inevitavelmente, a couve-de-bruxelas cozida demais. Havia uma calma agitação de competência no posto de enfermagem que dava para uma enfermaria central com múltiplas camas, todas ocupadas, nenhuma com alguém conhecido.

A sra. Maddingly tinha sido posta num quarto duplo arrumado para servir como triplo. À porta Winnie se obrigou primeiro a avaliar a vista da janela do quarto: um belo trecho de Heath, mais árvores do que terra aberta visível, casas em terraços subindo em vários lados. Prédios cor de dente podre.

Um rádio em outro quarto estava transmitindo uma banda de instrumentos artesanais tocando *The Holly and the Ivy*. Winnie trincou os dentes e entrou.

A sra. M. estava deitada parecendo um ramo de alguma coisa posta para secar, em lençóis limpos demais e bons demais para ela. Duas outras velhotas, uma de cada lado, batiam papo.

— Vocês vieram aqui para acalmar a velha? Ela não pára — disse uma delas para Winnie e Irv.

— Ela precisa de um tônico — opinou a outra. — Ou de um soco.

— Não sou de reclamar, mas nunca ouvi alguém que fale tanto; ela é capaz arrancar a pele de uma salsicha de Cumberland, de tanto falar.

— Qualquer filho decente tiraria a pobre coitada e levaria para casa.

A segunda mulher se virou para olhar a primeira.

— Então o que nós estamos fazendo aqui?

— Nós não temos filhos — disse a primeira —; pelo menos, não temos filhos decentes. — Isso fez com que as duas rissem e depois ficassem imóveis, pensando.

— Sinto muito — disse Irv. — Somos apenas amigos que viemos fazer uma visita rápida.

Os olhos da sra. Maddingly estavam abertos, e Winnie se sentiu aliviada ao ver que havia bastante vida neles. Mas a velha não pareceu notar os visitantes. Sua voz saía cantarolada, em volume variável, primeiro alto, depois baixo. Havia expressões que Winnie conseguia captar, *as estrelas... eu nunca uso vinagre para isso, querida... as cortinas de blecaute estão precisando de conserto...* Mas havia outras frases emboladas, sílabas de costas umas para as outras.

— Ela está engasgando? — perguntou Winnie. — Sra. Maddingly, a senhora está bem?

— Ela não está engasgando — disse Irv Hausserman, pegando o gravador.

— Devíamos ter trazido flores, doces ou alguma coisa.

— *Nós* não recusaríamos doces — disse uma das colegas de quarto.

— Nem flores — completou a outra.

— Mas não se incomodem com a gente. Só façam ela se calar, certo? Que chatice!

— Vou chamar a irmã — disse Winnie. — Acho que ela está engasgando na própria saliva.

— Não está engasgando — disse Irv apertando o botão para gravar.

— Isso é que é reviver a infância. Então ela está vagueando, de volta a antes do tempo em que aprendeu a falar.

— Ela está revivendo a infância de outra pessoa — disse Irv. — Desculpe, essa foi uma frase à qual não pude resistir. Não sei o que ela está fazendo. Mas está falando. Acho que em francês medieval, ou algo assim.

Winnie ficou quieta.

— Vamos gravar um pouco — disse Irv. — Fique firme, querida. — Winnie não soube se ele estava falando com a sra. Maddingly ou com ela, mas não se sentiu capaz de se mexer, mesmo. Os sons produzidos pela sra. Maddingly pareciam rolar, e tinham uma qualidade mais gutural do que nasal, aos ouvidos de Winnie. Quem sabia como soava o francês medieval? Winnie não tinha se dado bem na aula de francês da sra. Porter e não conseguia um sotaque de Inspetor Clouseau nem mesmo quando bêbada. Mas achava que Irv devia conhecer gramática e vocabulário franceses o suficiente para fazer essa avaliação.

— Bem, o que ela está dizendo?

— Está acima da minha capacidade de entender — sussurrou ele. — Shh. Vamos gravar alguns minutos. Eu fiquei sentado ouvindo, da última vez. Incrível. Ela parece fazer uma espécie de narrativa em círculo. Vamos pegar uma recitação completa e depois falamos.

Ficaram sentados enquanto a fita corria, quase o lado inteiro. As outras mulheres afundaram em suas próprias névoas, revivendo diante da esperança do almoço, mas era apenas uma irmã trazendo comprimidos numa bandeja.

— Peguei, ou pelo menos a maior parte — disse Irv finalmente, e desligou o gravador. — Bom. Vamos procurar a matrona e conseguir informações sobre o estado da sra. Maddingly?

— Mas o que ela estava dizendo? — perguntou Winnie. Seus joelhos ficaram travados, o estômago apertado. — Se você pôde perceber que era francês (eu nem pude ouvir isso, quanto mais francês medieval), o que ela estava dizendo?

— Não sei, pelo menos não muito. O sotaque é difícil demais para mim. Mas são as palavras mais simples que permanecem iguais. Ouvi *faca*, *água* e, acho, *fogo*.

— O que está acontecendo com ela?

— Parece algum tipo de divisão de personalidade. Como... como é que a gente chama... episódio esquizofrênico, talvez provocado por um derrame. Não sei. Não sou médico. Acho que a sra. M. estava falando consigo mesma em inglês e respondendo a si mesma em francês.

— Ela é de... ah, algum lugar como Manchester.

— Estou dizendo o que me pareceu. Ela estava de um modo e de outro. Parece que fica assim a noite inteira, mesmo durante o sono, se é que dorme. Escute... você vai ouvir...

— O que estou tentando ouvir?

— Acho que ela deu um nome para sua outra metade. Ela se dirige a si mesma.

— O lado negro da sra. Maddingly. Incrível. Como ele se chama?

— Escute: a coisa vem repetidamente, nas frases em inglês...

— O que estou tentando ouvir?

— Jersey — disse Irv num sussurro baixo.

A sra. M. se curvou um pouco, como se talvez o tivesse ouvido falar aquilo. Sua cabeça se moveu de um lado para o outro. Winnie se retesou. As sílabas escorreram para fora, meio como Jersey. Jervsey? Jarvis? Um canto da boca da sra. M. ficou tensa e o som saiu indistinto.

— Não sei. Jersey, como a ilha? Talvez ela tivesse passado férias lá na infância e captado um pouco do dialeto. Falam francês em Jersey?

— Não faço idéia.

— Se não vão levá-la para casa, façam o favor de colar os dentes dela — disse a velha ressecada número um.

— Ou mandem cortar a língua dela — disse a outra cheia de esperança. — Uma cirurgia.

— Nós precisamos dormir.

— Essa falação é pior do que *Spitting Images*.

A colocação da sra. Maddingly no quarto delas tinha lhes dado algo maravilhoso contra o qual se ressentir. Elas riram e riram enquanto Irv e Winnie se esgueiravam para fora. Winnie ficou para trás enquanto Irv tentava se inteirar do prognóstico para a sra. Maddingly. Os funcionários relutaram em dizer coisas específicas, já que Irv não era parente, mas deixaram claro que não esperavam que ela tivesse alta tão cedo.

Do lado de fora, Winnie não sentiu urgência de ficar mais tempo com Irv. A sensação de pessoas em exposição, de um show de excentricidades — não somente a pobre sra. Maddingly, mas também ela — tinha começado a incomodar.

— O que você vai fazer com esta fita? — perguntou.

— Ver se consigo achar alguém na cidade para ouvir e fazer uma tradução. Se tiver de ir a Oxford ou Cambridge, vou. Deve haver medievalistas que queiram fazer uma tentativa de decifrar isso.

— Acho que você é que é o maluco. Como a sra. Maddingly poderia estar falando francês medieval? Você está propondo, de algum modo chomskyano, que nós guardamos a gramática e a sintaxe de línguas antigas no cérebro, repassadas como a teoria de Jung do inconsciente coletivo? Que algum aneurisma ou algo assim transformou a sra. Maddingly num erudito medieval dos nossos dias?

— Não sei o que estou sugerindo. Talvez ela tenha ido uma vez a uma palestra com o marido e ficou sentada tricotando enquanto algum velhote lia um texto medieval. E, mesmo não sabendo, seu cérebro pode ter se ligado como um gravador, como este gravador. E a fita mental pode ter sido acidentalmente recuperada e ela não consiga desligar. Como é que vou saber?

— É loucura demais. É o mesmo que dizer que ela estava possuída.

— Não disse isso. Preferia optar por minha teoria. Não creio em possessão.

— Você está me induzindo? Para ver se eu acredito que ela está possuída?

— Você não precisa confiar em mim com relação a muita coisa. Mas pode se arriscar a confiar que não sou tão sacana assim.

— Não sei no que confio. Vá ao seu especialista e me deixe em paz.

O voyeurismo daquilo. Ela desceu o morro com raiva suficiente para passar pela entrada do metrô da Linha Norte no Belsize Park e continuar em frente, passando pelo Primrose Hill e entrando em Camden, onde fingiu olhar as fileiras de camisetas coloridas. Pensando; tentando pensar, pelo menos.

Havia alguma coisa. Jersey. Jervsey.

Então se lembrou das letras nos bilhetinhos adesivos grudados ao console da lareira da sra. Maddingly.

G BR WA ƨ A

E se ela tivesse lido errado o *B*? E se fosse um *E* que, numa letra arredondada, se parecesse um pouco com um *B*?

G ER WA S A

E se o *W* fosse um *V* torto, ou se fosse pronunciado como um *V*? E as letras reunidas para formar uma palavra? Um nome?

G ER VA S A

Jersey? Jervsey?

Gervasa?

Pela primeira vez na vida ela duvidou — bem, de quê? Não de sua sanidade, porque não conseguia se lembrar de estar mais alerta do que quando voltou para o hotel em Brasov e viu John ali. Então seu contato com a realidade não estava em dúvida. Só que, desde a infância, nunca havia se sentido como uma criança.

Toda a atenção que prestava a coisas infantis!... o ursinho Pooh (versão Disney) em sua escrivaninha em casa. As vagas opiniões escritas pelo arranjos das estrelas no céu. Os farrapos de versos, arrumados como profecias — todas essas distrações não a haviam deixado despreocupada, só ocupada. Mentalmente atulhada.

Gosto deste livro, disse o Rei de Copas.

Ele me faz rir, o modo como começa.

Também gosto, disse sua mãe.

Por isso os dois se sentaram e o leram um para o outro.

Claro, ela havia conseguido fazer uma carreira, construindo a reputação a partir de talentos limitados. Tinha cuidado do pai até que ele morreu, apesar do custo para o seu casamento. Tinha pagado os impostos, recolhido para o American Heart Fund *et cetera*. Tinha honrado e amado o esposo, e raramente achara difícil lhe obedecer, também. Até agora, quando ele estava imperdoavelmente desaparecido desta campanha extremamente significativa do casamento, e ela ficou demente — talvez bêbada — e caiu na cama com o único sujeito que realmente já havia desejado, e jamais tinha imaginado que conseguiria.

Então o que ela era agora, entrando no hotel, sacudindo a neve dos ombros? Não mais do que uma adolescente, tremendo, mais cheia de luxúria do que jamais considerara possível. Os velhos truísmos zombeteiros se sustentavam. Estava nua por baixo do respeitável sobretudo de lã, do conjunto de sarja azul, do sutiã, das calcinhas e da meia-calça. Seu corpo de meia-idade se expandia de choque e desejo. Tinha revertido a um ser com seios que sentiam coisas, não proporcionavam simplesmente uma bela encosta para mostrar os melhores colares. Podia sentir o sangue fluindo nas nádegas. Com uma mala cheia de pastas de papel autenticadas em seu quarto, mais dinheiro para suborno costurado nas ombreiras do casaco de risca-de-giz, hoje não era nada senão uma mulher: competente ao ponto de ser maníaca com isso. E ali estava, no saguão do hotel cheio de serragem, o salão girando porque ela estava tonta de fome de John, de novo. Não podia ter certeza de quem era, uma mulher casada ou uma adolescente apaixonada pela primeira vez.

Ele deveria estar aqui, pensou a respeito de Emil. Droga! E John ergueu a cabeça em sua poltrona e deu um sorriso. Não era um sorriso de cumplicidade, viu ela, ou de paixão, ou mesmo de embaraço, mas talvez de preocupação.

— O quê? O que foi? — perguntou ela, imaginando se Emil teria ligado.

— Ah, a neve, só isso; vamos ficar presos aqui um tempo, acho.

— Nós não precisamos nos ver, se parece que eu me aproveitei da situação. — Ela se sentia um personagem de Audrey Hepburn parado ali naquele saguão retrô, que não fora reformado para evocar um tempo mais antigo, mais sóbrio, mas era o artigo genuíno, velho e cansado, gentilmente decadente. — Talvez eu tenha entendido mal, acho que cheguei perto demais.

— Não era o que eu esperava — disse ele. — Quero dizer, ontem à noite. Mas não é disso que estou falando.

— O que é?

— A tempestade é muito séria, pelo que dizem. Sighisoara fica bem no caminho dela, e houve quedas de energia. Podem-se passar vários dias antes que possamos atravessar.

Ele queria dizer – ele pensava – que os dois ficariam trancados juntos nesse hotel enquanto a neve os continha, aprisionava, impedia que completassem a missão. Não como Omar Sharif e Julie Christie, presos numa dacha de contos de fadas, mas num hotel que cheirava a óleo diesel, com pouca coisa interessante para comer, nada para ler, a tarefa em frente adiada indefinidamente, e só o romance ilícito e acidental para ocupá-los.

Ela lhe disse:

– Davy Bolinho
Jogue-o na gordura fervente.
Ponha açúcar e manteiga
E coma enquanto estiver quente.

– Davy está quente – respondeu ele.

Por isso subiram e foram para a cama, desta vez não por paixão, mas por arrependimento e uma certa variedade de terror. E desta vez, como a perversidade é perversa, a maré sexual foi mais profunda – no sentido da palavra que conota não somente a distância oculta das profundezas, mas também sua natureza secreta.

Na metade do caminho até a parte inferior de Bloomsbury ela decidiu que estava na hora de ir embora. De vez. Saiu da Linha Norte em Camden e atravessou para o outro lado da plataforma para voltar a Hampstead. Nunca poderia recuperar o sentido de decoro moral, mas pelo menos, com esforço, poderia agir como se tivesse recuperado. Isso teria de servir. E sem dúvida a primeira coisa, ou pelo menos a melhor coisa, em que podia pensar para fazer era se evacuar das proximidades de John. Pegar a última parte da bagagem, sair, sair, e mais tarde se preocupar com o próximo passo.

Não queria encontrá-lo, por isso esperou até o crepúsculo, quando sua presença seria marcada pelo acender de luzes. Quando não notou qualquer iluminação, entrou e subiu a escada.

Em apenas um ou dois dias ele tinha conseguido outro empreiteiro, mas os trabalhadores não tinham aparecido naquele dia, caso contrário ela os teria visto sair. Agora a parede da despensa estava totalmente derrubada, e a parede de tijolos atrás tinha sido raspada com uma escova de aço. Os tijolos pareciam petulantes, muito de época, como se tivessem sido cozidos por encomenda de Martha Stewart. Alguns pedaços de madeira serrada, a estrutura inicial de uma escada que envolveria os tijolos e subiria ilegalmente ao telhado. Ela desejou que desse certo. Uma casa abre mão de seus fantasmas sempre que alguma janela é aberta, algum mofo é removido, algum papel de parede desbotado é arrancado ou recebe uma camada de pintura.

Pensou em dar um chute certeiro no rosto triste de Scrooge/Rudge. Encare isso, disse a ele. Fique na sua casa ou saia dela. Passe pela porta. Quanto tempo você consegue ficar aí, ameaçado pelas cortinas da cama?

Só que, claro, talvez não fossem cortinas ameaçando-o, e sim a mortalha da criatura Jervsey.

De qualquer modo, saia, velho. Retire-se para o Brasil, o Punjab ou as Antípodas. Não existe espaço suficiente neste lugar para que nós dois sejamos assombrados.

Abriu a mala e tirou coisas do armário. Coisas que tinha deixado ali entre uma visita e outra. Seu estado mental estava ficando sério. Já que estaria aqui sozinha, era melhor ir com tudo. Procurando alguma música em que se chafurdar, achou um CD de *Die Winterreise* e imediatamente começou a sentir desejos a partir das sonoridades angustiantes.

Dobrou as roupas com uma lentidão incomum, não querendo, imaginou, ir embora muito depressa. Por quê? Para ouvir a música? Chegou a dobrar as alças do sutiã e inverter uma taça dentro da outra, para o máximo de eficiência. A quarta música veio na seqüência: "*Erstarrung.*" Olhou o libreto para garantir que estava se lembrando corretamente da tradução. “Entorpecimento.” Que estranho o entorpecimento receber um cenário tão agressivo, o piano percutindo em vez de com *legatos* langorosos. Como se a idéia de Schubert para a natureza do entorpecimento fosse mais bem caracterizada não pela paralisia, e sim pelo movimento obsessivo e a iteração, o ruído incessante e a distração.

Ouviu:

Ich such im Schnee vergebens
Nach ihrer Tritte Spur,
Wo sie an meinem Arme
Durchstrich dei grüne Flur.
Ich will den Boden küssen,
Durchdringen Eis und Schnee
Mit meinem heißen Tränen,
Bis ich die Erde seh.

E então achou o texto do poema de... quem era mesmo? Wilhelm Müller, sentou-se na beira da cama, uma perna por cima de um dos joelhos, chutando entediada, e leu:

Em vão procuro na neve
o rastro que ela deixou
quando de braços dados comigo
passou pela campina verde.
Quero beijar o chão,
rasgar o gelo e a neve
com minhas lágrimas quentes
até ver o solo por baixo.

Mas o desejo, pensou ela, o desejo era uma coisa ativa, e não um entorpecimento. O mundo é que estava entorpecido de frio e neve, e não o cantor. O cantor estava ferozmente vivo num ambiente morto.

Ouviu a chave na porta e a porta se abrir, e se sentou empertigada, decidida a não ficar temerosa nem hostil.

— John? — perguntou uma voz.

— Ele não está — respondeu Winnie.

— Ah. — Allegra parou junto à porta do quartinho, segurando alguma coisa diante dos seios. Um livro? — Mas você está. Achei que tinha ido embora.

— Quase. Como dá para ver.

— Bem. — Allegra parecia estar tentando decidir o que fazer. Winnie não se levantou. — Acho que posso jogar em cima de você o que ia jogar no John, com alguma irritação.

— Jogar o quê?

Allegra baixou o braço. Não eram livros, e sim duas placas de gesso. Ela os estendeu.

— Eu estava limpando os trabalhos velhos, pronta para começar a montar as molduras, e ali estavam duas placas a mais, no suporte de secagem, na cozinha.

Winnie franziu a vista para uma delas.

— E daí? — perguntou, e olhou para a outra. — Ah — disse em voz diferente.

— Winnie. Você esteve no meu apartamento sem minha permissão? Achou uma chave que John teria escondido em algum lugar? Você andou entrando?

— Não sei nada sobre isso. Sei tanto quanto você.

— Isto é o seu símbolo. — Allegra apontou para a cruz com o risco atravessando-a, que fora escavada na substância com o uso de alguma coisa afiada. Os movimentos tinham sido rápidos e imprecisos, e as bordas duras estavam vincadas para fora do sulco.

— Não é meu símbolo, eu não tenho "símbolo". Deixe-me em paz.

— E essas não são as suas mãos grandes? — perguntou Allegra, apontando para a outra tabuleta.

— Não sei de quem são as mãos e não me importa.

— São suas. Você está tentando me intimidar com táticas tiradas de algum filme americano de terceira.

— Eu não fico por aí fazendo impressões de minha mão em cimento molhado como uma aspirante a estrela na calçada do teatro Grauman's Chinese. Me poupe, Allegra.

— Ponha as mãos aí e deixe-me ver que a impressão não é sua.

— Não vou fazer isso. Olha, eu não convidei você a entrar.

— Isso é a gota d'água. — A voz de Allegra se ergueu, competindo com Dietrich Fischer-Dieskau, que tinha passado para outra meditação sobre a perda. — Eu fiz quatorze impressões na semana passada, por causa das férias que estão chegando, e quando fui fazer o acabamento vitrificado encontrei dezesseis placas. Não admito isso. Estas não são mãos de criança! Ponha as mãos aqui, Winnie, e mostre que não são suas.

Pensativamente Winnie pegou a placa e jogou-a na parede, despedaçando-a, o que deixou uma marca de giz e lançou pedaços de gesso na colcha da cama.

— Seu trabalho é bastante quebradiço. Deve haver um bocado de repetições por causa de crianças desajeitadas correndo para mostrar sua obra aos avós.

— John está certo.

— John está certo sobre o quê?

— Você está mesmo louca.

— Não estou louca. Nem mesmo estou chateada. Talvez você tenha feito isso durante o sono. Já pensou?

— Certo. Vou indo. Devo dizer ao John que você foi embora? Imagino que esteja incomunicável de novo, não é?

Winnie se levantou, foi até sua mala e a levantou laboriosamente.

— Seria bom ter alguma ajuda para descer com isso, se você estiver ansiosa para me ver indo embora.

Allegra pousou a placa que restava na beira da estante.

— Vamos cessar fogo, Winnie. Eu estou dizendo coisas que não deveria porque fiquei chateada com isso. Deixe-me voltar atrás. Sei que as coisas estão difíceis. Não deveria ter acusado você.

— Só me deixe ir — disse Winnie com uma certa exaustão.

— Vou ajudá-la. Deixe ao menos eu fazer isso, como um pedido de desculpas.

Winnie tentou não supor que Allegra se oferecia para informar a John que tinha visto, com os próprios olhos, Winnie fazer as malas e ir embora.

— Certo.

Quando estavam no térreo, bufando com o esforço de carregar a mala, parte da irritação de Winnie havia se dissipado.

— Desculpe ter quebrado sua placa. Eu só me ressinto, verdade, de ser acusada de loucura se não tenho nada de produtivo para mostrar, certo?

Allegra parecia pronta para fugir, mas se aventurou:

— Você poderia ficar com a placa, se não tivesse quebrado.

Winnie riu.

— Se eu enlouquecer, vou manter anotações cuidadosas para poder escrever um livro de auto-ajuda vindo do outro lado e ganhar um milhão de dólares. Sabe, se você não fosse tão tensa, eu falaria ainda mais coisas para fazê-la desconfiar de mim. Há outra reviravolta, desta vez envolvendo a estranha sra. Maddingly.

— Bem, achar essas placas foi perturbador. O que você pensaria? Ter a casa invadida não é uma delícia.

— Tenho certeza de que você está certa.

Estavam na esquina onde Allegra iria virar para subir até a Rowancroft Gardens, e Winnie partir para a estação do metrô.

— Bem, você pode muito bem me contar — disse Allegra.

— Para você ter mais sujeiras para rir de mim com o John? Não nesta vida.

— Ah, qual é! Eu não rio de você com o John. John e eu nem estamos mais namorando.

Winnie olhou Allegra por cima dos óculos. Algum tipo de ardil? Mas com que objetivo?

— Não é o que eu soube pelo John.

— John diria o que quisesse para conseguir o que precisasse, não é? Quero dizer, eu adoro o cara, mas ele *é* um cara.

— Então o que ele precisa? De minha parte?

— Ele precisa de... ah, por que eu diria? Isso é da minha conta?

— Tem de ser da conta de alguém — disse Winnie, começando a desmoronar. — Alguma coisa tem de ser da conta de alguém, caso contrário, onde é que todos nós estamos?

— Certo — disse Allegra irritada. — Mas não vou ficar aqui parada fazendo fofoca no frio. Nem vou convidar você de volta à minha casa. É esquisito demais.

— Porque John ainda tem uma chave.

— Tem — respondeu ela em tom de desafio — e pode usar quando quiser. Venha. Já esteve no Zinc's? É onde ficava o antigo *pub* White Horse na Flask Walk. É um lugarzinho maneiro, tão caro até mesmo para Hampstead que não vai durar muito. Podemos tomar uma bebida no balcão. Tem um trio de jazz na maioria das noites e eles não tocam alto demais.

Tiveram de esperar por uma mesa, mas quando uma liberou mergulharam em cima, empurrando para o lado outros fanáticos pela gandaia pós-trabalho. Em alguns instantes tinham se acomodado com dois copos altos de Pimms. O trio de jazz acabou sendo um pianista acompanhando uma *chanteuse* loura com um vestido de noite preto clássico.

— Muito longe de Schubert — murmurou Winnie.

— Ou talvez não tão longe assim — acrescentou quando a cantora começou *I Get Along Without You Very Well.*

Bebericaram e não falaram por um tempo.

— Eu me pergunto — disse Winnie, quando parecia ter se passado tempo suficiente — que motivo John deu a você para ter montado esse número de desaparecimento por minha causa.

— Winifred. Eu sou totalmente contrária a me envolver.

— Outra rodada — disse Winnie ao garçom. Quando mais dois Pimms chegaram, ela continuou: — John provavelmente disse *alguma coisa* a você.

— John é mais circunspecto do que você talvez lhe dê crédito. Afinal de contas ele é inglês.

— Verdade. — Winnie tentou não ser sincera demais. — Isso pode ajudar. Pode me ajudar, quero dizer, a saber o que ele está fazendo, e por quê. — Ela se sentiu totalmente nua e nojenta.

— "Tudo depende de você" — entoou a cantora mexendo nas pérolas e mordendo-as numa síncope ensaiada entre as notas.

— Ah, John — disse Allegra dando de ombros; cedendo, Winnie podia ver.

— Se ele tem uma chave, pode muito bem ter sido o nosso John quem fez os moldes das mãos e deixou uma marca para você.

— Ele nunca faria isso. — Na defensiva.

— Mas ele diria que eu sou capaz?

— Ele não saberia o que dizer sobre você. Essa é a verdade.

— Mas o que ele diz sobre mim? — Winnie se inclinou à frente. — Qual é! Eu já estou indo embora. Arrumei a última mala e fui obrigada a sair. O que há a perder? Conte.

Ela viu Allegra hesitando de novo. A porcaria da reserva dos ingleses! Winnie pressionou:

— O que ele disse sobre a Romênia?

— Você realmente me cutucou do modo errado, Winnie. Sei que ele foi lá com você e que as coisas deram errado. Não peça para revelar os segredos do John. *Você* poderia me contar o que aconteceu lá.

Mas era isso que Winnie não podia fazer.

Aspectos de uma novidade. As longas paredes brancas de neve erguidas de cada lado da estrada. O romance passando por uma centena de permutações à medida que, diariamente, eles eram impedidos de prosseguir. Doroftei trazendo galhos de pinheiro ao quarto dela, e o cheiro obsessivo do Natal pairando. Velas de cera de abelha de verdade quando a eletricidade acabava. Logo tinham de se aninhar não pelo sexo, mas pelo calor.

Uma maçã deixada numa mesinha-de-cabeceira congelou durante a noite – nada além de uma polpa granulosa de manhã.

— Não é que eu me incomode agora. Poderia ter me incomodado algum dia — disse Allegra —, mas não agora. Estou com um cara. Olhe, é você que precisa pôr tudo para fora, olhe. — Ela remexeu na bolsa enquanto a cantora iniciava outra música romântica: essa um hino à desesperança, outra música rude. O acompanhamento era organizado ao redor de um tema com três notas, obsessivamente reiteradas, a última sempre caindo, errando o ponto. Uma respiração subindo, mas sempre caindo.

Nem um dia se passa,
Nem um único dia
Mas em algum lugar você faz parte da minha vida
E parece que vai ficar.

— Isso não vale a pena — disse Allegra, com a bebida turvando a fala e atrapalhando os dedos. Tentou abrir a carteira. — Quero dizer, essa música de arrependimento, cantada para um homem. — Ela estava tentando dizer algo sobre Winnie e John. — Dá para imaginar? Todas essas canções ardentes são sobre ninfomaníacas obsessivo-compulsivas ou algo assim. Aqui, olhe.

Ela havia localizado uma foto na carteira. Jogou-a sobre a mesa, com ar de desprezo, na direção de Winnie.

— Aí está, meu namorado. Já faz alguns meses.

Winnie olhou. No escuro mal podia ver.

— Legal. Muito bonito.

— Talvez você o conheça. Malcolm Rice.

— Um cara velho? Não é o conselheiro de investimentos de John? Veja só! E o que John acha disso?

— Ah, você conhece o John.

— Não, não conheço mais. Esse é o problema, não é? — Ela tomou um gole enorme. — Olhe, talvez seja melhor eu ir.

— Ora, fique pelo menos até o fim do show. Não quer mais dessas músicas tristes? De modo perverso elas fazem a gente se sentir melhor. Eu também sinto falta de John, você sabe. Ao meu modo.

> À medida que passam os dias
> Fico pensando: quando isso vai acabar?
> Quando é que começarei a esquecer?
> Mas vou em frente
> Pensando e suando
> Xingando e chorando
> Girando e buscando
> Acordando e morrendo...

Foi a vez de Winnie remexer em sua bolsa, procurando uma nota de dez libras.

— Você ligou para Malcolm na noite em que chegou, não foi? — perguntou Allegra. — Eu estava na casa dele, mas John tinha ido para a Lituânia, acho.

— Dinamarca. Ou pelo menos foi o que me disse. John já sabia sobre vocês dois?

— Claro. Ele nos apresentou.

— Com o objetivo de romance?

— Ah, bem. Você sabe. O romance surge quando a gente menos espera.

Você sabe. Agora Winnie estava tão ansiosa para sair que arrancou o fecho de velcro da bolsa, e um punhado de cartões de visita, de crédito e outros pedaços de papel se derramou, alguns caindo no chão.

— Desculpe — disse ela. — Pelo menos aqui está o dinheiro. Não posso ficar, Allegra, mas foi gentileza sua ter me convidado. Desculpe. Estou indo embora mesmo, estou indo de vez. Deixando Londres, deixando John, indo embora. Só indo. Desculpe. Desculpe.

Allegra tinha se inclinado para pegar o que havia caído no chão.

— Vinte pratas — disse ela, sentando-se de novo. — Aah, estou tonta. Obrigada, Pimms. E aqui alguns velhos bilhetes de metrô, parece, e uma foto. Você também tem um homem novo? A foto estava encarando Winnie e ela tentou pegá-la, mas Allegra já a havia girado e pegado.

— Ah — disse Allegra —, ah, que doçura!

— Me dá isso, me dá isso, me dá isso.

— Sim, claro. Desculpe. Claro. Mas ele é uma doçura! Qual a idade dele?

Suas mãos se fecharam sobre a foto, a única. Parecia ter uma borda de orvalho congelado. A cantora concluiu sua música enquanto Winnie se levantava.

> Então há um bocado a pagar
> E até eu morrer
> Vou morrer dia após dia após dia após dia após dia
> Até os dias acabarem.

Winnie não conseguia falar. Galhos de pinheiro entupiam seu esôfago.

— Winnie, desculpe. Meu Deus, desculpe. Olhe, deixe-me levá-la até um táxi.

O rosto do bebê numa foto 3x4, mostrando o cabelo arrepiado, o narizinho empinado, o hesitante sorriso sem dentes.

Nem um dia se passa,
Nem um único dia
Mas em algum lugar você faz parte da minha vida
E parece que vai ficar.

O aquecimento ficou desligado nos dois dias seguintes. Wendy dormiu com seu bom sobretudo de lã, uma calça de malha na cabeça, até as orelhas, o cabelo enfiado no cós, as pernas amarradas em cima, num coque. Poderia ter sido uma tremenda comédia. Isso é que é romance, de qualquer modo; a elétrica pele nua de John não estava mais disponível. Até mesmo aninhados juntos com todas as roupas amontoadas em cima da cama fazia frio demais para estarem íntimos.

O gelo havia derrubado as linhas telefônicas e não havia como contatar Emil. Ela fez o máximo para não pensar a respeito.

Na manhã do terceiro dia, a eletricidade foi consertada e a fornalha do hotel começou a tossir e funcionar. Tubos tinham congelado em todo o prédio. Operários entravam nos quartos sem bater para procurar os danos causados pela água no reboco e para rastrear a fonte dos problemas. Agora parecia que John e Wendy eram casados e nunca sairiam de Brasov. Para evitar ser surpreendidos por empregados do hotel, passaram o terceiro dia da emergência da neve no saguão, com todas as roupas para uso externo, lendo edições de bolso de Georgette Heyer e Jeffrey Archer, os únicos livros em inglês que encontraram na estante.

Mas no quarto dia Costal Doroftei apareceu, depois de encontrar gasolina em algum lugar e de saber que as estradas tinham sido liberadas de novo, pelo menos até Rupuea. Estava cheio de energia e declarou que era hora de partir, e que eles fariam uma refeição apetitosa embrulhada em jornais, para proteger contra a fome. Conseguiram arrancar dois punhados de batatas fritas do irritado pessoal da cozinha. A única garrafa d'água congelou antes que estivessem por uma hora na estrada.

Mas estavam viajando de novo, isso é que era importante, deslizando traiçoeiramente pelos vales e colinas, seguindo lentamente para o norte e o oeste sem qualquer incidente, passando por Feldiorara e pela minúscula Măierus. A não ser por algumas carroças com o dobro da altura deles de feno, obviamente despachadas para a alimentaçao de emergência do gado preso pela neve, não havia nada além de algum veículo de emergência ocasional na estrada. Isso não era muito surpreendente, porque a estrada parecia insegura de si mesma, às vezes menos uma passagem liberada do que uma curva entre montes de neve escavada pelo vento.

Acharam uma cafeteira em Măierus que serviu um café quente e denso, doce como torta de pecã derretida; Wendy mastigou os grãos para se alimentar. Não tinha percebido como estava faminta. No hotel sentira pouca fome, por isso havia prestado pouca atenção quando a comida diminuiu e os pratos de pão estavam vazios de manhã.

De Măierus a Rupuea, onde o pequeno amontoado de casas tinha os telhados rombudos, petrificados, por uns setenta centímetros de neve. Em frente de novo até Vânători, onde tiveram um acidente de carro. Deixaram Doroftei gritando com o motorista do outro veículo e procuraram o abrigo possível na nave congelada de uma igreja com a porta da frente destrancada.

No fim do dia chegaram finalmente a Sighisoara, nas encostas norte dos Alpes da Transilvânia. Era uma cidade pitoresca, talvez mais ainda pela lisonja da nevasca. Construções com portões e torres romanescas, ruas que passavam sob arcos de pedra.

— Ah — disse Doroftei, à altura da ocasião. — Sighisoara, ela é nossa cidade tendo mais beleza. Ela é cheia dos luminosos desconhecidos, é bastantemente povoada, bem conhecida de seus povos que vivem aqui.

Pararam e pediram informações. Doroftei iniciou uma conversa longa e em voz baixa com um policial. Depois deu de ombros, cuspiu e assentiu, e quando voltou aos passageiros disse:

— Ele não está querendo que eu mostra o asilo a vocês, por isso não está dizendo onde ela é. Eu digo a gente volta a Brasov, mas eu minto. Com polícia a gente sempre deve mentir com mostra de dentes muito limpos. Eu pergunta outras pessoas.

Perguntou. O destino não era longe, mas o carro não conseguia mais passar pelas ruas; na parte mais antiga da cidade as vias estavam com neve demais. Os viajantes abandonaram o veículo, e Wendy, a maior parte de sua bagagem. Trouxe apenas a bolsa de mão e os documentos, e fez John carregar uma bolsa de plástico com frios bichos de pelúcia dentro.

O asilo, como Doroftei o chamava, parecia um castelo de areia, com as pedras do térreo se projetando na base. As paredes dos dois andares de cima tinham sido pintadas num laranja feroz que, nas décadas desde o último reparo, havia desbotado até um coral quente e leitoso, não muito diferente de um palácio veneziano.

O portão foi aberto. Uma escada de pedra cheia de neve seguia direto até uma porta dupla. Doroftei subiu chutando e abrindo caminho, dizendo:

— Vocês esperam, vocês esperam aqui para o chefe permitir sua entrada. — Mas eles não esperaram. Não depois de tanto tempo. Wendy entrou no gigantesco saguão gelado e ficou parada sob vários escuros quadros a óleo de santos levitando em tardes ensolaradas. Eram pendurados tão alto que as próprias pinturas pareciam levitar na semi-escuridão.

Nenhuma luz vinha dos candelabros de parede. A eletricidade ainda não havia retornado aqui.

Um adulto gritava lá em cima, num quarto dos fundos.

— Meu Deus — disse Wendy. — Asilo é a palavra certa. Já não era sem tempo.

John segurou sua mão. Doroftei tinha desaparecido por um corredor, abrindo portas, chamando. Foi levado de volta ao saguão por um velho com uma vassoura, gritando com ele e ameaçando-o. Doroftei levantou a voz e o punho, e bateu no velho.

— Pare, seu desgraçado — disse John, sem resultado, mas antes que mais alguma coisa pudesse ser feita, duas jovens, pouco mais do que meninas, apareceram na semi-escuridão junto a uma balaustrada acima. Uma delas gritou para baixo, em inglês iluminado por um sotaque irlandês rural e antiquado.

— E são os americanos, então, que vieram até aqui, meus queridos?

— Estamos aqui — disse Wendy. Inclinando-se para cima, passando por John e Doroftei, com a outra mão segurando a pequena foto, o coração na garganta, feliz por ouvir inglês sendo falado de novo, ainda mais por mulheres. — Nós viemos, a neve nos atrasou, chegamos mais tarde do que tínhamos dito. Onde estão os bebês?

— Ah, mãe de Deus, eu nem poderia começar a dizer o que usam como necrotério neste lugar condenado! — disse a que tinha falado antes. — Peça ao seu tradutor para descobrir com o velho Ion, que está aí parado diante de vocês.

— Kathleen — disse a outra depois de um instante —, eles não souberam da notícia.

— Ah, Jesus — exclamou Kathleen, correndo escada abaixo, fazendo curvas, o rosto aparecendo repetidamente sobre a diagonal do corrimão, chegando mais perto, maior, enquanto as palavras caíam sobre eles como pedras. — Vocês vieram todo esse caminho pelo seu bebê, então, sem saber? Ah, Jesus, tenha misericórdia. — Ela estava chorando, claramente não pela primeira vez, mas de novo, de um modo que poderia jamais parar. — Todos morreram, todo o grupo que chegou aqui na semana passada. Os oito morreram de frio no quarto quando a babá morreu e deixou o fogo apagar.

Kathleen parou sete ou oito degraus acima, não querendo chegar perto da pequena foto que Wendy estendia.

Winnie comprou um cartão de viagem Zona 1-2, mas não usou. Só precisava de um lugar para deixar a mala grande. Era pesada demais para carregar. Lamentou o suor e o incômodo dos policiais que teriam de mandar farejá-la em busca de Semtex. E lamentou largar a pobre Allegra daquele jeito. Mas na verdade não havia escolha.

Parou numa esquina. Por um minuto aquilo nem parecia Londres, e sim alguma cidade dos mortos. Todo mundo correndo, todo mundo travado no trânsito da NW3. Não suportava a idéia de entrar numa loja, nem de voltar ao apartamento de John, nem de ir em frente — à Romênia? A Boston? A dor que tinha irrompido atrás do peitoral tornou seu interior um saco vazio. Por mais que se virasse — em seus planos — em suas tramas, parecia haver pouca esperança de alívio.

Incapaz de estabelecer um destino, andou para cima e para baixo nas encostas de Hampstead. Parou diante da casa de Keats no Downshire Hill e murmurou: “O mundo está demais conosco, tarde e cedo”, antes de se lembrar de que o verso era de Wordsworth. Foi em frente. Passou pelo prédio da igreja em que supostamente os Beatles gravaram *Abbey Road* e cantarolou "*in my ears and in my eyes*", mas Penny Lane era de *Abbey Road*? Não estava se saindo muito bem. Passou pela casa vitoriana supostamente pertencente a Boy George e ficou de boca fechada.

Como o mundo parecia cinzento, como parecia selvagem e vazio, com o inverno chegando, com o Natal sacudindo seus ossos de lantejoulas e zombando com seus corais! Mas eventualmente a gula cedeu e até mesmo as lojas de Hampstead fecharam as portas ao público comprador. Ela não queria beber mais, nem ver pessoas se esforçando para parecer alegres. Mas o frio estava chegando, e como também não queria ficar andando de metrô como uma indigente, pegou-se atravessando uma das poucas portas que ficavam abertas a noite inteira: a clínica de emergência do Royal Free Hospital.

Subiu a escada fingindo que era uma enfermeira chegando tarde para o serviço. As luzes do corredor estavam fracas. *Pings* em código ecoavam ocasionalmente.

Com esforço e zelo, as colegas de quarto da sra. Maddingly roncavam. Entre as duas, a sra. Maddingly espiou Winnie com olhos amedrontados, como um refém olharia por cima da boca amordaçada. Mas sua boca estava livre; os lábios girando e se preocupando com sílabas sem som.

Winnie sentou-se perto e falou baixo para não acordar as colegas.

— Não precisa disso. Não abuse de uma velha. Gervasa. Estou falando com você. Não sei quem ou o quê você é, mas estou fazendo contato. Gervasa, é assim que se diz? Se quiser um refém, pegue-me. Deixe a sra. Maddingly em paz. Você, com a cruz riscada: é sinal da negação do consolo cristão? Ou de desafio contra ele? Bem, eu sou atéia, você não vai achar um lugar melhor do que eu. Não preciso de minha vida. Não sei o que você faz, mas faça. Estou me oferecendo.

Ela se inclinou para a frente e segurou as duas mãos da sra. Maddingly. A velha se agarrou, prendeu-se. O aperto era mais forte do que o de uma velha deveria ser. Ela disse alguma coisa em sua língua morta; Winnie não entendeu.

— Não fale — disse Winnie —, só venha a bordo.

Quando era menina Winnie tinha caído de costas de um balanço. Estivera balançando bem alto, e numa alegria suicida pelo vôo simplesmente se soltou. As costas bateram no chão primeiro e isso a deixou sem fôlego. A pancada do crânio chacoalhou o cérebro. A princípio ela pensou que estava morta. Mas conseguiu rolar de lado e depois se levantar, sem respirar, e começou a ir na direção de algum adulto na beira do playground. Não sabia o que ia fazer quando chegasse lá, já que estava tentando ter ar para gritar e não conseguia. Meramente queria indicar ao adulto, por mímica, se necessário — "Só quero que você saiba que eu sei que vou morrer, e não há nada que se possa fazer a respeito" —, quando o primeiro choque de vida da respiração passou de novo, revivendo seu sentimento de destino e de desastre incipiente espreitando em algum lugar mais adiante, esperando-a.

A lembrança desse acidente — como um gosto antecipado de Sighisoara — voltou agora, com as mãos trêmulas. Estremeceu, sem saber se os sínus estavam sendo furados ou se o sangue estava sendo drenado. Talvez, como Alice depois do bolo, tivesse subitamente ficado maior do que o resto do mundo poderia acomodar. Era uma sensação mais física do que mental, mas, até onde podia se observar, estava meramente inclinada adiante numa posição intrometida, segurando as mãos da sra. Maddingly e tremendo.

Então se deixou cair numa cadeira e começou a perder a consciência. A última coisa que ouviu foi a voz da sra. Maddingly, meio hesitante mas muito dela própria, dizendo:

— E se eu descobrir que cortaram meu cabelo vou escrever uma carta de censura para o *Times* e levá-la pessoalmente. Traga-me um espelho.

— Sim, eu a conheço — disse uma voz.

— Winnie Rudge. Deve haver uma bolsa, vocês procuraram? Sim, sei. Não, sim, bem, esse é o nome de casada. Winifred Pritzke, Rudge quando solteira, então. Mas não sei se ela ainda é casada. Certamente é separada e provavelmente divorciada. Isso é muito importante? Eu gostaria de falar com o clínico de plantão, se não se importa.

Ela tentou se mexer, nem que fosse para dizer a inicial do nome do meio. *W.*

— Ela está dormindo? Vocês já lhe deram medicação?

— É cedo demais para pedir um diagnóstico?

Só peça uma identificação positiva.

Gervasa.

Winifred Wendy Rudge. Ela havia abandonado o Pritzke depois do divórcio.

Gervasa. Gervasa.

Não podia ser duas pessoas. Lutou para abrir os olhos. Eles se abriam e não se abriam. Tudo era turvo, cheio de uma estática poeirenta. Áspera, plumosa, desenrolando-se. Um sentimento de formas pobres, desenhadas indistintamente, como vacas vistas num pasto entre a névoa da manhã, ou pedras enormes. Tudo cor de peito de cambaxirra.

Gervasa. Falando.

Falando comigo?

— Só um minuto agora; você vai se sentir melhor.

Por que não conseguia ver nada além de chanfros de marrom e canela, insinuando-se em quase tudo, mas sem declarar nada conclusivamente?

Algo para a dor na barriga. Por favor.

A agulha penetrou, criando um pequeno e bem-vindo ponto de agora. A dor é uma grande ajuda para certas tarefas de concentração e uma interrupção para outras. A agulha saiu, e quando isso aconteceu algo mais parecido com Winnie empertigou-se em sua pele, sentindo os lençóis do hospital pela primeira vez e em seguida vendo-os.

— Eu fico com ela. Não, eu ligo se houver alguma mudança. Claro. Só diga onde estão os parentes.

A enxaqueca de Gervasa começou a se dissolver, a ser sugada para os arredores secos da vida de Winnie.

Wendy se dissolveu. Assim como suas ficções sobre Jack, o Estripador, sua ficção de si mesma com John. Foi-se. Foi-se enquanto ela ficava imóvel na escada, subitamente ereta e com ombros jogados para trás, como se nesse último segundo possível o bom comportamento, a atitude positiva, até mesmo a postura correta pudessem fazer com que as garotas irlandesas cedessem, enxugassem as lágrimas e dissessem: "Queremos dizer, todas mortas menos uma, umazinha que está esperando sua mamãe: vamos olhar a foto e ver se você está com sorte!"

John a convenceu a abandonar a exigência de visitar o necrotério da cidade. Em vez disso, o grupo Pritzke-Comestor levou a pobre e perturbada Annie Ní Fhailin enquanto voltavam para Brasov e, um dia depois, a Bucareste. A sessenta quilômetros da capital nenhuma neve havia caído. Acima dos troncos das árvores podadas de cada lado da rodovia, uma fina nuvem de folhas amarelas ainda se grudava aos galhos, acenando à passagem do carro do irmão de Doroftei.

Em sua distância súbita e precisamente calibrada, John Comestor tornou-se a alma da gentileza, como ela tentou dizer mais tarde, e de jeito nenhum John era responsável pelo colapso do seu casamento. Mas ambos sabiam, nos anos e meses vindouros, que nunca poderia haver um modo de avaliar se isso era verdade.

Winnie nem flutuava tanto em marés de Halcion ou Ativan, quanto imitava o movimento das ondas. À deriva de si mesma, via suas manobras desajeitadas a uma luz fria e pálida. As hesitantes ficções sobre Wendy Pritzke, mesmo com a introdução de um vilão padronizado como Jack, o Estripador, não tinham se provado suficientemente robustas para obliterar a verdade mais triste sobre a Romênia.

Como personagem, Wendy Pritzke tinha sido julgada e considerada deficiente. Sua punição, então e agora, era ficar presa numa velha história com um fim inevitável. O bebê que voou para longe antes que ela pudesse chegar ainda estava do lado de fora da janela gradeada. Mas ela podia bater o quanto quisesse e jamais chamaria sua atenção.

Winnie caiu no *playground* em câmera lenta, o ar saindo molécula a molécula, o golpe na cabeça não tanto uma pancada quanto uma manta de dor, aplicada com uma pressão que crescia pouco a pouco. Desta vez apagou.

Gervasa. Uma sombra, um manequim. Dissolvida, evaporada, eclipsada pelo tempo e pela circunstância casual. Um vírus envolto na matéria bioquímica de um hospedeiro.

— Não acho que os olhos tenham qualquer reação. Veja.

Desesperadamente ela queria balir as falas de uma heroína da época do cinema mudo, ver suas palavras num balão acima da cabeça: "O... o... onde eu *estou*?"

Então poderia abrir os olhos e ser Dorothy à porta de casa, olhando para Oz em Tecnicolor, ou Alice no fundo da toca do coelho, ainda segurando o vidro de marmelada que tinha agarrado, por segurança, numa prateleira pela qual havia caído. Ou uma dentre a centena de crianças intrépidas para quem uma mera mudança no universo não era necessariamente o surgimento da ilusão esquizofrênica. Como queria afastar as coisas adultas e voltar a ver através de um espelho, sombriamente! Não apenas sua tragédia, não apenas a tragédia do bebê — Vasile, era o nome dele, ele seria Vasile Pritzke, e ela nem sabia onde seu corpo congelado fora enterrado. Não. Queria ser jogada para longe do descontentamento que se disfarça de sabedoria.

Mas abriu os olhos. Estava no Royal Free Hospital, lembrou-se. E não estava sozinha. John Comestor se encontrava ali fora, e Gervasa, quem quer que fosse, continuava dentro. Agora Winnie estava sem qualquer coisa que valesse como uma vida adulta, mas tinha uma rica vida interior: a de outra pessoa. Quem era Gervasa?

— Está me ouvindo? — disse John. — Finalmente! Allegra ligou para mim naquela noite, dizendo que você tinha tirado as coisas da Casa Rudge, e eu voltei na manhã seguinte para tomar banho e pegar umas coisas. Enquanto estava lá, Irv Hausserman ligou. Disse que tinha ido ao seu hotel e disseram que você não estava atendendo ao telefone ou à porta. Fui às delegacias e depois aos hospitais, e a descrição se encaixou: eles a acharam no quarto da sra. M. O que é? Está ouvindo?

Sua língua parecia lama. Sondou para descobrir a forma de seus dentes. Eram tantos, tão redondos, lisos e anônimos, sem qualquer pequeno ponto de pressão para reivindicar identidade na boca! Como pedras polidas junto ao mar.

— Mramf — disse ela. Mais algumas sílabas, trabalhando, e depois: — Merda.

— Aposto que sim — disse ele, satisfeito por uma palavra que podia reconhecer. — Aposto que sim, mesmo.

Ela embaralhou mais algumas palavras e se esforçou mais, depois conseguiu soltar palavras, como repolho passando pelo ralador, caindo na mesa sem a forma de folhas de repolho, mas, mesmo assim, fedorentamente, repolho:

— Maddingly. Depois. — (Algaravia.) — Juntas. — (Algaravia.) — Ameaça — disse, ou será que queria dizer "amassa" ou "nêmesis"?

— Assim é melhor — disse John. — Nem posso dizer como estou aliviado. Você está suficientemente alerta para me responder. Pode balançar a cabeça para indicar sim ou não?

Ela bamboleou, se torceu e respondeu, mas sentiu-se numa certa desvantagem, como se seu corpo estivesse ao mesmo tempo tentando dar e obscurecer a mesma resposta. *Calma, garota*, disse a Gervasa. *Fique firme.*

Esse é o ponto, respondeu Gervasa. *Eu estou*. Mas isso pareceu a Wendy sua própria voz, sendo azeda, assumindo uma nova personalidade, não como a voz da coisa aérea pendurada dentro dela como uma capa num gancho. Isso é que é espaço pessoal violado. Mas a coisa chamada Gervasa tinha sido convidada, de modo que não era uma violação. Só uma inconveniência ou uma oportunidade.

John pareceu satisfeito.

— Certo, então. Diga. Quer que eu ligue para o Emil?

Isso não tinha importância para Gervasa, por isso ela deixou Winnie responder. Sem esforço ou equívoco Winnie pôde balançar a cabeça vigorosamente num *não*. Mas sua voz, quando ela tentou usar, saiu com um som absurdo, certamente não lingüístico em qualquer sentido.

— Emil não — disse John. — Bem, pelo menos não por enquanto. Há outra pessoa com quem eu deva fazer contato?

Gervasa, entendendo, mas cautelosa, não querendo se comprometer com uma opinião.

Winnie balançou a cabeça.

Quem é você?, perguntou a Gervasa. Pode dizer?

Mas Gervasa era algo a esperar, talvez não a entender por meio da linguagem. Ou pelo menos não por enquanto.

— Irv — Winnie conseguiu engrolar.

— Irv Hausserman? Quer que eu o traga?

De novo Gervasa não se incomodou, e Winnie confirmou com a cabeça.

— Vou ligar para ele. Ele esteve aqui mais cedo, você sabe, sentado ao seu lado. Nós estivemos nos revezando. Você está aqui há mais de uma semana.

Absurdo. Nem se passou uma noite inteira.

— M. — disse Winnie. — M. M. M.

— Está com fome?

— M. M.

John levantou os ombros e as sobrancelhas, hesitando, e sugeriu:

— Música? Você quer música? Você estava ouvindo *Die Winterreise*, segundo Allegra; devo trazer o CD?

Ela pôs para fora claramente um monte de palavrões, ásperos e tensos, não característicos e extremamente eficazes. John se encolheu. Era bom vê-lo se encolher. Winnie continuou durante vários minutos, dizendo-lhe algo tremendamente urgente, ou perguntando. John apenas balançou a cabeça em movimentos muito pequenos, como se não quisesse que ela notasse que ele não conseguia entender uma palavra.

— Velha! — conseguiu dizer ela finalmente.

— Ah — disse ele —, está falando da sra. Maddingly. Foi um derrame e ela está se reabilitando. Foi fraco, e ela parece ter recuperado a capacidade de falar. É isso?

Era, só que Winnie apertou as mãos no cabelo e fez mímica de cortá-lo. John não pôde decifrar a pergunta, e ela deixou para lá. Sorriu para ele, agradecendo pela atenção paciente, e só depois de ele não sorrir de volta notou que estava falando de novo num jorro de sílabas aquosas, e a expressão dele era de pânico e sofrimento.

Pára, Gervasa, disse ela, e Gervasa parou.

John foi embora. Ela dormiu. Não soube nem quis saber o que Gervasa fez.

Quando voltou a si de novo — no mesmo dia? No outro dia? — Irv Hausserman estava no quarto. Tinha um enorme buquê de narcisos parecendo com o prazo bem vencido, e os enfiou num vaso sem água. Na beira da cama estava o gravador.

— Agora é para você — disse ele calmamente quando ela estava mais totalmente acordada.

Winnie disse alguma coisa que, mesmo para ela, soou como *bonjour*, mas talvez fosse apenas imaginação.

— Oi — conseguiu falar debilmente.

— Você está aí? — perguntou ele.

— Algumas vezes — respondeu ela, e corrigiu: —, o tempo todo.

— Quem é você?

Em inglês esta pergunta é feita do mesmo jeito, quer o ouvinte seja singular ou plural (*Who are you?*). Winnie ouviu com facilidade, mas achou difícil responder. Finalmente conseguiu falar.

— Nós. — E esperou que isso servisse.

Ele não pareceu alarmado. Mas não acreditava em possessão. Era o cético mais empedernido que ela conhecia.

— Importa-se se eu gravar sua voz? — perguntou.

A voz à qual ele estava se referindo tinha uma forte opinião, mas Winnie não sabia qual era. Quando conseguiu soltar uma palavra obliquamente, guinchou:

— Vá em frente.

Ele pôs uma fita e apertou o *Rec*.

— O que você quer me dizer? — perguntou. — Pode dizer quem você é?

Eram duas perguntas, o idiota, e Gervasa tinha algumas coisas para dizer e Winnie outras, por isso elas lutaram e se interromperam mutuamente durante alguns instantes, até que Gervasa, num ataque, gritou alto e as sobrancelhas de Irv subiram, mas ele conseguiu não se encolher, e no silêncio seguinte Winnie murmurou:

— O que a sra. M. disse, o quê? Conte.

— Na gravação que eu fiz?

Irv sorriu pela primeira vez. Parecia satisfeito ao saber que Winnie tinha pelo menos essa memória, por mais que tivesse se tornado falha sua capacidade de conversar.

Winnie assentiu. Gervasa estava mal-humorada em algum lugar. Dane-se.

— Não quero infiltrar idéias — disse Irv.

— Conta, seu babaca — respondeu ela.

Tinha conseguido a atenção dele; Irv riu.

— Ah, Winnie! Bem, você é quem manda.

Não mais, murmurou Gervasa, mas como uma adolescente, da lateral do campo, sem causar efeito.

— Não vou diagnosticar nem criar hipóteses — disse ele. — Há muitos hiatos no entendimento. Mas não é uma bela história, pelo que pude deduzir. Tem certeza de que está em condições de ouvir?

Claro que ele não sabia que o germe de Gervasa tinha migrado. Mas que pena. O que restava de Winnie estava suficientemente curioso para querer saber. Ela assentiu como se dissesse: *Anda logo e conta!*

— A sra. Maddingly parecia estar falando na primeira pessoa. Não em sua própria primeira pessoa, você entende, mas como outra.

Sim, sim, isso era abundantemente claro. O código dos bombeiros exigiria que o quarto fosse liberado se Winnie se enchesse ainda mais de identidade. Tentou fazer um gesto com os dedos, *anda, acelera.* Mas o dedo ficou confuso, e num momento ela percebeu que o polegar estava repousando confortavelmente na boca. Puxou-o, horrorizada, e tentou prestar atenção.

— A outra voz, a francesa, fez uma espécie de narrativa, interrompida pela má pronúncia e palavras arcaicas ou ditas pela metade. E a sra. M. interrompia constantemente com sua própria voz. Não sei se a não-sra. M. que falava era muito... coerente. — A luta dele pela palavra foi admirável. Irv estava claramente tentando não dizer *inteligente.* Em nome de Gervasa, Winnie se ofendeu.

— Um certo Gervase, talvez da Normandia.

— Gervasa — disse Winnie, com facilidade, e levantou os peitos para enfatizar.

— Gervasa? Eu não sabia que havia uma variante feminina.

— Foda-se.

— Vou aceitar o aviso. O que quer que tenha acontecido, suas inibições de linguagem foram admiravelmente afrouxadas. Não é exatamente a síndrome de Tourette. Mais parece um Tourette Lite. Posso continuar?

Ela assentiu, chateada mas ansiosa.

— Gervase. Gervasa, quero dizer. Da Normandia, digamos, ou algum lugar do norte da França. Ela mencionou o abade de Saint-Evroult e o reino diocesano, se você quiser, de Lisieux, e acho que Cluny também entra em algum lugar.

Winnie se empertigou mais rigidamente, tentando prestar o máximo de atenção possível; não tinha certeza se Gervasa também estava empertigada, vendo se Irv entenderia direito.

— Houve algo sobre uma fogueira e um bebê perdido.

Winnie se deixou afrouxar. Não queria essa história. Não havia fogueira, não havia sequer uma possessão fantasmagórica, apenas o mesmo velho pesadelo se reinventando numa nova vestimenta a cada volta.

— Sem fogo — disse ela, mas Gervasa disse: *Fogo!* e pareceu que a pele de Winnie começou a encolher e a franzir. Ela se abraçou.

— Devo parar? — perguntou Irv, olhando para algum monitor.

— Ainda não — conseguiu dizer ela, antes que Gervasa interviesse agitada. Irv esperou educadamente e, apesar de Winnie ter balançado as mãos, ele não captou a mensagem: *Fale por cima dessa balbúrdia, certo, enquanto estou acordada.* Só quando a recitação de Gervasa parou de novo Irv falou:

— Houve um indiciamento em algum tribunal, provavelmente um magistrado clérigo de algum tipo, contra... ah, então vamos chamar a narradora de Gervasa. Como você quiser. Algo como uma excomunhão, achamos.

Achamos? Quer dizer você e quem mais?, pensou Winnie com um trapo de ciúme, mas conseguiu dizer a si mesma: quem sou eu para ficar incomodada com plurais? Quem somos nós?

— De qualquer modo, Gervasa foi implicada. Não consigo deduzir... Segundo a história contada pela sra. Maddingly, a tal de G. foi... bem, devo acrescentar que isso é bem horrível. Foi queimada viva.

— Quando?

— Gervasa não dá datas. Eu esperava que você, a romancista, pudesse ter alguma idéia. Só pela satisfação narrativa, veja bem.

Winnie não sabia se ele estava pedindo para ela canalizar o depoimento de um fantasma ou escrever ficção no ato. Encolheu-se. Gervasa não pensou qualquer resposta clara em sua mente, apenas cuspiu sílabas inúteis.

Talvez inúteis. Pelo menos estavam sendo captadas na fita.

Uma enorme freira com uma crista de cabelos entrou.

— Os monitores sinalizaram picos; é necessário um descanso severo — disse a matrona. Winnie não sabia se esse era o uso mais legítimo da palavra *severo*, mas não se importou. Severo descanso era o que ela necessitava, já. Estava dormindo antes que Irv Hausserman pudesse ser expulso pela irmã Teutônia.

Os doutores vieram e soltaram um blablablá médico. Faziam menos sentido do que as objeções ruidosas de Gervasa, que parecia se ofender com seus exames. Mas ainda que Winnie pudesse sentir a mente se levantando por dentro de vez em quando, a residência de uma tal Gervasa da Normandia dentro dela aparentemente não era detectada pelos médicos. Os músculos e a força de vontade de Winnie continuavam sendo seus, pelo que podia perceber. Gervasa estava sossegada, não se encolhia nem explodia. Até o uso dos músculos da boca para vocalizar os risinhos e trinados de Gervasa parecia de algum modo voluntário, um esforço compartilhado. Winnie não podia afirmar que fora seqüestrada, somente que era uma sócia.

Não pôde deduzir o que os médicos estavam diagnosticando, se é que diagnosticavam algo, mas apesar de virem regularmente eles também iam embora regularmente.

Estava começando a pensar em Gervasa como sua alma interna, meio gato de rua, meio moleque de rua.

Parecia um pouco menos difícil prestar atenção, a cada tempo adicional em que ficava acordada, só que era difícil saber que tempo era esse.

Era risível, até mesmo um tanto mortificante, imaginar que estivesse possuída por algo tão improvável, tão estrangeiro — uma camponesa do século XIII martirizada na fogueira? *Pelamordedeus!* Mas talvez não tão surpreendente assim. Cada alma sã, pensando "Mais e mais curiosa"!, enquanto observa sua própria vida, secreta uma espécie de concha quitinosa em volta de sua fortaleza vulnerável. É presumível que a gente construa a resistência contra mais infecções e vírus de jardim. Com a morte dos próprios pais, por exemplo, Winnie não havia se abatido mais do que a decência exigia. Claro, tinha passado pelo catálogo usual de efeitos residuais — lembranças queridas, ressentimentos, perplexidades não respondidas —, mas uma assombração por parte de qualquer um dos Rudges, aqueles Atos de Deus gentis, lentos? Seria como ser assombrada pelo ar ou pela luz — só um gênio poderia ao menos notar uma coisa assim.

Para um fantasma se estabelecer, talvez tivesse de contar com as estratégias da surpresa ou do disfarce, até mesmo do absurdo. Um fantasma tinha de ser suficientemente matreiro para passar pelos fagócitos da psique que repele os invasores mais óbvios.

Winnie estava acordada e falando consigo mesma. Fazia perguntas em inglês a Gervasa, em voz alta, e Gervasa respondia no que parecia um jargão de criança pequena. A inquilina conseguia ficar num silêncio sociável quando John Comestor e Allegra Lowe apareciam, com um buquê de lírios e bocas-de-leão de estufa enrolados em acetato. Winnie estava começando a perceber que, se não abrisse a boca para falar em inglês, algumas vezes podia impedir Gervasa de abrir a boca chamando atenção.

John e Allegra, hammm, pensou Winnie. E se Allegra tivesse apenas mentido quando disse que estava namorando Malcolm Rice? Mas esse era um caminho muito tedioso para seguir. E daí? Que diferença fazia se estivesse? Agora Gervasa era metade da história, e Gervasa não fazia a mínima idéia de quem eram John e Allegra.

— Tive uma dificuldade enorme para conseguir que a DHL me liberasse esse pacote — disse John, brandindo um envelope de encomenda expressa. — Precisei conseguir que o médico escrevesse que você estava internada para que o serviço de entrega liberasse. Devo abrir?

Ela queria a tensão de uma etiqueta para arrancar, um papelão para rasgar, mas quando viu que eram várias páginas em fotocópia lembrou-se do pedido para aquele cara em Brookline.

Havia um breve bilhete. Começava dizendo: "Cara Winnie — A quarta série está tendo uma maratona de leitura de W. Rudge em honra de uma visita que espero que você nos faça..." — Ela pôs o bilhete de lado.

Não podia ler o texto fotocopiado em voz alta por medo da interrupção de Gervasa. Entregou-o a John e sinalizou para ele: leia.

John reconheceu a carta imediatamente.

— Essa coisa velha? Tem certeza?

Ela assentiu. Fazia muito tempo desde que tinha olhado para aquilo.

— Inteira?

Ela conseguiu guinchar:

— Comece — enquanto Gervasa pensava em outra coisa.

John deu de ombros.

— Como quiser.

Haverhill, Kent, 12 de agosto de 71

À querida sobrinha Dorothea, de teu tio.

Hoje consegui cumprir a promessa que te fiz e pegar a pena para corrigir tuas idéias equivocadas sobre meu pai e teu avô, o falecido Ozias Rudge. Desde a morte, no ano passado, do sr. Dickens, ouvi pouca coisa além de absurdos ditos sobre nosso bom e decente antepassado. Com relação às tolices faladas à mesa da srta. Bairnfeather no último sábado, tenho as mais extremas objeções.

Não pode haver dúvida, como relataste de modo tão fascinante, de que teu avô afirmava ter tido nada menos do que uma visita fantasmagórica. Suas lembranças disso eram freqüentemente narradas em versões contraditórias dependendo se havia damas, clérigos etc., presentes.

— Um tremendo fracasso como prosador, o nosso tata-tataravô — disse John. — Material árido. Você poderia ter uma recaída.

Ela fez um gesto: continue. Pensou: melhor eu conseguir o que puder enquanto Gervasa está calma.

Ele passou o dedo pelo papel, franzindo a vista para as volutas longas e chapadas da letra.

> Sendo sensível e sugestionável como o sexo gentil deve lamentavelmente ser, por direito deverias ser poupada dos detalhes que rodeiam as histórias de teu avô. Mas sinto-me gravemente desconfortável ao ouvir-te a te divertires com a história de tua família e falares uma coisa tão absurda a ponto de transformar teu avô num tolo rústico.

— Que início interminável! — disse Allegra, que estivera fingindo não ouvir.

— Bem, agora vem a parte boa. O filho de Ozias fazendo sermão para a pobre Dorothea. Como dizem, a próxima voz que vocês ouvirem é a de Edward Rudge. Abre aspas.

> Ozias Rudge afirmava ter contado ao jovem sr. Dickens uma história de assombrações supostamente ocorridas na Casa Rudge, nos dias muito escuros de dezembro, há quase cinqüenta anos... acho que foi 1824, ou 25. Tendo supervisionado um empreendimento de mineração até que o desmoronamento de um poço custou uma terrível perda de vidas, teu avô caiu no desânimo. Passado da primavera da vida, retirou-se para Hampstead em busca de ares mais saudáveis. Seu novo trabalho lhe forneceu conexões no continente, e por muito tempo a viúva de Ozias, tua bisavó Cornelia, supôs que o marido voltou o olhar para fora do país com o objetivo de escapar das tristes lembranças do desastre na mina.
>
> Como negligenciaste persistentemente o estudo das questões das nações, duvido de que recordes de que do outro lado do Canal a monarquia Bourbon fora brevemente restaurada ao trono da França. Em 1821, apro-

ximadamente, os rendimentos dados à Igreja pelo Estado foram aumentados acima das quantias anteriores. Assim, a Igreja embarcou em reformas de suas velhas obras-primas de idolatria, das quais nós, ingleses, podemos nos considerar afastados em segurança.

Rudge e seus sócios passaram a orientar bispos e cavalheiros da Igreja em suas campanhas de preservação e a supervisionar projetos em Paris e nas regiões ao redor. Foi na curiosidade do Mont Saint-Michel, perto do litoral da Normandia, que a empresa de Rudge e Blackwood descobriu uma pequena peça de estatuária em algum túmulo ou masmorra. Uma estátua do Cristo bebê nos braços amorosos da mãe, não sem um certo encanto, apesar de sentimental e comum. Teu avô se perguntou se talvez a coisa teria sido escondida durante um dos ataques periódicos contra o famoso monte em décadas anteriores, ou se estaria ali há centenas de anos. Era impossível dizer. Mas teu avô pegou um cobertor na cela em que a estátua foi encontrada e a contrabandeou embaixo dos olhos dos prelados lupinos, trazendo-a a Londres. Não sei o que foi feito do artefato, mas a censurável narrativa que fizeste sobre um duelo, um assassinato e uma mulher infiel foi espalhafatosa e sensacionalista. Gostaria que soubesses que não há qualquer verdade nisso. Além do mais, é um insulto à tua santa avó, e ela ficaria muito magoada em saber sobre tuas observações indiscretas.

Nesse ponto, John levantou os olhos e disse:

— Pelo que sei, esta é a única menção, nos registros familiares, de um duelo e um assassinato. De modo que, claro, os membros posteriores da família presumiram que Dorothea devia estar falando a verdade. Mas continuarei lendo.

Os sonhos ou visões de teu avô aconteceram cerca de um ou dois anos depois. Ele havia construído a casa em Hampstead, aquela que tu enfeitas tão carinhosamente com as guirlandas da memória. Ozias Rudge não era um jovem, mas, como ainda era solteiro, talvez se sentisse disposto a se perder em meditações. Um ano, por volta da época do solstício, ficou doente e passou vários dias e noites no quarto. Afirmou ter sido visitado por um espírito do outro mundo, fazendo algum tipo de pedido. As visões tomaram várias formas, e nos últimos anos teu avô nem sempre distinguia a versão original da história dos famosos Fantasmas dos Natais que o nosso sr. Dickens supostamente memorializou a partir das memórias de teu avô.

Minha mãe confirmou com firme convicção o que digo. Os espíritos visitantes supostamente eram ansiosos e lamentavam com todo tipo de perturbações. Pobre avô! O que quer que o fantasma estivesse pedindo, Ozias não conseguia decifrar. O que restou a Ozias Rudge foi o seguinte: entrar na vida imaculada de um homem casado, gerar e criar os filhos, dar as costas a fantasias melancólicas.

Quando meu pai morreu, afastei minha ligação sentimental com suas histórias de assombrações e missões. Em nome de minha mãe, emparedei todo o absurdo pelo qual o futuro pudesse se interessar. No fim, talvez Charles Dickens tenha feito de Scrooge um homem mais feliz do que meu pai jamais poderia ter feito de si mesmo. Talvez Dickens tenha realizado um favor para com Ozias ao revisar e glorificar suas lembranças tristes. Colérico ou não, meu pai adorava uma boa história. Essa é uma característica lamentável que fiquei alarmado ao ver, na casa da srta. Bairnfeather, que pareces ter herdado.

John virou a página.

— Pode ter havido mais, ou talvez esta carta tenha sido postada sem assinatura. Mas a lenda da família começa com este documento, e todas as outras fofocas decorrem dele.

Gervasa, engarrafada por tempo demais, começou a arengar. Winnie não pôde contê-la.

— Minha nossa — disse Allegra, ficando numa palidez digna do Fantasma do Natal Futuro. — Sei o que você quer dizer. Ah, John. — Ela segurou a mão dele. John não conseguiu conter uma lágrima, mas disse a

Winnie em voz rouca: — Quer que eu deixe esta carta aqui, para você dar uma olhada?

Winnie assentiu, sem saber se Gervasa estava aprovando ou reagindo em repulsa. O que quer que ela desejasse, estava falando em voz alta. Tecnicamente era um grito. A enfermeira chegou com uma seringa hipodérmica. John e Allegra saíram. Jogada de volta nos lençóis com Gervasa, mais perto do que um amante jamais poderia chegar, Winnie lutou para se agarrar a algumas palavras:

... um cobertor da cela...

... emparedei todo o absurdo pelo qual o futuro pudesse se interessar...

Só que Winnie não sabia se ela própria estava pensando isso ou se era Gervasa começando a pensar em inglês.

Pelo que sabia, seus próximos pensamentos ocorreram em sonhos. Seriam sonhos de Gervasa da Normandia ou de Winifred Wendy Rudge Pritzke? Havia pouca coisa neles para ser agarrada, não muito mais do que uma idéia de Ozias Rudge cambaleando para fora de um quarto, assustado por terrores demasiadamente insubstanciais para ter nome. Uma forma pairava demorando-se atrás dele. Um homem com hábito de meditar, sobrevivendo aos sofrimentos contando-os como histórias ao jovem Dickens.

Seu sentimento de si mesma se remexeu na embalagem do sono, controlou-se. Nesses dias você não é mais nem menos do que madame Scrooge. Atormentada pela mesma aparição que atormentou seu ancestral. Será que Rudge levou Gervasa no seio? Nesse caso o que ela lhe pediu ali? Por que — e como — ele a abandonou de novo?

Será que o pintor havia captado não Rudge e Scrooge, realmente, não aquela fusão de figuras ancestrais e literárias, e sim Rudge e Gervasa da Normandia, dois espíritos cambaleando até a porta numa única forma corruptível?

E quem era o pintor? Talvez o próprio Edward Rudge, apesar do que escreveu à sobrinha faladeira. Afinal de contas ele também pode ter herdado aquele temperamento colérico e fantasioso e precisado expelir de algum modo os humores.

Quando eu acordar, preciso comparar a letra de Edward na carta e o rabisco no verso da pintura. Mas mais provavelmente não vou lembrar nada disso.

Chegando mais perto da porta, lutando com o esforço de andar por dois. Cada passo um peso do presente contra o passado e o futuro. No sonho seus pés doíam e ela precisava fazer xixi.

Quando acordou, Irv Hausserman estava ali de novo, dessa vez com um ramo de azevinho maduro e lindas frutinhas vermelhas que tinha arrancado com seu canivete no jardim de alguma mansão. Winnie quase riu de prazer. Ele estava com um homem, parecendo familiar, ainda que encolhido e furtivo. Bem deslocado.

— Ah — disse Winnie. — Bostal. — Estava tentando dizer Natal.

— Bosta para você também, e como vai? — disse Irv. — Já era hora. Você está dormindo mais, e mais profundamente, do que antes, e isso depois de eles terem parado com o sonífero. Que chatice! Tive de adiar minha volta para casa. Bem, aqui está Ritzi Ostertag. Lembra-se dele?

Gervasa não lembrava. Winnie sim. Ela balançou a cabeça para o lado e para a frente, mas nessa ordem, esperando que o resultado fosse claro.

— *Ach, mein Gott* — disse Ritzi em pânico, ou numa imitação de pânico destinada a fazê-la rir. Mas ela estava além da capacidade de fazer esse tipo de distinção.

Irv falou, animado:

— E como estamos hoje?

Estamos, uma bela piada, belíssima piada. Os dois riram.

— Pensei em contar as últimas coisas que deduzimos a partir do que você falou — disse Irv — e depois talvez Ritzi pudesse ler suas mãos ou suas folhas de chá ou sei lá o quê. Qualquer coisa que funcione como diversão. Está a fim?

Gervasa não sabia o que isso significava, por isso Winnie deu de ombros. Preferiria fazer aromaterapia, mas aparentemente não estava em oferta.

— Bem, então — disse ele. Em seguida pôs o gravador na cama e tirou dele um cassete. Levantou-o. — Esta é a fita que eu gravei no outro dia com você. Você me forneceu um documento muito interessante, querida. Alguns diriam que apenas um romancista poderia tê-lo feito. Você corroborou e ampliou o pouco que eu pude deduzir do que a sra. M. tinha dito. Bom, oficialmente devo observar que não afirmo acreditar ou desacreditar, nesse ponto vou ser direto. — Enquanto falava, ele estava desembrulhando o celofane de uma nova fita de noventa minutos e enfiando-a no gravador, mas não começou a gravar por enquanto, já que ela estava quieta, e Gervasa cautelosa, examinando e desconfiando.

Será que nós assinamos uma autorização para sermos gravadas?, pensou Winnie. Mas então Gervasa não fez qualquer rosnado de irritação mútua; como é que podia, já que a tecnologia lhe era impossível de avaliar? E Winnie nem conseguia se importar consigo mesma. Deixou para lá.

— Há muita coisa que não pode ser deduzida — disse Irv. — Mas exibindo uma suspensão de descrença que é quase impossível para mim... vou lhe dizer que esta fita faz parecer que você fala ocasionalmente, como a sra. M., com a voz de alguém que morreu há muitas centenas de anos.

— Conte como se fosse uma história — disse ela, e então Gervasa começou uma algaravia, e Irv mexeu nos controles para captar. Mas quando Gervasa secou, Winnie teve a sensação de que Gervasa também queria ouvir a interpretação, Irv desligou o gravador e recomeçou a falar.

— Certo, uma história. Parece que você está usando uma voz cuja linguagem sugere o norte da França medieval. Século XIII, XIV. O professor Ambrose Clements, um senhor agradavelmente tolerante, catedrático de línguas modernas e medievais no King's College, Cambridge, ficou suficientemente intrigado para ouvir e sugerir algumas hipóteses. A sintaxe, pelo que ele pôde ouvir, é muito simples, sem algumas das formas mais elegantes do subjuntivo que começamos a encontrar nas cortes ou na prosa eclesiástica do início da Renascença. Ele disse que o anglo-normando era falado pela aristocracia por volta de 1300, mas parece haver nela um elemento da Picardia. Mas é uma mistura, uma sopa; ele ouviu apenas um limitado vocabulário de palavras decodificáveis entranhadas numa densa massa de arcaicas sílabas absurdas. De modo que o que passa por uma história é difícil de dizer de modo convincente. Mesmo assim pode haver um esboço de algo. O professor Clements diz que, se você está tentando falar a língua de um camponês, e não de um nobre ou clérigo, está conseguindo. Todas as referências são superficiais, o narrador tem pouco sentido de história ou cronologia, e todas as palavras são comuns, familiares à mentalidade camponesa; plantar e colher, jumento, faca, criado, mãe, santo, esse tipo de coisa.

Winnie fechou os olhos. Ritzi, que Deus o abençoe, disse:

— Hausserman, ela *querrer a histórria.*

— Estou chegando lá. Não me apresse. Certo. Presumindo existir uma Gervasa — e nem mesmo o professor Clements tem certeza de por que não é Gervase —, presumindo uma Gervasa, ela é uma jovem com problemas. No norte da França, provavelmente Normandia, no, ah... século XIII. Gervasa parece analfabeta. Parece não saber muito sobre o mundo além da Normandia e dos arredores de Paris e Würzburg. É católica até as unhas sujas.

Disfarçadamente, Winnie inspecionou as unhas. Roídas, talvez, mas de modo algum sujas.

— Assim, Gervasa, se entendemos direito, está tendo problemas com a Igreja. Talvez tenha sido apanhada em adultério. Talvez estivesse grávida do filho de algum nobre que não queria bastardos crescendo para reivindicar as riquezas ou o título da família. Talvez tenha matado alguém. Quem sabe? Não sabemos ou talvez ela nem saiba. Mas o drama é o seguinte, Winnie. Está pronta? Os prelados, os curas e o populacho a agarraram e amarraram numa estaca, e jogaram montes de feno aceso para fazê-la confessar e se arrepender.

Ritzi Ostertag estremeceu, possuído por seus próprios temores.

— De modo que estavam tentando fazer com que ela confessasse, e prometeram um enterro cristão caso ela fizesse isso, e prometeram negar esse enterro caso ela não fizesse. E ela confessou, arrependeu-se de seu crime não mencionado, mas condicionalmente, porque fez uma barganha. É disso que ela fica falando, ela diz: "o bebê", repetidamente.

Bem, que porra de surpresa enorme!, pensou Winnie.

— Parece, pelo que o professor Clements entendeu — disse Irv —, que Gervasa tentou fazer alguma barganha. Eles iam matá-la de qualquer modo, mas ela pediu que, em troca do arrependimento, eles abrissem sua barriga, aí é que fica aparecendo a parte sobre a faca, e salvassem seu filho de assar junto com ela. Desculpe, querida, desculpe. — Ele se inclinou para segurar sua mão. — Não queria lhe contar, mas você pediu.

— Ela querrer saber — disse Ritzi, falando de Winnie, não de Gervasa, examinando o rosto dela. — Hausserman, ela querrer saber se o bebê foi salvo ou não.

— Quem quer saber? — perguntou Irv Hausserman.

— Winnie — respondeu Ritzi Ostertag.

— Gervasa quer saber também — disse Irv. — É disso que se trata. Ela não sabe. Segundo sua narrativa, ela passou desta vida e foi enterrada em alguma capela mortuária reservada para os casos indecisos. Um enterro cristão significava muita coisa, como sei bem pelos meus estudos, e negar isso a um crente podia ser uma responsabilidade que um cura local não assumiria. De modo que havia casas intermediárias, por assim dizer, para os corpos de almas que tinham morrido *in extremis*, sem o benefício da bênção da Igreja mas também sem a condenação absoluta.

Daí a estátua da Virgem com o Menino, pensou Winnie. Algum pobre padre ou freira sabia de quem era o cadáver, ou conhecia alguma velha história a respeito, e deixou um totem como consolo. Que totem correto! Não era preciso ser católico para saber que as imagens da madona com o filho deviam significar pessoas com vida triste, assoberbada, cercada de muita morte cotidiana.

— E isso é o fim — disse Irv.

Gervasa começou a chorar porque, independentemente de quaisquer imensos pedaços da história que estivessem faltando, havia o suficiente que estava correto, o bastante para tornar possível a corroboração.

— Ah, não — disse Ritzi, e se adiantou. Segurou a mão de Winnie, com uma certa rudeza, e virou a palma para cima. Passou um dedo pela linha da vida e disse: — Olha, um monte de ramificações aqui. Um úterro fértil. Uma linha de família que não morre. Não chorre, por favor. — Era tudo um monte de bobagem, dita sem convicção, e Winnie o amou por isso, mas não conseguia impedir que Gervasa usasse seus olhos para chorar.

— Por favor — disse Irv. Em seguida empertigou-se na cama, balançando Winnie nos braços. — Você está passando por coisas demais, não precisa disso. Não precisa ter a história dela dentro de você, e sabe disso. Não precisa.

Agora não era uma questão de escolha. Gervasa não quis ficar quieta até que uma enfermeira mais velha entrou com o comprimido da manhã num copinho de papel e viu seus olhos vermelhos.

— Ah, vocês a estão incomodando? — perguntou a enfermeira. — Não devem fazer isso, pessoal. — Em seguida olhou Ritzi com desconfiança e voltou um tipo diferente de desaprovação para Irv. — Vou chamar a supervisora e ver se podemos dobrar a dose esta manhã. Posso pedir que os senhores saiam e tomem uma xícara de chá na lanchonete enquanto eu limpo sua amiga? Pelo cheiro ela se sujou toda.

Ah. Que vergonha, era verdade.

Isso também tinha acontecido quando ela caiu do balanço, lembrou-se agora.

Enquanto a enfermeira a limpava, Winnie chorou com lágrimas muito lentas que tiveram tempo de se achatar em seu rosto e evaporar.

— Espere aí, eu já volto num instante — disse a enfermeira. — Descanse um pouco.

Quando a enfermeira saiu, Winnie se virou de lado e puxou os joelhos até o útero. O gravador começou a cair no chão e ela o pegou. Mais para silenciar Gervasa do que qualquer coisa, Winnie apertou o botão para tirar a fita nova e colocou a anterior, que o professor Clements tinha ouvido. Rebobinou por alguns instantes e depois apertou o *Play*.

Ouviu a voz de Gervasa em sua voz. Era esquisito. Entrecortada e detalhada demais para suportar, a voz de Gervasa declamava ansiosa em algum dialeto arcaico do francês. Até mesmo para Winnie parecia que ela estava inventando, fazendo algum exercício de iniciante em improvisação teatral. Aquelas palavras eram sua voz? *Où est la bibliothèque?* Era praticamente tudo o que ela sabia falar, além de *Uuh la la!* E os versos em francês de "Michelle", de Lennon e McCartney.

Então a fita acabou, ou pareceu, e Winnie estava estendendo a mão para apertar o *stop* quando escutou a voz de Irv, gravada. Ele disse:

— De modo que é isso. Impressionante, não é?

Irv Hausserman devia ter apertado acidentalmente o botão de gravar, em vez de parar, depois de mostrar as arengas de Gervasa.

Outra voz, mais velha, presunçosamente educada:

— Já foi a segunda vez, mas quero ouvir mais uma. Dá para captar mais um pouco a cada passada.

— O senhor mantém a impressão inicial da história?

— A narradora é consistente nos detalhes, ainda que sejam poucos.

— Bem, ela é romancista de profissão. Deve ser consistente. O que o senhor acha, de verdade?

— Dr. Hausserman. Eu sou lingüista, e não psicólogo. Mas proponho que a sra. Rudge lhe escondeu um estudo profundamente refinado das línguas românicas, mais detalhado do que todo o trabalho de minha vida, ou foi exposta ao francês em algum estágio inicial da vida e está experimentando uma espécie louca de lembrança total sem saber. Ela passou férias no litoral da Normandia? Imagino que seja pouco possível que algum velho camponês possa ter memorizado alguma arenga em dialeto, um retalho de folclore local, passado através das gerações. E depois falado com uma jovem e impressionável srta. Rudge. Depois disso algum tipo de trauma está fazendo-a regurgitar punhados inteiros de francês embolado. Não, não estou me convencendo. Não sei se essa coisa é possível. Mas não consigo diagnosticar o evento de outro modo. O senhor precisa de alguém treinado em campos diferentes do meu. Mas me pergunto qual seria a natureza de seu interesse.

— Não consigo deixar de me sentir fascinado, professor Clements. Eu gosto do objeto de estudo, quero dizer, da mulher que está falando, claro, e por isso consegui a fita. Mas também, inevitavelmente, que caso fantástico para um estudo em qualquer disciplina! Deixando de lado a parapsicologia, que devo...

— Como todos devemos.

— A idéia de uma alucinação tão sistêmica que possa corromper as estruturas de linguagem... não sei se alguma coisa já foi escrita sobre isso antes. Uma espécie de glossolalia organizada.

— Bem, a srta. Rudge tem uma imaginação tremendamente ativa. Como o senhor indicou. Deixo o diagnóstico e a terapia para quem souber melhor. Estou ansioso para ouvir mais uma vez um pouco desta gravação, antes que minhas tarefas da tarde exijam minha atenção. Odeio admitir que ela está me dando idéias sobre gramática medieval que eu não havia imaginado. Será que podemos?

— Claro. Há alguém que o senhor poderia indicar para um diagnóstico no campo de... — Nesse ponto a fita emudeceu.

O sacana. Falando dela pelas costas. Jogou o gravador no chão enquanto se sentava de repente. A tampa se abriu e a fita saltou. Ela chutou-a para baixo da cama. Depois, pensando melhor, desceu de quatro e pegou-a. Enfiou-a em sua bolsa, que misericordiosamente não tinha sido confiscada pelo pessoal do hospital. Com mãos trêmulas, abriu o fecho. Ali estavam as chaves, a carteira, o passaporte, a maquiagem, as coisas essenciais. Enfiou a fita cassete dentro e se levantou. Suas roupas tinham sido lavadas e dobradas. Vestiu-se do melhor modo possível, descobrindo-se com os membros fracos; e olhando para um lado e outro no corredor, foi para os elevadores.

Ao chegar, descobriu que Gervasa não queria apertar o botão. Trêmula, foi pela escada, esperando não encontrar Irv e Ritzi voltando da lanchonete.

Pegaria um táxi até a casa de John. Mas ainda que um táxi tivesse parado diante de seu aceno frenético e ela tivesse aberto a porta, Gervasa não a deixou entrar. Havia uma grande recusa em sua coluna, um terror nas têmporas e no maxilar. Ela soltou um jorro de sílabas ásperas e impenetráveis, e o motorista disse:

— No meu carro não, amor — e foi embora. Por isso ela subiu o morro, atravessando cuidadosamente nas faixas de pedestre, com os olhos fixos nas pedras do calçamento, tentando manter a voz baixa.

Tocou a campainha da sra. Maddingly. Não teve resposta. A sra. Maddingly provavelmente ainda estava se recuperando em algum quarto sujo no hospital de onde Winnie tinha acabado de sair. Tocou a campainha de John e, mesmo tendo trabalho com a chave, entrou. John não estava lá, mas a escada nova sim. Subiu nela e se viu no topo da Casa Rudge, olhando por sobre a Londres ensolarada em... quando era? Início de dezembro? Por quanto tempo havia dormido? Olhe, Gervasa, disse com um pequeno sentimento de orgulho apesar do horror geral de tudo. Olhe o que nós fizemos com o mundo.

Oh oh oh, disse Gervasa, e dessa vez em inglês. Mas como Winnie podia identificar a diferença? Supôs que Gervasa meramente parecia... mais próxima.

— Não — disse Winnie. — Não estou escutando vozes, por favor.

Ah, conta isso mim, pediu Gervasa.

— Não tenho nada a contar, só quero que você olhe, e despreze ou ame, como quiser.

Gervasa não fez promessa.

— Que crime você cometeu, para eles a condenarem à morte?

Gervasa não entendeu ou não quis responder.

— Foi assassinato, para você não poder ser enterrada em solo cristão? Quem você matou? Por quê? Assassina, ainda realizando sua tarefa! Quando você era Geléia, matou os companheiros dele. Quando era a sra. Maddingly, você matou Geléia. Quem vai matar, agora que é eu?

Um gato precisa comer, e aquele gato estava trancado. Ele não conseguia encontrar comida sozinho. A velha não dava comida. Ele precisava comer.

— Gatos não comem uns aos outros.

Gervasa não respondeu. Gatos matam camundongos e pássaros, todo mundo sabia. E Geléia, Gervasa pareceu sugerir, era ligeiramente mais do que um gato quando saiu para caçar.

— E depois você matou Geléia quando era a sra. Maddingly. Por quê?

Uma mulher precisa comer, e aquela mulher estava trancada. Não conseguiu achar outra comida.

— Assando um gato?

De novo não houve resposta. Talvez Gervasa tivesse feito a sra. Maddingly matar o gato, mas a sra. Maddingly sozinha era pirada o suficiente para escolher uma receita adequada.

— Você matou alguém por comida? Para impedir que você e seu bebê morressem de fome? Quem vai matar, agora que você é eu? Está decidida a trucidar cada criatura viva desta casa? A sra. Maddingly vai morrer? John está em segurança? Allegra, do outro lado da parede? Você entrou na casa de Allegra e marcou sua mão no gesso? Vestiu o corpo de quem? Allegra está em segurança? Rasia?

Rasia e as crianças. Winnie ficou totalmente confusa; e se Gervasa dentro dela atacasse as crianças? Por causa de um louco ataque de vingança? Andou com dificuldade sobre o telhado do apartamento para ver se podia pular no telhado do prédio adjacente, mas, como Mac e Jenkins tinham visto antes, não havia acesso a uma janela ou porta a partir da área do telhado.

— Não vou deixar você fazer isso. Não vou deixar que ataque Rasia ou os filhos dela, não vou. Não me importa que vingança você esteja realizando. Vou chegar a eles antes de você.

Gervasa começou a rir e protestar em sua língua, e Winnie aproveitou a chance para sair, como se, pensamento vão, pudesse correr mais rápido do que Gervasa. Desceu a escada num galope, batendo com os calcanhares até eles cantarem de dor. As estranhas palavras de Gervasa mal conseguiam acompanhá-la; Winnie as visualizava jorrando atrás dela como se pintadas em estandartes desenhados por Edward Gorey para acompanhar uma de suas visões infernais.

A vida é perturbadora e incerta,
Disse ela, e foi fechar a cortina.

Passou pelo corretor imobiliário, não-sei-das-quantas, no corredor, levando uma jovem clara como uma rosa inglesa para mostrar o apartamento vazio. Gervasa guinchou para os dois e o corretor pôs seu grande ombro junto à porta para abrigar a cliente daquela visão.

— Ela está treinando para a Maratona Européia, e eles gritam como bárbaros, isso faz parte do programa — disse o sujeito enquanto a porta batia atrás dele.

Winnie estava na rua, com a bolsa batendo na lateral do corpo, que começava a doer. E se, durante todas aquelas horas sonolentas no Royal Free, Gervasa tivesse acordado, como o dr. Jekyll e o sr. Hide, e tivesse voltado com ímpetos assassinos à Casa Rudge e à vizinha na Rowancroft Gardens?

Tocou a campainha. Uma das crianças respondeu pelo interfone.

— Querido, é a tia Allegra, do apartamento térreo — disse Winnie ofegando, em seu melhor sotaque inglês. — Abra a porta para mim, preciso pegar uma colher emprestada.

— Ah — disse a criança em dúvida, mas obedeceu.

Ela bufou e ofegou, usando os braços como os ganchos naturais de um gorila para puxar-se escada acima. A porta estava com uma fresta aberta e havia uma corrente fraca. Gervasa e Winnie sentiam que tinham a força de duas pessoas; a corrente cedeu como se fosse feita de plástico.

— Mamãe — gritou o menino. Em seguida jogou o celular de brinquedo no chão e recuou. Em cima da manta diante da televisão, o bebê ergueu os olhos e gorgolejou.

— Saia — disse Winnie, o mais docemente que pôde.

— Quem é? — gritou Rasia do outro cômodo, a voz forte e temerosa. Entrou segurando uma frigideira, deixando cair pedaços de cebola fritando. O ar cheirava a açafrão, coentro amassado e manteiga derretida.

O menino tinha agarrado o bebê e recuado quando Rasia pôde captar tudo.

— O que está fazendo aqui?

— Saiam, saiam antes que eu mate todos vocês. Saiam.

— Saia você, sua vaca. — Rasia foi para ela com a frigideira. — Diabo. Esta casa é minha e você não foi convidada.

Winnie tombou sobre um dos joelhos e desviou a frigideira com o antebraço, que pareceu ter sido despedaçado. Agarrou o que pôde para se defender — o celular de brinquedo — e o segurou ameaçadoramente.

— Rasia, escute: é para a sua segurança e a de seus filhos: saiam, deixem a casa! Saiam. — Gervasa assumiu o controle, argumentando a favor de um lado ou de outro, Winnie não sabia.

— Navida, ligue para o 190, diga para virem imediatamente.

A frigideira escorregou das mãos de Rasia e bateu na parede, sujando-a de gordura. Winnie pegou-a, para mostrar que não queria machucar ninguém, e a jogou pela janela, retirando-a do campo de operações.

— Por favor, saiam — falou. — Eu não quero machucar ninguém, por favor. — Estava chorando. Mas parte dela queria matar Rasia e seu filho para poder chegar ao bebê e segurá-lo, só uma vez.

Então a garota estava lá, a filha mais velha, com um revólver na mão, e o menino e o bebê encolhidos atrás.

— Saia de nossa casa — disse a menina com frieza. O revólver era provavelmente tão de plástico quanto o telefone, mas algo em Winnie foi impedido, misericordiosamente, enquanto ela se virava e saía da casa, movendo-se mais devagar agora, como se quisesse recuperar o fôlego. Podia ouvir Rasia desmoronando no chão da sala, chorando.

Foi à estação Waterloo e comprou uma passagem só de ida para a França, pelo Eurostar.

— Não tem bagagem para despachar? — perguntou a vendedora.

— Não. Vou fazer compras para um novo guarda-roupa em Paris.

ESTÂNCIA CINCO

Por enquanto,

havia pouco a fazer além de se encostar na parede e inspirar, expirar, como se a respiração fosse uma mercadoria rara a ponto de ter de ser tratada com carinho. O trem estava programado para sair às 15h23. Fora difícil para Winnie levar Gervasa a Waterloo, descer às catacumbas do metrô, mas ela havia assumido o controle do melhor modo que conseguia, e as pessoas, pelo que viu, davam-lhe o máximo de espaço possível. Parecer que está falando com a gente mesma abre o caminho, observou. E gritar faz isso com mais eficiência ainda.

Pensou em olhar o bilhete. Doze de dezembro. Como o tempo havia passado? Tinha chegado a Londres há mais de um mês. Cerca de duas semanas numa luta para trazer o espírito de Gervasa para fora. Seria verdade que Gervasa tinha resistido a vir? Houvera um tempo em que Winnie pensou num débil fantasma de Jack, o Estripador, relutante em matar de novo. O tampo da chaminé caindo, todo aquele negócio teatral. Furado. Totalmente furado.

Alguma coisa não parecia certa para Winnie, e enquanto os viajantes bem-vestidos começavam a se reunir no saguão de partida do Eurostar, para fazer compras de lazer ou ter um fim de semana sujo em Paris, Winnie captou o que era. Segundo Irv Hausserman, geralmente os fantasmas do passado tinham algum renome, pelo menos para os escribas que arrancavam suas histórias do ar. O que eram os milagres dos santos senão a música áspera de quem era bom e abençoado ainda incitando as pessoas a melhorar? E os antigos pecadores e réprobos tinham de ser bem-nascidos para ser lembrados. Mas quem se importava com uma camponesa grávida morta há seiscentos, setecentos anos? Alguém que não tinha deixado marca, provavelmente não deixou nenhuma obra, certamente não perturbou a história de qualquer modo memorável.

Winnie não gostava do sistema de classes do mundo fantasmagórico. Tanto quanto não gostava daqueles ricos vivos que cheiravam a rosas de estufa enquanto passavam empinados. Por que aquele idiota com celular é que devia ter um rendimento disponível tão óbvio, e não o homem que dormia sob as árvores no cemitério da igreja Paroquiana de Hampstead? Por que esse morto deixa um resíduo fantasmagórico e não aquele? Parecia caprichoso demais.

Mas isso não é uma coisa que eu pedi, disse Gervasa enquanto viajantes que tinham saído da alfândega olhavam por cima de seus *Independents*, *Guardians* e cafés com leite e baixavam os olhos de novo, rápido demais.

Winnie não tinha percebido que estava falando alto. Tentou baixar a voz.

— O que você quer dizer? — tentou sussurrar.

Não é uma coisa que eu pedi. Ela estava falando alto com Winnie, naquele anglo-normando embolado, mas ainda que o som fosse estrangeiro, o significado chegava com algo que se aproximava do inglês. Isso é que é Comunidade Européia moderna!, pensou Winnie.

— Você não pediu para ser um... espírito?

Permanecer depois da morte? Quem iria querer isso? Eu não acreditava no purgatório prometido pelos abades. Minha punição é estar errada.

— O que você fez? — perguntou Winnie. Que história ela poderia escrever e vender ao *National Enquirer*: Fantasmas do século XIII contam tudo.

Era o terceiro ano da fome. Por um pouco de comida eu fiz o que não deveria ter feito. Eles me acusaram e me puseram para queimar como um mártir. Para fazer com que eu me arrependesse.

— O que você fez? Assassinou por comida?

Não vou dizer.

E uma idéia ainda mais nova: Fantasma do século XIII se recusa a falar.

— E mataram você por isso.

Eu tinha uma vida pequena, mas era só metade da vida que eu tinha. A outra metade se apressava dentro de mim. A primeira eu estava disposta a perder, para salvar a segunda. Minha barganha fracassou, de algum modo. Estou presa, por motivos que não conheço, entre a vida e a morte. Neste estado não consigo saber se meu filho viveu ou morreu. Esse conhecimento está distante demais. Mas estou presa, uma folha morta que não se solta e cai. Estou entre o mundo das sombras e o da luz. Não posso morrer o bastante para seguir a criança até o jardim escuro e descobrir sua história. Nem posso viver o bastante no jardim luminoso para me lembrar de suas vaidades e prazeres.

Isso não parece uma voz de camponesa, observou Winnie, mas talvez estivesse filtrada através de sua capacidade de linguagem...

— Por que você seria privilegiada o bastante para ficar presa no meio?

O fato de você considerar isso um privilégio...

E por que você presume que sabe quantos de nós ficam presos? Essa é uma contagem que não posso fazer. Mas enquanto eu estava totalmente viva os espectros visitavam todas as famílias que conheci.

— Era você o fantasma que assombrou meu antepassado Ozias Rudge?

Não sei as coisas que você sabe. Não sei o nome de nenhuma alma, nem me lembro do que acontece, só sei que agradeço quando estou em segurança, e passei o melhor tempo o mais perto de estar morta que pude.

O locutor chamou-as ao trem. Winnie viu pessoas esperando para ver onde ela ficaria. Os lugares eram reservados, mas havia muitos assentos desocupados e os outros viajantes pareciam cautelosos. Bem, fodam-se. Tentou manter a cabeça erguida e andou trêmula, aceitando a mão de um funcionário para entrar no vagão.

O trem seguiu num ritmo sem pressa pela murada e séria Brixton, com pichações borrifadas em tinta luminosa vermelha e amarela sobre tijolos vitorianos. Então o início da ferrugem, como Forster chamava em *Howard's End*, as vilas suburbanas do período eduardiano que se espalhavam como metástase por todo o sul da Inglaterra. Dulwich, Sydenhan Hill. Entraram num túnel. Gervasa se encolheu dentro de Winnie por causa do escuro e do barulho. Saíram de novo, passando por áreas industriais e hangares em Tonbridge, cedendo espaço rápida e misericordiosamente a pomares, campos com água nas valas feitas por pneus de tratores. Reflexos das novas plantações de outono. Os estranhos depósitos de grãos com teto em forma de cone, com as pontas inclinadas. Silos, não era esse o termo?

O dia ficou mais úmido, mais luminoso à medida que o crepúsculo se aproximava. Devia haver uma palavra para um tipo de primeira luz direta que só ocorre antes do anoitecer, quando o sol em ângulo finalmente consegue se abaixar e se enfiar por baixo das nuvens que fizeram o teto do dia. Um alvorecer crepuscular, era isso que era, pensou Winnie.

Enquanto a terra começava a se apagar, o trem ganhou velocidade. A terra subia para o leste numa encosta verde. Depois concreto retendo paredes, grades, telas, fios. Dentro.

Gervasa não gostou do túnel sob o canal.

— São só alguns instantes, não entre em pânico — disse Winnie. — Como se a escuridão e o silêncio fossem problema para você!

Mas talvez fosse a velocidade, a corrida desesperançada. Gervasa começou a arengar mais ruidosamente, e Winnie precisou falar consigo mesma para impedir que as sílabas francófonas ofendessem algum passageiro francês. Procurou uma bala para chupar, esperando calar Gervasa, e achou o celular de brinquedo. Devia tê-lo enfiado ali. Abriu-o, fingiu que digitava alguns números e o encostou no ouvido.

— Não se preocupe — falou. — Por favor. Isso não é nada.

Nada disso vai ajudar.

— De que ajuda você pode precisar? O que eu posso fazer?

Gervasa ficou quieta um momento.

— O quê? Não me faça implorar. Eu convidei você aqui, lembra? Já provei minha hospitalidade. Só diga.

Troque de lugar comigo.

Foi a vez de Winnie ficar quieta.

Não tenho outra morte possível sem você. E você não está vivendo sua vida. Você sabe. Você não quer sua vida. Deu as costas para ela.

— Não dei.

Você que não fez o bem ainda poderia fazer o bem. O que você é agora? Uma ladra, uma parasita. Rouba a comida da vida dos outros e mente sobre isso em palavras numa página. Você afasta os olhos da própria vida. Vive numa seqüência de punições, de sacrifícios e penitências.

— Eu não, você pegou a garota errada. Não acredito nessas coisas de Igreja.

Diga: se você quer sua vida e tudo o mais, por que se incomodou em exumar o que restava da minha?

— Eu — começou ela. — Eu. — Mas era difícil terminar qualquer frase que começasse com *eu*. — Escute. — Ela segurou o telefone com tanta força, tão perto do rosto, que o invólucro começou a se quebrar e o plástico a suar em sua mão. — Aconteceu uma coisa comigo. Eu não esperava e não pedi. Mas aconteceu, uma tragédia, uma coisa medonha.

O que foi?

Mas Winnie não queria contar isso a Gervasa, tanto quanto Gervasa não queria revelar que pecado ou crime tinha cometido. E pelo qual havia morrido. Isto é, mais ou menos morrido.

O que foi?

— Não importa. Quando voltei... quando voltei a mim, não era mais eu mesma. Era uma planta viva que tinha sido cortada rente ao chão: flor, fruto e galho. Achei que deveria morrer. Queria. Mas não morri. Só fiquei redundante na própria vida. Perdi peso, deixei o cabelo voltar à cansada cor natural. Vivia uma paródia de minha vida antiga, com todos os livros, os amigos, a mesma velha história atrás de mim, mas não era eu mesma.

Então se você não é você mesma, deixe que eu seja você.

Winnie foi em frente:

— Meu marido se divorciou de mim e eu achei que merecia. Os médicos disseram a palavra *hedonofobia*. Eu, que bebia o melhor uísque, que viajava de classe executiva quando as milhas aéreas permitiam. Mas era verdade. Durante vários anos não consegui ouvir música, não porque ela me entristecesse, mas porque não me fazia sentir nada. E não conseguia trabalhar. Tentei escrever. Toda esta viagem à Inglaterra era para me obrigar a encarar o que eu não tinha encarado. Os fatos com John, tentar sair desta meia-vida que habito. Mas não deu certo.

Alguém, uma ou duas poltronas à frente, um americano, se virou e disse rudemente a Winnie:

— Se você não consegue uma recepção decente para essa coisa, podia muito bem desligar.

— Isto é uma conferência telefônica, seu babaca gordo — disse Winnie, e virou a cabeça para a janela. Podia ver seu reflexo no vidro escuro, um rosto perplexo nadando em água lodosa.

Se você me der sua vida eu posso usá-la. Quando você morrer, eu irei junto. Com um guia eu consigo entrar no conhecimento ou no esquecimento, qualquer dos dois é aceitável. Posso cavalgar seu cadáver até a morte, já que não consegui sozinha.

— Foi isso que você pediu ao meu tataravô?

Eu já pedi isso antes, foi tudo o que Gervasa respondeu.

A quem? Ozias Rudge? Será que ele tinha resistido, ido em frente para ter algo como uma vida real? A Geléia? À sra. Maddingly? Talvez eles tenham matado — Geléia, os outros gatos; a sra. Maddingly, o pobre Geléia — como um espécie de ato reflexo, tentando evacuar o assassino vírus Gervasa.

Se eu me entregar a ela serei Jack, o Estripador, renascido, pensou. Mas pelo menos seria alguém.

— O que aconteceria comigo? É como uma sublocação? Vou ficar pendurada num armário em algum lugar?

Isso seria muito diferente?

— Não seja sarcástica. Sem mim você não seria nada.

Se Gervasa tinha uma resposta espirituosa, guardou para si mesma.

Então o trem saiu do canal, disparando cada vez mais rápido, sobre terra mais plana, mais limpa, com grama mais cinza. A primeira construção que apareceu era inquestionavelmente francesa, uma casa de fazenda, de tijolos, com balcão envidraçado. Era estranho como a aparência era inconfundivelmente estrangeira, e no entanto estava tão perto...

Aproximando-se da estação terminal, a Gare du Nord, Winnie teve a sensação de flutuar, como um fantasma, pela plataforma da estação. Não havia mais um agente da alfândega para aprovar os passaportes. Quem poderia saber que ela estava em outro país agora?

Caía uma chuva fina e fria, tornando os prédios fechados mais turvos, com foco mais suave. Enfiou-se num restaurante bastante chique a apenas um ou dois quarteirões da estação e, cansada demais para enfiar o balde no poço da memória em busca do francês de segundo grau, numa voz o mais educada que conseguiu, disse em inglês:

— Por favor, mesa para um; só eu, sozinha?

O *maître* a encarou com um consumado desdém parisiense. Depois deu de ombros, arregalado, como se ela tivesse acabado de falar em língua choctaw, e passou adiante, até um carrancudo homem de negócios francês que tinha entrado atrás de Winnie. O *maître* sinalizou para que ele fosse na direção de uma mesa para um, a pouco mais de um metro de distância. O sujeito sentou-se, jogou a gravata de seda por cima do ombro e começou a cortar o pão e se alimentar com as duas mãos.

Winnie se aproximou do *maître* e segurou seu ombro, e Gervasa falou, em voz alta, em sua língua, algo como:

— Seu cu fedorento, velho e metido a besta, me dê uma mesa antes que eu arranque o seu saco, e você não vai falar em francês *nem* em inglês, e sim num berro de bebê.

Era uma mesa ótima. Os garçons adejavam solícitos. Um pequeno vaso de flores frescas foi localizado imediatamente e posto à luz de velas. Winnie segurou o celular de plástico na mão esquerda. Com a direita tomou sopa e uma garrafa de vinho.

Depois arranjou um quarto para passar a noite, e dois dias mais tarde o pessoal do hotel arrebentou a porta pensando que ela havia morrido. Tinha dormido tanto que suas entranhas eram de pedra e a bexiga havia se esvaziado na cama. Pagou a mais pelo problema que havia causado, pedindo desculpas o tempo todo, depois alugou um carro, comprou um mapa e se aventurou pela Autoroute Périphérique, indo para o sul um pouco para pegar a A6 na direção de Orly. E então (tinha escrito em letras grandes para poder estudar enquanto dirigia),

A10 na direção de Chartres

A11 na direção de Le Mans

A81 na direção de Rennes

e algumas estradas *D*, menores. Mas à medida que a terra ficava mais plana e vazia — e visto das estradas o campo na França era sempre mais amplo e vazio do que ela recordava —, a noite chegou com rapidez e força, e Winnie não queria continuar dirigindo sem saber onde dormiria.

Achou um motel nos arredores de Le Mans, onde o recepcionista lhe deu as boas-vindas num inglês educado e impecável, e num inglês educado e impecável o garoto pré-adolescente se ofereceu para guardar seu carro, e a arrumadeira marroquina que voltava de uma despensa com um esfregão úmido e um balde falou: "Com licença, por favor" num inglês impecável. E muito educado. De modo que aparentemente era apenas em Paris, perto da estação de trem que trazia os visitantes da Inglaterra, que os franceses se comportavam como se nunca tivessem ouvido a língua inglesa.

Sentou-se num quarto cor de aipo cozido. Não se deitou por medo de dormir durante dois dias de novo e atrair a atenção. Seus olhos se fecharam uma ou duas vezes. A imaginação lançou nas costas das pálpebras uma sugestão trêmula de imagens. Rostos ásperos ou furtivos, percebidos em vislumbres. Um leito de rio brilhando no início do degelo de primavera. Uma construção, talvez uma igreja, ao alvorecer, com uma porta aberta.

— Isso é uma igreja? — perguntou Winnie. — É minha imaginação?

Quando Gervasa respondeu: *E se for?*, a resposta pareceu ser sobre toda a condição de estar sendo assombrada.

Um rosto de homem, inclinado à frente, parecendo amoroso. Não era um rosto que Winnie consideraria bonito, mas que Gervasa talvez considerasse. Um nariz parecendo maçaneta, lábio franzido, doces olhos desancados.

Duas vacas enfiadas até os joelhos na neve.

Uma flâmula, uma saia, ou alguma coisa, amarrada num galho de árvore e erguida, em escárnio ou diversão, Winnie não sabia.

O jogo das chamas num amontoado de gravetos.

Nada disso parecia relacionado, nem era claro. Ela precisava nomear as coisas com palavras — vacas na neve, chama em gravetos — para transformar a sensação frouxa em algo identificável.

Mas sua mente trabalhava assim quando estava escrevendo. Pelo menos isso ela reconhecia. Lembranças de Gervasa? Ou seria apenas Winnie preenchendo como podia? Difícil dizer.

Sentiu-se começando a cochilar. Que horas eram? Quando olhou o relógio na mesinha-de-cabeceira, a princípio achou que marcava *00:00, 00:00*. Mas era ilusão; piscou e o relógio consertou: *3:00*.

Arrumou suas coisas. Deixou todo o dinheiro, a não ser alguns francos, para a arrumadeira marroquina. Não havia ninguém atrás do balcão, por isso Winnie rabiscou um bilhete em inglês: "Debitem no meu cartão;

obrigada; W.R." E foi para a estrada de novo. Será que seu contador teria de pagar essa conta se por acaso ela tivesse ficado esquizóide durante a viagem? Se deixasse Gervasa ficar mais com a vista, e Winnie se retirasse para um canto escuro do próprio corpo? Ou, no caso de as coisas darem errado, será que seu espólio teria de honrar a dívida se fosse postada depois de sua morte?

Tinha abastecido o carro antes de parar e não teve problema em achar a estrada para Rennes e sair finalmente, perto de Vitré, na direção de Fougères. Seguiu pelo que pareciam estradas rurais, não se importando com os minúsculos círculos rodoviários, já que não havia mais ninguém na estrada a esta hora. Se Gervasa estava percebendo qualquer coisa, não fez comentários. Bem, mesmo que estivesse usando os olhos de Winnie, como poderia reconhecer essas coisas — não somente os automóveis e as luzes dos postes, mais ou menos universais no mundo e certamente familiares a Winnie, mas também os pequenos detalhes que tornam este lugar superficialmente, ou sutilmente, diferente de Paris, da Inglaterra, de Massachusetts?

Fougères devia ser próspera. Luzes eram deixadas acesas durante a noite. Cruzes verdes de néon anunciando farmácias. E em todo lugar coloridas luzes de Natal, aquele colar ubíquo do mundo para abrigar contra o pânico do solstício.

— Gervasa — disse Winnie. Dirigir sozinha estava se mostrando o modo menos incômodo de conversar com o fantasma. — Gervasa, o que é aquela marca?

A marca?

— A cruz cristã com riscos em cima. Ela apareceu num lugar e em outro; nas tábuas, no computador... no gesso de Allegra.

Uma espécie de proibição. Posta sobre mim. Ela diz, a qualquer um que vir meu corpo agonizante ou meu cadáver, para não rezar pelo repouso desta alma.

— Ah. — E Winnie não ousou perguntar se isso se referia à criança que poderia ou não ter morrido com ela. E quanto à estátua de Nossa Senhora com o menino, posta no túmulo?

— Como isso tudo pode estar acontecendo e eu não estou guinchando com a fé de um converso? Não acredito mais em encantos cristãos. Eles obliteraram os sacramentos de meus sentidos, por isso deixei tudo de lado há anos.

Gervasa não respondeu. A idéia de escolha parecia além de sua capacidade.

O céu estava se alongando e o terreno preto assumindo definição, enquanto, atrás delas, a leste, a luz do alvorecer escorria por entre nuvens úmidas. O carro acelerou num trecho de pavimento molhado, entre campos, passando por casas isoladas feitas de pedra marrom. Na estrada em direção a Saint-Malo, mas não tão longe assim, passando por placas que anunciavam Saint-Brice-en-Coglès.

O que aconteceu com você?

Passando por um bosque de álamos, por um carro abandonado com o pisca-alerta faiscando.

— Tudo desmoronou, toda a minha vida. Não foi só a morte do pobre Vasile. Nós iríamos chamá-lo de Basil, sabe?, um nome estranho para um menino americano, mas significa rei, ou príncipe. Basil Pritzke. Não foi só porque ele morreu, enquanto John e eu, em pânico e surpresa, nos apaixonamos finalmente, brevemente, e fomos para a cama. Não foi isso. Isso é agora. Agora é possível sobreviver ao adultério. A gente pode se recuperar, pode ir em frente. Como não acredito mais em Deus, não posso acreditar em punição. Só a banalidade da coincidência, o destino, de que John e eu estivéssemos trepando quentinhos enquanto Basil sucumbia à hipotermia. Se a nevasca não tivesse chegado, nós chegaríamos quatro dias antes; ele ainda estaria vivo. Por mais medonho que fosse, eu poderia ter sobrevivido a tudo isso.

Entrando em Antraín e passando num átimo, e agora alguns carros na estrada, e um pequeno cervo com pintas olhando de trás de umas samambaias e disparando para longe. Virando para o norte, o sol agora em verdadeira evidência. Seriam o que, quase sete horas? Winnie baixou a palheta diante do banco do motorista, para bloquear o clarão.

— Foi o fato de perder Emil depois de perder Basil. Ele não me deixou por causa da infidelidade. Que, afinal de contas, não era a primeira. Nem por causa da morte do nosso bebê no último minuto. Ele me deixou porque não consegui achar o caminho de volta para ser eu mesma. Eu me perdi. Pelo mesmo motivo John está me deixando também.

Aqui a placa: D976, Mont Saint-Michel — Pontorson.

— John sabia que, mesmo o amando, em alguns sentidos eu estava usando-o para substituir Emil. O Departamento de Estado tinha dito que Emil não podia viajar em segurança na antiga Europa Oriental. Mas eu queria que Emil se arriscasse. Queria-o ali. Aquele era o nosso filho, e ele estava deixando John ir em seu lugar.

Então, já que sua vida não vale nada, por que não me doá-la?

Gervasa não estava sendo irônica nem bancando a dra. Laura, dra. Ruth ou dra. Oprah. Falava sério. Quando você perde tudo, não há com que sentir prazer. O sol sobe como agora, riscando a terra com agrados melosos, sombras cinza-azuladas; alguns pássaros giram alto no céu, sugerindo a proximidade do mar. Cada hora passada, presente e futura emerge exatamente deste instante, aqui nesta estrada indo para uma ponta de terra; cada sensação da vida acelerou para este dia e decorre dele, de algum modo. Mas os pássaros podem girar quanto quiserem; tudo o que fazem é definir o vazio do céu. Todo o planeta se espalha a partir deste Renault Elf, corrupto, formidável e regenerativo, franzindo-se em Himalaias, Alpes e Andes, sacudindo-se com Atlânticos e Pacíficos, coalhado de Aleutas, Açores, Malvinas e Cíclades, setorizado em fusos horários, coberto pelo clima, preso no espaço, perdido em admiração por si mesmo, e nada disso tem mais o poder de fascinar. Nem o menor pardal naquela laje, bicando uma migalha. Ela preferiria matá-lo a olhar para ele. O mundo mágico, o mundo da infância, estava morto.

— Tanta coisa é prometida à gente na infância! — murmurou finalmente. — Era tudo mentira, e os adultos deveriam ser mortos a tiros. Havia um poema, você não deve saber. Vovó costumava me fazer dormir com ele.

Quantos quilômetros até a Babilônia?
Três vintenas e mais dez, senhor.
Posso chegar lá antes do amanhecer?
Sim, e voltar de novo, senhor.

— A poesia é apenas encantos e promessas. A jornada impossível tornada possível. Na poesia talvez você possa chegar à cidade santa e voltar mesmo antes da hora de dormir. Mas não é verdade. Não se pode ir a lugar algum a não ser ao lento entendimento de como, cada dia, a gente morre, até não restar mais nada a morrer e a gente estar morta.

Então troque comigo. Tudo o que você faz com sua vida é mentir.

Winnie não conseguia pensar num argumento contra isso. Tentando mentir sobre quem era, tinha sido expulsa da reunião informal do Famílias Felizes.

A terra, olhando-se para o norte, começou a parecer que corria, com pressa de encontrar o mar logo adiante. O terreno baixava e subia. De cada lado da estrada os últimos quilômetros de aproximação tinham como sentinelas os hotéis Alpenhuis, grandes e de mau gosto, e lojas de *souvenirs*, mas a pedra local ainda era cor de pérolas douradas, e os choupos balançavam os galhos ao vento que ia ficando mais forte. Então, finalmente, parecendo um mosteiro bizantino a essa distância, só que marrom, cor de esterco e casca de árvore molhada, o Mont Saint-Michel.

Gervasa não tinha prestado atenção aos encantos da Normandia. Não tinha dado qualquer sinal de prazer por estar em território natal. Agora começou a ficar mais alerta, como se pudesse sentir a idade daquele local sagrado. Talvez não fosse tanto no lugar quanto no tempo que uma criatura podia sentir que estava em casa.

E quanto do Mont Saint-Michel continuava como era em 1350? Pelo menos um pouco, sem dúvida.

À distância, uma ilha ligada por uma estrada, o Mont Saint-Michel parecia mais remoto e espetacular do que a Notre-Dame, ou a Agia Sophia, ou a catedral de São Pedro. Perfeito, minúsculo, espetacular, como um castelo de areia de criança ampliado, todo numa só cor a esta luz. Winnie estacionou. Seu carro era o primeiro no estacionamento de visitantes. Caminhou pela areia até o portão. Ela, que se sabia incapaz de qualquer coisa próxima do sentimento religioso, sentiu-se aliviada ao ver que toda a rocha não estava povoada por mendigos, clérigos e peregrinos, e sim reforçada e abrigada pelas necessidades e pelos prazeres do comércio.

Uma rua central serpenteava e ziguezagueava morro acima. Casas, algumas datando do final da Idade Média, atulhavam-se em cada centímetro, um telhado se esticando sobre o outro para enxergar, em direção à terra ou ao oceano. E os térreos de todas as construções tinham portas de vidro, janelas abertas ou prateleiras do lado de fora. As casas tinham sido estripadas para dar espaço a lojas e creperias. Vendendo lixo plástico, nadas sagrados. Winnie parou e comprou um guia em inglês numa loja que acabava de ser aberta por um menino de uns dez anos, de rosto doce e cabelos ruivos, que fumava um Gitane e falava um inglês educado e perfeito.

— Eu não deveria ficar ofendida — disse Winnie. — Se não acredito na Igreja, e em nada disso, por que não ganhar uma grana com o lugar? Certamente a Igreja vendia indulgências aqui. Acho que este é um tipo diferente de indulgência. — Mesmo assim ela ficou feliz por ter chegado tão cedo e não ter de se desviar da multidão indo de uma loja a outra.

Não se apressou. A encosta era íngreme. Parou na metade do caminho para recuperar o fôlego. No espírito da estação, algum tipo de neve falsa tinha sido grudada aos galhos de árvores de verdade. Mas o ar tinha uma espécie de calor invernal, e a neve parecia idiota.

Leu um pouco do guia, para adiar o recomeço da subida. Viu que o Mont Saint-Michel se chamava originalmente Mont-Tombe, da palavra latina *tomba*, que significa ao mesmo tempo morro e tumba. Bem, eles entenderam isso direito, pensou. Quantos fantasmas este lugar possuía? Será que este é um lugar tão bom quanto qualquer outro, neste mundo estrangeiro e pouco receptivo, para eu me entregar?

Levantou-se. Dessa altura podia ver outros turistas chegando. O estacionamento começava a parecer movimentado. Visitantes faziam um lento progresso morro acima, mas ela estava à frente deles, e a esta hora continuava sozinha, a não ser pelos moradores que abriam as lojas. Respirou fundo.

— Está feliz? — perguntou a Gervasa.

Gervasa não respondeu. Winnie presumiu que esse conceito estava além da compreensão dela, e talvez, realmente, a expectativa de felicidade pessoal fosse uma das tristezas especiais que a democracia trouxera.

Continuou. Uma manhã de quarta-feira em meados de dezembro, um pouco adiante do tráfego de turistas que sem dúvida inundaria o lugar na época do solstício e do Natal. Pagou quarenta francos para entrar na capela e subiu mais algumas dezenas de degraus para olhar uma sala cor de torrada. Se Gervasa fosse religiosa, poderia se empolgar por estar de volta numa zona santificada, mas ela não fez qualquer comentário, resguardando-se.

Depois subiu mais degraus ainda, chegando finalmente a um alto jardim cercado, onde a luz era recebida de modo mais refrescante. Um claustro com gramado de verdade, quase o mais alto que se poderia chegar, a não ser escalando os contrafortes dos tetos chumbados da capela.

Não havia mais ninguém ali.

Rosas vermelhas e brancas, agitadas pela brisa. Rei de Prata no jardim, buxos bem aparados, e a grama em sua arrumação retilínea, de um verde rico, improvável. Impossível um espaço mais próximo de mostrar todos os prazeres do paisagismo ao mesmo tempo, supôs Winnie: o vento soprava, mas de leve; o sol acariciava a pedra e empoçava num canto do gramado. Estava segura em meio a um punhado da pedra mais forte, no entanto podia ir até os três arcos que davam para a areia e o mar, sentir o prazer da altura. Estava mais alta do que os pássaros, cujas asas relampejando com a luz do sol faziam uma pontuação dançada da vista dos telhados abaixo.

O povoado parecia tão íngreme abaixo que era como se Winnie estivesse num helicóptero.

E mesmo assim não havia nada para amar, não havia como arrancar nada daqui. Havia linguagem para falar a respeito, certo, mas não era o mesmo que amor.

Você vai fazer? Vai trocar de lugar comigo? Me dar sua vida?

— Se minha vida significa pouco para mim, dificilmente pode significar mais para você. Não que eu me importe que você fique com ela. Mas não é de minha vida que você precisa, já que nela não pode achar o que quer. O que você precisa...

Ela olhou em volta para ver como aquilo poderia ser feito.

— Eu simplesmente poderia pular através deste vidro. Então, pense em como você estaria entre coisas: entre a terra e o céu, entre a água e o vento. Nem na Babilônia nem em casa de novo. Eu poderia simplesmente morrer, e se eu morrer... — ela começou a rir, porque, quando essa frase tão velha já fora dita como uma oferta caridosa? — se eu morrer, levo você comigo.

Um padre velho passou segurando um breviário. Ele ergueu os olhos para Winnie e a ouviu falando. Provavelmente achou que ela estaria rezando suas matinas. Curvou-se de novo sobre o livro de orações.

— Por que não? — perguntou Winnie para si mesma e para Gervasa.

Por que não?

Winnie foi até o vidro e o tateou. Impossível dizer se era Plexiglas ou um vidro comum. Será que poderia recuar o suficiente para correr de verdade até ele? Não era hora de esforços pela metade.

Circulou pelo perímetro do jardim. Se isso fosse feito, deveria ser feito depressa, antes que o lugar ficasse mais apinhado. O padre velho mantinha-se do outro lado do claustro, andando de um lado para o outro como se não quisesse interromper sua conversa. Mas, Winnie viu, ele estava falando ao celular. Enfiou-o no bolso quando ela chegou mais perto para calcular a distância e a velocidade necessárias para quebrar a barreira.

— Desculpe — disse ele em inglês com um lindo sotaque suave. — Os momentos para oração, mesmo aqui, nunca são tantos quanto a gente gostaria.

Ela não respondeu. Sentiu Gervasa se enrijecer.

— Você sofre de visões? — perguntou ele.

Não responda.

— Não acredito em visões.

Ele sorriu, levantando uma fita de cetim vermelho com cuidado e recolocando-a quando a página foi virada.

— Nem São Paulo até estar a caminho de Damasco.

Vá embora.

— Que lindo francês antigo você fala — disse ele, mas ainda em inglês, como se soubesse que o francês talvez não fosse sua primeira língua.

Aceito sua oferta. Faça agora.

— Que oferta é? — perguntou o padre. — Gostaria de se sentar neste banco e falar comigo?

Winnie virou a cabeça para um lado e outro. O céu parecia frio e pronto do outro lado do vidro. Gervasa queria cuspir. O padre falou, a propósito de nada:

— Na época do Natal, segundo nossos queridos ancestrais acreditavam, a alma dos mortos se livra de seu tormento. Eles podem visitar os vivos.

— Não pedi que o senhor viesse me falar dessas coisas — disse Winnie.

— O Natal está chegando. Não quero dizer nada além disso. Você é que é a mulher com um espírito dentro, acho. Só quis observar sobre isso.

— Como o senhor sabe sobre mim?

Ele deu de ombros e encostou as pontas dos dedos coriáceos em seu pulso.

— Fique um pouco mais. — Enquanto ele falava, um segurança uniformizado, algum tipo de gendarme, passou pela porta, mantendo-se educadamente a distância até o padre ter retirado a mão. Quando ele fez isso, Winnie se esforçou para se livrar e começar sua longa abordagem a um vôo digno dos anjos, e uma queda igual. Antes que pudesse dar três passos, o guarda a derrubou no gramado do modo mais gentil e talvez religioso que pôde, o que não foi muito.

O sujeito rolou sobre ela para mantê-la prostrada enquanto outro policial era convocado. Winnie ficou deitada sob seu corpo forte. Com respeito à grande tradição de civilidade da França, o rosto dele estava virado para longe do dela, pensou Winnie, para proteger sua dignidade. Os olhos dela piscaram sem lágrimas para as nuvens acima do jardim do claustro. Elas murcharam e rasgaram as bordas, fazendo um som no céu terrível demais para ser ouvido. Um azul-claro tingido de ocre apareceu através.

Gervasa ficou deitada em choque, dentro dela, um pássaro apavorado dentro da gaiola. Winnie imaginou Gervasa com a tentação de tomar seu corpo como refém — com um último esforço de vontade para obrigar Winnie a fazer o que tinha prometido e levar seu íncubo a uma morte mais total. Isso, porém, seria realmente assassinato, um vírus infeccionando um hospedeiro até a morte, e será que a alma inquieta de Gervasa encontraria algum nível de descanso por meio desse exercício de poder?

Com um movimento pendular de dor no trato respiratório superior, ela percebeu que não estivera respirando, e que agora estava. O golpe do gendarme a fizera perder o fôlego. Com a respiração veio a vergonha, o arrependimento, o medo mortal e imortal da infância, de ter sujado as calças, um medo que, com um leve retorcer exploratório, se mostrou infundado.

O padre velho continuou falando ao celular e depois o fechou com um estalo. Sinalizou para o gendarme sair de cima de Winnie. O segurança era jovem e estava ruborizado pelo contato, notou Winnie. Não se incomode comigo, sou uma vaca velha perto de você, pensou, mas se corrigiu. Bom, tudo bem. Importe-se um pouquinho comigo, como se importou. Não sou tão velha a ponto de não deixá-lo desconfortável.

Esse pensamento a animou, pelo menos por um instante. Ela se sentou.

Com a respiração de volta em haustos gelados — estava frio aqui em cima, agora que ela havia parado de subir — as opiniões rudes de Gervasa começaram a ser divulgadas em voz alta outra vez. A fala não era mais coerente. Winnie não podia entender a língua. Era como se algumas conexões tivessem sido afrouxadas. O padre tentou se ajoelhar perto de Winnie, talvez para rezar pela evacuação de um espírito impuro, até mesmo um exorcismo, mas Winnie ficou feliz em ver que a artrite agarrava os joelhos dele com firmeza. O velho teve de se levantar enquanto virava as páginas do breviário.

— Eles estarão aqui em menos de uma hora — disse em inglês.

— Quem? — Winnie pôs para fora uma única palavra em inglês enquanto Gervasa, arengando contra o padre, contra Winnie, parava para ganhar ímpeto.

— Seus companheiros. Sua família.

Winnie não sabia de quem ele queria falar. Pensou: vou erguer os olhos e ver próprio Ozias Rudge em seu sobretudo e *pince-nez*, descendo do ônibus assombrado para me pegar e me levar para casa. Mas só chegou outro gendarme, mais velho, mais atarracado, que, quando convocado, não teve o vigor do parceiro mais jovem para subir as escadas. Os dois puseram Winnie de pé e, num passo irregular, a acompanharam para fora do jardim. O padre foi atrás, olhando onde pisava.

— Aonde nós vamos?

— Para baixo.

Durante a primeira parte da descida, a caminhada era difícil. Os bandos de turistas já haviam chegado à capela, pagando quarenta francos para olhar boquiabertos a solenidade gótica.

— *La Merveille* — disse o padre, como se sentisse o constrangimento de Winnie em meios aos comentários zurrados de Gervasa. — Foi construída por volta de 1200, quatro séculos depois que a primeira capela foi consagrada aqui. Uma glória beneditina.

Winnie conseguiu dizer:

— O senhor mora aqui?

— Estou fazendo uma visita prolongada com objetivos de oração e devoção. Às vezes é menos uma recompensa do que uma penitência — falou, revirando os olhos para as famílias vestidas com agasalhos de ginástica e tênis, ruidosamente metendo as mãos em postais e lembranças na loja da antecâmara da capela. Os protestos de Gervasa estavam fazendo cabeças virarem. Vários visitantes, entrando no clima do local, persignavam-se ostensivamente enquanto eles passavam. Talvez por pena de Winnie, o padre levou o grupo a passar por uma placa onde estava escrito *INTERDIT* e entrar numa porta aberta, com enormes dobradiças de ferro.

— Vamos pela passagem privativa e esperar até a chegada de sua família.

Tinham entrado num corredor de pedra iluminado por janelas muito altas e finas como seteiras, e passaram pelo topo de uma escada com corrimão de madeira lascada. Desceram nas entranhas do prédio, ou do próprio Monte. O caminho era iluminado por tímidas lâmpadas separadas por distâncias pouco solícitas.

Então Gervasa ficou quieta, tão absolutamente, que por um momento Winnie imaginou se ela teria escapado ou voado para longe. Winnie tivera a sensação de um gongo tocado há alguns instantes, um tremor, uma perturbação no ar. Era Rudge/Scrooge junto à porta, olhos voltados para dentro, mão na testa, saindo de um quarto e não vendo para onde ia.

— O que há aí? — perguntou ela, parando subitamente e assentindo para uma porta engastada num arco grosseiro.

O padre deu de ombros e fez a pergunta aos gendarmes, que resmungaram em resposta. Então ele interpretou:

— Uma escada para algumas criptas. Nada de importância.

— Deixe-me ver.

— Você não tem o direito de pedir. — Mas ele não pareceu ofendido, e depois de uma negociação relutante com os guardas e um olhar para o relógio de pulso, empurrou a porta.

Mais uma escada, bem varrida, ao pé da qual fora erguida uma mesa improvisada: uma porta velha posta sobre cavaletes. Uma luminária de mesa funcionava com uma longa extensão serpenteando até alguma tomada elétrica na escuridão distante. Acima de uma enorme xícara de café, florescia o rosto de uma freira idosa. Pedaços de pão flutuavam no café, e migalhas se grudavam ao seu bigode esparso. Ela vestia o hábito tradicional e parecia ter a pele perolada, como se tivesse nascido uma freira bebê e crescido ali como um cogumelo nas cavernas. A pela era azulada pela luz da tela de um Powerbook funcionando a bateria, e havia alguns tomos com lombadas de couro apodrecido abertos um em cima do outro.

Mais negociação. O padre informou:

— Ela é a irmã Godelieve Bernaert de Louvain, da Bélgica. É o Cão do Inferno. Peça o que você quer.

— Posso passar?

Winnie esperava uma objeção, mas não houve. A irmã se levantou e se fortificou com um pedaço de pão molhado. Então, chiando como uma asmática, pegou uma enorme lanterna numa prateleira e foi na frente do padre, dos guardas, de Winnie e Gervasa por um corredor inclinado no qual eram talhados degraus aleatórios. Andava devagar, apontando a luz para trás, para a segurança deles; parecia conhecer essa passagem como se fosse uma toupeira. Não mostrava medo de dar um passo em falso.

No fim do corredor havia quatro ou cinco passagens em arco. *Soeur* Godelive falava em tom monótono, como se durante várias décadas tivesse feito visitas guiadas de hora em hora.

— Um... ossuário? — disse o padre, reduzindo a fala a uma expressão. — É essa a palavra?

Winnie estendeu a mão. Uma velha barra de ferro enfiada no chão estava inclinada para fora, como o tronco de uma árvore na beira de um rio. Ela sustentava outra haste, martelada mais fina, que se estendia um metro e meio para cada lado ao longo do teto, sustentando-o.

— Talvez meu ancestral tenha feito isso.

— Se você tem um ancestral que é monge beneditino, é melhor não sabermos — disse o padre.

— Posso? — perguntou Winnie. O padre, a freira, os gendarmes, Gervasa: ninguém fez objeção. Ela enfiou a cabeça pelo segundo dos cinco arcos, tateando o caminho em todas as variedades de escuridão.

— Estamos muito perto.

Estavam muito perto.

Antes que a freira pudesse trazer a luz num ângulo que ajudasse, Winnie tinha achado a parede mais distante, um metro e meio à frente — apenas espaço bastante para girar um cadáver amortalhado, duro devido ao *rigor mortis*. Passou as mãos para cima e para baixo nas pedras secas. Sentiu as reentrâncias e bordas das marcas da caverna antes que a luz chegasse, mas então ela chegou. Winnie viu cruzes grosseiras gravadas na parede, feitas, imaginou, com rápidos golpes de talhadeira, por monges, artesãos ou serviçais ansiosos para sair do que já fora uma tumba fétida.

A luz lançou mais sombras do que qualquer coisa, e no arranjo de sombras a arquitetura da cripta pôde ser entendida. Cerca de uma dúzia de câmaras separadas, emparedadas, como fornos de pão fechados. De cada lado das portas estavam as cruzes inclinadas. Um sistema de inventário, sem dúvida, para ajudar o irmão encarregado das criptas a saber quando uma câmara estava cheia.

Ela se abaixou sobre os calcanhares, mais sentindo do que vendo. O tato era o único sentido que fazia sentido aqui.

Imaginou que foram as mãos de Gervasa dentro das dela que acharam a cruz com o risco em cima, perto de uma abertura junto ao chão que, sim, podia parecer um pouquinho mais metodicamente emparedada do que as vizinhas. Como se a mortalha e a estátua tivessem sido retiradas e a parede consertada há 150 ou 170 anos. Sem dúvida mais recentemente do que há setecentos anos.

— Aqui estamos. É isso. A cruz riscada. Uma pobre mulher que morreu sem o benefício do último sacramento. O mesmo que ser amaldiçoada.

O padre traduziu. A freira suspirou numa leve irritação.

— Não — disse a *soeur* Godelieve, através do labirinto de traduções. — Alguém se importou o suficiente com a falecida para colocar o corpo aqui, afinal de contas. Este não é terreno santo, achamos, mas todo este local é sagrado. A terra aqui é sagrada. Ninguém está amaldiçoado.

— Ela era uma camponesa, foi morta na fogueira. Foi enterrada com uma criança no útero, quase pronta para nascer — explicou Winnie.

— Não foi não — disse a irmã Godelieve. Em seguida apontou a lanterna para outras aberturas emparedadas. — Olhe aqui. Olhe aqui. — Mais algumas cruzes. — Mulheres nobres que morreram ao dar à luz e seus bebês não sobreviveram. Olhe. — A luz se centrou numa pequena cruz perto de uma maior e ligeiramente superposta. A cruz do bebê atravessava a parte de cima da maior. — Mãe e filho. Mãe e filho. Muito comum. É assim que eles marcavam, para que as orações pela lembrança das almas dos mortos pudessem ser feitas.

— Mas este corpo não está com eles. Está separado — disse Winnie. — A cruz com o risco em cima.

— Você está errada. Muito errada. Não é um risco. Olhe, criança tola. — O padre não se encolheu ao traduzir o adjetivo de censura. — Ninguém enterraria um corpo numa cripta e diria: "Não se lembrem de mim, não rezem por mim." Um desperdício de esforço. Se não fosse para rezar por ela, a mulher teria sido jogada num pântano, numa cova de pobre em algum lugar. Isto não é um rabisco. Não é uma marca proibitiva. Olhe. É um galho de azevinho. É um pouquinho de vida marcando esta sepultura. Se ela estava grávida, o bebê sobreviveu. É o que o sinal diz. Pelo menos nesta câmara de mulheres e bebês mortos no parto.

A voz de Winnie tremeu.

— Há algum tempo foi encontrada aqui uma estátua. Uma Virgem com o Menino. Ela foi retirada e levada à Inglaterra.

— Traga de volta — disse a freira, como se Winnie estivesse falando de ontem.

— Não posso fazer tudo.

— Hmmmmf.

O padre falou:

— Vou demorar muito tempo para subir todas essas escadas de volta. Sua família está esperando. Vamos.

— Se alguém pensou em enterrar um cadáver com a santa estátua de Nossa Senhora com o Menino — disse a irmã Godelieve com um brilho de convicção historiográfica —, foi um ato de caridade, para confortar o cadáver. A estátua foi posta ali para consolo. Cristo é o filho de todas as mães — concluiu presunçosa.

— Alguém amava essa defunta — disse o padre. — Venha.

Agora o vírus Gervasa se acomodou dentro de Winnie com uma postura diferente. Se fosse uma refeição, estaria talhando, mas o fantasma não era uma refeição para ser digerida, nem um tumor para ser extirpado. Os efeitos sobre Winnie eram peculiares. As palmas de suas mãos estavam úmidas e as têmporas pulsavam, e o veio da madeira nos braços da cadeira onde estava sentada pareciam suficientemente em alerta para erguer as bordas e morder seus antebraços. A notícia tinha sido boa, não tinha? Uma certa prova, a única prova possível, de que Gervasa fora enterrada sem o bebê. Os membros espasmódicos da Igreja medieval tinham conseguido honrar sua barganha. Mas por que não havia sentimento de empolgação? Gervasa estava enfiada num saco de silêncio. Talvez estivesse morrendo ali, terminando a morte, agora, finalmente.

— *Quem* está vindo?— perguntou Winnie, para mudar de assunto, ainda que ninguém estivesse falando.

— Sua família. — O padre deu de ombros como se dissesse: família, quem ainda reconhece esse conceito?

Winnie olhou para o padre e pensou em seu pai. Raramente pensava nele. Mas houvera um gato em sua infância, um saco de ossos egoísta chamado Fofo, ou algo assim, que morreu como costuma acontecer com os gatos, sem dar um alerta decente. O animal recebeu o máximo de um enterro católico que era permitido aos gatos, mas mesmo assim Winnie achou difícil se consolar. Seu pai a havia posto no colo e desenrolado lugares-comuns sobre Deus e a outra vida. Deus e o plano de Deus. "Mas papai", tinha gemido ela, sem sentir consolo, "o que Deus quer com um gato morto?"

Seu pai, sua mãe, todas as pessoas enfileiradas recuando até Ozias Rudge e mais além; aquela multidão há tanto tempo obliterada de seus pensamentos pela morte de Vasile e a partida de Emil. Imaginou seus antepassados vindo buscá-la. Será que aceitariam a infecção por Gervasa?

Achariam que virei lésbica, pensou com um pequeno prazer diante da idéia, logo antes de adormecer na cadeira.

O padre ficou sentado com ela, fazendo as Orações pelos Mortos, ou pelo menos Winnie imaginou.

A "família", por acaso, era John Comestor. Tinha chegado e verificado com a polícia na véspera. A força de segurança do Mont Saint-Michel o havia localizado comendo *croissants* com café em algum café caro demais e cheio de atmosfera. O padre e os gendarmes o olharam com desagrado, como se suspeitassem de que era incapaz de impedir Winnie de fazer mal a si mesma. Foram suprimidas muito mais palavras do que trocadas. O padre deu uma bênção em Winnie antes de eles saírem. Ela estremeceu e disse:

— O senhor é um doce, mas não faça isso. É uma afronta.

Com a perniciosa miopia dos devotos, ele não pareceu se incomodar com sua língua ferina.

O gendarme mais jovem piscou para ela. Impertinente desgraçado, pensou, e se pegou revertendo à fala inglesa, desta vez falsa como todas as despedidas, e soube que era um modo de não pensar na agressão da piscadela. Da agressão redentora, animadora.

John combinou com a *gendarmerie* para devolverem seu carro alugado. Depois pegou as chaves do Renault Elf de Winnie e a acomodou no banco do carona, chegando ao ponto de prender seu cinto de segurança, como se ela tivesse cinco anos. Gervasa estava virada, no fundo, não dormindo, mas batendo em alguma coisa, fechando os punhos contra os intestinos de Winnie.

Depois de um tempo Winnie falou:

— Como você sabia onde eu estava?

John riu. Um belo riso, obviamente cheio de alívio, talvez porque Winnie pudesse falar com sua própria voz, pelo menos um pouco.

— Se você puder acreditar, Ritzi Ostertag leu algumas folhas de chá. Decidiu ser firme com relação a isso. Os augúrios previram algum lugar antigo na Normandia, provavelmente um lugar suficientemente alto para se pular dele. E seu amigo Irv, um sujeito bem legal, achou que a antigüidade do Mont Saint-Michel provavelmente atrairia a contadora de histórias que há em você. Ainda mais com a ligação do velho Ozias Rudge com o lugar *et cetera*. Não foi muito difícil deduzir. Ele mandou seu amor... e um pedido de desculpas, deixou claro. Eu tenho de me certificar de dizer a você.

O carro foi em frente, o mundo passou num clarão, desenrolando seus alfinetes invisíveis.

Ela continuou:

— Mas por quê? Por que você se incomodou? Por que vocês se incomodaram?

— Não só por você. Para o caso de estar se sentindo sentimental. Eu vim também em nome da sra. Maddingly. Ela está se esvaindo depressa. Cortaram o cabelo dela, veja só, e a velha está com medo de que o marido não a reconheça quando chegar. Quer um companheiro de viagem. Disse que vai levar Gervasa com ela quando for embora, e livrar você do incômodo.

Winnie não tinha como saber se aquilo era John paparicando a louca que havia nela ou se acreditava que tal transação era possível. Talvez a crença viesse em mais de duas variedades, sim ou não. As membranas mucosas em seus sínus se incharam de umidade.

— Mas não sei se posso continuar vivendo.

— É triste — concordou John, dando um tapinha em sua mão como o irmão que praticamente era, passando-lhe um desagradável lenço que precisava tremendamente ser lavado. — Tudo isso é muito triste, mas acho, sua idiota, que você vai ter de tentar.

Não falaram durante uma hora. O cenário da Normandia se desenrolava em fatias translúcidas, uma paisagem de mato baixo verde-musgo e pequenos bosques de lariço, cornijas de pedra, ladrilhos cor de caqui e postos de gasolina em seu anti-séptico estado de prontidão para os negócios.

No túnel sob o canal, voltando a Londres, um gemido se desdobrou para fora da boca de Winnie. Pela primeira vez não sabia se era a voz de Gervasa ou a sua. John segurou sua mão cautelosamente, até ela retirá-la.

Em seguida um táxi no trânsito violento, passando pelo rio musculoso listado de reflexos: época de Natal na Londres moderna, alvorecer. Winnie insistiu para que John se sentasse no outro banco do carro, o banco virado para trás. Ela se esparramou, deitada, incapaz de se importar com a aparência feia. Pensou que podia estar morrendo também, e se sentiu curiosamente objetiva com relação a isso. Pela primeira vez sentiu algum alívio da comichão que só podia ser aliviada inserindo uma caneta entre o polegar e os outros dedos e mexendo-a contra o papel pautado. Como sobra pouca coisa quando a gente morre, mesmo quando a gente rabiscou e datilografou durante décadas! Do velho Ozias Rudge não ficou nada em sua própria letra, somente de segunda mão, as histórias repassadas de sua vida. Será que as lembranças dele viviam, será que foram sacramentadas por Dickens, será que foram roubadas e profanadas por ele? Não importava.

— A e E? — perguntou o taxista. Querendo dizer *Acidente e emergência?*

— Entrada principal — disse John. — Vamos nos arriscar.

John mais ou menos a manteve de pé, pelo menos até o elevador. Ali, enquanto subiam ao sétimo andar, seu organismo se revoltou contra a afronta da gravidade. Seu estômago revirou e ela tombou de joelhos. Muito calma, a vomitada.

— Pegue leve — disse John num impreciso sotaque de John Wayne, puxando-a somente pela força de vontade.

A respiração ficou imóvel nos pulmões de Winnie, descansando, depois andou de novo.

A sra. Maddingly aparentemente não estava pior do que Winnie. Tão bem enfiada em seus lençóis hospitalares que o pano não perdera as dobras. Seus olhos pareciam em alerta. Ritzi Ostertag estava sentado ao lado, tricotando. À visão dos visitantes, a sra. Maddingly se esforçou para se aprontar. Pediu que Ritzi passasse batom, alcançando um efeito torto, mais borrado do que qualquer coisa.

— Minha nossa — disse a sra. Maddingly a Winnie —, ela está pior do que muita gente, não é? — Um sotaque mais antigo, de uma infância soterrada há muito, tentava abrir caminho.

— Ela veio se despedir — disse John.

— Quem está deixando quem: é o que os fofoqueiros querem saber.

As duas velhotas de cada lado da sra. Maddingly estavam imersas em seus pudins e não prestaram atenção.

— Venha a bordo, então, seja bem-vinda. — A sra. Maddingly deu um tapinha no lençol abaixo de sua barriga, lembrando-se de onde haveria um colo caso ela algum dia se sentasse de novo.

Como liberar Gervasa para ela? Por um ato de vontade? — mas Winnie não tinha mais força de vontade.

Ritzi pegou no bolso uma vela com perfume de baunilha. Era um brinde, uma promoção, com o nome do fabricante gravado em ouro de um dos lados. Ele virou o anúncio para a parede e acendeu o pavio. À luz de vela, sim, e de volta.

Onde está Jack, o Estripador, quando a gente realmente precisa dele? A vida dentro dela queria tremendamente ir embora, precisando de ajuda demais. Precisando de um dr. Kevorkian para ser a parteira.

A enfermeira veio correndo ao ouvir o som de quando Winnie derrubou a mesinha-de-cabeceira.

— Ela tomou muito espumante no almoço, bateu a cabeça — disse John. Ótimo. Dessa posição no chão, com as pernas levantadas, Winnie não podia ver a enfermeira nem a sra. Maddingly. Só o brilho do linóleo encerado demais e um copo de papel que tinha rolado para baixo da cama.

— Você está louco, trazendo-a aqui? Ela precisa de resgate. Vou chamar o pessoal lá de baixo para trazer uma maca. — A enfermeira desapareceu, dando todas as indicações de adorar seu rápido pânico profissional.

John segurou a mão de Winnie.

— Você vai fazer? — perguntou.

— Acredito que estamos prontas. — A voz da sra. Maddingly veio de cima da cama. — Vou lhe dar um conselho, querida. Tinja o cabelo. Essa cor. Você está parecendo uma vaca, está sim.

— Chega de conselhos — disse Winnie, tendo a coragem para falar e o ar para empurrar as palavras para fora.

A mão da sra. Maddingly caiu pela lateral da cama. A palma se abriu e os dedos se moveram, como se chamassem. E foi isso.

Agora é isso aí, ou parece ser.

Quando você é assombrada por qualquer variedade de absurdo eficaz, como amor, culpa, poesia ou lembranças — o que na raiz amarga é tudo a mesma coisa —, o sintoma primário é paralisia. Você simplesmente não consegue se mexer.

Então, muito raramente, o vírus é derrotado, o contágio se conclui, o feitiço é quebrado, a frente fria se parte em lascas prismáticas. Momento luminoso, esse, e momento luminoso, o seguinte, e assim por diante. O que retorna é um sentimento do tempo presente como sendo não apenas disponível, mas válido.

Assim, algum tempo depois, Winnie embarca num avião no aeroporto Logan, em Boston. Está com Mary Lenahan Fogarty. Vão para o Camboja, pegar o novo bebê. Malachy Fogarty vai ficar em casa para que um dos pais esteja preparado no fuso horário correto para cuidar do bebê durante o dia até que o outro sobreviva à diferença horária.

É uma jornada espantosa. Phnom Pehn fica a dezenove mil quilômetros de Boston. É mais Babilônia do que a própria Babilônia. Será que posso chegar lá antes do amanhecer? Pensar assim é expandir uma metáfora além da possibilidade de aceitação, mas Winnie mudou e não mudou, e pensa como quiser.

Seguem para o oeste. Ela afunda numa névoa remelenta em virtude da empolgação. Ocorre-lhe que, por mais que os dias possam parecer longos, este dia tem uma duração incomum. Hora após hora elas voam, sobre o Mississippi, sobre as Grandes Planícies, sobre as Montanhas Rochosas. Depois sobre os vinhedos do litoral e sobre os intermináveis campos azuis do Pacífico, impossíveis de ser mapeados. Ainda é dia. E de novo, continuando, até que o Havaí seja apenas uma sombra no mapa abaixo, e o Japão floresce adiante, na circunferência da terra. E ainda é dia. O sol é a maior metáfora. O sol é a primeira vela. Ela pode chegar lá à luz dele.

É nova e velha como a Babilônia. Winnie não pôde visualizá-la antecipadamente. As ruas fervilhantes, as velhas e refinadas construções coloniais francesas, as cadeiras de barbeiro de vime em esquinas empoeiradas. As letras malaias nas portas das lojas, uma espécie de fita desenrolando uma mensagem que ela não consegue ler. Se há um lugar no mundo onde um órfão não pode congelar até a morte é às margens dos rios Mekong ou Ton Lap.

É a hora do *rush*. Uma mulher khmer de idade indefinível está sentada de lado numa motoneta, atrás do marido ou do irmão. Segura a cintura do homem com a mão esquerda. A direita está elevada acima da cabeça. A princípio parece uma saudação de rainha, mas, à medida que o carro com chofer se aproxima da motoneta, Winnie vê que a mão direita da mulher está segurando um frasco de vidro cheio, sem dúvida, de uma solução de glicose. Segurando-a acima da altura do coração. O tubo intravenoso balança na agitação do tráfego e penetra na manga engomada da blusa da mulher. Olhe, Mary, quer dizer Winnie, mas Mary só tem olhos para a criança aterrorizada grudada em seu ombro.

À noite, com os efeitos do fuso horário, Winnie praticamente não dorme; apenas paira em câmera lenta, penetrando no resto de sua vida. Seu corpo ainda se incita a novecentos quilômetros por hora, a fantasmagórica lei da inércia invocando a si mesma — um corpo em movimento permanece em movimento até que alguma força aja contra isso.

A viagem de volta é mais difícil, claro. O bebê recebeu uma dose de Benadryl para ficar calmo e tonto, mas a semana longe, além de uma dúzia de fusos horários — o mais distante que se pode ir no mundo antes de começar a voltar, mesmo contra a vontade. Bem, o tempo cobrou seu preço. Mary balança a cabeça no sono. Winnie vigia o bebê. Os olhos dele são buracos pretíssimos, é difícil ver as pupilas dentro das íris. É difícil saber se ele ao menos consegue vê-la.

Se Mary estivesse consciente o bastante para fazer uma pergunta agora, poderia ser: E então, Winnie, qual é a sua? Isto é um exercício para poder ir sozinha no ano que vem? Ou só está aqui para observar? Ou será que você realmente está aqui, em qualquer sentido que importe?

Mas Mary precisa do sono.

Ela estava sentada numa sala em algum lugar. Perto do cotovelo, um caderno. Uma xícara de chá soltava vapor. Nublava a janela, deixando apenas a luz pálida do sol passar através. O que havia fora daquela janela? Ela nem podia começar a imaginar. Caso se inclinasse à frente e limpasse o vidro com a mão, será que iria vê-lo chegando? Finalmente? Ele com o coração nas mãos. Perguntou-se.

Por um momento imaginou como poderia ter concluído o livro que não iria escrever. Numa história de fantasmas digna do nome, alguém teria de morrer. Mas quem?

A página ficou em branco. Ela não fez qualquer marca.

Quando as luzes do leste de Massachusetts ficam reconhecíveis, sinalizando a hora do *rush* matinal ao longo da Mass Pike, da Rota 128, da Rodovia JFK, Winnie está mais ou menos acordada e em foco. Quem vai estar reunido lá embaixo? Adrian e Geoff, que decidiram ser pais adotivos em Massachusetts em vez de uma adoção internacional? Será que estarão liderando um grupo de apoio do Famílias Felizes para aplaudir Mary e o bebê na chegada? Malachy, claro, animado e vermelho com o choque do deleite. Winnie vai seguir pelas laterais do saguão, uma acompanhante, sem ser notada, e é como deve ser. Será que mais alguém estará esperando? Será que se passou tempo suficiente? Será que ele estará lá? Isso importa e não importa.

O 767 parte para o sul a fim de fazer a aproximação pelo lado do Atlântico. O oceano está opaco. De modo atraente, Boston brota como um pedaço de filme nos créditos de abertura de um programa jornalístico, silhueta preta de cidade interrompida por um milhão de janelas. As luzes da cidade brilham de sentimento humano. O céu atrás, mais alto, sangrando o resto do crepúsculo, é luminoso de desilusão.

Ω

Agradecimentos

Gostaria de agradecer aos escritores e editores pela permissão de citar as seguintes obras:

Ghosts in the Middle Ages: The Living and the Dead in Medieval Society, de Jean-Claude Schmitt, traduzido por Teresa Lavender Fagan, copyright © 1998 de The University of Chicago Press, Chicago e Londres.

"The King of Hearts", de *Laughing Time: Collected Nonsense*, de William Jay Smith, copyright © 1990 de William Jay Smith. Reeditado com permissão de Farrar, Straus&Giroux.

One Fish, Two Fish, Red Fish, Blue Fish, do Dr. Seuss, ® e copyright © de Dr. Seuss Enterprises, L.P. 1960, renovado em 1988. Usado com permissão de Random House Children's Books, divisão da Random House, Inc.

"Not a Day Goes By", de Stephen Sondheim, copyright © 1981 de Rilting Music. Inc. Todos os direitos administrados por WB Music Corp. Todos os direitos reservados. Usado com permissão.

The Black Prince, de Iris Murdoch, copyright © 1973 de Iris Murdoch. Usado com permissão da Viking Penguin, divisão da Penguin Putnam Inc.

O poema "Probable-Possible, My Black Hen" é de *The Space Child's Mother Goose*, de Frederick Winsor. Republicado com permissão da Purple House Press, Texas.

Frases de "The Eleventh Episode", copyright © 1972, de Edward Gorey, são republicadas com permissão da Donadio&Olson, Inc.

Vários tipos de ajuda me foram oferecidas durante o processo de escrita de *Perdidos*. Gostaria de agradecer às seguintes pessoas:

Harriet Barlow, Sheila Kinney e Ben Strader, do Blue Mountain Center, Nova York, pela persistência de sua acolhida;

Karen Latuchie e Betty Levin pelas primeiras leituras do original;

Anthony e Jane Bicknell, da Putney, por me deixar folhear sua biblioteca enquanto eu pesquisava as construções domésticas urbanas em Londres no século XIX;

O professor Bill Burgwinkle, do King's College, Cambridge, por seu conhecimento de línguas medievais e primeiras línguas românicas modernas;

Kathy Francis, conservadora de tecidos no Isabella Stewart Gardner Museum, Boston, por orientações sobre tecidos e o modo como envelhecem;

Fiona North, de Clapham, Inglaterra, por compartilhar algumas, mas não todas, das particularidades de seu trabalho fazendo moldes de gesso de mãos de crianças;

Jill Patton Walsh e John Rowe Townsend, de Cambridge, Inglaterra, por responder a incontáveis perguntas sobre questões da Grã-Bretanha;

Jean-Claude Schmitt, cujo livro *Ghosts in the Middle Ages: The Living and the Dead in Medieval Society* (University of Chicago Press) foi um valiosíssimo instrumento de pesquisa;

Ann, Sid e Heather Seamans, pela hospitalidade em Hampstead, Londres;

Ellen Gutman Chenaux, do Birchwood Inn, Lenox, Massachusetts, por ser a castelã de um lugar ideal para ler e trabalhar.

E, não menos importantes,

William Reiss, da John Hawkins and Associates, Nova York;

Judith Regan e Cassie Jones, da ReganBooks, Nova York;

Jen Suitor, do departamento de publicidade da HarperCollins;

Douglas Smith, pelas ilustrações de capa e internas;

... e Andy Newman, de Concord, Massachusetts, por fazer meus arranjos de viagem em Paris e na Normandia, e por oferecer um lar ao qual retornar.

Sobre o autor

Os dois primeiros livros de Gregory Maguire, *Wicked* e *Confissões de uma irmã de Cinderela* (Editora José Olympio), foram best-sellers nos Estados Unidos. Receberam maravilhosas resenhas. Com eles, Maguire ganhou reconhecimento de dedicados fãs leitores. O escritor fez seu doutorado na Universidade Tufts e manteve residência artística nos centros Blue Mountain e Hambidge e no museu Isabella Stewart Gardener. Hoje mora em Concord, Massachussets, nos Estados Unidos.

Este livro foi impresso nas oficinas da
Distribuidora Record de Serviços de Imprensa S.A.
Rua Argentina, 171 – Rio de Janeiro, RJ
para a
Editora José Olympio Ltda.
em julho de 2007

*

75º aniversário desta Casa de livros, fundada em 29.11.1931